Matthias J. Diaz

Das Schwarze Feuer

Der erste Band von

Das Licht und die Wildnis

Impressum

Umschlaggestaltung, Illustration: Hans Binder Knott
Korrektorat: Doris Eichhorn-Zeller
Karte: Tania Gomes
Foto: Isabel Dahlke
ISBN Taschenbuch: 9781976807107

Für meinen Bruder und

für alle meine Brüder.

Inhalt

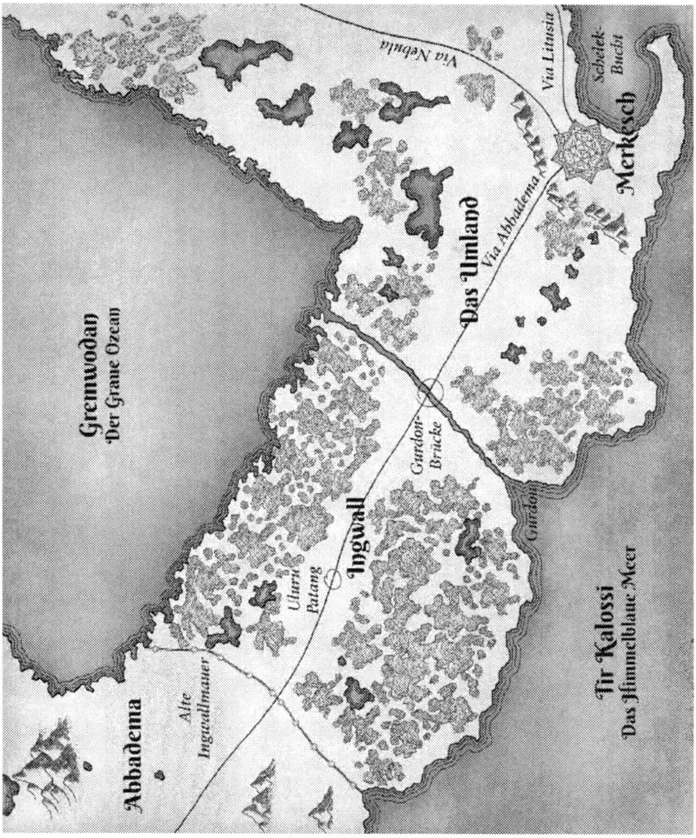

Ein Personenverzeichnis und ergänzende Erläuterungen befinden sich im Anhang auf den letzten Seiten.

Kapitel 1 – Ruhestand

Ein geschäftiger Tag brach an in der großen Stadt Merkesch, wo alle Tage geschäftig waren. In den gepflasterten Straßen ertönten die Schritte und Stimmen der Vorstädter, die man wie an jedem Morgen bei Sonnenaufgang durch die großen Stadttore hineingelassen hatte, damit sie ihren verschiedenen Tätigkeiten im Dienste der Bürger nachgehen konnten. Die betreffenden Bürger lagen, soweit es sich bei ihnen um anständige Menschen handelte, zu einer solchen Zeit noch in den Federn.

Palter Calgola, Hauptmann der Tharsis im Ruhestand, rekelte sich in seinen Laken und bemühte sich, den Geräuschen unter seinem Balkon keine Beachtung zu schenken. Es war nicht gerecht, dass Dienstvolk einen solchen Lärm veranstalten durfte, während anständige Menschen versuchten Schlaf zu finden oder den bereits gefundenen noch für eine Weile zu behalten. Die Tatsache, dass schon Sonnenstrahlen durch die offenen Fenster in seine Wohnung fielen, tat dem gerechten Anspruch auf Nachtruhe keinen Abbruch.

Erst nach einer Weile erreichte ihn die Erkenntnis, dass ein weiteres, sogar noch penetranteres Geräusch versuchte seine Aufmerksamkeit zu erwecken. Es schien sich um den Klang von Fingerknöcheln auf Holz zu handeln, möglicherweise auf dem einer Tür, geradeso wie derjenigen, die den Eingang zu seiner Etagenwohnung versperrte.

„Hrmpf", brachte er hervor. Es waren schöne Träume gewesen und er ließ sie nur ungern ziehen. „Hmja?"

„Hergemuffe, Herr", erklärte eine Stimme von der anderen Seite der Tür. „Heute ist der Tag. Ich sollte Euch wecken. Seid Ihr wach?"

„Hrmpf."

Erneutes Klopfen. „Herr!"

„Ja doch!"

„Verzeiht, Herr. Ihr habt darauf bestanden, dass ich ganz sichergehe."

„Ich bin wach! Verstanden? Wach! Gut gemacht! Hört Ihr, wie ich aufstehe? Ich bin wach! Ihr könnt gehen, Hergemuffe!"

„Danke, Herr." Schritte des Dieners im Treppenhaus beglaubigten, dass seine Versicherungen als überzeugend angenommen worden waren.

„Uff."

Darauf bestanden! Für den Palter von gestern war es leicht gewesen, auf irgendwelchen Dingen zu bestehen. Schließlich war er nicht derjenige, der am nächsten Morgen die Folgen ausbaden musste. Er strampelte seidene Bettdecken zur Seite und schob die Kissen fort, um zu verhindern, dass weniger vertrauenswürdige Körperteile gegen den Beschluss des Verstandes aufbegehren und den Stoff erneut über seinen Kopf ziehen konnten. Mit einer ähnlichen Kraftanstrengung warf er seine Beine über die Bettkante und rieb sich den Schlaf aus den Augen. Auch die Sonne hatte zu werfen begonnen: goldene Rechtecke auf den mit Teppichen verzierten Boden.

Durch das geöffnete Fenster hinter dem Balkon zog eine warme, nach Seeluft riechende Brise herein, die einen angenehmen Spätsommermorgen erahnen ließ. Vom Hafen her war das Krächzen der Möwen zu vernehmen. Vereinzelt trug der Wind noch weitere Geräusche heran: Rufe, Hämmern, das Knirschen von Wagenrädern in den engen Straßen. Erinnerungen daran, dass es Menschen gab, die sich morgens regelmäßig früh erhoben, um einer geregelten Arbeit nachzugehen.

Wenigstens diese Zeiten waren zum Glück vorbei.

Ein zufriedenes Brummen entfuhr ihm, während die Zehen seiner nackten Füße über weiche Teppichfasern tanzten.

Teppich! Warmer, trockener Stoff. Zu lange war die erste Berührung nach dem Aufwachen harter Erdboden gewesen, Schlamm, wenn es schlimm kam, manchmal sogar Pfützen, die bis an die Knöchel reichten. Dreißig Jahre Kriegsdienst waren eine lange Zeit.

Er warf einen Blick in den Glasspiegel an der Wand und fuhr sich mit der Hand durch die Haare. Waren über Nacht etwa schon wieder neue Spitzen von Grau dazugekommen? Er machte ein grimmiges Gesicht und spannte die Muskeln an. Der Mann im Spiegel antwortete mit einem anerkennenden Nicken. Wenigstens sein Körper schien die Umstellung von Feldrationen auf erlesene Häppchen gut überstanden zu haben. Vermutlich dauerte es noch eine ganze Weile, bis das Nahrungsdefizit vergangener Jahrzehnte im Feld aufgearbeitet und nachgeholt war. Merkesch hatte sie dort draußen niemals hungern lassen. Nicht so wie die Führer der Feinde die Ihren. Aber irgendwann kam einfach der Zeitpunkt, an dem ein Mann keine graue Einheitsverpflegung mehr sehen konnte.

Wasser, erinnerte er sich. Wasser wäre gut. Irgendeine Art von Flüssigkeit, die nicht aus Alkohol bestand. Was für ein Erwachen. Glieder und Gedanken bewegten sich an diesem Morgen ausgesprochen langsam. Besonders Letztere waren schwieriger zu hüten als ein Bündel junger Katzen, ständig davonkriechend und auf sich allein gestellt drollig, aber nutzlos. Ein Brummen in seinem Kopf verlangte beharrlich nach Abhilfe. Auch der Boden sollte, da war er sicher, eigentlich nicht in einer solchen Weise schwanken. Weitere Altlasten, die ihm der Palter des Vorabends hinterlassen hatte. Wieder und wieder erwies sich der Mann als ein verantwortungsloser Schuft, dem schlichtweg nicht zu trauen war.

Unerwartete Hilfe kam vom Anblick des Schreibtisches. Das Möbelstück gab sich alle Mühe, die Wirkung eines Eimers kalten Wassers zu imitieren. Ein Knurren drang aus seiner Kehle. Anständige Albträume hatten mit dem Erwachen zu enden und nicht erst zu beginnen. Der Begriff „Papierstapel“ war für das Debakel auf der Tischplatte eine unhaltbare Untertreibung. Ganze Gebirge aus aufgerissenen Umschlägen, halb ausgefüllten Formblättern und nie gelesenen Briefen hatten sich zuerst den Tisch, dann den Arbeitsstuhl und nun auch noch den Boden einverleibt. Im Nachhinein wäre es wohl klüger gewesen, eingehende Schriftsachen sofort zu bearbeiten. Aber im Nachhinein war immer alles einfacher.

Hergemuffe hatte ihm gleich dazu geraten, einen Schreiber einzustellen. Der alte Diener wusste immer alles besser und war überhaupt der einzige Grund, dass das Stadtleben eines Bürgers ihn noch nicht vollends in den Wahnsinn getrieben hatte. In dieser einen Sache hatte er beweisen wollen, dass er auch alleine zurechtkam. Die Wucherungen in der Zimmerecke waren ein anklagendes Mahnmal seiner verfehlten Überheblichkeit.

Erneut ließ er die Zehen durch die Fasern wandern. Nein, er hatte es nicht eilig, aufzustehen. Im Vergleich mit dem beständigen Ringen mit Merkeschs ausgedehnter Verwaltung, mit Einladungen und Gegeneinladungen, Verlautbarungen, Nachrichten-Postillen, Werbeschreiben aufdringlicher Händler und den ständigen Mahnungen einer unnachgiebigen Steuerbehörde war der Kampf mit bewaffneten Feinden auf dem Schlachtfeld beinahe angenehm gewesen.

Mit der Hand fuhr er sich übers Gesicht. Warum, bei allen Göttern, hatte er darauf bestanden, zu einer derart unmöglichen Zeit geweckt zu werden?

Richtig.

Der Brief.

Hätte er den Umschlag mit dem Tharsis-Siegel nur zwischen all den anderen unberührt gelassen. Hatte er wirklich erwartet, unter dem Zeichen der Kampftruppen könnte irgendetwas Gutes kommen?

Das hatte man nun davon. Dreißig Jahre Kriegsdienst und jetzt erst fiel ihnen ein, dass sie noch ein paar Fragen hatten, für die im letzten Vierteljahrhundert wohl keine Zeit gewesen war. Er erhob und streckte sich. Früher, ja. Früher war es auch noch möglich gewesen, das Bett zu verlassen, ohne dabei zu klingen wie ein Topf voller platzender Maiskörner. Der Morgenmantel, leicht wie Federn, fand den Weg vom Haken an der Wand um seinen Körper. Ein schönes Stück, mit dem Palmenmuster. Unpraktisch, sicher, aber je weniger nützlich, desto respektabler, wie Hobovese ihm versichert hatte. Bei den Preisen, die der Händler aufrief, war zu hoffen, dass der Mann etwas von seinem Geschäft verstand. Ein notwendiges Übel, eines von vielen, die der ungewohnte Umgang in gehobener Gesellschaft erforderlich machte.

Der erste Schritt in Richtung Tür ging fehl. Beinahe wäre er der Länge nach hingeschlagen. Gerade noch bekam er die Schreibtischkante zu fassen. Weitere Papiere segelten auf den Steinboden, während er sich ächzend aufrichtete. Immerhin: Der braune Tonkrug mit dem rettenden Wasser war in Reichweite geraten. Am Henkel zog er das Gefäß zu sich heran, setzte es an und trank mit tiefen, gierigen Schlucken.

„Ah." Mit der Hand fuhr er sich über den Mund. Schon besser. Nicht gut, nein. Noch immer weit von gut entfernt. Aber zumindest *besser*.

Etwas auf dem Schreibtisch erweckte seine Aufmerksamkeit. Aufdringlich glänzend, wie um ihn zu verspotten, lag das verzierte Messinggefäß in der Morgensonne, dessen Komplizenschaft das ganze Elend erst ermöglicht hatte. Der wenige Rest des Weines, der es aus dem Inneren des Kelches nicht ins Innere von Palter Calgola geschafft hatte, zog sich in Form einer anklagenden Tropfenspur über die Schreibtischplatte. Das Rinnsal hatte unterwegs einige dicht beschriebene Blätter in Mitleidenschaft gezogen und bildete eine vorwurfsvolle Pfütze auf dem grauadrigen Marmorfußboden.

Er griff nach dem Kelch und stellte ihn aufrecht, was nicht einmal eine geringfügige Verbesserung im vernichtenden Gesamteindruck seines Arbeitsplatzes bewirkte. Das Gefäß sah teuer aus, geprägt, selbstverständlich, mit Konsul Grauwackes Wappen: Helgaslost, der Götterschmied, der mit hoch erhobenem Hammer dazu ausholte, einen gewaltigen Schlag auf seinem Amboss auszuführen. Was er dabei zu schmieden beabsichtigte, blieb das Geheimnis des Künstlers, dessen Einfallsreichtum oder Bezahlung anscheinend schon zuvor an seine Grenzen geraten war. Der bärtige Gott erweckte jedenfalls den Eindruck, aus reiner Wut auf sein Arbeitsgerät einzudreschen. Auch sein Gesöff, so schien es, hatte der Konsul keiner anständigen Qualitätskontrolle unterzogen. Mit den ersten Bechern war noch alles in Ordnung gewesen. Der letzte aber musste, dem Zustand seines Kopfes nach zu urteilen, eindeutig schlecht gewesen sein.

Wie sein eigener Körper musste auch das Trinkgefäß seinen Weg auf nicht mehr nachvollziehbare Weise von Grauwackes Empfang hierher gefunden haben. Vermutlich handelte es sich um ein altes Familienerbstück, das der Konsul gern zurückhaben wollte. Andererseits würde es einen verdammt anständigen Stiftehalter abgeben.

Während er damit beschäftigt war, Federkiele in seine Neuanschaffung zu stopfen, kehrte die Erinnerung zurück, begleitet von ihren räudigen Saufkumpanen, Verlegenheit und Reue.

Er stöhnte. Ja, er erinnerte sich. Er hatte es wieder getan. Wieder hatte er sich zu fortgeschrittener Nachtzeit umgeben gefunden von Damen und Herren der hohen Gesellschaft, mit teuren Kleidern und erwartungsvollen Gesichtern. Wein brachte ihn zum Reden, insbesondere guter Wein, und Grauwackes Wein war der beste. Die Opulenz der Bewirtung war, wie es sich für den reichsten Mann in Merkesch gebührte, ebenso berüchtigt wie die Exklusivität seiner Gästeliste.

Ein weiterer Schluck aus dem dickbäuchigen Krug.

Es war nie seine Absicht gewesen, zu *dem* Geschichtenerzähler dieser Stadt zu werden. Unter den Soldaten war es eine Art von Therapie, die Erlebnisse auf dem Schlachtfeld mit anderen zu teilen. Es half, sich die Erinnerungen vom Herzen zu reden, mit denen man ansonsten in der Nacht alleine war. Es schuf Gemeinschaft und brachte Erleichterung. Die hohen Herren aber verstanden nichts davon. Ihre Reaktion war eine andere. Wie Süchtige lechzten sie danach, immer mehr zu hören. Immer Neues. Und er tat es. Er gab ihnen, wonach sie verlangten.

Geradezu genötigt hatten sie ihn, seine Geschichten zu erzählen: von fremden Ländern, fernen Reisen und von rückständigen, grausamen Völkern. Vor allem aber vom Krieg. Immer wieder wollten sie vom Krieg hören. Schlachtengeschichten allein befriedigten den unstillbaren Hunger der erlauchten Damen und Herren nach Sensation. Die Sehnsucht danach, für einige Augenblicke dabei zu sein, teilzuhaben am

Schlachtenlärm, am Gebrüll der anstürmenden Feinde, dem Aufprall der Waffen und Rüstungen, wohlig zu erschaudern beim Ringen in Tümpeln von Schlamm und Blut, in der Gewissheit, lediglich Erzählungen zu lauschen, jederzeit zurückkehren zu können in eine Wirklichkeit voller Wachen und teurem Wein, die sie davor bewahrten, eine solche Welt jemals zu erleben. Gewaltige Feldschlachten auf morastigen Äckern, tückische Hinterhalte in engen Schluchten, er führte sie, wohin sie wollten, und erhielt dafür seine Bezahlung in Applaus, in Bewunderung, in den immer exklusiveren Einladungen. Jeder Abendempfang, der seinen Namen verdient hatte, verlangte zu vorgerückter Stunde nach dem alten Helden Calgola, Neubürger, Lebemann, zuverlässiger Lieferant kurioser Abendunterhaltung. Die Sache hatte sich verselbstständigt. Nun war er der Hauptmann mit den aufregenden Kriegsgeschichten. Ein Ausstellungsstück. Eine exotische Rarität, nicht viel besser als ein dressiertes wildes Tier.

Niemand in diesen Mauern wollte *wirklich* wissen, dass Tag für Tag gesichtslose Männer in entfernten Winkeln dieser Welt für diese Stadt und ihre Bürger kämpften und mit gesunder Regelmäßigkeit auch starben. Spätestens mit dem nächsten Gespräch über Handel und Geschäfte, über Wein und Politik war alles vergessen.

Die Einladungen kamen trotzdem, zu immer neuen, immer wichtigeren Empfängen. Doch mit den Prahlereien kam die Scham. Alte Geister, die sich aus ihren Gräbern erhoben. Die Albträume. Keine in dieser Nacht, soweit er sich erinnern konnte. Und da sagten die Leute, das Trinken sei keine Lösung.

Auf eine Ecke seines Schreibtischs fiel Sonnenschein. Mit spitzen Fingern fischte er Grauwackes Einladung hervor. Die

Prägung im blütenweißen Karton sah teuer aus und sollte es wahrscheinlich auch. Auch von hier aus grüßte ihn der missmutige Götterschmied. Der Konsul konnte es nicht lassen, das Abbild seines Hausidols auf jede freie Oberfläche zu kleistern, die in seine fetten Finger kam. Die Grauwackes stammten, so behaupteten zumindest die Grauwackes, in direkter Linie von den Göttern ab. Niemand glaubte ernsthaft daran, dass die Hände des Konsuls oder irgendeines seiner unmittelbaren Vorfahren jemals Werkzeuge berührt oder irgendeine Art von körperlicher Arbeit ausgeführt hatten. Solche Dinge gehörten sich nicht. Sie lenkten lediglich von der Anhäufung wahrer Reichtümer ab und stahlen die Zeit, um diese angemessen zur Schau zu stellen.

Für einen Augenblick fragte er sich, ob er zu weit gegangen war. Der Konsul mochte ihn nicht, so viel war bekannt. Schon seit ihrer ersten Begegnung verband sie ein Gefühl tief empfundener gegenseitiger Abneigung. Umso nötiger war es gewesen, mitten in seinen Palast hineinzuspazieren und mit der Einladung zu wedeln, die sein treuer Diener Hergemuffe ihm beschafft hatte. Gepflegte Rivalitäten hielten einen Mann gesund und wach. Dennoch hätte er sich möglicherweise verkneifen sollen, dem Konsul in seinem eigenen Heim die Aufmerksamkeit der Gäste zu stehlen. Mächtige Männer hegten nicht selten einen mächtigen Groll.

Der Wein in seinem Bauch war anderer Meinung gewesen. Er hatte Eindruck machen wollen. Der alte Konsul Schneidwerg hatte ihn beobachtet. Der Bursche war bekannt für seine Leidenschaft für alles Militärische und hatte, was noch wichtiger war, für seine Linie keinen Erben. Die Aussicht darauf, durch Adoption in eines der alten Häuser aufzusteigen, in eine Schicht von Macht und Wohlstand jenseits aller Vorstellung, war ein zartes Pflänzchen, das es vorsichtig zu pflegen galt.

Er richtete einen misstrauischen Blick zur Tür. Neigte er bereits zu akustischen Halluzinationen? Beinahe war es ihm, als habe es erneut geklopft. „Hallo?"

„Hallo?", ertönte es von der anderen Seite durch das Holz.

Er stöhnte. So konnte man seinen Morgen auch verbringen. „Wer ist da?"

„Ziffre, Herr", erklang es verhalten. „Euer Diener Hergemuffe schickt mich. Ich soll mich um Eure Schriftsachen kümmern."

Kaum zu glauben. „Soll das eine List sein?"

„Herr?"

„Hergemuffe. Hat er Euch hochgeschickt, um herauszufinden, ob ich wirklich aufgestanden bin?"

Eine kurze Pause folgte. „Nein?", versuchte es die Stimme vorsichtig. „Nein." Dieses Mal war der Klang bestimmter. „Er steht unten im Flur und schüttelt den Kopf."

Der alte Fuchs dachte wirklich an alles.

Widerwillig stieß er sich vom Schreibtisch ab und schaffte es in einer vergleichsweise geraden Linie bis zur Tür. Mit einem kratzenden Geräusch zog er zwei Riegel zurück. An der Klinke hing sein Schwert in seiner Scheide, eine Vorsichtsmaßnahme. Weitere Waffen befanden sich an weniger offensichtlichen Orten im Raum. In Merkesch konnte man nie vorsichtig genug sein.

Er öffnete die Tür einen Spalt, bis sich die Kette spannte. Vor ihm lag nichts als dunkler Flur. Er rollte mit den Augen. „Kommt hier rüber, damit ich Euch sehen kann."

Ein dünner Junge mit schwarzen Haaren und dunklen Augen schob sich vor den Spalt. Er konnte nicht älter als sechzehn Jahre sein. Seine Haut war von gesättigter Bronze mit einem Schuss Olive.

„Ihr?“ Irritiert musterte er die unerwartet kindliche Gestalt. „Ihr seid der Schreiber?“

„Der bin ich, Herr.“

„Ihr seid noch ein Junge.“

„Ja, Herr“, erklärte der Junge mit der Geduld eines Menschen, der es gewohnt war, von Älteren und vermeintlich Weiseren auf überflüssige Dinge hingewiesen zu werden.

„Wie alt seid Ihr?“

„Achtzehn, Herr.“

„Lügt nicht.“

„Im nächsten Jahr.“

„Ihr seid siebzehn und kennt Euch mit Formblättern und Steuern aus?“

„Herr?“

„Nichts. Ich war lediglich der Meinung, in Eurem Alter hätte man Besseres zu tun. Nichtstun. Unsinn. Solche Dinge.“

Der Junge seufzte geräuschlos. „Euer Diener Hergemuffe hat mich ausführlich geprüft und meine Fähigkeiten für gut befunden, Herr.“

Seine Stirn blieb gerunzelt. Hergemuffe hatte dem Wenigen nach, was er bei seiner Einstellung preisgegeben hatte, Jahrzehnte seines Lebens als Oberdiener eines einflussreichen Mannes in dieser Stadt verbracht, der erst vor Kurzem das Zeitliche gesegnet hatte. Freundlicherweise hatte der Kerl das Reich der Lebenden gerade zu jener Zeit hinter sich gelassen, in der ein gewisser Grobklotz Palter Calgola, frisch ausgestattet mit dem wohlverdienten Bürgerrecht nach dreißig Jahren Kriegsdienst, derartige Unterstützung bitternötig hatte. Was Hergemuffe riet, war üblicherweise über jeden Zweifel erhaben. In diesem Fall aber war ihm schleierhaft, warum ausgerechnet ein Junge die beste Waffe sein sollte, um den Belagerungsring aus Mahnungen und Nachforderungen, der über die letzten Monate hinweg um ihn errichtet worden war, zu durchbrechen und die Schlacht mit den Papierkriegern der Stadtverwaltung doch noch zu seinen Gunsten zu entscheiden.

Dem Jungen gelang es indes, allein durch sein Schweigen, das fast schon an Aufmüpfigkeit grenzte, darauf hinzuweisen, dass sie sich bereits unnötig lange durch einen äußerst schmalen Türspalt gegenseitig anschwiegen.

„Also gut." Er löste die Kette. Ein plötzlicher Durchzug übernahm das weitere Öffnen der Tür. Für einen Augenblick bauschten sich die dünnen Vorhänge des Bettes auf wie die Flügel eines übergroßen Paradiesvogels.

Er hatte sich bereits abgewandt, als der Junge hinter ihm eintrat. Irgendwo musste sich doch der andere Krug befinden. Derjenige mit noch mehr Wasser. Derjenige, den er in weiser Voraussicht vor seinem Aufbruch am Vorabend neben dem Bett postiert hatte. Derjenige, den er vor dem Schlafengehen hätte trinken sollen. „Ah." Da also versteckte sich das gute Stück. „Ziffre, also. Und Ihr nennt Euch einen Schreiber."

Eine Antwort blieb aus.

Er wandte sich um. Der Junge war mitten in den Raum getreten und blickte sich mit weiten Augen um.

„Hm." Sollte er ruhig. Seine eigenen Finger hatten einen neuen Schatz zwischen den Papieren auf dem Schreibtisch freigelegt: eine verzierte Schale, Mitbringsel einer Kampagne tief im Süden, bis zum Rand angefüllt mit dem Besten, was die Landwirtschaft je hervorgebracht hatte. Er angelte eine der Feigen herbei, biss hinein und kaute. Ohne Feigen konnte man die ganze Sache mit dem Ackerbau getrost als Zeitverschwendung betrachten. „Wann immer Ihr so weit seid“, brachte er zwischen einigen Bissen hervor.

„Verzeiht, Herr.“ Anscheinend mit Mühe riss sich der Junge von der Betrachtung der Kunstwerke los, die im Laufe eines Kriegerlebens den Weg in seinen Besitz gefunden hatten.

„Bereits geschehen.“ Das Verhalten des Burschen amüsierte ihn. „Ihr seid also ein Freund der schönen Dinge.“

Der Junge brachte eine Bewegung zustande, die halb Schulterzucken und halb Nicken war.

„Nur zu.“ Mit der angebissenen Frucht wies er zu den ausgestellten Waffen und Kunstgegenständen, den Kleidungsstücken, Statuen und Artefakten jener Völker, die so unglücklich gewesen waren, sich auf der spitzen Seite von Merkeschs Speeren, Pfeilen und Ballisten wiederzufinden. Viel Aufwand war darauf verwendet worden, das alles anzuschaffen und zu arrangieren. Ein gewisser Kuratorenstolz war mit Sicherheit berechtigt.

Der Junge trat vor und betrachtete das breite Himmelbett, als handle es sich um einen heiligen Altar. Seine Hand wanderte entlang der geschnitzten Pfosten empor, ohne sie zu berühren. „Zedern aus dem Land der Shugan“, erklärte er staunend. „Seide aus Dian Sao.“

„Hm.“ Er nickt anerkennend und nahm einen weiteren Bissen. „Ihr kennt Euch aus.“

„So viele Kunstwerke aus so vielen Ländern!“

„Könnt Ihr auch haben. Braucht bloß den Eid zu leisten und dreißig Jahre Eure Knochen hinzuhalten. Man kommt herum in der Tharsis.“

„Ah!“ Die Augen des Jungen leuchteten auf. „Kriegsbeute. Ihr habt sie unseren Feinden entrissen. Wilden, Aufrührern und Banditen, die uns und unsere Gesetze hassen. Ich habe gehört, dass Ihr in Wolfshecke ..."

„Ja, genau." Seine Worte waren nur ein Brummen. Er verspürte keine Lust auf *dieses* leidige Thema. Ein weiteres Stück Fruchtfleisch fand den Weg hinab durch seine Kehle. „An Schätzen besteht dort draußen wahrlich kein Mangel."

Ebenso wenig wie an Leuten, die Merkesch hassten. Kein Wunder. Zu viel wertvoller Besitz im „falschen" Teil der Welt führte schnell dazu, dass sich ein Land oder Volk den gerechten Zorn der großen Stadt Merkesch zuzog. Dies wiederum führte gelegentlich dazu, dass gewisse Schätze aus entfernten Ländern ihren Weg in seine Räumlichkeiten fanden, was die ursprünglichen Besitzer nur selten mit begeisterter Zustimmung quittierten.

Er verzog das Gesicht und betrachtete argwöhnisch die Frucht in seiner Hand. Von außen sah die Feige aus, wie eine Feige eben auszusehen hatte, doch der bittere Beigeschmack gehörte nicht zur vereinbarten Qualität. Eigens importiert vom honiggelben Ufer, hatte es geheißen. Es war an der Zeit, mit Hobovese ein ernsthaftes Gespräch über die Qualität seiner Ware zu führen.

Der Junge hatte indes etwas Neues entdeckt. Er deutete hinauf zu den gekreuzten Kukuri-Dolchen an der Wand, wie sie von den Darmukta-Söldnern aus dem Norden des Kontinents getragen wurden, vielleicht auch zu dem verzierten Turban des Wüstenlandes Abbadema, der ein weiteres Regal krönte. „Seid Ihr wirklich überall dort gewesen? Bei den Nordvölkern am Rande der Nebel und in den Wüsten von Ryamad?"

„Nicht überall, nein. Aber andere für mich. Für manche Dinge braucht man hilfreiche Freunde." Vieles hatte in der Tat auf anderen Wegen zu ihm gefunden. Die Welt war zu groß, um alles, was es sich zu sammeln lohnte, persönlich zu beschaffen. Manchmal genügte es, wenn andere wussten, dass Palter Calgola stets bereit war, für schöne Dinge einen guten Preis zu zahlen.

„Und die Bücher!"

Er nickte. „Rare Auflagen, allesamt." Einige davon nervenaufreibend rar. Frohlock Gilbrans „Sammlung alter Heldensagen" musste trotz der Bewegung erheblicher Mengen an Gold wohl für alle Zeiten unvollständig bleiben. Gestern hatte auch der letzte fadenscheinige Händler seines Vertrauens eingestehen müssen, dass wohl keine Ausgaben von „Schätze des Ingwall" mehr erhalten waren.

Er tastete in der Schale nach einer zweiten Frucht, durchschnitt die Schale mit einem perlenbesetzten Dolch und betrachtete argwöhnisch das Fruchtfleisch.

„Seid Ihr ein Mann der Götter?"

„Ah!" Er saugte an der Stelle, wo er sich in den Daumen geschnitten hatte.

„Das Amulett", fügte der Junge entschuldigend hinzu und deutete auf die dünne Goldkette mit dem milchig blauen Stein, die an einem der Bettpfosten in der Sonne glitzerte. „Ihr seid ein Anhänger der Göttin Azura?"

„Dekoration", knurrte er missmutig zurück und betrachtete den Schnitt. Zum Glück war nur die obere Hautschicht betroffen. Schon viel zu lange hatte er es versäumt, den verdammten Klunker endlich zu verkaufen. Die ursprüngliche Besitzerin würde ohnehin nicht mehr zurückkehren. „Schriftstücke", mahnte er. Es war an der Zeit, das Gespräch zurück auf wirklich Wichtiges zu lenken. „Wir sprachen davon, was Ihr für mich tun könnt."

„Natürlich, Herr. Ich bin ausgebildeter und zertifizierter ..."

„Und hört auf, jeden Eurer Sätze mit ‚Herr' zu beenden."

„Ja, H… Hauptmann. Ich bin …"

„Hauptmann *im Ruhestand*. So viel Zeit muss sein." Eine weitere Feige fand den Weg zwischen seine Kiefer. Allmählich gelang es ihm, den pelzigen Nachgeschmack des Vorabends zu vertreiben. „Schriftkram", half er dem Burschen auf die Sprünge. „Ihr sagtet, Ihr kennt Euch mit Schriftkram aus."

„So ist es, Herr."

„Ich nehme an, Ihr habt bereits auf diesem Feld gearbeitet?"

Der Junge nickte. Die Art, in der der Bursche seinen Blicken auswich, forderte weitere Nachfragen geradezu heraus.

„Wie lange?"

„Fast zwei Jahre."

„Erschreckend. Und wo?"

„Euer Diener hat mir versichert …"

„Heraus damit! Ich habe nicht den ganzen Tag Zeit."

Ziffre räusperte sich. „Ich war zuvor in Konsul Grauwackes Diensten."

„Grauwacke!" Sein Ausstoß war ein trockenes Krächzen. Beinahe hätte er sich an der Frucht verschluckt. „Ihr habt für diesen …" Er wedelte mit der Hand, bis er wieder Luft bekam. Sein Blick schoss eilig zwischen dem Jungen und der verräterischen Last des Schreibtischs hin und her.

„Wie könnt Ihr … habt Ihr Hergemuffe nichts davon erzählt?"

„Doch, das habe ich."

„Und?"

„Er sagte mir, dass Ihr Euch zu Anfang sehr aufregen würdet."

„Da hat er verdammt recht!"

„Dass Ihr vermuten werdet, ich wäre ein Spion."

„Unfassbar!“, wütete er. „Er hat einen Spion zu mir durchgelassen. Was fällt dem Mann ein?“ Ohne viel Erfolg versuchte er, sich mit seinem Körper zwischen den Besucher und möglichst viele der verfänglichen Papiere zu schieben, was sich aufgrund der Höhe und beachtlichen seitlichen Ausbreitung der Stapel als unmögliches Unterfangen erwies. „Was schweigt Ihr da und glotzt? Wollt Ihr etwa abstreiten?“

„Euer Diener sagte mir, ich solle abwarten, bis Ihr Euch beruhigt habt.“

„Bis ich mich ...?“ Zu seiner erheblichen Irritation wurde er sich bewusst, dass er tatsächlich in Begriff war, sich zu beruhigen. Manchmal war der Alte ein etwas zu guter Beobachter.

„Ich bin der Beste, den er kennt“, beharrte der Junge mit neu erwachtem Trotz. „Das ist es, was ich Euch ausrichten soll. Dass es eine Schande wäre, mich wegzuschicken.“

„Ha!“ Der *Scheloch* mochte wissen, woher der alte Diener seine Informationen bezog. Es war kein Geheimnis, dass die Oberdiener aller Häuser hinter den Rücken ihrer Herren miteinander sprachen. Ein beunruhigendes Netzwerk musste sich hinter den Fassaden all der Villen und Paläste spannen, dessen Mitglieder die Herren dieser Stadt vermutlich besser kannten als deren eigene Familien. Wenn Hergemuffe sagte, dass der Junge der Beste war, dann war er es. Auch von seiner Zuverlässigkeit musste der Alte sich, aus welchem Grund auch immer, hatte überzeugen lassen, sonst hätte er ihn niemals bis hierher vorgelassen. „Heraus damit!“, forderte er. „Was ist mit Euch? Arbeitet Ihr noch immer für den Konsul?“

„Nein!“

„Verdächtig! Warum nicht?“

Der Junge verstummte. Sein Ausdruck war zerknirscht, voll von unterdrücktem Widerwillen.

„Ihr solltet ... nein. Wartet." Er unterbrach sein ruheloses Eindringen. Seine Gedanken wurden wieder klarer. Etwas Neues fiel ihm ein.

Der Junge blickte überrascht drein, als mit einer entschlossenen Handbewegung die Sitzfläche eines Stuhls für ihn geräumt und ihm angeboten wurde. Kaum, dass er zögerlich Platz genommen hatte, fand auch die Feigenschale ihren Weg über die Tischplatte in seine Richtung.

Palter, der sich auf einer Tischecke niedergelassen hatte, deutete mit einer einladenden Geste hin zu dem Behältnis. „Bedient Euch nur. Die besten Feigen in ganz Merkesch. Ich beziehe sie von einem Freund. Etwas Wasser?" Ohne eine Antwort abzuwarten, füllte er einen Becher bis zum Rand. „Entschuldigt meine Art", fügte er hinzu. „Ich habe heute Nacht nicht gut geschlafen. Wie war es beim Konsul? Ihr müsst wissen, Grauwacke und ich sind alte ... Freunde. Naturgemäß besorgt es mich, zu hören, dass es in seinem Haus Dinge gibt, die Euch aus seinem Dienst getrieben haben." Er wagte einen Blick über seine Frucht hinweg. Gerüchte waren in dieser Stadt fast noch wertvoller als Gold. Vielleicht war der Bursche in der Tat ein Glücksgriff. „Nun?"

Der Blick des Jungen blieb vorsichtig. „Ich glaube, ich weiß nicht, was Ihr meint."

„Dann lasst mich Euch helfen. Sicher habt Ihr bei Eurer Arbeit für den Konsul das eine oder andere gesehen und gehört. Ich interessiere mich dafür. Für alle Dinge, die ihn betreffen. Sehr sogar."

Der Junge rückte unwohl auf dem Sitzmöbel hin und her.

„Was ist?"

„Die Regeln, Herr."

„Hm?"

„Sie erlauben nicht, dass ich von solchen Dingen spreche."

„Hm. Ist das so, ja?“ Hungrige Augen folgten der Schale, die sich unter kratzenden Geräuschen wieder zurück in die Gegenrichtung bewegte. „Schade.“ Er biss in eine weitere Frucht. „Ich biete Euch die Gelegenheit, Euch zu beweisen, und das ist Eure Antwort?“

Der Junge senkte den Kopf. „Wenn Ihr wollt, dass ich wieder gehe …“

Ein weiteres Mal machte die Frucht Anstalten, in seiner Speiseröhre stecken zu bleiben. Sein Blick huschte zu den Papieren. Es folgten Gedanken an die Steuerprüfer, die in Merkeschs Stadtverwaltung mit zunehmender Ungeduld auf die Einreichung gewisser Anträge warteten. Das Pochen in seinem Schädel schien sich augenblicklich wieder zu verstärken. „Nein …“ Er schluckte und erhob sich. „Nein. Ihr habt ganz recht. Die Regeln sind die Regeln. Wo kämen wir sonst hin? Diese ganze Stadt ist auf Regeln gebaut. Ohne Regeln wären wir nicht anders als wilde Tiere, oder? Zumindest sage ich das immer.“ Ein prüfender Blick aus dem Augenwinkel. Der Junge machte noch immer keine Anstalten, seine Meinung in der Sache zu überdenken. „Wie Ihr wollt“, fuhr er fort. „Ich darf hoffen, dass Eure Fachkunde in Steuerdingen Eurer Regeltreue in nichts nachsteht.“

„Prüft mich“, forderte Ziffre, „und urteilt selbst.“

„Hm.“

Ungewohnter Trotz war in den Blick des Jungen getreten.

„Also gut.“ Er kam näher und klopfte auf das Holz neben dem Papierstapel. „Eine kleine Übung. Wenn Ihr so gut seid, wie Ihr behauptet, solltet Ihr damit keine Probleme haben.“ Er überlegte kurz. „Angenommen, ich besitze eine Feigenfarm am honiggelben Ufer …“

Der Junge zog die Stirn kraus.

„Was?“

„Der Ort ist für den Anbau denkbar ungeeignet. Feigen vertragen keinen Frühfrost."

Er schielte auf die Feige in seiner Hand und von dort aus zurück zum Jungen. „Was Ihr nicht sagt."

„Mein Vater arbeitet auf einem Feld", beharrte der Junge. „Die Güte der Frucht würde unter der Kälte leiden. Ihr hättet höheren Aufwand, schlechtere Qualität und Schwierigkeiten, für die Ware überhaupt irgendeinen Abnehmer zu finden."

„Interessant." Langsam legte er die angebissene Frucht zwischen die Papiere auf seinem Schreibtisch und beobachtete sie mit Misstrauen, während er sich die Hände mit einem offiziellen Bescheid abwischte. „Äußerst interessant, wirklich. Minderwertige Qualität, sagt Ihr?" Ein gewisser Händler konnte sich in den nächsten Tagen auf unangenehmen Besuch einrichten. „Richtig", fuhr er fort, sich zurückbesinnend. „Also. Angenommen, es gäbe dort keinen Frost."

„Wollt Ihr nicht lieber Bohnen anbauen? Mein Vater sagt, dieses Jahr ..."

„Was Euer Vater sagt, ist mir egal! Es geht hier nicht um Landwirtschaft! Konzentriert Euch auf die Lösung und hört auf, die verdammte Aufgabe zu hinterfragen. Habt Ihr ..."

Der Ruf eines Horns erklang irgendwo im Westen der Stadt.

„Verdammt! Wie spät ist es?"

„Etwa neun, Herr."

„Seht Ihr! Das haben wir jetzt davon!"

Mit eiligen Schritten verschwand er hinter dem hölzernen Raumteiler im hinteren Bereich der Kammer. Auf Hergemuffe war Verlass. Frisch gewaschen und ordentlich aufgereiht lagen die vertrauten Kleidungsstücke nebeneinander auf dem Deckel der Truhe: der rote Waffenrock mit den Goldstreifen, sein Umhang, der breite Gürtel mit dem Bronzeschloss, dazu der Dolch in der verzierten Scheide, ein Geschenk seiner alten Einheit. Alles Dinge, die seit Monaten das Innere der Truhe nicht verlassen hatten und dort, wenn es nach ihm gegangen wäre, auch für alle Zeiten hätten bleiben können.

„Ihr geht?", erklang es fragend von der anderen Seite des Raumes.

„So will es das Gesetz. Ein tolles Gesetz. Unser Kanos? Das beste Gesetz der ganzen Welt. Aber Ihr bleibt! Irgendjemand muss sich um *dieses* Schlachtfeld hier kümmern." Er nickte in Richtung der Katastrophe auf dem Schreibtisch.

„Was ist mit meiner Prüfung?"

Er stöhnte. Für einen kurzen Augenblick fiel sein Blick auf den hölzernen Ständer, auf dem sein Helm mit dem Rosshaarkamm ruhte, ebenso wie der glänzende Brustpanzer aus Stahl. Die Teile sahen gut aus, seit er Hergemuffe angewiesen hatte, sie einmal in der Woche zu polieren. Andererseits würde es heiß werden. Zu heiß für schwere Rüstungsstücke, die innerhalb der Stadtmauern ohnehin keinen Nutzen besaßen.

„Herr?"

„Was?"

„Die Prüfung."

„Vergesst die Prüfung."

„So einfach?"

„So einfach. Wer Fragen stellt wie Ihr und es geschafft hat Hergemuffe zu überzeugen, *muss* einfach geschaffen sein für diesen Kram." Mit nicht geringer Unruhe eilte er zurück durch den Raum. Wo war das verdammte Schreiben? Die Frage erübrigte sich. Es gab nur einen möglichen Ort.

„Herr ..."

Da war es ja! Er zog den Umschlag aus dem Haufen, rot nicht mehr nur vom gebrochenen Siegel, sondern auch vom Wein. „Verdammt." Sein ungeduldiger Blick schoss hinüber zum Jungen, während er das feuchte Dokument in der Luft umherwedelte, um es behelfsmäßig zu trocknen. „Also. Ich muss gehen. Meine Anwesenheit wird verlangt nach ..." Er warf einen Blick auf das Blatt. „Feldregel null vier, Schrägstrich eins vier sieben sechs neun. Paragraf vierundachtzig b, Ziffer fünf. Wusstet Ihr, dass es eine Ziffer fünf gibt? Und so viele Feldregeln? *Mir* hat ganz sicher niemand etwas davon gesagt, als ich meinen Eid geschworen habe. Ansonsten hätte ich mir das Ganze vielleicht noch einmal überlegt."

„Was besagt Ziffer fünf?"

„Was weiß ich? Ich weiß nicht einmal, ob ich es erfahren möchte. Alles, was ich weiß, ist, dass ich viel zu früh am Morgen hier stehe, in kratzender Baumwolle und man mich wie einen verdammten Rekruten herbeizitiert. ‚Palter Calgola', steht hier. ‚Hauptmann *im Ruhestand*' Lesen die eigentlich ihre eigenen Befehle? Ruhestand! Und jetzt das. Als sei ich nicht schon dreißig Jahre jeden Morgen in aller Frühe aufgestanden. Als hätte ich mich nicht schon lange genug herumkommandieren lassen. *Ruhestand*. Man sollte meinen, dieser Teil sei wichtig." Ärgerlich zerrte er die Schlaufe seines Schwertes von der Klinke und legte sich die Waffe um. „Ihr macht es richtig, Junge. Ihr lernt etwas Anständiges und habt den ganzen Tag lang Eure Ruhe." Ein kurzer Blick zurück. „Ihr kommt doch ohne mich mit dem Zeug zurecht?"

Der Junge nickte.

„Seid Ihr sicher? Ihr habt noch nicht einmal genau hingesehen."

„Das brauche ich auch nicht."

„Hm." Selbstbewusstsein hatte er ja. „Ich schlage vor, Ihr beginnt damit, etwas Ordnung zu machen." Das Schwert hing schwer am Gürtel und er schloss die Schnalle. „Bildet Stapel oder so. Von ‚dringend' bis ‚sehr dringend'. Vielleicht ..." Er winkte ab. „Was rede ich? Ihr versteht von diesen Dingen mehr als ich. Das tut Ihr doch?"

„Bestimmt." Der Blick des Jungen zu den wuchernden Dokumenten war Aussage genug. Viel ungeschickter als er selbst konnte man sich ohnehin nicht anstellen.

„Es wird nicht lange dauern, bis ich wiederkomme", erklärte er hoffnungsvoll. „Um neun am Westtor, heißt es. Bestimmt haben sie nur einige Fragen und wir sind sehr schnell damit durch. Hier." Er unternahm einen ausladenden Schritt zurück und schob die Feigenschüssel in Richtung seines neuen Angestellten. „Bedient Euch. Auch beim Wasser. Fragt Hergemuffe, wenn Euch irgendetwas fehlt. Aber rührt nichts an, was nicht auf ... ich meine ..." Er beschrieb einen großzügigen Kreis mit der Hand. „Was nicht im Einzugsbereich dieses Schreibtischs liegt. Habt Ihr das verstanden?"

Der Junge nickte.

„Gut." Es blieb noch Zeit für einen kurzen Blick in den Spiegel neben der Tür. Mit der Hand brachte er seine Haare in eine Art von Ordnung. „Ziffre?"

„Hm?"

„Baut Euer Vater vielleicht Feigen an?"

„Nein, Herr. Bohnen."

„Schade." Eine ganze Familie, die ihr Leben einfach wegwarf. Er warf einen letzten Blick zurück. Dann trat er durch den Rahmen und zog die Tür hinter sich ins Schloss.

Kapitel 2 – Kameraden

Ziffer fünf!

Noch immer ungehalten, trat er aus dem Schatten des Hauseingangs in die Morgensonne. Noch einmal prüfte er den Verschluss des Umhangs vor seiner Brust.

Kaum zu glauben, was sie sich manchmal einfallen ließen.

Die Straße mit den weiß getünchten Häuserfronten, den hölzernen Balkonen mit ihren überquellenden Blumenkästen lag, abgesehen von einigen Nachzüglern der Vorstädter, beinahe menschenleer vor ihm. Die große Masse war bereits vorübergezogen. Die meisten Bürger würden wie er selbst an einem gewöhnlichen Tag eben erst aufstehen und sich einem reichhaltigen Frühstück zuwenden.

Einige Boten liefen an den Hauswänden entlang, wippende Ledertaschen voller Briefe und Schriftrollen an ihren Seiten. Eine Dienerin mit weißem Kopftuch fegte die Straße, die in einer anständigen Gegend wie dieser stets makellos sauber war. Sie senkte den Blick, als er vorübereilte.

Der Bettler war wie gewohnt an seinem Platz. Wie immer lehnte der Mann mit dem Rücken an der sonnenbeschienenen Hauswand und zeigte, ebenfalls wie gewohnt, keine Reaktion, als er eine Münze in die Kopfbedeckung auf dem Boden warf. Er kam nicht umhin, eine gewisse Anerkennung für den Burschen zu empfinden. Ihm war innerhalb der Mauern noch kein Mensch begegnet, der mit einer solchen Zuverlässigkeit jeden Tag zur Arbeit erschien wie dieser Alte, der bei Wind und Wetter pünktlich mit dem Sonnenaufgang seinen Platz unter dem Balkon des Nachbarhauses einnahm, um mit ihrem Untergang ebenso zuverlässig wieder zu verschwinden.

„Ah, Herr Calgola!“

Er schirmte die Augen mit der Hand ab und blickte hinauf zum Balkon des Nachbarhauses, von dem Efeu in langen Strängen herabhing.

Pankota, Besitzer eines kleinen Lagerhauses unten im Hafen, hielt einen dampfenden Becher in der Hand und winkte zu ihm herab. Der Mann trat vor und beugte sich über die Brüstung. „Und guten Morgen, Herr Bettler."

Der Angesprochene zeigte keine Regung.

Pankota schüttelte den Kopf. „Der macht es richtig, was? Den ganzen Tag nur Ruhe und Zeit zur Einkehr. Aber Ihr und ich? Nun, irgendjemand muss in dieser Stadt schließlich die ganze harte Arbeit machen. So früh schon auf? Ich bin verwundert, Herr Calgola. Zu einer solchen Zeit, und das auch noch in Uniform!"

„Nicht aus freien Stücken, Pankota, da könnt Ihr sicher sein. Die Pflicht ruft, laut und ungeduldig. Wenn Ihr mich also entschuldigen würdet? Ich bin in nicht geringer Eile."

„Die ganze Stadt ist in Eile, Herr", verkündete Pankota mit der Gelassenheit von jemandem, der keine Eile kannte. Der Händler schlürfte mit Genuss an seinem Heißgetränk. „Jarl Olrig von den Vargen ist, wie es heißt, mit großem Gefolge zu uns unterwegs, um den Abschluss eines neuen Vertrags mit dem Petrarchen zu begehen. Denkt nur! Barbarenvolk, in unseren Mauern! Zeiten sind das. Und wisst Ihr, was man sich sonst noch von ihm erzählt?"

Er stöhnte innerlich. Pankota gehörte zu den Leuten, die auf rhetorische Fragen tatsächlich eine Antwort erwarteten. „Nein", brachte er hervor, bemüht, nicht zu viel Ungeduld zu zeigen. „Was erzählt man sich?"

Der Mann auf dem Balkon blickte sich verschwörerisch um und beugte sich zu ihm herab, so als lauerten überall Häscher und Spione. „Man sagt, sogar Konsul Grauwacke stehe diesem

Vargenherrn an Reichtum nach“, verkündete er in einem Flüsterton, der laut genug war, um überall in der Gasse deutlich gehört zu werden. „Es heißt, er fährt auf einem Schiff aus massivem Gold.“ Der Mann hob bedeutungsvoll die Brauen. „Mit nicht weniger fünfhundert wilden Kriegern an eisernen Rudern!“

Seine Antwort bestand aus einem langsamen Nicken. Auf manche Äußerungen gab es einfach keine passende Erwiderung.

Pankota erwiderte sein Nicken und hob mahnend einen Finger vor die Lippen, so als habe er ihn eben zum Mitwisser in einer streng geheimen Sache erhoben. „Diese Wilden sind reich, Herr Calgola. Unbeschreiblich reich. Gute Zeiten stehen uns bevor. Vielleich sollte ich mich beeilen. Mir schnell noch ein paar neue Lagerhäuser anmieten, bevor der Platz knapp wird. Für all die Waren, die ohne Zweifel fließen werden.“

„Dann lasst uns hoffen, dass wir alle bald schon nicht mehr wissen werden, wohin mit unserem ganzen Reichtum.“ Er hob eine Hand zum Abschied. „Ich muss weiter, Pankota. Einen guten Tag noch.“

„Euch ebenfalls, Herr Calgola“, rief Pankota ihm nach. „Oder soll ich wieder sagen: Hauptmann?“

„Untersteht Euch!“

Er lenkte seine Schritte gen Westen in Richtung der Stadtmauer. Noch ging eine Kühle von dem grauen Kopfsteinpflaster aus. Wer Aufgaben im Freien zu verrichten hatte, war bemüht, sie schnell zu Ende zu bringen. Schon bald würde die Sonne die Steine der Gassen unangenehm aufheizen, sodass, wer immer die Gelegenheit dazu hatte, sich in die Innenhöfe und Parkanlagen der Häuser zurückzog, wo Wasserbecken und Brunnen für etwas Abkühlung sorgten. Selbst den Dienern würde man, soweit es möglich war, Aufgaben im Inneren der Häuser zuweisen, bis der späte Nachmittag Arbeiten unter freiem Himmel wieder erträglich machte. Auf einen guten Diener gab man acht in Merkesch. Darin lag der Unterschied zu den Soldaten.

Soldaten, so schien es, gab es immer in ausreichender Zahl, egal, wie viele man verlor. Einen Diener kannte man mit Namen und Gesicht. Männer in Rüstung und Uniform aber erblickte man allenfalls einmal in der Ferne bei den Baracken und auf dem großen Exerzierplatz nahe beim Westtor. Wie auch bei den Hausarbeiten machten sich die eingesessenen Bürger Merkeschs in Kriegsdingen nur ungern selbst die Finger schmutzig. Hatte man sich erst einmal bequem in diesen Mauern eingerichtet, so tat man sich schwer damit, das eigene Leben auf irgendwelchen entfernten Schlachtfeldern zu riskieren. Wozu auch? Der Zustrom frischer Rekruten für die Tharsis aus allen Ländern der Welt riss niemals ab. Neues Blut, das bereit war, sich den Prüfungen der Grundausbildung zu stellen und mit den Legionen auszuziehen, um in einem der ständig erforderlichen Kriege an den Reichsgrenzen Merkeschs Schlachten zu schlagen.

Aus gutem Grund erfolgten die ersten Wochen der Ausbildung bei den Baracken auf dem Sandplatz innerhalb der Mauern. Für viele war es das erste Mal, dass sie die Reichtümer der großen Stadt Merkesch mit eigenen Augen sehen durften. Die Hoffnung war es, die sie herbrachte und dazu bewegte, den Eid in den Legionen zu leisten. Die Aussicht darauf, selbst einmal hier zu wohnen. Den Soldatendienst zu überstehen, wohlhabend zu werden und eines Tages den höchsten Preis zu erhalten, die Bürgerschaft Merkeschs, nach der Menschen in der ganzen Welt sich sehnten. Doch dreißig Jahre waren eine lange Zeit.

Er trat zur Seite, um einem Zug von Stadtwächtern auszuweichen. Die Männer erkannten die Uniform und nickten ihm anerkennend zu. Ihre Gesichter waren müde. Sie hatten den einfachen Weg gewählt. Er konnte es ihnen nicht verübeln.

Jedem Legionär der Tharsis stand es nach zwanzig Jahren frei, den Panzer der Feldtruppen gegen den vergleichsweise ruhigen Dienst in der Stadtwache zu tauschen und die letzten zehn Jahre seiner Laufbahn dort zu verbringen. Reichtum und ein Zugang zur Bürgerschaft blieben ihnen zwar verwehrt, doch ein bescheidenes Leben mit Zugang zur Stadt war immer noch besser als ein anderes außerhalb der Mauern. Für ihn waren die zwanzig Jahre nie eine Option gewesen. Nicht weniger als die volle Belohnung musste es sein. Die Rechte. Das Gold. Die Anerkennung. Sein ganzes Leben lang hatte er gewusst, wofür er kämpfte. Und jetzt das. Er hatte gehofft, die Gleichgültigkeit der Bürger gegenüber Kriegsdingen fortan teilen zu dürfen. Doch hier war er, am frühen Morgen, mit Soldatenstiefeln und dem wippenden Schwert an seiner Seite. Seine Hand ging hinab zum mit weicher Leinenschnur umwickelten Griff. Das Gefühl war vertraut. Zu vertraut. Fast schon angenehm.

Mit einem Schauder vertrieb er die sentimentale Emotion. Er war nicht mehr Soldat. Er war ein *Bürger*. An der Tharsis gab es nichts zu vermissen. Er kannte die Zahlen. Die Aufzeichnungen darüber, welcher Anteil der Diensthabenden die zwanzig oder gar die vollen dreißig Jahre lebend überstand. Aus gutem Grund blieben die Statistiken unter Verschluss. Zu einer Überbevölkerung der Stadt mit Veteranen hatte das Modell jedenfalls noch nicht geführt.

Er konnte die gebellten Befehle der Offiziere bereits vernehmen, lange bevor die letzten Häuser zurücktraten und den Blick auf den Exerzierplatz freigaben. Es war der gleiche Anblick wie an jedem Tag der letzten dreißig Jahre, als er selbst noch auf dem Sand gestanden hatte.

Staubwolken stiegen vom sandigen Untergrund in den wolkenlosen Himmel. Man hatte bereits antreten lassen. Dutzende Rekruten waren damit beschäftigt, in Reih und Glied zu fallen, eine Beschäftigung, die, mehr noch, als sie ahnen konnten, einen gewichtigen Teil ihrer militärischen Laufbahn einnehmen würde. Vorgesetzte in Offiziersuniformen mit schimmernden Panzern und Federbüschen auf den Kronen ihrer Helme liefen schreiend umher und ordneten die Jungen wie Schäferhunde eine Herde von Nutztieren. Schweiß lief unter ihren Kopfbedeckungen hervor und glitzerte auf braun gebrannten Schläfen. Vorschriften und Vernunft standen an diesem Ort nicht zum ersten Mal auf Kriegsfuß. Es war verdammt noch mal zu heiß für eine Rüstung.

Er schirmte die Augen mit der Hand ab, doch Olaikan war nirgends zu erkennen. Bemerkenswert. Sein Freund und alter Kamerad machte nur selten von der Verspätung als Privileg der Höherrangigen Gebrauch.

Er passierte die Formation der Männer und erwiderte ihren Salut. Er erkannte niemanden unter den Rekruten, ebenso wenig, wie sie in ihm mehr sehen würden als eine Uniform mit Goldstreifen, vor der man zu salutieren hatte.

Drei Monate. Drei Monate erst lag sein Dienst zurück. Nicht einmal neunzig Tage lang aus dreißig Jahren hatte er alles, was mit Soldatentum zu tun hatte, konsequent aus seinem Leben ausgespart. Sicher, es hatte Schreiben gegeben, Einladungen zu Treffen mit anderen ausgeschiedenen Offizieren, doch die entsprechenden Briefe lagen irgendwo in dem

Gebirgsmassiv auf seinem Schreibtisch. Er verspürte kein Bedürfnis danach, Zeit mit Männern zu verbringen, die ohnehin nur über alte Schlachten sprechen wollten. Die ohne Zweifel *Fragen* stellen würden. Nach den Gerüchten. Nach den genauen Umständen seines Ausscheidens aus der Tharsis. Und natürlich nach der verdammten Sache mit Wolfshecke, von der anscheinend jede Einheit ihre eigene Version erzählte.

Vor ihm im Schatten der Stadtmauer lagen die Baracken der Mannschaften, der Rekruten und der Stadtwachen. Jeder, der in diesen hölzernen Gebäuden leben musste, versuchte für gewöhnlich, sie so schnell wie möglich wieder zu verlassen. Olaikan aber war alles andere als gewöhnlich. Der Mann war vermutlich der einzige Tharsis-Absolvent, der die vollen dreißig Jahre abgeleistet hatte und noch immer in diesen Hütten wohnte. Es gehörte fast schon Anstrengung dazu, im Laufe einer Dienstzeit in den Legionen *nicht* genügend Beute anzusammeln, um sich im Ruhestand eine schicke Wohnung in der Stadt leisten zu können. Man musste schon von einer besonders hartnäckigen Form von falsch verstandener Moral befallen sein, um sich all die Reichtümer entgehen zu lassen, die das Leben eines Kriegers mit sich brachte. Doch wenn Olaikan eines war, so war es hartnäckig. Und was am schlimmsten war: Er schien sich an seiner Armut nicht einmal zu stören. Beinahe unglaublich, wie manche Menschen die Aussicht auf Wohlstand und Komfort einfach liegenließen. *Er* hatte immer schon gewusst, dass sich Zurückhaltung und falsche Bescheidenheit im Leben niemals auszahlten.

Er klopfte an die Tür aus abgenutztem Holz und trat ein, ohne auf eine Aufforderung zu warten. Zuerst konnte er im Dunkel der Baracke nichts erkennen. Sämtliche Rekruten und Stadtwachen hatten ihre Unterkunft bereits verlassen, um den morgendlichen Dienst anzutreten. Dann aber erblickte er seinen alten Kameraden in einer Ecke, wo er sich vor einem polierten Stück Metall rasierte. „Guten Morgen, Hauptmann Olaikan."

Der Angesprochene grunzte, ohne aufzublicken. Er trug dieselbe Uniform und dieselben Rangabzeichen wie er selbst. Allerdings verrieten Zustand und Farbe, dass sich *seine* Exemplare keinesfalls in trockenen Truhen und den fachkundigen Händen umsichtiger Hausdiener befunden hatten.

Er wartete geduldig, bis Olaikan die letzte stoppelige Stelle beseitigt hatte und sich prüfend in dem improvisierten Spiegel betrachtete. Erst dann wandte sich der Kopf mit dem dunklen Haar ihm zu und sandte einen missmutigen Blick in seine Richtung. „Guten Morgen, Herr Calgola. Ihr seht entzückend aus. Willkommen zurück, edler Herr. Wohl geruht in Eurem Mädchenbett?"

Er streckte sich. „Ich kann nicht klagen. Obwohl ich gestehen muss, dass mein Frühstück heute eher karg ausfiel und ich auf ein Sonnenbad verzichten musste."

Sein Gegenüber stieß verächtlich die Luft aus. „Das tut mir leid zu hören. Ich hoffe, Ihr habt nicht versehentlich einen Muskel angespannt. Soll ich nach den Sanitätern rufen lassen?"

„Danke, nein. Und selbst? Ihr seht schrecklich aus. Wie ich sehe, verweigert Ihr Euch auch weiterhin dem Genuss all jener Vorzüge, für die wir jahrelang die Knochen hingehalten haben."

„Was braucht man denn auch?" Olaikan erhob sich und packte sorgsam seine Morgentoilette zusammen. „Ich hab' hier alles, was ich brauche. Immer genug zu essen. Hier! Meinen Schlafplatz. Gleiche Pritsche seit fast acht Jahren."

„Acht? Du meinst wohl dreißig."

„Nein. Meine alte ist kaputt. Das hier ist meine neue."

„Acht Jahre sind nicht neu! Wenigstens ein paar Kissen könntest du dir gönnen. Ich schenk dir welche! Damit dein Rücken nicht eines Tages durchbricht wie ein morsches Stück Holz."

„Hart macht hart. Wusste schon mein Vater. Hab immer nur auf Holz geschlafen. Kann mir gar nichts anderes mehr vorstellen."

„Siehst du! Und genau da liegt dein Problem." Er tippte auf das harte Bett. „Kein Vorstellungsvermögen. Keine Ambition. Es gibt weit mehr in dieser Welt, als du dir ausmalen kannst. Ach was: ausmalen *willst*! Aber du hörst ja nie auf mich." Hilflos breitete er beide Arme aus. „Du weigerst dich, mich anzuhören. Du weigerst dich, auch nur daran zu *denken*, dass es mehr geben könnte als das hier. Du könntest leben wie ein Fürst. Stattdessen haust du immer noch wie ein Rekrut, der gestern erst hier eingezogen ist."

Olaikan inspizierte einen Moment lang sein Rasiermesser, bevor er es in einer rissigen Lederhülle verschwinden ließ. „Und wie lebt ein Fürst? Hm? Trägt er seidene Kleidchen und verkehrt auf den Gelagen von Weichlingen, die ihn als Helden feiern? *Seht nur den Kämpfer! Den Helden von Wolfshecke. Er soll uns seine Narben zeigen, damit wir uns wohlig gruseln können in unseren Palästen.* Nein, danke. Auf dieses Fürstentum kann ich verzichten."

Er spürte Wut in sich aufwallen. „Du nennst mich einen Lakaien, weil ich etwas *mache* aus meinem Leben? Siehst du nicht, dass ich es gut mit dir meine? Alles, was ich will, ist, dir zu helfen."

„Auf diese Art von Hilfe kann ich verzichten. Ich brauche keine Benimmregeln. Ich gehöre niemandem."

„*Ich etwa*? Meinst du, ich verkaufe mich? Sieh dich doch selbst mal an! Auch du hast dich an die Herren dieser Stadt verkauft, als du den Schwur geleistet hast. Aber anders als du *mache* ich etwas aus meinem Leben. Glaubst du, du seist etwas Besseres, nur weil du an deinem grimmigen Stolz festhältst und dich hier drinnen verkriechst?"

Olaikan sah ihn nicht an und verstaute ruhig das Bündel seiner Habseligkeiten unter der Pritsche. „Deine Worte, nicht meine."

„Ach!" Er vollführte eine wegwerfende Bewegung. „Tu, was du willst. Ich weiß, was ich tun muss. In *meinem* Leben passieren Dinge. Die alten Häuser. Hohe Gesellschaft. Familienbande. *Das* ist es, wo die Zukunft liegt. Ich bin zu lange in Eisen herumgelaufen und habe auf harten Pritschen geschlafen. Bleib du nur für immer hier. Ich habe meine Opfer gebracht. *Mein* Dienst soll nicht umsonst gewesen sein."

„Du irrst dich, Palter." Zum ersten Mal blickte Olaikan ihn direkt an. „Genau das ist nämlich *dein* Problem. Ist das der Grund, warum wir kämpfen? Damit aus unserem Leben später etwas ‚wird'? Um damit herumzuprahlen? Du machst das alles hier zu einem Unterhaltungsstück. Du zerrst die Toten aus dem *Scheloch*, aus der Unterwelt hervor, deine gefallenen Brüder, und machst sie zu albernen Figuren in deinem unwürdigen Theater. Zur Unterhaltung irgendwelcher reichen Leute, die den Kampf nicht kennen und ihn auch niemals kennen werden. Die für uns und unseresgleichen nichts als Verachtung übrig haben. Glaubst du wirklich, sie sehen in dir irgendetwas anderes? Du bist kein Fürst. Nicht für sie und nicht für mich. Sieh in den Spiegel, dann weißt du, was du bist. Du bist nichts anderes als ein Hofnarr."

„*Und du bist ein verdammter Kettenhund!*" Überrascht stellte er fest, dass er schrie. „Eine abgerichtete Bestie, die

Angst hat, für sich selbst zu denken. Du bleibst aus freien Stücken hier in diesem Käfig, um nicht erfahren zu müssen, was dort draußen noch verborgen liegt. Was von dir übrig bleibt, wenn es niemanden mehr gibt, der dir Befehle erteilt!"

Mit geballten Fäusten erwartete er eine Erwiderung. Von draußen drangen die Stimmen der Ausbilder herein. Es klang, als würden die Rekruten von ihnen in der gleichen Weise angeschrien.

Olaikan musterte ihn wortlos. Dann zuckte er mit den Schultern. „Nun, das war ja mal etwas. Ein wirklich schöner Start in den Tag. Willkommen zurück, Hauptmann."

„Hauptmann im Ruhestand", forderte er erschöpft. „So viel Zeit muss sein."

Olaikan lachte trocken in sich hinein. „Mal sehen, wie lange noch."

„Was soll das heißen?"

„Was weiß denn ich, was General Theus plant? Ich weiß nur, dass sie dich dabeihaben wollten bei ihrer Besprechung. Mich ebenfalls, falls es dich interessiert. Bin von der Ausbildung der Jungen entschuldigt."

Das waren tatsächlich Neuigkeiten. Sie beide wollte man sehen? Zwei alte Männer, die ihre aktiven Jahre hinter sich hatten?

„Irgendetwas mit der Zweiten?", wollte er wissen.

Olaikan zuckte mit den Schultern. „Da sind deine Vermutungen genauso gut wie meine."

Wenn es etwas gab, das er hasste, dann war es, nicht Bescheid zu wissen. Die zweite Legion, ihre eigene alte Truppe, hatte erst vor Kurzem eine Kampagne bei den Nebelländern im Norden erfolgreich zu Ende gebracht und lagerte nun, angedockt wie ein Schiff an der Kaimauer, draußen vor den Vorstädten. Wie ein reich beladener Handelskahn oder, wenn man ehrlich war, der eines von der Kaperfahrt zurückgekehrten Freibeuters, wurde die Armee, noch während sie hier sprachen, um allerlei Schätze erleichtert und mit wichtigen Versorgungsgütern für die kommende Kampagne ausgestattet. Die militärische Ausbeute war, wie man hörte, zufriedenstellend ausgefallen, die persönliche jedoch leider ausgesprochen mager. Die meisten Mitbringsel seiner Kontakte erwiesen sich als wertloser Krimskrams. Von Frohlock Gilbrans verschollener Dokumentation der Schätze des Ingwall, auf dessen Auftauchen in einer der alten Tempelbibliotheken im Norden er gewisse Hoffnungen gesetzt hatte, fehlte weiterhin jede Spur.

Allerlei Gerüchte wiesen darauf hin, dass der Aufenthalt der Legion in der Heimat dieses Mal ungewöhnlich kurz ausfallen würde. Offenbar stand eine dringende Mission bevor. *Warum* man den Soldaten einen anständigen Erholungsurlaub vorenthielt, war jedoch selbst mit guten Verbindungen nicht herauszubekommen. Entsprechend rege, fast schon hektisch, war der Austausch zwischen den Truppen und den Vorstädten. Viele der Soldaten nutzten eilig die Gelegenheit, ihren Familien einen Besuch abzustatten, bevor es wieder hinaus in die Wildnis ging. Auch die Einsatzverluste oben im Norden schienen nicht besonders hoch gewesen zu sein. Offenbar kam man im Feld sehr gut ohne den Offizier Calgola zurecht. Sollten sie ruhig. Umso besser standen die Aussichten darauf, dass dies alles hier einigermaßen zügig über die Bühne ging.

„Aber um die Sache abzuschließen." Olaikan, der darin begriffen war, seine Stiefel zu schnüren, blickte zu ihm auf. „Darf ich festhalten, dass wir durch unseren Austausch von Beleidigungen und Gegenbeleidigungen etwa zu gleichen Teilen in unserer Mannesehre tödlich verletzt sind?“

„Ihr dürft.“

„Gut. Wollen wir uns gleich hier schlagen oder bevorzugt man es in Euren Kreisen, zuerst eine Einladung mit Brief und Siegel zu versenden? Ich muss Euch allerdings warnen. Ich weiß nicht, wann ich das letzte Mal etwas anderes geschrieben habe als meinen Namen.“

Er seufzte und rieb sich die hartnäckigen Reste des Schlafes aus den Augen. „Und wahrscheinlich müsste ich Euch dazu auch noch die Tusche und das Briefpapier bezahlen. Ich schlage vor, wir verzichten vorerst auf die Schlägerei. Was meint Ihr?“

„Ich meine, dort ist sie in Gesellschaft von so einigen anderen, die noch ausstehen.“

„Gut. Lassen wir den Streit für heute hinter uns. ‚Schau immer nur nach vorn.‘ Hat schon meine Mutter stets gesagt.“

Sie schwiegen und blickten einander an.

Er war der Erste, der grinsen musste. „Trotzdem gut, dich wiederzusehen. Es ist eine ganze Weile her. Wie geht es dir?“

Olaikan verzog das Gesicht in gespielter Verletzung. „Du kommst ja niemals zu Besuch.“

„Du kennst die Regeln. Das Gesetz verbietet mir den Umgang mit aktivem Dienstpersonal. Man fürchtet wohl, ich könnte einen Aufstand anzetteln und mich selbst zum Petrarchen erklären.“

„Sicher.“ Olaikan lachte kurz und trocken. „Bei mir verzichtet man auf solche Befürchtungen. Vermutlich hast du recht. Mir fehlt für solche Dinge einfach die Ambition. Das Vorstellungsvermögen. Wirklich, Palter. Ich bin zufrieden hier. Man zahlt mir weiter meinen Sold. Ich helfe ihnen, die Neuen einzuschleifen. Und ich kann in die Vorstädte gehen, wann immer ich will. Was mehr kann sich ein Mann in diesem Leben wünschen?“

„Oh, nicht viel“, brachte er bitter hervor. „Da haben sich die dreißig Jahre ja gelohnt.“

Olaikan und seine Vorstädte. Die Ansiedlungen außerhalb der Mauern Merkeschs waren ihre eigene Welt. Was vor langer Zeit mit ein paar Hütten begonnen hatte, die Diener und Tharsis-Soldaten dort für sich und ihre Familien errichtet hatten, war inzwischen zu einem breiten Ring angewachsen, der ungezählten Tausenden Obdach bot und sich weit ins Umland hinaus erstreckte. Von allen Seiten umschlossen sie die Stadtmauern, durchzogen von den gepflasterten Ausfallstraßen, die Merkesch mit ihren Handelspartnern in allen Ecken der Welt verbanden. Jenseits der Hauptstraßen erstreckte sich ein unüberschaubares Gewirr von Gassen und Gebäuden aller Größen und Formen wie ein lebendiger Organismus, der sich vom Reichtum der Stadt ernährte und sie gleichzeitig mit seiner Arbeitskraft am Leben hielt. Noch immer kamen ständig neue Hütten dazu.

„Außerdem darf ich meine Uniform behalten“, fügte Olaikan hinzu, als wären damit nun wirklich alle Gründe überzeugend dargelegt. Der Mann zog seinen Umhang zurecht und klopfte unsichtbaren Staub heraus. „Ich weiß gar nicht, was du hast mit all den feinen Stoffen. Sieht doch noch gut aus, das Teil, oder nicht?“

„Nicht“, befand Palter. „Und das, obwohl es hier drinnen dunkel ist.“ Trotz der Dunkelheit erspähten seine Augen etwas Begehrenswertes: eine Schale mit Obst neben dem Bett. „Irgendeine Ahnung, warum sie mich hergerufen haben?“, wollte er wissen, während seine Finger einen Apfel fanden.

„Was weiß ich?" Ohne hinzusehen, schlug Olaikan das Obststück mit einem schnellen Streich aus seiner Hand, fing es mit der anderen auf und legte es zurück in die Schale. „Vielleicht wegen deiner guten Manieren?"

„Muss wohl." Er rieb sich den brennenden Handrücken. „Ich hoffe nur, es steckt nicht mehr dahinter."

Olaikan hob seinen Gürtel vom Boden auf und schnallte ihn mit großer Sorgfalt um. „Du bist doch derjenige mit den guten Verbindungen. Irgendetwas Neues über Strohmalms Ermordung?"

„Ich fürchte, diese Zeiten sind vorbei." Früher einmal war Palter Calgola jemand gewesen, an dem kein anständiges Gerücht vorbeiging. Mit seinem Ausscheiden aus der Truppe aber hatte diese Sicherheit ihr Ende gefunden. „Warst du dabei, als es geschah?"

Olaikan nickte finster. „Er war gerade dabei, die Reihen abzuschreiten, als einer dieser jungen Burschen vortrat und ihm sein Schwert in die Eingeweide rammte. Ich stand nur ein paar Schritte entfernt. Trotzdem konnte ich nichts mehr für ihn tun. Der Kerl hat dreimal zugestoßen, bevor sie ihn erwischten. Es war bereits zu spät."

Sie schwiegen. Ganz Merkesch wusste von der spektakulären Ermordung ihres höchsten Generals, noch dazu im vermeintlich sicheren Inneren der Mauern.

„Hat er noch irgendetwas gesagt?"

Olaikan schüttelte den Kopf. „Nicht mal Blut gespuckt. Sofort tot."

„Wenigstens das." Er nickte. Hier, an diesem Ort, war der Schmerz besonders spürbar. Strohmalm war mehr gewesen als ein Vorgesetzter. Mit ihm gemeinsam hatten sie draußen im Sand gestanden, ein einfacher Ausbilder vor zwei ahnungslosen Rekruten am ersten Tag jenes Lebens, das das ihre werden sollte für dreißig lange Jahre. Strohmalm hatte ihnen Hoffnung gegeben. Er hatte etwas in ihnen gesehen und dafür gesorgt, dass sie am Leben blieben, ohne sie zu schonen. Gemeinsam waren sie marschiert, hatten Schlacht um Schlacht geschlagen, alles überstanden, während der nur wenig ältere Mann unaufhaltsam Rang um Rang nahm, bis irgendwann der Tag gekommen war, an dem er selbst an der Spitze stand. Als Führer einer Legion, einer jener Kriegsmaschinen Merkeschs, die die Welt das Fürchten lehrten. Nicht zuletzt auch als sein persönlicher Retter. Derjenige, dessen Eingreifen es zu verdanken war, dass er überhaupt eine ehrenhafte Entlassung in den Ruhestand erhalten hatte und nicht der ganze Dienst umsonst gewesen war. „Er hat es weit geschafft", bemerkte er leise. „Bis auf den Gipfel. Da wollte er hin."

Olaikan nickte. „So hoch, wie jemand es nur schaffen kann, der nicht bereits als hoher Herr geboren ist."

„Aber genützt hat es ihm nichts."

„Strohmalm wusste, worauf er sich einlässt, Palter." Olaikan blickte ihn ernst an. „Wir alle wissen das, wenn wir den Eid schwören."

„Ich weiß. Ich wünschte nur, ich hätte noch einmal mit ihm sprechen können. Es sind nur noch so wenige übrig. So wenige von früher."

„So ist das wohl, wenn man alt wird."

„Ha!"

Noch einen weiteren Moment schwiegen sie zusammen. Dann ließ er die Luft aus seinen Lungen entweichen und die finsteren Gedanken mit ihr. „Also jetzt Theus. *General* Theus. Ich glaube nicht, dass ich mich daran gewöhnen werde."

„So sieht es aus. Heute ist sein erster Tag. Die Männer kennen ihn bisher nur aus der Entfernung. Was will man machen?

Das Konzil wollte ihn als neuen Führer der Legion. Sogar Koban haben sie übergangen, dabei führt er die erste Kohorte.“

„Was hältst du von dem Mann?“

Olaikan zuckte mit den Schultern. „Etwas zu beseelt von Büchern und hochfliegenden Gedanken für meinen Geschmack.“

„Das kannst du laut sagen. Strohmalm war ein Kämpfer aus den Rängen. Theus hat mehr Bibliotheken als Schlachtfelder gesehen. Mehr Kartentische als echtes Kampfgeschehen.“

Olaikan nickte. „Strohmalm wusste, dass die beste Schlacht eine ist, die nie geschlagen werden muss. Theus ist da anders. In seinem Kopf spuken seltsame Ideen herum. Historische Aufträge. Hohe Ideale. Solche Dinge. Du wirst es ja gleich erleben.“

„Besteht die Gefahr, dass sich der Mann für einen Helden hält?“

„Ich hoffe nicht. Nein, ich glaube, wenigstens in dieser Beziehung besteht noch Hoffnung.“

Immerhin etwas. Helden waren die Schlimmsten, übertroffen nur von Männern, die unbedingt welche sein wollten. „Nun denn. Eine echte Freude, hier zu sein. Ich kann es kaum erwarten, wieder zu verschwinden. Bist du endlich so weit? Ich habe gehört, Theus hasst es, wenn man sich vor dem Appell nicht ausgiebig die Beine in den Bauch steht. Hat etwas damit zu tun, die Männer daran zu erinnern, wer hier die Befehle gibt.“

„Das hast du gehört, ja? Erstaunlich, was du immer so alles hörst.“ Olaikan legte sein Schwert um.

Nur für einen kurzen Augenblick verspürte er den altbekannten Anflug von Neid. *Er* war hier derjenige, der auf seinen Kriegszügen beachtliche Reichtümer angesammelt hatte.

Es gab nur eine Sache, in der sein Kamerad ihn übertraf. Auf unerklärliche Weise war Olaikan aus einem seiner Einsätze mit einem Ulbertschwert zurückgekehrt. Waffen dieser Art wurden schon seit Generationen nicht mehr hergestellt. Sie galten als so gut wie unbezahlbar. Das Geheimnis ihrer Herstellung war längst verloren in den Dunkeln der Geschichte. Ein solches Schwert konnte, den richtigen Sammler vorausgesetzt, leicht einen Preis erzielen, mit dem sich eine schöne Wohnung in einer guten Straße Merkeschs kaufen ließ. Nicht einmal Konsul Grauwacke besaß ein solches Schwert. Trotz aller bohrenden Nachfragen schwieg sich sein Kamerad beharrlich dazu aus, wie die Waffe in seinen Besitz gelangt war.

Olaikan wischte mit einem Lappen über seine Stiefel, ohne ihr Aussehen damit in irgendeiner Weise zu verbessern.

Er selbst schaffte es, seinen Blick von der unspektakulären Scheide abzuwenden, in der die Kostbarkeit verborgen lag. „Ich höre vieles, in der Tat. Informationen sind die Währung dieser Stadt. Bist du endlich so weit?“

„Schon längst fertig.“

„Helm? Rüstung?“

„Dafür wird es heute zu warm.“

„Meine Rede, meine Rede.“ Er ergriff die Klinke und drückte sie herunter. Blendendes Licht fiel herein, in dem Staubpartikel tanzten. Es war die richtige Entscheidung gewesen, auf schweres Eisen zu verzichten. Irgendwelche Privilegien musste der Ruhestand ja mit sich bringen. „Neben, du weißt schon, Geld.“

„Hm?“

„Die Währung dieser Stadt. Geld ist in dieser Stadt auch ziemlich wichtig.“

„Was du nicht sagst.“

Nacheinander traten sie nach draußen. Inzwischen musste man die Augen zusammenkneifen, um bei all dem Sonnenlicht und dem Sand, den das gleichzeitige Stampfen unzähliger Stiefel auf dem großen Exerzierplatz unablässig aufwirbelte, noch irgendetwas zu erkennen. Olaikan, der dicht bei ihm stand, lehnte sich zu ihm herüber und rümpfte die Nase. „Palter? Bitte sag mir, dass du nicht nach Wein riechst."

„Grauwackes Wein", präzisierte er. „Von gestern. War anscheinend nicht mehr gut."

„*Konsul* Grauwacke?"

„Natürlich *Konsul* Grauwacke. An wen hast du gedacht?"

Der Mann schüttelte ungläubig den Kopf. „Sieh an. Der feine Herr. Sogar auf dem Palon Braset treibt er sich herum. Auf dem Goldenen Markt, zwischen den Reichen und Schönen dieser Stadt."

„Ich bin verwundert, dass dich das verwundert. Aber ich teile die Vorzüge meiner neuen Stellung gerne mit dir. Willst du die neusten Gerüchte hören?"

„Auf gar keinen Fall."

„Hab dich nicht so. Weißt du, welche Konsuln gestern dort waren? Die ganze Riege. Schneidwerg. Farwand. Selegmast. Selegmast ist verantwortlich für alle Vorbereitungen auf Jarl Olrigs Besuch. Man bereitet einen riesigen Aufwand um diesen Jarl. Es heißt, er habe alle Vargen unter sich vereint und sei bereit, Frieden zu schließen. Keine Überfälle mehr. Keine Kriegszüge gegen unsere Handelsflotten. Wenn alles glatt läuft, ist die Nordroute bald sicher. Ungeahnte Möglichkeiten für den Handel mit Batturin und allen Völkern an der Nordküste. Verstehst du, was das für diese Stadt bedeuten kann?"

„Ja. Und ich bin beeindruckt. Das klingt ja alles recht vernünftig. Ich hatte, ehrlich gesagt, schlimmeren Tratsch von dir erwartet."

„Völlig zu Recht!“ Inzwischen schritten sie im Schatten der Mauer, hin zu einem großen Kartentisch, um den bereits diverse bunte Helmkämme versammelt standen. „Selegmast sah müde aus“, begann er zu plappern. „Erschöpft, möchte man sagen. Und weißt du auch, warum?“

„Verschon mich bitte.“

„Weil er eine Neue hat! Eine Vargin, wie es heißt. Die Dame hält den Alten ganz schön auf Trab. Übrigens, wusstest du schon, dass der Jarl auf einem Schiff aus massivem Blei gefahren wird? Gerudert von tausend goldenen Kriegern?“

„Wirklich?“

„Meine Quellen sind verlässlich.“

Olaikan schüttelte den Kopf. „Verdammte Vargen. Da sieht man, was man davon hat, wenn man Wilde in seine Stadt lässt.“

„Ich dachte immer, das sieht man an dir.“

„Vergleich mich bloß nicht mit denen.“

„Wirklich? Ich hätte schwören können, dass euer Reitervolk noch bis vor Kurzem in Fellhütten gewohnt und sich mit Messer und Gabel die Haare gekämmt hat.“

„Du bist ein Aas.“

„Ich bin lediglich entsetzt über deine schlimmen Vorurteile.“

„Ich sage dir, Palter: Für die meisten Vorurteile gibt es einen guten Grund. Was Gutes kann davon kommen, immer noch mehr von diesen Wilden in die Stadt zu holen? Nicht mehr lange, und es sind so viele, dass wir uns nicht mehr wehren können. Und dann ist es zu spät.“

„So kenne ich dich ja gar nicht. Ist deine Mutter mal mit einem Vargen davongelaufen?“

„Lass meine Eltern aus dem Spiel. Ich habe nichts gegen Vargen, solange sie ihren eigenen Teil der Welt bevölkern und dort bleiben. Aber ich habe das Gefühl, es werden jeden Tag mehr. Irgendwann einmal gehört ihnen die ganze Stadt. Was glaubst du, was dann mit uns passiert?“ Olaikan vollführte eine Geste mit dem Daumen, als würde man ihm den Hals durchschneiden.

„Dann solltest du dich besser schnell nach einer neuen Heimat umsehen. Man sagt, der Jarl sei so etwas wie der neue beste Freund unseres Petrarchen. Vielleicht sollten wir noch schnell vargisch lernen. Wer weiß, vielleicht fällt dir ja auch so eine vargische Schönheit auf die Pritsche, wenn du dich etwas mehr bemühst? Du weißt schon. Besser kleidest. Parfümierst. Dich ab und an mal wäschst.“

„Danke, ich verzichte. Geh doch und schließ dich der Rengard an, wenn du deine Vargen so sehr liebst. Dort seid ihr unter euch. Söldner, die zwischen wichtigen Leuten auf dem Palon Braset rumstehen, den Petrarchen bewachen, fernab von irgendetwas, das nach echter Arbeit aussieht. Klingt doch wie ein Posten, der wie für dich geschaffen ist.“

„Da kann ich nur zustimmen. Allerdings kommen für mich zurzeit nur Arbeitgeber in Frage, die auf meine Dienste voll und ganz verzichten können. Anders als du habe ich heute noch ein paar wichtige Termine. Dabei fällt mir ein: Kennst du einen guten Feigenhändler?“

„Ich bevorzuge Äpfel.“

„Pff. Meine Hand brennt immer noch. Ich glaube, du hast einen Muskel getroffen. Meinst du, das reicht, um mich als verwundet entschuldigen zu lassen?“

Olaikan schüttelte den Kopf. „Es geht ums Prinzip, Palter. Du kannst nicht einfach herumlaufen und dir nehmen, was dir gefällt.“

„Was bist du, meine Mutter?“

„Mit deiner verkorksten Erziehung will ich nichts zu tun haben. Ich hoffe allerdings, man hat dir beigebracht, dich zu benehmen. Die anderen gucken schon. Weißt du überhaupt noch, wie sich ein Soldat verhält?"

„Ich bin nicht sicher. Was kam noch mal nach ‚links, zwo, drei, vier'? ‚Rechts' oder noch mal ‚links'?"

„Schön. Aber wenn du vorhast, dich zum Affen zu machen, wag es nicht, mich mit reinzuziehen."

Tatsächlich befand sich die Versammlung beim Kartentisch bereits beinahe in Hörreichweite. Eine Gruppe von etwa drei Dutzend Männern, dem Anschein nach das höhere Offizierskorps einer ganzen Legion, hatte sich unter einem überdachten Vorbau an der Mauer versammelt und fand dort Schutz vor den zunehmend unbarmherzigen Strahlen der Sonne. Diverse Augenpaare unter den weinroten Helmkämmen von Manipen und Kohortenführern musterten sie mit kritischen Blicken. Offenbar war ungeregelt, wer für das Anschnauzen bereits entlassener Soldaten zuständig war. Die wenigen, die sich mit der Frage eingehender beschäftigten, beschränkten sich auf missbilligende Gesichtsausdrücke. Die große Mehrheit schien mit Wichtigerem befasst zu sein: mit Besprechungen, der Inspektion des ordnungsgemäßen Schwitzens der Rekruten und dem Absuchen der Straßenenden nach dem noch fehlenden weißen Federkamm des Generals. Auf Theus' Verspätungen war offenbar Verlass.

Auch die Zugehörigkeit der versammelten Gestalten wurde bei weiterer Annäherung ersichtlich. „Vinx Tremens", verkündete das mit Goldfaden bestickte weinrote Banner unter dem Goldadler an der Spitze der Standarte, die in den Schatten unter dem Vordach glänzte. Der „schreckliche Sieg". Selten hatte sich ein Leitsatz derart oft bewahrheitet wie der Wahlspruch der zweiten Legion der Tharsis. Das also stand ihnen bevor. Ein ebenso unverhofftes wie unerwünschtes Wiedersehen mit der alten Truppe.

Ein flaues Gefühl begann sich in ihm auszubreiten. Das Gelage vom Vorabend machte sich mit zunehmender Tageshitze immer stärker bemerkbar. Erstaunlich und nicht weniger beunruhigend war die Zusammensetzung der illustren Versammlung. Überall leuchtete das erhabene Weiß der höheren Ränge, während die roten Querkämme von Hauptmännern kaum vertreten waren. Auch einige der argwöhnisch dreinblickenden Herrschaften schienen sich die Frage zu stellen, was zwei ausgediente Veteranen im Rang von Hauptmännern an diesem Morgen zu einer Veranstaltung führte, die kaum für ihre Ohren gedacht sein konnte.

Ein Irrtum!

Für einen kurzen Augenblick verspürte er Erleichterung. Bei all dem hier musste es sich um einen Irrtum handeln. Konnte es nicht sein, dass man sich bei ihrer Einladung schlichtweg vertan hatte? Oder aber ...

Nein, nun stürzten sich die Gedanken allzu bereitwillig auf unglaubwürdige Ausflüchte.

Dennoch ... die Zweite war zum ersten Mal ohne ihn und Olaikan im Feld gewesen. Hatte sich für Theus etwa die Gelegenheit ergeben, sich an ihre vielen Verdienste zu erinnern? Lag der Zweck der Vorladung etwa darin, ihren Rat einzuholen? Oder, besser noch, darin, sie für ihre geleisteten Verdienste auszuzeichnen? Und falls ja, was für eine Belohnung sprang dabei heraus?

Olaikan stieß ihn an und riss ihn aus seinen hoffnungsvollen Gedanken. Jemand hatte sich aus der Gruppe gelöst und näherte sich ihnen. Ein roter Federkamm wippte auf dem glänzenden Helm des jungen Mannes. Die Fäuste an seinen

Seiten waren geballt wie in gerechtem Zorn. Unter dem glänzenden Helmrand quollen rote Locken hervor.

„Gernrost." Die Begeisterung in seiner Stimme entsprach der eines rückfälligen Hütchenspielers beim unverhofften Anblick seines Bewährungshelfers. „Gernrost ist jetzt Hauptmann?"

„Pass bloß auf!" Olaikans Stimme war ein warnendes Zischen. „Du weißt, wie er sein kann."

Das wusste er in der Tat. Unpünktlichkeit kam für den Burschen gleich hinter Fahnenflucht, genauso wie jeder andere noch so kleine Verstoß gegen die Regelwerke. Beim letzten Mal war Gernrost nicht mehr als ein Decas gewesen, Führer einer Zeltgemeinschaft von zehn Männern. Nun aber glänzte das Gold eines Hauptmanns auf seinen Schultern. Eine aus weißem und blauem Stoff gewobene Armbinde wies ihn obendrein als Zeremonienmeister dieser unseligen Veranstaltung aus. Der frischgebackene Offizier hielt schlagartige inne und lieferte einen Salut ab, der sich vor einem zurückschnappenden Ast nicht hätte verstecken brauchen.

Olaikan erwiderte den Gruß professionell. Ihm selbst gelang es irgendwie, die Handkante in die Nähe seiner Stirn zu bringen. Es gab gewisse Dinge, an die er sich nicht mehr gewöhnen wollte.

Gernrosts Bewegung schloss so zackig ab, wie sie begonnen hatte. Der Mann schien regelrecht zu beben, so als sei ihm durch ihre Schuld etwas Ungeheuerliches widerfahren. Eigentlich sah er ganz so aus, wie man sich einen Helden vorstellte: definierte Wangenknochen, rammbockartig vorspringendes Kinn und prüfende Augen, die ständig etwas fanden, über das sie sich empören konnten. Letzteres schien er auch an diesem Morgen wieder auszuspielen. Nur die Locken. Die Locken waren ganz eindeutig zu lang. Man konnte sich nur wundern, was einen derart akkuraten Menschen zu solchen Auffälligkeiten trieb.

„Guten Morgen, Hauptmann Gernrost." Olaikan klang vorbeugend beschwichtigend. „Wir haben ..."

„*Nerven*." Die Stimme des Jungen war ein Zischen, hervorgebracht zwischen zusammengepressten Lippen. Sein Gesicht legte nahe, sie hätten nicht bloß einen dämlichen Appell, sondern eine ganze Schlacht verpasst. „*Nerven* sind es, die ihr habt. Wisst ihr eigentlich, wie spät es ist? Habt ihr heute Morgen schon einmal zum Himmel geschaut? Seid ihr vielleicht nicht mehr in der Lage, den Stand der Sonne zu lesen?"

„Palter war einige Monate lang fort." Olaikan war ihm zuvorgekommen, bevor er eine sehr viel schärfere Antwort hatte geben können. Die Kopfschmerzen. Die verdammten Kopfschmerzen waren wieder da.

„Er ist noch etwas ... desorientiert", hörte er seinen Nebenmann erklären, während er sich die Schläfen hielt. „Ich werde mich bemühen, ihn wieder in die Gepflogenheiten der Truppe einzuführen."

„Das solltet Ihr auch besser! Ich ..."

„Die Mühe könnt ihr euch sparen!" Er hatte Olaikan am Arm beiseitegeschoben und war vorgetreten, bevor er überhaupt wusste, was mit ihm geschah. Für Beherrschung fehlte ihm an diesem Morgen die Geduld. Was fiel dem Jungspund ein, sie derart zurechtzuweisen? „Ich bin nur zu Besuch hier, *Hauptmann* Gernrost. Um einen Irrtum aufzuklären. Danach könnt Ihr getrost vergessen, dass Ihr mich hier gesehen habt." Er stöhnte und hob einen Arm gegen die Sonne. „Können wir uns im Schatten weiter unterhalten? Die Hitze hier ist ja nicht auszuhalten."

„Zu *Besuch*?" Der in Rüstung und Helm sehr viel schweißtreibender gekleidete Junge verzog das Gesicht, als traue er seinen Ohren kaum. „*Zu Besuch* wollt Ihr sein? Habt Ihr den Verstand verloren, Hauptmann? Ihr seid *Offizier* und habt Euch als solcher ...“

„Ehemaliger Offizier!“, fuhr er scharf dazwischen. „So viel Zeit muss ... verdammte Sonne! Ganz ehrlich, können wir ...“

„Ihr tragt die Uniform!“, erregte sich der Junge. „Eine Hauptmannsuniform der Tharsis!“

„Ach ja? Ich kann sie gerne ausziehen! Glaubt Ihr etwa, ich hätte mir ausgesucht, dieses verdammte, kratzige Ding ...“

„Bitte, Kameraden!“ Olaikan hatte die Hände erhoben und wollte zwischen sie treten, doch Palter hatte bereits den schriftlichen Befehl aus seiner Gürteltasche gezerrt und wedelte vor der Nase des Jungen damit herum. „Seht Ihr das?“

„Was, bei allen Göttern, soll das sein?“

„Einen schriftlichen Befehl! Hier ... hört zu ...“ Mit einiger Mühe gelang es ihm, das in Mitleidenschaft gezogene Bündel zu entfalten. „Eine offizielle ...“

Der Junge kniff die Augen zusammen. „Sind das Rotweinflecken unter dem Siegel des Petrarchen?“

„‚Palter Calgola‘“, begann Palter Calgola, des Einwurfs ungeachtet, laut vorzulesen. „‚Hauptmann *im Ruhestand*‘. ‚*Im Ruhestand*‘, steht hier. Merkt Euch diesen Teil, er wird noch wichtig, ‚... hat um neun am Morgen *in Uniform* bei den Baracken am Westtor zu erscheinen‘. Bitte. Da habt Ihr’s.“

„Um neun!“ Gernrosts Bellen brachte sogar einige der höheren Offiziere dazu, irritiert in ihre Richtung zu blicken. Der Junge unternahm einen entschuldigenden Salut in die entsprechende Richtung. „Um neun“, wiederholte er zwar leiser, aber mit nicht weniger Nachdruck. „Neun ist lange vorbei. Es ist schon fast halb zehn!“

„Theus ist noch nicht einmal hier“, hielt er schwach dagegen. „Warum regt Ihr Euch so auf?“

„Die Anwesenheit des Generals tut nichts zur Sache! Dinge wie Ordnung und Disziplin haben ..." Der Junge rümpfte die Nase. „Bei den Göttern, Calgola. Sagt mir nicht, Ihr habt an diesem Morgen Alkohol getrunken."

„Inzwischen wünschte ich, ich hätte es! Mehr mit jeder fortschreitenden Minute. Jetzt lasst uns verdammt noch mal in die Schatten ..."

„Bitte entschuldigt uns für einen Augenblick, Hauptmann." Ohne Vorwarnung hatten Olaikans Pranken ihn mit der Gewalt von Schraubstöcken an beiden Armen gepackt. Mit der gleichen Unausweichlichkeit schob ihn der Mann rückwärts über den Sand. Erst in einiger Entfernung kamen sie zum Stehen. Olaikan hielt ihn fest und schüttelte ihn wie ein Stück nasser Wäsche.

„Au! Urgs! Hör auf! Was machst du? Dadurch wird alles nur noch schlimmer!"

„Verdammt, Palter! Hast du den Verstand verloren? Was soll das alles? Was ist los mit dir?"

„Was mit mir los ist? Was ist mit allen anderen los? Dieses ganze ..." Er riss sich los und taumelte einen Schritt zurück. Verdammte Kopfschmerzen. Verdammte Sonne. Und dreimal verdammter Gernrost. „Dieser ganze Unsinn hier! Was soll das alles? Was mache ich hier? Verstehst du nicht?" Er fuhr sich mit der Hand über die Stirn. „Ich habe hier nichts verloren. Ich habe meine verdammte Pflicht erfüllt! Viel zu lange habe ich das alles hier ertragen. Ich bin fertig damit, verstehst du? Und außerdem ... urgs!"

„*Hast* du heute Morgen getrunken? Verdammt, Palter! Du siehst aus wie ausgespuckt. Hast du vergessen, wie sie hier mit solchen Dingen umgehen?"

„Was glaubst du, warum ich trinke? Ihre ganze verdammte Feldordnung kann mir ..."

„Genug davon! Reiß dich verdammt noch mal zusammen, du verrückter ...“ Olaikan stöhnte. „Hier.“ Einige grüne Blätter erschienen in der schwieligen Hand und wurden ihm auffordernd entgegengestreckt.

„Was soll das sein?“

„Minzkraut.“

„Ich bin doch keine Ziege.“

„Du riechst wie eine. Los jetzt!“

Widerwillig nahm er die Blätter entgegen und kaute darauf herum.

„Und von jetzt an benimmst du dich anständig, klar? Willst du vor einem Militärgericht landen?“

„Ich habe ein mieses Gefühl bei dieser Sache“, brachte er kauend hervor. „Ein ganz mieses Gefühl. Meinst du ... he, das Zeug ist gut. Mein Atem wird wirklich frisch!“

„Du willst nach Hause? Dann benimm dich und steh das hier ordentlich durch. Glaubst du, sie lassen dich einfach wieder gehen, wenn du dich besonders dämlich anstellst?“

„Glaubst du, das könnte funktionieren?“

„Hat es jemals funktioniert?“

„Verdammt.“

„Palter!“

„Schon gut! Ich habe mich wieder im Griff, in Ordnung. Nein ... warte ...“ Er tastete nach seiner Schläfe.

„Was denn?“

„Ich fürchte, das war gelogen. Ich habe mich überhaupt nicht wieder im Griff. Hast du noch mehr von der Minze?“

„Ich kann gerne mit Ohrfeigen aushelfen, wenn die Kräuter zur Erfrischung nicht mehr ausreichen.“

Etwas blendete ihn. Ja, tatsächlich. An einem der Straßenenden war Bewegung zu erkennen. „Es geht los“, stellte er fest.

„Schau. Theus ist im Anmarsch. Entweder das, oder die Sonne geht heute ein zweites Mal auf."

Auch Olaikan wandte sich um. Ein marschierender Zug war soeben zwischen einigen Häusern am Rand des Exerzierplatzes erschienen. Die noch niedrig stehende Sonne spiegelte sich in den auf Hochglanz polierten Panzern einer schildbewehrten Leibwache. Dazwischen leuchteten verschiedenfarbige Stoffe, der weiße Umhang eines Generals ebenso wie das Blau und Gelb der Kleider weiteren Gefolges.

„Was für ein Mann", befand er säuerlich. „Und was für ein Panzer. Man könnte meinen, unbenutzt. Siehst du das? Schau lieber nicht direkt hinein. Falls der Kerl als General nichts taugt, können wir ihn immer noch als Leuchtturm an die Küste stellen."

„Wag es nicht, das laut zu sagen. Bist du frisch?"

„Frischer werde ich heute nicht mehr."

„Dann los."

Kapitel 3 – Pläne

Gemeinsam stapften sie hinüber in die ersehnten Schatten. Der junge Gernrost war zum Glück damit beschäftigt, die Ankunft ihres Truppenführers vorzubereiten.

„Was ist eigentlich mit *deinem* Panzer?", wollte Olaikan wissen. „Hast du das Teil verkauft? Oder stolzierst du damit jeden Tag vor dem Spiegel auf und ab und lässt ihn dir von deiner Dienerschaft polieren?"

„Das alte Teil?", log er. „Hängt bei mir im Keller."

„Aaach*tung*!" Es war ein interessanter Anblick, wie Gernrost den Befehl schrie und weitaus höherrangige Offiziere Haltung annahmen. So aber waren die Regeln. Außerhalb von Kampfhandlungen konnte ein General jeden Offizier zum Meister einer bestimmten Zeremonie ernennen. Hoffentlich stieg dem Jungen die Sache nicht zu Kopf. Obwohl, hoffentlich tat sie es. Immerhin blieb ihnen dann erspart, den Kerl jemals mit noch höheren Ehren ausgestattet zu erleben.

Inzwischen war Theus unter seinem weißen Federkamm deutlich zu erkennen. Ohne besonderes Interesse schritt der General die Reihen der strammstehenden Rekruten und Ausbilder ab und erwiderte formlos ihren Salut. Der Mann schien seit ihrer letzten Begegnung noch einmal gealtert zu sein. Kurze graue Locken waren unter dem Helmansatz zu sehen. Sie umgaben ein braun gebranntes Gesicht, das von tiefen Falten gezeichnet war. Dennoch war sein Gang aufrecht. Jede Bewegung verkündete das Selbstverständnis eines Mannes, der viel gesehen hatte und der vom Glauben an die eigene Fähigkeit getragen wurde. Was immer man von Theus halten mochte: Sein Gebaren zeigte weder Furcht noch Vorsicht angesichts der versammelten Rekruten, aus deren Reihen so unerwartet Verderben über seinen Vorgänger gekommen war. Die Leibwachen jedoch hielten sich auffällig dicht an seiner Seite. Ihre Hände lagen an den Schwertgriffen und ihre Augen streiften argwöhnisch umher. So sahen Männer aus, die sich überaus bewusst waren, dass so etwas wie mit Strohmalm nicht noch einmal vorkommen durfte.

Unmittelbar hinter den Soldaten folgten weitere Angehörige des Generalstabs: zwei Diener, einer davon mit einem tönernen Krug, eine Schreiberin in grauem Tuch und ein Mann, der in ein teuer aussehendes, fliederfarbenes Gewand mit goldenen Verzierungen gekleidet war. Für den Fall, dass Theus nicht zur Verfügung stand, hätte auch seine blanke Glatze die Rolle eines Leuchtfeuers zur Warnung einfahrender Handelsschiffe an der Küste übernehmen können.

Ein weiterer Befehl von Gernrost, und die versammelten Offiziere erwiderten den Salut ihres Generals. Der neue Kommandeur der Zweiten kam vor ihnen zum Stehen und musterte die Versammelten der Reihe nach. Die Sonne schien ihn kaum zu stören, obwohl Schweiß auf seinen Wangen glänzte. Auch über ihn und Olaikan wanderte der prüfende Blick. Auf dem ganzen Vorplatz war es still geworden. Nur das Flattern der Fahnen auf der Mauerkrone und die fernen Geräusche der geschäftigen Stadt waren zu vernehmen. Der General wandte sich um und blickte wieder zu den Reihen der Rekruten.

Schweiß lief in Strömen über die Haut der Jungen, die dort schon beunruhigend lange ohne Schutz unter den unbarmherzigen Strahlen ausharrten. Über bleiche und braun gebrannte Gesichter aus den Vorstädten und dem Umland sickerten die glitzernden Tropfen. Auch die dunklen Färbungen verschiedener verbündeter Völker aus anderen Teilen der

Welt waren zu erkennen. Flecken durchtränkten ihre einfachen Waffenröcke aus grauem Leinenstoff. Jeder Rekrut lernte früh, die Übungskleidung zu hassen, und sehnte umso mehr den Tag herbei, an dem man seine Aufnahme in die Ränge der Tharsis mit der Tätowierung der Legion besiegeln würde. Niemand konnte es erwarten, sein hölzernes Übungsschwert durch eines aus Eisen und den kratzenden Rekrutenrock durch einen aus rot gefärbter Baumwolle ersetzt zu sehen.

„Wie viele?“ Theus‘ Stimme hallte von den Quadern der aufragenden Stadtmauer wider.

Der Leiter der Ausbildungskohorte, ein junger Hauptmann von wenig mehr als dreißig Jahren, trat vor und salutierte. „Zweihundertachtundvierzig, General. Vierundsiebzig am Ende ihres vierten Monats.“

„Hm.“ Der General nickte langsam. „Weniger als sonst. Gute Männer dabei?“

„Nicht allzu viele, General.“

Theus seufzte. „In Ordnung. Wegtreten, Hauptmann. Sorgt dafür, dass aus den wenigen Fähigen gute Soldaten werden.“

Der Mann salutierte zackig und schrie einen Befehl.

Theus wandte sich wieder seinen Offizieren zu, während sich die Rekruten hinter seinem Rücken trampelnd in Bewegung setzten. Mit einer Kopfbewegung bedeutete er ihnen, zum Kartentisch zu treten. Der Alte nahm den Helm ab, reichte ihn seinem Diener und wischte sich den Schweiß von der Stirn. „Sie können sich ebenfalls etwas Luft verschaffen“, verkündete er in Richtung der Versammelten. „Einige von Ihnen waren ja bereits so frei.“ Der General gab ein Zeichen. Die Schreiberin trat vor und breitete eine Papierrolle auf der Tischplatte aus. Ein Diener beschwerte die Enden der Karte mit Gewichten und zog sich mit gesenktem Haupt zurück. Nur der Glatzköpfige im Prunkgewand blieb an der Seite des Generals. Der Unbekannte musterte die umstehenden Offiziere mit interessierten Blicken. Etwas an ihm erregte instinktives Unwohlsein. Der Kerl hatte noch kein einziges Wort gesprochen und war ihm jetzt schon zutiefst unsympathisch.

„Guten Morgen, die Herren." Theus' Stimme klang, als sei ihm die Güte ihres Morgens herzlich egal. „Wohl geruht?"

„Jawohl, General", ertönte es vielstimmig zurück.

„Ach, wirklich?" Der Alte nickte mit gespielter Anerkennung. „Das freut mich sehr für Sie. Ich hatte schon befürchtet, der eine oder andere schlafe womöglich etwas unruhig, weil man Ihren letzten Vorgesetzten vor wenigen Tagen und nur wenige Schritte von hier brutal ermordet hat. Aber gut. Dann muss ich mir in der Beziehung ja keine Sorgen machen."

Palter stöhnte innerlich. Reden, die mit versteckten Fallen begannen, wurden von dort an erfahrungsgemäß nur selten besser.

„Solche Männer wünsche ich mir", fuhr Theus im gleichen Tonfall fort. „Schließlich braucht Merkesch eine Armee, die *funktioniert*. Wo kämen wir hin, wenn meine Offiziere gleich vor Mitgefühl vergingen, falls *mir* einmal jemand ein Schwert zwischen die Rippen rammt?" Der Mann fuhr sich mit der Hand durchs Haar. „Sicherlich wird es Sie dann ebenso ungerührt lassen, dass *ich* in diesen Tagen keineswegs ruhig schlafe. Irgendjemand muss sich schließlich all die Sorgen machen, die Sie anscheinend nicht behelligen. Sie nehmen also keinen Anteil daran, dass ein guter Mann, Ihr alter General, nun in einem schönen Grab mit Meerblick liegt."

Die Versammelten sahen einander ratlos an. Niemand schien zu wissen, was zu erwidern war. Prüfte sie der Mann? Oder ließ er lediglich seiner Übernächtigung freien Lauf?

„Wie dem auch sei." Der alte General stützte sich auf die Tischkante. Sein Blick schien durch die Versammelten hindurchzugehen. „Ich nehme an, jeder macht Tod und Verlust auf seine eigene Weise mit sich aus. Der Tod, das dürfen wir niemals vergessen, ist stets auch eine Mahnung an die Lebenden. Eine Erinnerung daran, was unser Dienst bedeutet. Daran, dass das Wohl unserer Stadt bedeutsamer ist als das Schicksal irgendeines Einzelnen. Es ist mehr wert als mein Leben. Sogar als das von Konsuln und Petrarchen. Und, da können Sie ganz sicher sein, meine Herren, es ist auch viel mehr wert als das Ihre."

Palter seufzte geräuschlos. Aus dem Augenwinkel warf er einen Blick zu Olaikan, dessen Gesicht so regungslos war wie eine Maske. Allmählich ahnte er, was sein Kamerad gemeint hatte. Theus war eindeutig ein passionierter Redenschwinger.

„Ich glaube, die meisten hier begreifen nicht einmal, wie glücklich sie sich schätzen können", fuhr Theus mit Bedauern fort. Der Mann richtete sich gerade auf und verschränkte die Hände hinter dem Rücken. „Erlauben Sie mir, Ihnen zu helfen." Der Alte schien tief Luft zu holen, so als bereite er seine Lungen auf Größeres vor. Sein Blick ging über die sonnenbeschienenen Dächer der Stadt hinweg. In der Ferne glitzerte das Tir Kalossi, das himmelblaue Meer.

„Sie alle sind Erwählte des Schicksals. Der Götter, wenn Sie wollen", begann der General. „Was Sie hier vor sich sehen, was Sie vielleicht als ganz gewöhnlich und normal empfinden, ist in Wirklichkeit nicht weniger als ein menschgemachtes Wunder. Nur wenige in der Geschichte dieser Welt haben jemals Derartiges erleben dürfen." Der Mann legte eine kurze Pause ein, die ohne Zweifel einstudiert war.

Wieder ging sein Blick zu Olaikan, der mit den Augen rollte. „Siehst du", schien sein alter Kamerad zu sagen. „Jetzt geht es wieder los.“ Offenbar stand ihnen einer der angedrohten Höhenflüge ihres neuen Vorgesetzten bevor.

„Merkesch“, begann Theus und blickte aus zusammengekniffenen Augen in die Ferne. „Unsere stolzeste Errungenschaft. Das größte Werk, das Menschenhände je erschufen. Eine Insel des Friedens und des Wohlstands in einer Welt, die sonst nur Chaos kennt. Ein wagemutiges, vielleicht einzigartiges Unterfangen. Unsere größte, vielleicht unsere einzige Hoffnung darauf, einen Ort zu schaffen, an dem das Licht des menschlichen Einfallsreichtums und der menschlichen Disziplin über das Dunkel der Unwissenheit und der rohen Verwilderung triumphiert. Ein Ort, an dem der Mensch sich entschlossen von seiner Ungeschlachtheit lossagt und über die Tiernatur seiner Vergangenheit erhebt. Ein Ort, an dem wir uns dem schlimmen Lauf der Welt entgegenstellen, der stets zu rufen scheint: Es gibt keinen Aufstieg ohne Niedergang, keinen Frieden ohne Kriegswirren. Nichts Gutes, das überdauert und nicht irgendwann wieder verloren geht. Wir allein, als Verteidiger dieser Stadt, die ewig währen möge, weigern uns hinzunehmen, dass dies auch unser Schicksal sein soll.“

Der Mann ließ seinen Blick über die Versammlung wandern. Ein wenig erweckte er den Eindruck eines Lehrers, der seinen Schülern von den Schönheiten hoher Literatur berichtet und bereits ahnt, dass seine Ausführungen an taube Ohren und an tumbe Hirne verschwendet sind. „Merkesch allein ist in der Geschichte aller Völker nie gefallen“, fuhr er fort. „Unsere Stadt wurde größer, während andere vergingen. Sie hielt den Kurs, während andere strauchelten und fielen. Doch was, meine Herren, ist es, das uns über das Schicksal unserer Nachbarn erhaben macht? Welcher Eigenheit, ja welcher Laune von Göttern und Schicksal ist es zu verdanken, dass nicht auch wir beständig taumeln zwischen Vorwärtsgang und Rückschritt, mal der einen, mal der anderen Richtung zugewandt? Ich will es Ihnen sagen.“ Der Mann winkte mit der Hand. Ein Diener sprang herbei und reichte ihm einen Becher, den er mit einem einzigen Schluck leerte. Der Durst aller anderen schien ihren greisen Führer nicht zu kümmern. Erneut musterte der Alte sie mit dem Ausdruck eines Oberlehrers. „Einige der hier Anwesenden mögen sich diese Frage nie gestellt haben“, fuhr er bedauernd fort und hatte damit vermutlich mehr recht, als er je erfahren wollte. „Sie mögen es für ein Selbstverständnis halten, dass uns das wechselhafte Schicksal anderer Völker stets erspart geblieben ist. Sie mögen sogar glauben, dass ein besonderes Heil der Götter auf uns liegt und uns beschützt. Doch Sie irren sich. Menschenhände sind es, die dieses große Werk aufrechterhalten. Ordnung. Disziplin. Der Glaube an unsere eigene Kraft. Alles, was weise Männer einst mit unserem Wohl im Blick für uns bestimmten. Das Gesetz. Der Kanos, über den kein Mensch erhaben ist. Aus diesen Dingen besteht unser stärkster Schutz. Aus hart erkämpfter Mündigkeit. In der Beherrschung unserer eigenen Unbeherrschtheit. Sie allein bewahren uns davor, uns in Gefühlswallungen und Abenteuerlust, in Aberglauben und in Resignation vor dem Gegebenen zu verlieren, wie so viele andere es taten. Nur durch sie können wir entschlossen handeln, nüchtern urteilen und selbst darüber entscheiden, welcher Weg für uns der beste ist.“

Theus schwieg, so als wollte er den Worten Gelegenheit geben, in ihren Köpfen einzusinken.

Palter wartete.

Auch die anderen warteten.

Der General nickte, so als nehme er ihr Schweigen als Zeichen dafür, dass hinter ihren Stirnen profunde Dinge vor sich gingen. „Sicher haben Sie sich bereits die nächste Frage gestellt.“

In der Tat. War der ermattende Teil des Vormittags damit überstanden oder stand ihnen noch mehr davon bevor?

„‚Was bedeutet das alles für uns als Soldaten?‘“

Er stöhnte leise. Schwer daneben, Theus. Es gab hier draußen nur einen einzigen Mann, der sich solche Fragen stellte und er hatte bereits das Wort.

„Nun, lassen Sie mich Ihnen helfen“, erbot sich der General. „Ich muss Ihnen nicht erklären, welche Welt dort draußen auf uns wartet. Sie alle kennen die Gefahr und haben sich in ihr verdient gemacht. Ansonsten ständen Sie heute nicht als Offiziere vor mir.“

Ehemalige ...

„Tag für Tag stemmen sich Männer wie Sie, Soldaten unserer Tharsis, unserer Auxiliare und Verbündeten, gegen eine dunkle Flut, die mit immer neuer Wucht versucht uns zu verschlingen. Mit jedem Tag, den Merkesch überdauert, wächst ihre Raserei. Unser Fortbestand ist unseren Feinden eine unerträgliche Anklage. Ein schreckliches Licht, das ihre eigene Schwäche aufdeckt. Ihre Unfähigkeit und ihren Unwillen, das Heft des Schicksals entschlossen in die Hand zu nehmen und sich selbst zu lenken. Und, glauben Sie mir: Alle rückschrittlichen Länder und Reiche hassen uns dafür.“

Theus begann mit hinter dem Rücken verschränkten Händen vor ihnen auf und ab zu schreiten.

Aus den Augenwinkeln wagte Palter einen Blick zu den anderen. Falls die Aufmerksamkeit der Offiziere bereits das Weite gesucht hatte, beherrschten sie ihre Gesichtszüge mit bemerkenswerter Disziplin.

„Sie und ich!“ Der General schien noch immer darauf zu hoffen, dass seine sorgsam ausgesäten und in Wortschwällen gewässerten Samenkörner in ihren Köpfen reiche Früchte trugen. „Jeder von uns ist nur ein kleiner Punkt in jener dünnen roten Grenze, die unsere Stadt von ihren Feinden trennt. Von Wildnis und von Unvernunft. Geben wir nach, so brechen verschlingende Fluten über unser Reich herein. Wenn es so weit kommt und wenn das Licht des Fortschritts, diese trotzige kleine Flamme, wirklich erlischt: Welche Hoffnung kann es dann noch geben? Wird jemals wieder jemand den Zenit erreichen, in dem unsere Mutter Merkesch in diesen Tagen steht? Wird jemals wieder jemand die Ressourcen, ja die Weitsicht und die Disziplin besitzen, um etwas ähnlich Ungeheuerliches überhaupt zu wagen? Der Wildnis eine Insel des Friedens und der Herrschaft des Verstandes abzutrotzen? Nein, meine Herren. Mit gutem Recht ist anzunehmen: Dies ist unser einziger Versuch. Nicht nur für uns. Für alle Menschen. Begreifen Sie, was ich Ihnen sage? Begreifen Sie den Umfang der Aufgabe, die Sie als Soldaten Merkeschs zu erfüllen haben?"

„Jawohl, General", verkündeten die Münder von Männern, die vor Notlügen nicht zurückschreckten. Der Bursche hätte Schauspieler oder Politiker werden sollen und nicht Soldat. Was war all das Gefasel von der „dünnen roten Grenze" und dem drohenden „Versinken in Dunkelheit"? Die meisten Nachbarvölker, denen er begegnet war, lebten keineswegs in permanenter Finsternis. Viele wirkten sogar ganz zufrieden und verbrachten ihre Existenz in fröhlicher Unkenntnis der eigenen Rückschrittlichkeit.

„Dies sind die Gründe, für die wir kämpfen", fuhr Theus fort, so, als strebe seine Ansprache ihrem Höhepunkt entgegen. „Dies sind die Werte, an denen wir festhalten müssen, um auch die kommenden Zeiten siegreich zu überstehen. Zu viele von Ihnen denken noch zu sehr wie Mannschaften und nicht genug wie Offiziere. Ihr Vorstellungsvermögen reicht nicht weiter als bis zur nächsten Schlacht, bis zur nächsten Heimkehr. Einige mögen sogar den Tag herbeisehnen, an dem ihr ehrenvoller Dienst ein Ende findet und sie sich bequem einrichten können in den Mauern unserer Stadt. Doch wer so denkt, wird den Tag seiner Belohnung nie erleben. Die Kraft eines solchen Mannes wird nicht ausreichen, wenn *wahre* Bedrängnis in sein Leben kommt."

Palter schielte nach rechts und links. Der Mann wusste schon, dass Palter Calgola, Hauptmann im Ruhestand, unmittelbar vor ihm stand? Der Tag *war* gekommen. Er war wunderbar gewesen. Es gab wirklich keinen Grund, den wichtigsten Feiertag im Leben eines Mannes derart schlechtzureden.

„Es ist zu schade, dass General Strohmalm es versäumt hat, Sie öfter an die höhere Bedeutung Ihres Dienstes zu erinnern", befand ihr Vorgesetzter. „Ich bin fest entschlossen, dieses Versäumnis zu korrigieren. Nur wenn jeder von Ihnen wirklich versteht, *warum* wir kämpfen, können auch die Mannschaften, die Ihnen unterstehen, jene Standhaftigkeit und jenen Eifer entwickeln, die es uns ermöglichen, die Dunkelheit noch einen weiteren Tag, ein weiteres Jahr, vielleicht eine weitere Generation lang zurückzudrängen. Und vielleicht, irgendwann einmal, mag es so weit sein, dass *unser* Tag gekommen ist. Der Tag der Menschen, an dem Verstand und Fortschritt triumphieren. An dem das Licht, für das wir kämpfen, die Dunkelheit vertreibt und über alle Länder strahlt. Dann werden es die Schatten sein, die Unwissenheit und Rohheit, die vor *uns* weichen müssen."

Der General ließ erwartungsvoll den Blick über die Versammlung schweifen. Hoffentlich hatte der Mann nicht mit Applaus gerechnet. Die meisten der Anwesenden hatten im Laufe ihres Kriegerlebens dutzende solcher Ansprachen über sich ergehen lassen. Einige zeigten immerhin ein zustimmendes Nicken. Nur Gernrost hatte eine Faust an seine Brust gepresst. Die Augen des jungen Hauptmanns glänzten. Seine Lippen zitterten vor gerade noch beherrschter Rührung.

Palter schloss die Augen. Götter. Gleich würde es passieren. Gleich würde dieser Kerl die Hymne der Legion anstimmen und erwarten, dass sie alle mitsangen.

„Nun denn“, befand Theus gerade noch rechtzeitig. Sein Tonfall klang ernüchtert. „Ich hoffe, meine Worte waren nicht völlig vergebens. Für Ihre Unterweisung in Moral, Geschichte und Philosophie ist in Zukunft noch genügend Zeit. Kommen wir zu praktischeren Dingen.“ Der Mann bedeutete ihnen, näher heranzutreten und sich um den Kartentisch zu versammeln. Die Offiziere folgten dem Befehl mit spürbarer Erleichterung. Praktische Dinge waren ein weitaus vertrauteres Feld.

Die Karte auf dem Tisch zeigte ganz zur Rechten den vertrauten Umriss der Schelek-Bucht. Der weitaus größte Teil aber war dem Umland und dem weiter im Westen liegenden Ingwall gewidmet.

„Der Mord an General Strohmalm war ein Test.“ Theus ließ einen bedeutsamen Blick durch die Runde wandern. „Eine Prüfung unserer Wachsamkeit und Entschlossenheit. Der Feind sucht nach Schwächen in unserer Verteidigung. Er will sehen, wie wir reagieren. Nun, wir werden ihnen zeigen, was mit denen geschieht, die die Macht Merkeschs herausfordern.“ Der General atmete tief. „Unser Geheimdienst hat herausgefunden, wer der junge Attentäter war. Zum Glück war Strohmalms Leibwache so freundlich, noch genügend Leben in ihm zu lassen, damit die Peculari ihn verhören konnten. Der Bursche war ein Niemand. Ein Bauernsohn aus irgendeinem namenlosen Hof im Osten. Jemand, der gerade erst Rekrut geworden war. Keine Verwandten in der Stadt. Kein persönliches Motiv. Warum also dieser feige Mord?“

Der General tippte auf den in Goldfarbe gezeichneten sternförmigen Umriss Merkeschs am Rand der Sichelform der Schelek-Bucht. „Die Hand mit dem Schwert mag hier zugestoßen haben. Doch die Stimme, die den Mord befahl, stammt von einem anderen Ort.“

Theus‘ Finger begann auf dem Papier eine Reise nach Westen. Er folgte der Via Abbadema, der großen Handelsstraße, durch den Ring der Vorstädte. Er wanderte zwischen Höfen und Feldern durch das Umland, immer weiter, bis die säuberlichen Vierecke von Äckern und Weiden den runden Darstellungen von Laubbäumen wichen. Immer dichter wurden die Wälder, je weiter sich die Handelsstraße von der Stadt entfernte. Irgendwann waren überhaupt keine Spuren menschlicher Besiedlung mehr zu sehen. Die Fingerspitze überquerte den breiten Strom des Gurdon, die Festungsbrücke, die ihn überspannte, und beschrieb schließlich Kreise über einem Land, für das der Zeichner an Wellen und Zacken nicht gespart hatte. Von Schluchten und Erhebungen kündigten die Zeichen, von zerklüfteten Ufern und dichten Laub- und Nadelwäldern, die alles unter sich verbargen.

„Ingwall“, verkündete Theus beinahe mit Abscheu. „Der alte Dorn in unserer Flanke. Nun sehen wir, was geschieht, wenn man einen Splitter nicht sofort entfernt, sondern zulässt, dass er sich entzündet.“ Anklagend tippte er auf die Hügel und Wälder, eingeschlossen zwischen den Ländern Merkeschs im Osten und denen des Khans von Abbadema im Westen, zwischen Gremwodan, dem grauen Ozean im Norden, und Tir Kalossi im Süden, dem himmelblauen Meer. Die gerade Linie der großen Handelsstraße war das einzige Menschenwerk zwischen dem Gurdon und der Grenzbefestigung zu Abbadema, unterbrochen lediglich vom *Uluru Patang*, dem Flugdrachenplateau, etwa auf halbem Weg zur Grenze, dem einzigen Stützpunkt Merkeschs in diesem wilden Land. „Ihnen ist zweifellos bekannt, dass wir uns schon seit geraumer Zeit bemühen, Ordnung in dieses Land zu bringen. *Unsere* Ordnung, wie sie einem Territorium der großen Stadt Merkesch gebührt. Denn dies, meine Herren, ist unser Land. Unsere Vorväter bauten die Befestigung des Palo Teychos, der alten Ingwallmauer. Unsere Kameraden stellten sich dem Khan von Abbadema mit dem Schwert entgegen, als er es uns rauben wollte. Nun also ist für *uns* die Zeit gekommen, das Erbe unserer Väter entschlossen zu verteidigen."

Der Alte sah sie an. Die Blicke aller hingen auf dem Landstreifen im Westen, vor allem auf der roten Linie, die Ingwall vom Reich des Khans von Abbadema trennte.

Palo Teychos.

Die alte Ingwallmauer.

Die Zeichnungen auf der Karte wurden den Ausmaßen der Wälle keineswegs gerecht. Überreste eines gewaltigen Bollwerks waren sie, die die beiden Reiche voneinander trennten. Mauerwerk und Festungen, von Baumeistern Merkeschs errichtet vor unüberschaubar langer Zeit. Sie waren es, die dem Streifen Land einst seinen Namen gegeben hatten: Ingwall. Das westlichste unter den Ländern, auf die Merkesch Anspruch erhob.

Noch bis vor einer Generation hatte Feindschaft geherrscht zwischen dem Khan und dem Petrarchen. Irgendwann aber hatte der immer einträglichere Handel zwischen den beiden Reichen überwunden, woran Heerführer und Diplomaten über Jahrhunderte hinweg gescheitert waren. Verfall hatte sich der alten Wehranlagen bemächtigt. Nur wenige der einstmals gewaltigen Festungen waren von Merkeschs Truppen noch besetzt.

Dieses Land zwischen den Wassern des Gurdon und der alten Ingwallmauer war es nun, in das sich Theus' Zeigefinger bohrte. „Sie wissen so gut wie ich, welche Zustände in diesen Ländern herrschen", fuhr der Alte fort. „Die Bemühungen meines Vorgängers waren in dieser Sache leider völlig unzureichend. Im Grunde ist es eine Schande. Seit Jahrzehnten scheitern wir daran, ein einfaches Problem zu lösen. Banditen. Freibeuter. Alle Arten von gesetzlosem Gesindel treiben sich in diesem Land herum. Beinahe straflos bedrohen sie von Ingwall aus unseren Handel und werden dabei immer dreister. Immer wieder berichten unsere Händler und Patrouillen von neuen Überfällen. Und was tun wir? Was, meine Herren, tut die Tharsis? Die Antwort macht mich fassungslos. Wir tun so gut wie *überhaupt nichts*."

Palter konnte sehen, wie Olaikan Luft holte, um zu protestieren. Irgendwo fand sein Kamerad im letzten Augenblick die Geistesgegenwart, um auf einen Einwurf zu verzichten.

„Die Banditen überfallen einen Handelszug, und was tun wir?", echauffierte sich Theus weiter. „Wir schicken ein paar Soldaten los. Der Feind zieht sich zurück in seine Wälder und Höhlen und Schluchten, wo wir ihn nicht finden können. Manchmal haben wir Glück und entdecken ein paar Hütten oder Stege, die wir anzünden können. Doch dann? Wir ziehen wieder ab, ohne irgendetwas auszurichten. Es ist lächerlich. Nicht mehr als ein komisches Theaterstück, das wir dort aufführen. Halbherzige Versuche, deren einziger Zweck darin besteht, dass unsere Händler sich ein wenig besser fühlen. Damit das Konzil behaupten kann, wir würden diesem Unrecht nicht *völlig* tatenlos zusehen.

Bisher hatte sich unser Feind bequem in diesem Zustand eingerichtet. Er hat darauf verzichtet, über die Stränge zu schlagen und uns zu einem härteren Vorgehen zu zwingen. Nun aber zahlen wir den Preis für unser Zögern. Strohmalm selbst hat den Preis dafür bezahlt, was er in diesen Ländern jahrelang nicht entschlossen genug verfolgte.“ Wieder pochte der Finger des Mannes anklagend auf das Pergament. „Aus Ingwall. Hierher kam der tödliche Befehl. Der junge Attentäter war verwirrt. Eingelullt wie unter Drogen. Er sprach von Stimmen, die ihm befohlen hätten, Strohmalm zu ermorden. Von noch ganz anderen wirren Dingen, die kein vernünftiger Verstand jemals ersinnen könnte. Es war nicht einfach, irgendetwas Nützliches aus ihm herauszubekommen. Etwas aber hat er preisgegeben. Einen Namen: Bernrot.“

Theus sah sich um. Die Offiziere blickten einander an. Niemandem schien der Name bekannt zu sein.

Der General nickte. „Bernrot ist das Gesicht dieser Bedrohung, die wir viel zu lange unterschätzt haben. Bisher stritten sich die Räubergruppen wenigstens noch untereinander. Nun aber scheint dieser Bernrot die verschiedenen Haufen unter sich vereint zu haben. Die Banditen deuten unsere Zurückhaltung als Schwäche. Ihr neuer Führer fordert die Herrschaft Merkeschs offen heraus. Nun, meine Herren, ich kann Ihnen sagen: Seine Nachricht ist angekommen. Und wie er bald erleben muss, wird sie von uns angemessen quittiert. Dieses Mal geben wir uns nicht mit einigen verbrannten Hütten oder Booten zufrieden. Wir senden eine komplette Legion. Wir durchkämmen Ingwall, bis kein Banditenunterschlupf mehr übrig ist. Anschließend besetzen wird das Land mit Garnisonen. Unsere Truppen werden so lange dort bleiben, bis die Bedrohung vollständig gebannt und das ganze Land befriedet ist. Es ist an der Zeit, diesen unhaltbaren Zustand zu beenden und Ingwall endlich zu einer vollwertigen Provinz Merkeschs zu machen. Es ist der Wille des Konzils und des Petrarchen, dieser Pest ein Ende zu bereiten. Ein für alle Mal."

Erneut blickte der Alte auffordernd in die Runde. Die Blicke der Umstehenden waren auffällig betreten. Gerade, als ihr Vorgesetzter weitersprechen wollte, war ein Räuspern zu vernehmen. Der Ursprung fand sich unter einem Helm mit weißem Federbusch. „Mit Verlaub, General."

„Kohortenführer Koban." Theus' Stimme klang wenig erfreut.

„Wenn Ihr erlaubt."

„Ich erlaube, selbstverständlich."

Der Kohortenführer trat vor, den Helm unter seinen Arm geklemmt, und wischte sich den Schweiß von der Stirn. Die Schatten der Mauer hatten begonnen zusammenzuschmelzen und boten zunehmend weniger Schutz vor der Vormittagssonne. „Für unsere bisherige Strategie in Ingwall gibt es gute Gründe", erklärte er. „General Strohmalm hat oft davon gesprochen. Das Land ist zu groß, zu unwegsam und unübersichtlich, um es mit Garnisonen zu besetzen und zu kontrollieren. Wie Ihr selbst schon sagtet: Die Banditen kennen jede Spalte, jede Höhle. Sie ziehen sich in ihre Wälder zurück, bevor wir sie zu fassen kriegen. Unsere schweren Fußtruppen sind im dichten Unterholz beinahe nutzlos.

Beides zusammen macht jede größere Operation in diesem Land zu einem unkalkulierbaren Risiko. Denkt nur, was geschehen kann, wenn wir dort in einen Hinterhalt geraten. Denkt an den Untergang der dritten Legion! Unser Feind ist schnell und überaus beweglich. Ganz zu schweigen von den versprengten Stämmen von *Okori*, die noch immer in den Tiefen dieser Wälder hausen. Seit der Zeit der Götter wohnen sie in diesem alten Land. Niemand weiß, wie viele es noch sind und was sie dort treiben.“ Der Kohortenführer ließ einen besorgten Blick über seine Kameraden wandern. Der eine oder andere nickte zustimmend. Die Legenden über urtümliche, ungezähmte Kräfte, die sich in Ingwall angeblich verbargen, waren hinlänglich bekannt.

„Ich war selbst nie dort“, fuhr Koban fort, „aber ich kenne viele in der ersten Legion, Mannschaften aber auch Offiziere, die *schwören*, dass in diesen Wäldern Dinge vor sich gehen, die mit dem Verstand nicht zu erklären sind. Finstere, unnatürliche Dinge. Selbst verdiente Veteranen fürchten die Schatten zwischen diesen Bäumen.“

„Geschichten, Koban.“ Theus‘ Stimme war ungeduldig. „Bitte kommt zum Grund für Eure Unterbrechung.“

„Für General Strohmalms Strategie in Ingwall gab es gute Gründe“, setzte der Kohortenführer nach. „Wollen wir wirklich riskieren, eine weitere Katastrophe zu erleiden? Lasst uns nüchtern auf die Sache schauen. Unsere verbündeten Darmukta leisten bei der Bewachung der Via Abbadema gute Arbeit. Sie haben aus der jüngsten Steigerung der Überfälle gelernt. Auf sie sollten wir setzen. Bewegliche, berittene Truppen, die wir auf der Straße schnell verlegen können. Sie zu verstärken hätte eine weitaus größere Wirkung, als gepanzerte Legionäre auf eine waghalsige Banditenjagd in die Wälder zu schicken. Genau auf diese Art ist damals General Rabacus mit seiner dritten Legion ...“

„Ist das wahr?“ Der Glatzköpfige im fliederfarbenen Gewand, der seit seiner Ankunft völlig regungslos geblieben war, ergriff urplötzlich das Wort. „Oh, entschuldigt bitte.“ Der Mann blickte sich um, als habe er keineswegs beabsichtigt, unhöflich aufzufallen. „Ich bin lediglich interessiert, was der Kohortenführer damit sagen will. Ihr seid also der Meinung,

Kohortenführer Koban, dass eine Legion der Tharsis außerstande ist, in Ingwall militärische Erfolge zu erzielen?“

Koban verzog das Gesicht. Was hatte dieser Zivilist mit einem Mal zu melden?

„Ich hätte nur gedacht“, fuhr der Glatzköpfige mit falscher Sanftheit fort, „dass ein Führer unserer Streitmacht, ein Mann mit Verfügungsgewalt über immerhin fast tausend Männer, mehr Vertrauen in die Schlagkraft seiner eigenen Truppen und in das Entscheidungsvermögen seiner Vorgesetzten hat.“ Der Bursche zuckte mit den Schultern, so als handle es sich möglicherweise um nicht mehr als eine unqualifizierte Laienmeinung.

Kobans Ausdruck ließ erkennen, dass er sich der Auffassung durchaus anschloss. „Wer ist der Zivilist?“, wollte er knurrend wissen. „Warum quatscht er dazwischen, wenn Männer in Uniform sich unterhalten?“

„Vielleicht“, kam der Zivilist dem General zuvor, „sind unser wahrer Feind die alten Mittel und Gewohnheiten, die nicht mehr funktionieren. Alte Denkweisen in alten Köpfen, die es zu überkommen gilt, damit Merkesch in Ingwall endlich siegen kann.“

Für einen Augenblick wirkte der Kohortenführer wie vor den Kopf gestoßen. Es konnte nicht oft vorkommen, dass sich jemand gegenüber einem Mann seines Ranges derartige Belehrungen erlaubte.

„Vielleicht“, fuhr der Belehrende mit ruhiger Stimme fort, „sind es ja auch die Köpfe selbst, die veraltet sind. Womöglich ist die Zeit gekommen, um nicht nur Pläne und Gedanken, sondern auch Köpfe und Körper auszutauschen, die dem Erfolg im Wege stehen. Wenn Ihr Euch, Kohortenführer, also nicht mehr in der Lage seht ...“

„Koban!“

Mehrere Dinge waren gleichzeitig geschehen, bevor der Ruf des Generals seinen Kohortenführer zurückgehalten hatte. Kobans Ausfallschritt, sein Griff nach dem Gewand des Glatzköpfigen war ins Leere gegangen, da dieser mit bemerkenswerter Geschwindigkeit zur Seite getreten und dem Vorstoß ausgewichen war. Kobans Gesicht glühte, nicht mehr allein von der Hitze. Das des Glatzköpfigen zeigte keine Spur von Aufregung oder Beunruhigung. Der Bursche musterte den sehr viel schwereren und muskulöseren Angreifer mit dem neugierigen Blick eines Sammlers von Schmetterlingen, der auf ein Exemplar gestoßen ist, das noch nicht in seinem Sammelalbum klebt.

„Kohortenführer!“ Theus‘ Stimme war rau. „Beherrscht Eure verdammten Launen! Und Ihr ...“ Für einen Augenblick sah es aus, als wolle er einen drohenden Finger auf den Glatzköpfigen richten. Die Hände des Generals umklammerten die Tischkante mit einer Heftigkeit, die seine Knöchel weiß hervortreten ließ. „Ihr, Pan Kapilar, werdet meine Soldaten mit Respekt behandeln. Unter meinem Kommando herrscht kein solcher Umgangston. Habt Ihr das verstanden?“

Der Glatzköpfige deutete eine ergebene Verbeugung an. Für einen Augenblick war ein kurz geschorener Kranz mausgrauer Haare auf seinem Schädel zu erkennen.

„Ich bin sicher“, fuhr Theus fort und musterte Koban eindringlich, „dass lediglich seine tiefe persönliche Verbundenheit mit den Kameraden der verlorenen Legion den Kohortenführer dazu bewegt hat, seinen Standpunkt derart leidenschaftlich vorzutragen.“

Koban hielt dem bohrenden Blick seines Vorgesetzten stand. Die Fäuste des Kohortenführers öffneten und schlossen sich einige Male. Es war offenkundig, dass sein eigentliches Anliegen ein weitaus handfesteres war.

Der Glatzköpfige ließ ein Seufzen hören und verzog entschuldigend das Gesicht, so als bedauere er zutiefst, erneut zur Quelle von Unannehmlichkeiten werden zu müssen. „Verzeiht, General. Möglicherweise wäre es, um weitere Missverständnisse zu vermeiden, angebracht, mich den Männern vorzustellen."

Widerwille lag im Gesicht des Generals. Noch weniger als Kohortenführer waren Generäle es gewohnt, freundliche Hinweise von Stimmen zu erhalten, die nicht mindestens den Rang eines Konsuls innehatten. „Meine Herren", verkündete der Alte dennoch, „Pan Kapilar". Die menschliche Anatomie war nicht dazu ausgelegt, gleichzeitig zu sprechen und mit den Zähnen zu knirschen. Theus schien versucht, die Natur in dieser Beziehung herauszufordern. „Pan Kapilar leitet die Untersuchungen des Konzils zur Ermordung von General Strohmalm. Er ist auf persönliche Anweisung des Petrarchen hier."

„Ein Papierknecht also." Koban stieß verächtlich die Luft aus. „Bestimmt ein echter Experte für militärische Strategie."

„Nein, Kohortenführer." Ein freudloses Lächeln war in die Züge des Glatzköpfigen getreten. „Lediglich ein aufmerksamer Beobachter."

„Ach ja? Was tut Ihr sonst? Berichte lesen? Kluge Reden halten?"

„Ein Teil meiner Arbeit. Ein weitaus größerer betrifft die Arbeit mit Menschen."

„Ach? Ich muss sagen, davon merkt man überhaupt nichts."

Einige der umstehenden Offiziere erlaubten sich ein verdecktes Grinsen, bevor Theus' mahnender Blick sie zur Ordnung rief. Der unwohle Ausdruck im Gesicht des Generals gab Anlass zur Sorge. „Pan Kapilar ist ..."

„Hier, um zu lernen“, fiel ihm der Mann ins Wort. „Ich bin sicher, dass wir alle voneinander lernen können, wenn wir uns in dieser Sache etwas offen zeigen. Ich, das kann ich sagen, lerne gerade äußerst viel. Vielleicht wird, sobald wir uns etwas besser kennenlernen, selbst mir im Rahmen meiner bescheidenen Möglichkeiten das Privileg zuteil, dem einen oder anderen hier mit meinen Erfahrungen zu Diensten zu sein. Mit etwas von dem Wenigen, das zu erlernen sich nicht vermeiden ließ in den mühsamen Dienstjahren eines einfachen Peculari. Haha!“ Der Mann lächelte noch immer. Gleiches war von den Umstehenden nicht mehr zu behaupten.

Daher also stammte sein unterschwelliges Gefühl der Übelkeit. Es kam nicht oft vor, dass sich ein Mitglied von Merkeschs Geheimdienst offen zu erkennen gab. Die Ausdrücke der Offiziere waren wie versteinert. Niemand wollte sich zu einem späteren Zeitpunkt noch einmal in der Abgeschiedenheit einer Untersuchungszelle zu der Frage äußern dürfen, was denn bitteschön so komisch sei. Die Wände in den Zellen der Peculari hatten, wie es hieß, im Laufe der Jahre die Farbe von altem Rost angenommen. Es gab noch andere Gerüchte, an deren Überprüfung keinem geistig gesunden Menschen etwas liegen konnte.

Nachdem das Schweigen eine angemessene Betretenheit erreicht hatte, wandte sich der Glatzköpfige erneut an Theus. „Wollt Ihr fortfahren, General?“

„Sicher.“ Der Angesprochene räusperte sich. Ganz sicher stellte man unter gewöhnlichen Umständen Generälen keine Fragen, die eigentlich Anweisungen waren. „Also“, brachte er hervor. „Dies ist der Plan. Die zweite Legion wird den bevorstehenden Einsatz in Ingwall übernehmen. Sie tauscht die Positionen mit der ersten und wird mit sofortiger Wirkung nach Westen verlegt.“

Gemurmel erhob sich, übertönt von Theus‘ lautem Räuspern. Dieses Mal schien der General entschlossen, das Heft des Handelns zu behalten. „Die zweite Legion“, bekräftigte er. „‚Vinx Tremens‘. Die erste, ‚Aterion‘, hat bereits Befehle erhalten, sich von der Gurdongrenze zurückzuziehen. Sie wird einige Sicherungseinheiten zurücklassen und künftig die Stelle der zweiten an der Nebelgrenze im Norden übernehmen. Es wird in der Tat Zeit für neue Gedanken in neuen Köpfen. Wir tauschen die Legionen. Ein Wechsel der Zuständigkeiten wird beiden Einheiten guttun. Zu viel Aberglauben bildet sich, wenn Männer zu viel Zeit in fremden Ländern fern der Heimat verbringen.“ Der Seitenhieb auf Koban war nicht zu überhören. „Die Männer der Zweiten können Ingwall mit frischen Augen sehen“, fuhr Theus fort. „Ohne den Ballast der Ermattung, der nachlassenden Wachsamkeit und der gefährlichen Vertrautheit.“

„General!“ Kohortenführer Koban blickte fassungslos umher. Der Mann schien sich zu fragen, ob er der Einzige war, der die Entscheidung klar vernommen hatte. „Ihr sendet Männer zum Kampfeinsatz in ein feindliches Land, die mit Gegner und Gelände nicht vertraut sind?“

„Feindlich?“ Theus‘ Stimme war frostig. „Es ist *unser* Land, Kohortenführer. Dieses Land gehört zu Merkesch.“

„Ihr wisst, was ich meine. Was Ihr vorschlagt, ist ...“

„Ich schlage nicht vor!“ Die Stimme des Generals war unversehens ein Donnern. „Ich *befehle!“* Der drohende Blick des Mannes fokussierte Koban, der angesichts des Ausbruchs wie erstarrt stand. „Glaubt Ihr, die Männer der Ersten seien in Ingwall geboren worden, Kohortenführer? Ist es etwa nicht das Handwerk von Soldaten, auch Unvertrautes entschlossen anzugehen? Auf Befehl hin selbst die größten Widrigkeiten zu

bestehen? Sind dies alles Dinge, an die ich Euch erinnern muss?“

Das Gesicht des Zurechtgewiesenen zuckte. Nach einem kurzen, stummen Wettkampf senkte er jedoch den Blick.

Mit der flachen Hand fuhr der General sich durch die Haare, so als könnte das Richten seiner Locken auch seine Fassung wiederherstellen. „Das Banditenproblem ist außer Kontrolle“, erklärte er, wieder beherrschter als zuvor. „Das Konzil und der Petrarch verlangen von uns zu Recht eine schnelle und entschlossene Reaktion.“

„Nicht zuletzt das Volk“, warf Kapilar ein.

Der Blick, den Theus ihm zuwarf, ließ selbst den Peculari verstummen.

Ihr General atmete tief. „Geschlossenheit, meine Herren. Die Tharsis braucht in dieser Zeit *Geschlossenheit*. Wir, die Darmukta, diese ganze Stadt und alle ihre Waffengattungen müssen in dieser Sache fest zusammenstehen. Sie können sicher sein, dass das Konzil und der Petrarch den Einsatz keinesfalls leichtfertig beschlossen haben.“

Ein weiterer Moment der Stille folgte. Theus‘ Blick ging vom Kartentisch zu den Ausbildern und den Rekruten auf dem Sandplatz.

„Ist Ihnen bewusst, was es bedeutet, was wir dort auf dem Exerzierplatz sehen?“, wollte der Alte mit müder Stimme wissen. „Zweihundertachtundvierzig. So viele Neue kämpfen gerade um ihre Aufnahme in die Tharsis. Wissen Sie, wie viele es im letzten Jahr noch waren? Weit über vierhundert! Wohin, frage ich Sie, gehen all die jungen Männer, die sonst Jahr für Jahr an unsere Tore klopfen? Ist die Welt vielleicht mit einem Mal ärmer geworden an hungrigen jungen Schwerthänden? Nein, meine Herren. Das ist sie sicher nicht. Aber wenn die jungen Burschen nicht zu uns kommen, wohin gehen sie dann?

Irgendwohin *muss* sich ein junger kampfbereiter Mann mit Ambition ja schließlich wenden. Wer außer der Tharsis kann ihnen Aussichten auf Reichtum und auf Abenteuer bieten?“ Mit einem schwungvollen Schritt trat der Alte vor. Wieder tippte er auf den westlichen Teil der Karte. „Etwas braut sich zusammen in Ingwall. Wir haben Erkundigungen eingeholt in den Ortschaften im Umland. Junge Männer, die ihren Eltern erzählen, sie wollten sich der Tharsis anschließen aber niemals bei uns ankommen. Wollen wir abwarten, während sich eine ganze Generation entscheidet, Banditen Bernrots zu werden statt Verfechter des Gesetzes? Nein, meine Herren. Der Feind erzwingt in dieser Sache die Bewegung unserer Hand. Wir können nicht anders als zu handeln, bevor es zu spät ist.“

„Mit Verlaub, General.“

„Kohortenführer.“

Eines musste man Koban lassen. Der Mann ließ nicht locker. „Was Ihr berichtet habt, gibt wirklich Anlass zur Besorgnis. Aber kann nicht ein massierter Aufmarsch unserer Kräfte genau das sein, was dieser Bernrot mit seiner Provokation bezwecken will? Was, wenn das hier alles eine Falle ist? Die Sache mit dem Anschlag erscheint mir von vorne bis hinten unsinnig. Warum sollte er uns dazu zwingen, in Ingwall zuzuschlagen? General Rabacus mit seiner dritten hat damals auch geglaubt ...“

„Genug mit Eurem Rabacus“, fuhr der glatzköpfige Peculari bestimmt dazwischen. „Rabacus war ein Narr. Sein Name wird zu Recht verflucht. Der Mann hat seine Befehle und alle Grundregeln der Vorsicht und Vernunft verletzt, als er seine Männer in Ingwalls Wälder führte. Ein Fehler, den wir dieses Mal nicht wiederholen werden. Bereits während wir hier sprechen, schwärmen Peculari-Späher aus, die uns auf diesem

Feldzug als Augen und als Ohren dienen werden. Fähige Männer, von mir selbst geprüft und ausgewählt. Männer, die dazu ausgebildet wurden, unsichtbar zu bleiben und Informationen zu sammeln, selbst unter den schwierigsten Umständen."

„General." Ein weiterer Mann in der Uniform eines Kohortenführers trat vor.

„Kohortenführer Selevan." Theus schien keinesfalls erfreut über die weitere Ausweitung dieses Gesprächskreises. Auch Selevans Gesicht drückte Besorgnis aus. „Was ist mit dem Besuch von Jarl Olrig zur Unterzeichnung des Vertrages? Man hört, was uns erwartet. Hunderte sind in seinem Gefolge, Händler, Hofstab und auch Krieger. Unter allen Umständen erfordert ein solches Ereignis unsere verstärkte militärische Präsenz in Merkesch. Die Vierte ‚Vanquistas' ist, soweit ich weiß, an der Ostgrenze gebunden und wird dort auch beschäftigt bleiben. Wenn nun die Erste in den Norden geht und die Zweite nach Westen ..."

„Bleibt immer noch die Fünfte", beharrte Theus.

„Die Fünfte?" Selevans Stimme drückte Unglauben aus. „Mit Verlaub, General. ‚Litris Pelasi', der ‚herrliche Lichtschein', ist bisher nicht mehr als ein Fünkchen. Ein Haufen Frischlinge unter jungen Offizieren, die gestern selbst noch Rekrutenkleider trugen."

„Gemeinsam mit der Stadtwache und der Rengard eine vollends ausreichende Streitkraft für das bevorstehende Ereignis, Kohortenführer", mischte sich erneut der Peculari ein. „Ihr könnt Euch sicher sein, dass das Konzil und der Petrarch alle Vorkehrungen treffen, um für die Sicherheit unseres Gastes zu sorgen."

„Es ist nicht die Sicherheit des Gastes, die mir Sorgen bereitet, Pan", gab Selevan bitter zurück. „Wenn ich offen sprechen darf, General. Die Rengard sind Vargen. Der Jarl ist ein

Varge. Das Lagerviertel im Hafen: alles Vargen. Muss ich wirklich aussprechen, was wir alle sehen können? Ein gefährliches Ungleichgewicht entsteht in unseren Mauern, wenn wir auch die Zweite abziehen. Die Stadtwache ist ... nun, Ihr wisst es selbst. Falls diese Nordmänner sich gegen uns ..."

„Die Rengard ist eine treue Dienerin Merkeschs, Kohortenführer", wies Kapilar ihn scharf zurecht. „Bestehend aus Männern, die dem Petrarchen persönliche Treue bis in den Tod geschworen haben. Der Jarl ist, entgegen Eurer Verdächtigungen, ein treuer Verbündeter des Petrarchen. Ich schlage also vor, Ihr haltet Euch mit Euren Meinungen zurück, die Dinge betreffen, für die Ihr, mit Verlaub gesprochen, weder die Erfahrung noch das Feingefühl besitzt."

„Da spricht der Richtige! Ihr ..."

„Ruhe!" Wieder war es Theus, der die Männer in rauem Ton zum Schweigen bringen musste. Der Blick des Mannes wanderte warnend umher. „Meine Herren. Ich habe nicht zu einer Diskussion eingeladen. Ich habe Ihnen gesagt, was passieren wird. Sie haben Ihre Befehle erhalten. Machen Sie die Männer abmarschbereit. In zwei Tagen, bei Sonnenaufgang, brechen wir auf. Ich werde selbst die Führung übernehmen. Pan Kapilar wird uns auf Wunsch des Petrarchen als Ziviltribun begleiten, um die Arbeit seiner Kundschafter zu überwachen, die uns in dieser Sache unterstützen werden. Das ist alles, was Sie für heute wissen müssen. Gibt es Fragen?"

Der Widerwille in den Gesichtern der Offiziere war nicht zu übersehen. Die Beteiligung von Peculari-Agenten an einem Feldzug der Tharsis war unerhört. Folterknechte durften bei aufrechten Soldaten nicht auf Anerkennung hoffen.

„Keine?" Der Blick des Generals enthielt eine Herausforderung. „Gut", befand er schließlich. Selbst Koban und Selevan hielten dieses Mal den Frieden. „Also dann, meine Herren.

Auf gutes Gelingen. Mögen die Götter mit uns sein. Machen Sie Ihre Einheiten bereit. Alles Weitere erfahren Sie im Laufe der nächsten Tage. Wegtreten."

Kollektives Salutieren war die Antwort.

Götter.

Er hatte sich nicht einmal erlauben können, wegzudösen. Zu bizarr war dieser Auftritt, dieses ganze Unterfangen.

Und jetzt dies.

Die Erlösung.

Nicht ein einziges Wort hatte man an ihn und Olaikan gerichtet. Er wandte sich ab, packte seinen noch immer ungläubig starrenden Nachbarn am Arm und ...

„Hauptmann Olaikan. Hauptmann Calgola. Auf ein Wort."

Er schloss die Augen. Verdammte Götter.

„Im Ruhestand", murmelte Olaikan ihm aus dem Mundwinkel zu, während sie sich umwandten. „Sag es ihm!"

„Halt dein Maul", knurrte er zurück. Nach Scherzen war ihm der Geschmack gründlich vergangen. Er blinzelte in den Widerschein der Sonne. Während die anderen Offiziere bereits in Richtung des Westtors davonmarschierten, standen Theus und Kapilar noch immer am Kartentisch. Die Gesichter der beiden waren ihnen zugewandt. Hatte der Glatzkopf ihm eben zugezwinkert?

Wiederstrebend folgte er Olaikan zurück zum Tisch.

Theus ließ sie warten. Der Mann ließ sich ein Stofftuch reichen und fuhr sich damit über die Stirn. Anschließend winkte er nach einem neuen Becher. Der Blick des Generals ging auffordernd zu seinem Nachbarn, beinahe so, als sei der Peculari der eigentliche Grund für ihre Anwesenheit.

„Hauptmann Palter Calgola." Die Stimme des Glatzköpfigen klang, als sei ihm die Aussprache des Namens ein Genuss.

„Der Held von Wolfshecke. Es ist mir eine Ehre.“ Der Peculari ließ die Andeutung einer Verbeugung folgen, nur schwer zu verorten zwischen ehrlicher Wertschätzung und verborgenem Spott. Ein unangenehmes Lächeln umspielte die dünnen Lippen. Der blanke Kopf wurde geschüttelt, so als weigere sich der Mann beinahe zu glauben, wen er vor sich hatte. „Eine Ehre, in der Tat. Solange Männer wie Ihr auf unserer Seite kämpfen, hege ich keinerlei Zweifel daran, dass kein noch so wildes Land unseren Legionen widerstehen kann. Ich bin, Hauptmann, ein interessierter, fast schon begeisterter Student militärischer Kampagnen. Lediglich auf dem Papier, wie sich versteht. Leider bin ich weit davon entfernt, mir anmaßen zu können, in der wenigen Freizeit, die mir meine Arbeit lässt, großes Verständnis auf dem Feld der Kriegsführung erworben zu haben. Die Belagerung von Wolfshecke ist jedoch eine meiner liebsten Schlachten unserer jüngeren Geschichte. Ich hoffe wirklich, dass wir beide einmal die Gelegenheit für ein persönliches Gespräch bekommen, damit Ihr mir von Eurer bemerkenswerten Leistung ausführlich berichten könnt.“

Die Worte des Peculari ließen ihn erschaudern. Persönliche Berichte an Mitarbeiter des Geheimdienstes waren niemals eine angenehme Vorstellung. Die Sache mit Wolfshecke war ganz eindeutig aus dem Ruder gelaufen.

Er konnte spüren, dass Theus‘ und Olaikans Blicke keineswegs freundlich auf ihm ruhten. Die beiden waren in der Schlacht dabei gewesen. Augenzeugen stellten ein weitaus weniger angenehmes Publikum dar als beschwipste Adelige, die nicht einmal wussten, wie herum man ein Schwert hielt.

„Verzeiht, dass ich Euch so ohne jede Vorwarnung überfalle“, fügte Kapilar hinzu, ohne dabei den Ausdruck diebischer Freude zu verlieren. „Die Neugier ist, wie ich eingestehen muss, eine meiner vielen Schwächen. Wie ich hörte, war

Eure Erzählung über eben diese Heldentat einer der Höhepunkte auf dem gestrigen Empfang in Konsul Grauwackes Residenz. Die List mit den brennenden Booten? Wirklich ein köstlicher Geniestreich!“

Er selbst verlegte sich aufs Schweigen und deutete steif eine Verbeugung an. Der scheinbar harmlose Verweis des Peculari auf persönliche Gespräche, die sich erst vor wenigen Stunden und noch dazu im Privaten zugetragen hatten, musste zweifellos als Drohung verstanden werden. Man kam nicht umhin, sich zu fragen, was der Mann sonst noch alles mitbekam.

Er vermied es, seine Kameraden anzublicken. Bezogen auf den „köstlichen Geniestreich“ hatten die beiden mit Sicherheit ihre ganz eigenen Ansichten.

„Und Ihr müsst Hauptmann Olaikan sein!“ Wieder erweckte Kapilar den Eindruck, sich unerwartet in der Gesellschaft berühmter Helden seiner Kindheit wiederzufinden. „Unerschütterlicher Führer unserer furchtlosen Reiterei. Geboren als ein Wilder in ein stolzes Volk von Pferdeherren, dann herangewachsen zu einem Muster an Disziplin und Tapferkeit in den Diensten unserer großen Stadt. Immer treu an Hauptmann Calgolas Seite. Darf ich fragen, Hauptmann Olaikan: Wie fühlt es sich an, im Feld an der Seite eines echten Helden zu kämpfen?“

Die nachfolgende Stille ließ das Pochen des Blutes in seinen Schläfen umso geräuschvoller hervortreten. War der Peculari von allen guten Geistern verlassen? Nein. Langsam begriff er. Er wurde nicht belobigt. Er wurde verspottet. Beschämt und lächerlich gemacht. Das alles hier war Teil einer Inszenierung, um ihn vor seinen Kameraden vorzuführen.

Olaikan senkte seinen Blick zu dem hageren Mann im teuren Gewand, den er um etwa einen halben Kopf überragte.

„Keine Ahnung", knurrte er. „In solchen Dingen fehlt mir die Erfahrung."

„Ha!", rief Kapilar aus. Er klatschte in die Hände und schüttelte einen aufgerichteten Zeigefinger in der Luft. „So sind sie, die Soldaten. Immer einen Scherz auf den Lippen, was? Ach, ich habe schon so viel gehört vom Band der Kameradschaft zwischen Merkeschs Kriegern. Man neckt sich, zieht sich auf und steht doch in der Schlacht brüderlich zusammen. Wisst Ihr ..." Der Blick des Mannes wurde träumerisch. „Manchmal beneide ich euch." Er schüttelte den Kopf wie in Bedauern. „Leider war es mir nie vergönnt, in den Glutofen der Schlacht geworfen zu werden, der aus Männern Stahl und aus Fremden Brüder macht. Im Kampf zu stehen, Mann gegen Mann, das Schwert zu schwingen, der Kampflärm, das Blut ..." Er holte tief Luft, als vertreibe er eine genussvolle Wunschvorstellung. „Meine schwache Konstitution", erklärte der Peculari mit Bedauern. „Mir bleibt nichts anderes übrig, als unserer Stadt an weit weniger ehrenvollen Orten, hinter Schreibtischen und in lichtlosen Verließen, zu dienen. Dies ist das Los, das die Götter mir beschieden haben. Aber, ach. Es muss ein großartiges Gefühl sein, dort draußen Seite an Seite zu stehen. Eine Klippe aus Eisen im Ansturm der Feinde. ‚Nirgendwo sonst fühlt man sich so lebendig.' Das waren doch gestern Abend auf dem Empfang Eure Worte, nicht wahr, Hauptmann Calgola?"

Erneut schoss ihm das Blut heiß in die Schläfen. Nein, es konnte kein Zweifel mehr bestehen. Er wurde vorgeführt, mit gnadenloser Verderbtheit und Akribie. Die versteinerten Mienen seiner Kameraden erweckten den Eindruck, dass die schändliche List gelang.

„Wie dem auch sei." Theus' Stimme war trocken. „Hauptmann Calgola wird bald die Gelegenheit bekommen, seinen großen Worten noch viel größere Taten folgen zu lassen." Zum ersten Mal schien der General ihn wirklich anzusehen. Es war kein freundlicher Blick. „Willkommen zurück, Hauptmann. Ich bin, das muss ich sagen, überrascht, dass die Wahl des Petrarchen und des Konzils ausgerechnet auf Euch gefallen ist. Ihr müsst in den letzten Monaten nachhaltigen Eindruck auf mächtige Männer gemacht haben. Man hat uns regelrecht bedrängt, den alten Kriegshelden Calgola für diesen Sonderauftrag auszuwählen. Wichtige Männer, denen ich nie zuvor begegnen durfte, haben mir versichert, dass es nur einen Mann in ganz Merkesch gibt, der für ein derart wagemutiges Unterfangen geeignet ist."

„Konsul Grauwacke persönlich hat Euch in den höchsten Tönen gelobt", raunte Kapilar anerkennend. „Der Konsul sagt, es gebe keinen anderen Mann in dieser Stadt, der so verwegen ist wie Ihr. Niemanden, der von mehr Heldentaten zu berichten weiß. Dessen Einfallsreichtum und Mundwerk zu größeren Kunststücken in der Lage sind. Genau die Fähigkeiten, die für den *delikatesten* Teil der bevorstehenden Operation vonnöten sind." Das Gesicht des Peculari nahm einen verschwörerischen Ausdruck an. Er schüttelte seinen Finger wie ein Elternteil, das seinen Spross bei einer geschickt eingefädelten Schlingelei ertappt hat. „Langsam verstehe ich, Hauptmann. Oh, Ihr Fuchs! Ihr habt das alles absichtlich so eingefädelt. Ihr habt Euch ins Gespräch gebracht, damit wir Euch aus Eurem ungewollten Ruhestand erlösen. Ich kann nur sagen: alle Achtung. Eure sprichwörtliche Silberzunge macht Euch alle Ehre."

"Langsam, langsam ..." Abwehrend hob er beide Hände. Seine Stimme versagte ihm. Die Kopfschmerzen waren fort, wie weggewischt. Die kühle Übelkeit, die sie ersetzte, war um keinen Deut angenehmer. So unauffällig wie möglich spähte er nach einem Ort für seinen Mageninhalt.

„Sicherlich ein bestärkendes Gefühl“, tönte Kapilars zunehmend unerträgliche Stimme durch den aufsteigenden Nebel hinter seinen Augen. „Wir alle wünschen uns, im Alter nicht einfach vergessen zu werden. Hauptmann? Ihr seht etwas bleich aus. Gute Güte. Diener! Der Mann braucht Wasser!“

Kapitel 4 – Sonderauftrag

„Hauptmann?“ Theus kniff die Augen zusammen. „Geht es Euch gut?“

Gut? Nein. Davon konnte wirklich nicht die Rede sein.

„Hoffentlich nichts Ernstes!“ Kapilars Besorgnis war so falsch wie seine Bewunderung. Der Tonfall in der Stimme des Mannes trug eher dazu bei, die Übelkeit noch zu verstärken.

Jemand hielt ihm Wasser hin. Er setzte an und trank. Die Übelkeit ließ nach, verschwand jedoch nicht. In Anbetracht der jüngsten Entwicklungen war mit einer baldigen Besserung auch nicht zu rechnen.

„Alles in Ordnung?“, flüsterte Olaikan.

„Nein. Nein, ganz sicher nicht.“

„Willkommen zurück, auch von mir, Hauptmann.“ Kapilars Gesicht verkündete Vorfreude. „Ich hoffe, es wird für Euch schon bald so sein, als wäret Ihr niemals fort gewesen. Wie fühlt es sich an, wieder die Uniform zu tragen?“

„Hätte es mir nie träumen lassen“, war alles, was er krächzend hervorbrachte.

„Das hätte sicherlich niemand von uns.“ Theus glühte ihn an. „Nun, manchmal werden Träume wahr. Es gibt ein Anliegen, in dem das Konzil, der Petrarch und alle Bürger Merkeschs auf Euren geradezu sprichwörtlichen Einfallsreichtum vertrauen. Wie Ihr mit Sicherheit bereits bemerkt habt, Pan Kapilar, hat Hauptmann Calgola das Reden zu einer Kunstform erhoben, wie man sie nur äußerst selten findet. Manchmal wagt man es kaum, seinen eigenen Ohren zu trauen.“

Palter räusperte sich. „Bei allem Respekt, General. Ich weiß nichts von Ingwall. Bin niemals dort gewesen. Es muss Hunderte Soldaten geben, jünger, kräftiger und in allen Belangen fähiger als ich. Männer, die darauf brennen, sich in einer derart ehrenvollen Sache beweisen zu dürfen. Ich will nur ungern derjenige sein, der ihnen dabei den Weg verstellt. Umso mehr, als meine Laufbahn bereits abgeschlossen ist. Ich will mich nicht über Gebühr an Ruhm und Anerkennung bereichern und dabei der jüngeren Generation ...“

„Was das angeht, Hauptmann, braucht Ihr Euch keine Sorgen zu machen“, unterbrach Theus seine Ausführungen. „Der Einsatz, für den Ihr Euch empfohlen habt, erfordert weder Muskelkraft noch jugendliche Ausdauer. Dafür umso mehr von jener Gabe, die Ihr uns gerade wieder in so unvergleichlicher Weise vorführt. Für das, was Ihr zu tun habt, bedarf es lediglich eines hellen Kopfes und einer scharfen Zunge.“

„Zu viel der Ehre, General. Der Kopf ist verfinstert von der Trübung vieler Jahre. Die Zunge stumpf und schwer vom Wein und der Müdigkeit des Alters. Ich ...“

„Genug des müßigen Geplappers, Hauptmann.“ Theus wischte mit einer Geste seiner Hand alle Einwände fort. „Hört zu und spart Euch Eure Worte für Zeiten, in denen sie benötigt werden. Pan?“

Der angesprochene Peculari bildete mit den Fingern eine Pyramide vor seinem Kinn. Die Geste sollte wohl Konzentration ausdrücken, vermochte es jedoch lediglich, den Eindruck maßloser Arroganz noch zu verstärken. „Ich werde trotz meiner Schwäche im Hinblick auf das Verständnis militärischer Angelegenheiten versuchen, Euch die Umstände dieser delikaten Situation nach bestem Vermögen darzulegen, Hauptmann. Ihr, General, unterbrecht und korrigiert mich bitte, wenn ich zu scheitern drohe.“

Theus schwieg. Es war erstaunlich, wie viel Missfallen ein einfaches Schweigen ausdrücken konnte. Einer der wenigen

Lichtblicke der aktuellen Lage bestand darin, dass Theus Kapilar anscheinend ebenfalls nicht ausstehen konnte.

Der Peculari zog nachdenklich die Stirn kraus. Trotz der Hitze und seines dicken Gewandes war darauf nicht eine einzige Schweißperle zu erkennen, so als beträfen derartige Dinge lediglich geringere Männer. „Hauptmann Calgola", begann er. „Was ich mit Euch teilen werde, genießt höchste Vertraulichkeit. Einiges davon mag Euch zutiefst beunruhigen. Dennoch bitte ich Euch, mir bis zum Ende zuzuhören. Wo ein Problem ist, da ist auch eine Lösung nicht weit. Und was Lösungen angeht, befinde ich mich, wie ich ohne Stolz behaupten kann, auf vertrautem Territorium."

Eine dramatische Pause folgte. Das Ganze fing bereits ganz herrlich an.

Kapilar hob langsam seinen Blick. „Habt Ihr, Hauptmann, schon einmal vom schwarzen Feuer gehört?"

„Ha." Ein bitterer Laut der Belustigung drang aus seiner Kehle. Er warf einen zweifelnden Blick zu Theus. Der Ausdruck des Generals zeigte nichts als konzentrierten Ernst.

„Ja", erklärte er lapidar. „Sicher. Wer in Merkesch hat das nicht?"

Kapilar nickte. „Und wäret Ihr so freundlich, uns von dem Gehörten zu berichten?"

„Ich weiß nur, was jeder weiß." Er machte eine wegwerfende Bewegung mit der Hand. Was faselte der Mann von alten Märchen und Bettgeschichten? „Irgendein Öl aus alter Zeit, das schlimmer brennt als Lampenöl und über Tage nicht verlischt", fügte er mürrisch hinzu. „Es ist eine Weile her, seit meine Mutter an meinem Bett saß, um mir Geschichten zu erzählen." Anders sicherlich bei Kapilar. Der Peculari war vermutlich irgendwo aus einem Schlangenei gekrochen. „Wenn Ihr wollt, lasse ich Euch eine Abschrift anfertigen", setzte er bissig nach. „Wie es der Zufall will, verfüge ich über eine beinahe vollständige Ausgabe von Frohlock Gilbrans gesammelten Werken."

„Das schwarze Feuer", erklärte Kapilar geduldig und ignorierte seinen Tonfall, „Krillborgs Feuer, wie es eigentlich heißen müsste, ist eines der mächtigsten Artefakte aus der Vorzeit unserer Stadt. Krillborg selbst, der Schüler unseres Stadtvaters Bronzegas, soll es einst geschaffen haben. Zur Zeit von Banjitza, dem ersten Petrarchen. Um unsere noch junge Stadt vor ihren vielen Feinden zu schützen."

„Gegen den Willen seines Meisters, wenn ich mich recht erinnere", hielt er scharf dagegen. Er winkte den Diener herbei, der hastig vorsprang, um ihm nachzuschenken. Wieder leerte er den Becher innerhalb von einem Augenblick. Wieder war die Flüssigkeit nicht mehr als ein Tropfen auf heißem Sand. „Ich habe die Geschichte oft genug gehört, Pan. Krillborg selbst vernichtete alle Pläne und Bestände nach der Seeschlacht in der Schelek-Bucht. Dort konnte er mit eigenen Augen sehen, welche Wirkung seine tolle Waffe erzielen kann."

„Ein Einsatz mit Erfolg, wie Ihr Euch dann sicherlich ebenfalls erinnern könnt", merkte der Peculari spitz an. „Die Flotte der dunklen Herrin wurde innerhalb weniger Stunden vollständig vernichtet."

„Genau wie unsere eigene. Habt Ihr das vergessen oder ist es Euch egal? Hat etwas zu gut funktioniert, Euer Feuer."

„Bedauerlicherweise, ja." Der Ton des Mannes enthielt keinerlei Bedauern und ließ offen, ob ihm eine solche Empfindung überhaupt vertraut war. „Aber habt Ihr Euch jemals ausgemalt, Hauptmann, wozu eine Truppe in der Lage wäre, die das Feuer *kontrollieren* kann?"

Der Alarm, das Aufstellen seiner Nackenhaare, kam mit Sicherheit nicht von ungefähr. „Manchmal“, brachte er argwöhnisch hervor.

„Und? Zu welchem Schluss seid Ihr dabei gekommen?“

„Dass die Alten weise waren, Pan.“ Nur jemand wie dieser Peculari konnte glauben, dass die Verfügbarkeit des Feuers etwas anderes als verheerend sein konnte. „Ich finde, es war eine ihrer besseren Ideen, die Suche nach dem Feuer unter Todesstrafe zu verbieten. Und ich muss sagen: Die Regel hat sich sehr bewährt. Die Abwesenheit von nicht löschbaren, alles verzehrenden Feuersbrünsten in unserer Stadt stellt für mich ein Stück Lebensqualität dar, das ich nur noch ungern missen möchte.“

Der Blick des Peculari ließ keinen Zweifel daran, dass die Antwort ihn enttäuschte. „Ihr habt Euch also nie gefragt, was Eure *eigenen* Männer, Soldaten unter *Eurem* Kommando, mit einer solchen Waffe bewirken könnten?“

„Habt Ihr die Geschichte je zu Ende gelesen, Pan?“ Inzwischen musste er sich ernsthaft beherrschen, um seinen Unwillen nicht noch deutlicher zum Ausdruck zu bringen. „Die ganze Bucht stand drei Tage und drei Nächte lang in Flammen. Fischer halten sich noch heute von der Küste fern. Der ganze Boden ist dort unten scharfkantig wie Glas. Jedes Netz, das man hineinwirft, zieht man als nutzlosen Fetzen wieder aus dem Meer. Die Fische freuen sich. Das ist das Problem mit Eurer Wunderwaffe. Sie kann nicht kontrolliert werden. Ob ich so etwas ins Feld mitnehmen will? Ihr wart tatsächlich noch nie selbst dort draußen. Glaubt mir, Pan. An Dingen, die sich nicht kontrollieren lassen, besteht dort draußen wirklich kein Mangel. Ich kann auf euer ‚schwarzes Feuer‘ gut verzichten. Meine Absicht war es stets, meine Männer heil zurück zu bringen. Der Feind tut schon genug, um mich daran zu hindern. Ich muss nicht auch noch selbst anfangen, sie zu verbrennen."

Er konnte sehen, dass Olaikan kaum merklich nickte. Selbst Theus' zerknirschter Ausdruck verriet Zustimmung

Der Peculari aber ließ die Zurechtweisung ungerührt über sich ergehen. Der Mann wandte den Kopf zur Seite, schielte auf seine Schulter und zupfte sich ein unsichtbares Staubkorn von der goldverzierten Robe. „Nun. Zum Glück ist es in dieser Stadt nicht die Sache von Hauptmännern, zu entscheiden, was für das ganze Reich gut und richtig ist. Männer mit mehr Weitsicht und höherer Berufung kommen hingegen nicht umhin, bei Gelegenheit auch schwierige, mit Gefahr verbundene Entscheidungen zu treffen. Ich bin allerdings, wie ich zugeben muss, einigermaßen erstaunt über Euren Unwillen, in dieser Sache das große Ganze zu betrachten. Darüber, wie wenig Ihr bereit seid, Eure nicht geringen Gaben an Verstand und Erfahrung nutzbringend zum Wohle unserer übergeordneten Ziele einzusetzen. Ist das der Grund, warum Ihr nie mehr als ein Hauptmann geworden seid?"

„*Was?*"

„Nach allen den Jahren", fuhr der Peculari kühl fort. „Den unbestreitbaren Verdiensten. Ich habe Eure Akte gelesen. Die frühe Beförderung. Eure Heldentat bei der Belagerung von Nequestria. Ein junger Decas, gerade erst befördert zum Führer einer Geschützmannschaft. Seine eigenständige Entscheidung, das Feuer seiner Batterien auf den versperrten Durchbruch in den Mauern zu legen anstatt in den Gegenstoß der Feinde. Ein Beschluss, der ihn und seine Männer fast das Leben kostet, als die gegnerische Reiterei zu ihnen durchbricht. Doch er überlebt. Seine Entscheidung führt die Wendung herbei und sichert uns den Sieg. Auszeichnungen. Persönliche

Belobigungen. Ein Held. Ein Muster für taktische Initiative. Ein neuer Ehrenname für seine Einheit. Zweiter Zug. ‚Schlüssel zur Stadt.' Und dann? Zwanzig Jahre lang nicht eine einzige Beförderung. Wie kommt es, Hauptmann, dass wir nicht längst einen Manipen oder gar Kohortenführer Calgola vor uns haben?"

„Es geht Euch einen verdammten ..."

„Das genügt, Hauptmann." Theus unterbrach sein Aufbrausen und hob warnend die Brauen. „Das Gleiche gilt für Euch, Pan. Genug mit den Streitereien. Wir sind in einer wichtigen Sache hier. Ich habe es satt, dass ständig meine Zeit verschwendet wird."

Palter schnaufte und zog sich seinen Umhang zurecht. Der Peculari hatte wirklich eine Art, jeden mit nur einem Funken Anstand in der Brust gegen sich aufzubringen.

„Sie haben das Feuer gefunden, Hauptmann." Theus' Blick und Stimme waren ernst. Ganz offensichtlich wollte er die Besprechung nicht mehr unnötig verzögert sehen.

Er nickte stumm.

Natürlich.

Was auch sonst, an einem Morgen wie diesem? Immer und immer besser wurde er, dieser Morgen, mit einer Geschwindigkeit, die kaum noch zuließ, jede neue Schrecklichkeit angemessen zu würdigen.

Er rieb sich mit den Händen über die Augen und ließ die Luft entweichen. „Glückwunsch", brachte er hervor. „Ist schon irgendjemand hingerichtet worden? Soweit ich weiß, ist das die Strafe, die darauf steht, das Feuer zu erschaffen."

„Nicht für *solche* Fälle, Hauptmann", erklang Kapilars Stimme irgendwo hinter den gnädigen Schatten seiner Lider. „Was erwiesenermaßen zum größeren Wohl unserer Stadt geschieht, unterliegt selbstverständlich gewissen Ausnahmen."

„Ausnahmen", krächzte er. „Ja. Sicherlich. Dann besteht bestimmt kein Anlass zur Sorge. Bestimmt habt Ihr mich deshalb hergerufen. Um mir zu sagen, dass alles in bester Ordnung ist. Und ich dachte schon, ich müsste mir Sorgen machen. Ich dachte schon, Ihr würdet mir jetzt gleich verraten, warum wir unsere Entdeckung bereits bitter bereuen."

„Euer Spott, Hauptmann, trifft niemanden als Euch selbst." Der Peculari wirkte tatsächlich verärgert. „Eine Waffe wie das Feuer besitzt ein Potenzial weit jenseits Eurer ..."

„Die Zeit der Reue ist, in der Tat, bereits gekommen."

Palter blinzelte. Wieder war Theus ungeduldig dazwischengefahren. Der Peculari reagierte mit einem Blick voller Wut auf die Unterbrechung durch den General. Theus aber nickte entschlossen. „In dieser Sache habt Ihr leider recht, Hauptmann. Pan? Wir haben nicht den ganzen Tag Zeit."

Kapilar schien sich nur widerwillig dazu durchzuringen, etwas zu befolgen, das eindeutig ein Befehl gewesen war. Ja, tatsächlich. Zum ersten Mal wirkte selbst der Peculari nervös, wie peinlich berührt. Eine seiner vor dem Bauch verschränkten Hände versuchte zu entkommen, während die andere sich darum bemühte, den Fluchtversuch ihrer Artgenossin durch kräftigeres Zupacken zu unterbinden. Wer hätte gedacht, dass der Mann zu derartigen Gefühlsregungen in der Lage war? „Wir haben es nicht mehr", gestand der Peculari ein und schaffte es trotz allem, so etwas wie Trotz in seine Stimme zu legen. „Das Feuer ging, gewissermaßen, verloren."

Palter starrte. „Ihr habt es nicht mehr." Sein Blick ging ungläubig zu Theus. Der General hatte die Augen nicht von dem Glatzköpfigen abgewandt. Der Peculari wand sich, doch ihr Kommandeur machte keine Anstalten, den Mann aus seiner Verantwortung für die volle Enthüllung der Geschichte zu entlassen.

„Aha!“ Ein trockenes Lachen drang aus Palters Brust. Es bahnte sich den Weg durch seine Kehle, obwohl er nichts als Übelkeit empfand. „So ist das. Ihr habt es nicht mehr. Und? Wo habt Ihr es verloren? Habt Ihr schon überall nachgesehen? Im Keller? Ganz unten im Schrank, wo die Wintersachen liegen? Habt Ihr …“

„Genug, Hauptmann.“ Theus‘ Blick warnte ihn, ebenso wie der Tonfall seiner Stimme.

Genug? Ja, er neigte zum Plappern, wenn er nervös war. Doch zur Nervosität bestand in diesem Augenblick ja wohl auch jeder nur erdenkliche Anlass.

„Das schwarze Feuer ist gestohlen worden“, gestand Kapilar ein. „Unglücklicherweise.“

„Gestohlen?“ Er konnte nicht anders, als das Wort ungläubig nachzuäffen. „Gestohlen? Etwa in … nein!“ Das Ganze konnte nicht ihr Ernst sein.

Theus aber nickte.

„In Ingwall! Ha!“ Ein weiteres, kaum noch zu beherrschendes Lachen war alles, was er vorbringen konnte. Was für ein Wahnsinn. Bestimmt kam gleich der Moment, in dem sie ihm verrieten, dass alles nur ein misslungener Scherz gewesen war. „Wartet! Wartet. Lasst mich bitte kurz sichergehen, dass ich alles richtig verstanden habe.“ Er hob beide Fingerspitzen in die Luft wie ein Dirigent vor seinem Orchester. Ohne Zweifel war es der Alkohol, der sprach, doch er verspürte kein Bedürfnis, seine Worte zurückzuhalten. „Ihr erschafft also eine verbotene Waffe aus der dunklen Vorzeit unsrer Stadt. Wohl wissend, dass ihr Erfinder selbst sie vernichtet hat, um uns vor ihr zu schützen. Und dann, aus irgendeinem Grund, schafft Ihr sie nach *Ingwall*, von allen Ländern. In einen wilden Streifen Land, der voll ist mit Banditen, die uns hassen. Warum auch nicht? Und dann, oh Überraschung: Eure Wunderwaffe wird gestohlen. In einem *Land voller Banditen*. Das hätte wirklich niemand ahnen können. Aber was soll's? Wir haben ja noch Calgola! Holen wir doch Calgola aus seinem verdammten Ruhestand zurück, um hinter uns aufzuräumen. Habe ich das alles richtig verstanden? Ist das der ‚Plan', für den Ihr mich hergerufen habt?"

„Es besteht kein Grund ..."

„Ein toller Plan", fiel er dem Peculari scharf ins Wort. „Wirklich großartig. Schulterklopfen, Händeschütteln. Alles wieder gut. Bestens. Also? Was soll ich tun? Soll ich mit meiner *Silberzunge* diesen Bernrot dazu bewegen, Krillborgs Feuer doch, bitte sehr, zurückzugeben, wenn es nicht zu viel Mühe macht? Oder schickt Ihr mich gleich los, um die Bedingungen für unsere Kapitulation auszuhandeln?"

„Das ist *Hochverrat!*" Die bisher beherrschte Maske des Peculari fiel und entblößte eine wutverzerrte Fratze. Der Glatzköpfige spuckte das Wort aus wie etwas Widerwärtiges. „Hütet Eure Zunge, Hauptmann, oder ich ..."

„Haltet den Mund, Pan." Der Peculari machte große Augen angesichts der ungewohnten Zurechtweisung durch den General. Offenbar war er jedoch zu verdutzt, um etwas zu erwidern.

„Hauptmann Calgola." Theus' Blick war fest. „In Anerkennung Eures langjährigen Dienstes und der Tatsache, dass Ihr bis vor wenigen Augenblicken noch Zivilist wart, bin ich bereit, über Eure Äußerung hinwegzusehen. Eines aber lasst mich klarstellen, damit es zu keinen weiteren Missverständnissen mehr kommen kann: Ihr seid zurück in den Dienst versetzt. Alle entsprechenden Papiere sind von mir bereits unterzeichnet worden. Ihr seid ein Soldat der zweiten Legion und untersteht als solcher meinem Kommando. Mit allen Pflichten und

Privilegien, einschließlich meiner Gerichtsbarkeit.“ Ein warnender Blick des Mannes ging zuerst in Richtung des Peculari, dann zurück zu ihm. „Ihr werdet reden, wenn ich es befehle. Ihr werdet schweigen, wenn ich Euch das Wort verbiete. Ihr werdet tun, was ich Euch sage, oder die Konsequenzen tragen. Habt Ihr das verstanden, Hauptmann Calgola?“

Zähneknirschend musterte er das Gesicht des Generals. Der Ausdruck des Mannes war gnadenlos. Offenkundig war jeder weitere Widerstand zwecklos. Jedes Aufbegehren würde nur noch größere Probleme mit sich bringen.

Ein kurzer Blick zu Olaikan. Der Mann stand regungslos und konnte ebenfalls nicht helfen.

Verdammte Götter.

Verdammter Morgen.

Verdammter, dreimal verfluchter Kanos.

Er salutierte so scharf, dass selbst Gernrost in Deckung gesprungen wäre. Niemand sollte irgendwelche Zweifel daran haben, was er von der ganzen Sache hielt. „Jawohl, General.“

„Bestens“, gab Theus ohne echte Freude zurück. „Dann können wir ja endlich zur Sache kommen.“ Eine weitere auffordernde Geste des Mannes ging hinüber zum Kartentisch. „Pan Kapilar hat unsere Lage in ihren Grundzügen ja bereits geschildert. In Ingwall, von allen Orten dieser Welt, mussten sie Krillborgs Feuer verlieren.“ Auch in Theus‘ Stimme war eine gewisse Gereiztheit nicht zu überhören. „Wo genau, fragt Ihr? Nun, genau dort beginnen die Probleme.“ Dieses Mal streiften die Finger des Mannes über die rote Linie der alten Ingwallmauer an der Grenze zu Abbadema und fanden auf den Zacken der Befestigungswälle einen bestimmten Punkt.

„Die alte Feste Anka Moltau“, verkündete er. „Eines der am besten erhaltenen Kastelle auf den alten Mauerwerken. Ein sicherer Ort für gefährliche Forschungen, wie man mir versichert hat." Die kurze Pause ließ erahnen, aus welcher Richtung entsprechende Versicherungen gekommen waren. „Offenbar versucht man sich dort schon seit einer ganzen Weile an der Erschaffung neuer Waffen. Aber erst, nachdem das Feuer bereits verloren gegangen war, hielt man es für nötig, auch die Tharsis davon in Kenntnis zu setzen."

Kapilar hob pikiert die Brauen, ohne den Blick des Generals zu erwidern.

„Nun, anscheinend haben sie gefunden, wonach sie suchten", fuhr Theus knurrend fort. „Aus Gründen, die Euch Pan Kapilar mit Sicherheit besser erklären kann, haben sie versucht, das Feuer aus der Festung fort und von dort aus nach Merkesch zu schaffen. Doch wie Ihr bereits wisst, kam die Ware niemals bei uns an." Der General fuhr sich durch die silbrigen Haare an seinem Hinterkopf. „Dutzende von Fuhrwerken und Karawanen sind jeden Tag auf der großen Straße unterwegs und gerade dieses mussten sie sich rauben lassen. Niemand weiß genau, was geschehen ist. Wir haben Reiterei losgeschickt, Darmukta und ein Kontingent der ersten Legion. Der Kontakt zur Festung ist abgebrochen. Auf der Via Abbadema will niemand etwas gesehen haben. Vermutlich waren sie auf irgendeinem der vielen Seitenpfade in den Wäldern unterwegs. In der Hoffnung, nicht entdeckt zu werden." Theus machte eine fahrige Geste mit der Hand. „Dort ist es also, wo wir das Feuer suchen müssen. In den verdammten Wäldern."

„Was wir daher brauchen", übernahm Kapilar erneut das Wort, „ist etwas anderes als Truppenstärke. Etwas, das weniger Aufmerksamkeit erregt und bessere Aussichten darauf hat, aufzuspüren, was man uns gestohlen hat."

Der Blick des Mannes gefiel ihm überhaupt nicht. Noch immer war nicht einmal die Ahnung von Schweiß auf seiner hohen Stirn zu erkennen, und das, obwohl ein heißer Morgen allmählich Anstalten machte, in einen noch heißeren Mittag überzugehen. „Es besteht die Hoffnung, Hauptmann“, verkündete Kapilar, „dass es sich bei allem lediglich um eine unglückliche Verkettung von Umständen handelt. Die Erforschung des Feuers erfolgte unter größter Geheimhaltung. Niemand außerhalb der Festung kann von der besonderen Lieferung gewusst haben. Wie Ihr wisst, versehen wir des Öfteren zufällig ausgewählte Handelszüge mit verstärktem Begleitschutz, um die Banditen nicht auf die Spur besonders wertvoller Waren zu bringen. Ihr versteht, worauf ich hinauswill?“

„Ein Zufall.“ Eine solche Annahme war in der Tat überaus hoffnungsvoll. „Ihr glaubt, es handle sich um einen ganz gewöhnlichen Raubüberfall.“

Kapilar nickte. „Die Möglichkeit besteht. Sie würde bedeuten, dass vieles weitaus weniger schlimm ist, als es aussieht. Ihr müsst wissen: Die Flüssigkeit ist für einen Laien kaum von ganz gewöhnlichem Lampenöl zu unterscheiden. Eben dies hat man sich auch bei ihrem Transport zunutze gemacht. Nur einen einzigen Krug von Krillborgs Feuer haben sie verborgen unter einer ganzen Ladung gewöhnlichen Lampenöls. Falls die Banditen also keine Ahnung haben, was dort eigentlich in ihre Hände gefallen ist …“

„… müssen wir lediglich verhindern, dass irgendein armer Dummkopf aus Versehen das halbe Land in Brand setzt“, vollendete er den Satz und nickte stumm. „Wie mächtig ist diese Waffe, von der wir reden?“

„Mächtig.“ Der Peculari hob bedeutsam die Brauen. „Überaus mächtig. Zu unserem Glück bedarf es schon sehr großer

Hitze, um sie zu entzünden. Eine Kerzenflamme reicht dazu kaum aus. Es muss schon ein Ölbrand sein oder etwas Ähnliches. In jedem Fall aber müssen wir verhindern, dass die Banditen eine Ahnung davon bekommen, was sie von uns erbeutet haben. Euch ist bekannt, dass schlechte Nachrichten die unangenehme Angewohnheit haben, sich wie ein, wenn Ihr erlaubt, *Lauffeuer* auszubreiten. Wir müssen also schnell handeln. Zu allem Unglück besitzt die Sache auch noch eine etwas heikle politische Dimension." Die Stirn des Peculari lag in Falten. Sein Blick drückte Besorgnis aus.

„Abbadema", half Theus dem Peculari auf die Sprünge, mit einer Selbstbeherrschung, die wohl erklärte, warum einer von ihnen General und der andere nur Hauptmann war.

Kapilar nickte. „Auch der Khan von Ryamad hält, wie wir wissen, aufmerksame Augen auf die Grenze gerichtet. Manche sagen, noch darüber hinaus."

„Ich muss doch bitten, Pan!" Einen spöttischen Unterton konnte er sich nicht verkneifen. „Der Khan ist ein treuer Verbündeter unseres Petrarchen. Wo bleibt Euer Feingefühl?"

Der Peculari warf ihm einen scharfen Blick zu. „Auch seine Freunde sollte man nicht unnötig in Versuchung führen."

Gut gesprochen für einen Mann, der vermutlich keine hatte. Kapilar trat einen Schritt zurück und musterte die Karte mit fragwürdigem Sachverstand. „Es gibt tatsächlich noch einige Unbelehrbare am Hof von Ryamad, die darauf beharren, dass Ingwall einmal beinahe die östlichste Provinz von Abbadema geworden wäre. Es ist kein Geheimnis, dass der Khan den Schmuggel gestohlener Güter über die schwer kontrollierbare Waldgrenze, sagen wir einmal, nicht mit der gebotenen Härte zu unterbinden versucht. Einige seiner eigenen Verwandten profitieren nicht unerheblich vom Handel mit Raubgütern, deren Verlust aus naheliegenden Gründen bevorzugt Händler unserer Stadt betrifft. Es handelt sich hierbei um eine, gelinde gesprochen, *Belastung* der Beziehungen zwischen unseren beiden Reichen.

Angenommen nun, der Khan erhält, auf welche Art auch immer, Kenntnis davon, dass sich unsere verlorene Waffe irgendwo in Ingwall befindet. Angenommen, er erfährt, um *welche Art* von Waffe es sich handelt. Das Konzil und der Petrarch sind besorgt, dass eine solche Gelegenheit selbst für einen engen Verbündeten eine zu große Versuchung darstellen könnte. Wenn Ihr versteht, was ich meine."

„Ihr sprecht von einer Invasion?"

Kapilar zuckte mit den Schultern. „Eine ungeheuerliche Vorstellung, ich weiß. Aber unterschätzt nicht die Anziehungskraft einer Waffe, mit der sich die in der Welt herrschenden Machtverhältnisse leicht ins Gegenteil verkehren ließen."

„Abbadema unterhält entlang der Grenze starke Garnisonen", gab auch Theus zu bedenken. „Für einen Krieg um Ingwall sind wir nicht gerüstet."

„Selbst wenn eine Intervention aus Abbadema ausbleibt", erklärte Kapilar, „besteht die Gefahr, dass das Feuer irgendwann, auch ohne Erkenntnis seines Wertes, als Teil der gewöhnlichen Ströme von Raubgütern über die Grenze nach Abbadema gebracht wird. Es wäre unserem Zugriff damit ganz und gar entzogen. Ihr seht selbst, warum wir schnell handeln müssen."

„Und was schlagt Ihr vor?"

Die Männer blickten einander an. Etwas, das er länger nicht gesehen hatte, schlich sich in Kapilars Züge: ein Ausdruck wie von heimlichem Vergnügen. „Sagt mir, Hauptmann: Wart Ihr schon einmal im Gefängnis?"

Fragend blickte er vom einen zum anderen. Was sollte das nun wieder? „Ich bin mir sicher, Ihr kennt meinen Lebenslauf, Pan. Ihr macht Eure Arbeit bestimmt nicht erst seit gestern."

Kapilar schürzte die Lippen und nickte. „In dem Fall, Hauptmann, steht Euch eine interessante Erfahrung bevor."

„Ich soll ins Gefängnis? Wofür?"

Der Blick des Mannes wanderte zum wolkenlosen Himmel. Der Peculari wirkte, als wähle er lediglich zwischen verschiedenen Optionen für ein Mittagessen. „Hochverrat?", schlug er vor.

„Wovon beim *Scheloch* redet Ihr?"

„Aufstachelung zum Aufstand", raunte der Mann und nickte, so als sei er beeindruckt von seiner eigenen kreativen Leistung. „Ja. Vorbereitung einer Revolte der Tharsis. Zum Sturz des Konzils und des Petrarchen. Meine Güte. Seht Ihr das? Ich bekomme eine Gänsehaut!"

„Ich kann nur annehmen, dass Euch die Sonne zu viel geworden ist."

„Das Gefängnis ist selbstverständlich nicht Euer endgültiger Bestimmungsort." Erneut war es Theus, der ihrem Geplänkel unwirsch ein Ende bereiten musste. „Unsere verbündeten Darmukta haben in Ingwall einige Banditen gefangengenommen und den Peculari übergeben. Anscheinend geschah dies schon vor einiger Zeit."

„Und?"

„Ich war selbst überrascht, jetzt erst davon zu erfahren", fuhr Theus fort. „Anscheinend geschehen in dieser Stadt *diverse* Dinge, über die man die Tharsis erst in Kenntnis setzt, wenn bereits Not am Mann ist."

Kapilars Gesicht war eine Maske der Ausdruckslosigkeit, bemalt von jemandem, dem man niemals einen Pinsel hätte anvertrauen dürfen.

„Einer der Gefassten besitzt offenbar etwas mehr Wissen und Verstand als die anderen“, erklärte Theus. „Die Peculari sind sich sicher, dass er uns sagen kann, wo dieser Bernrot sich verbirgt. Denn wenn jemand weiß, wohin Krillborgs Feuer gebracht wurde, so ist es Bernrot. Unglücklicherweise weigert sich unser Mann bisher zu reden.“

„Oh, er redet!“, versicherte Kapilar. „Aber er sagt die falschen Dinge.“

„Vielleicht habt Ihr nicht freundlich genug gefragt?“, warf Palter bissig ein.

„Vielleicht“, räumte der Peculari ein. „Aber dafür haben wir ja jetzt Euch.“

Theus nickte. „Hier kommt Eure *Silberzunge* ins Spiel, Hauptmann. Nicht zu vergessen Eure unnachahmliche Art, Euch Freunde zu machen.“ Der letzte Teil enthielt eindeutig eine Spitze. „Ihr müsst versuchen sein Vertrauen zu gewinnen“, bestimmte Theus. „Ihr müsst ihn zum Reden bringen. Besser noch: Ihr müsst ihn dazu bringen, dass er Euch persönlich zu Bernrot führt.“

„Was soll das heißen?“ Es wurde zusehends schwerer, den Worten der Männer zu folgen. „Was passiert, wenn ich es schaffe, sein Vertrauen zu gewinnen?“

„Wir bringen Euch nach Ingwall. Wir ‚verlegen‘ Euch. In eine der alten Festungen.“

„Zur Sicherheit der Stadt“, warf Kapilar helfend ein. „Merkesch ist kein Ort für gefährliche Verbrecher wie Euch. Schließlich können wir nicht sicher sein, ob Eure Mitverschwörer nicht versuchen werden, Euch zu befreien.“

„Meine *was*?“

„Hochverrat ist eine Menge Arbeit, Hauptmann“, fuhr der Peculari ungezwungen fort. „Sicherlich kann eine Schandtat dieser Größenordnung nicht von einem Einzelnen geplant und ausgeführt werden."

„Was soll der ganze Mist? Wisst Ihr, was passiert, wenn Ihr mich einsperrt? Wenn auch nur ein Wort davon nach außen dringt, bin ich gesellschaftlich erledigt!"

„Aber das sollt Ihr doch, Hauptmann!" Der Peculari hatte an der ganzen Sache entschieden zu viel Vergnügen. „Zur Tarnung!", beharrte er. „Eure Geschichte muss glaubwürdig sein, damit der Gefangene Vertrauen zu Euch fasst. Und zu wem soll ein ganz und gar verdorbener Feind unserer Stadt schneller Vertrauen fassen als zu einem niederträchtigen Verräter?"

„Nein." Er schüttelte den Kopf. Gefahr war eine Sache. Dies aber konnten sie nicht ernst meinen. „Nein", wiederholte er, die Blicke der Männer suchend. „Ihr zerstört mich. Ihr nehmt mir alles, wofür ich mein ganzes Leben lang gekämpft habe. *Dreißig Jahre* lang. General! Ihr wisst, was ich geleistet habe. Ihr wisst, was Ruf und Ansehen in dieser Stadt bedeuten. Ihr könnt nicht zulassen ..."

„Ein notwendiges Opfer, Hauptmann, und nicht mehr als ein vorübergehendes", schnitt ihm Theus hart das Wort ab. „Ihr könnt Euch sicher sein, dass wir nach Eurer erfolgreichen Rückkehr alles wiederherstellen und ins rechte Licht rücken werden. Ihr werdet ein Held sein. Ein richtiger dieses Mal."

„Aber wenn ich ... wenn Ihr ..." Mit der Hand fuhr er sich über die Stirn. An diesem Plan gab es tausend Dinge, die schiefgehen konnten.

„Die Sache ist entschieden, Hauptmann", verkündete der General. „Jetzt hört zu. Wir ..."

Der Rest der Ausführungen verlor sich in akustischem Nebel. Ein Pochen ertönte zwischen seinen Schläfen. Das Bewusstsein, der letzte Rest davon, schien sich endgültig verabschieden zu wollen.

„Hauptmann? Hört Ihr?“ Der Blick des Generals war argwöhnisch.

„Ich ... ich weiß nicht.“

„Gebt dem Mann mehr Wasser“, forderte Theus ungeduldig. „Hier. Der Weg zu den Festungen führt über die Via Abdema.“ Der Finger des Generals folgte erneut der Spur auf dem Papier. „Sobald wir Euch über den Gurdon und nach Ingwall gebracht haben, wird sich ‚zufällig‘ für Euch und Euren neuen Kameraden eine Gelegenheit zur Flucht ergeben. Danach kommt es auf Euch an. Überzeugt den Gefangenen, dass er Euch mitnimmt. Durch die Wälder. Und in Bernrots Lager.“

„Ins Lager.“ Er wiederholte die Worte wie benommen. Vermutlich blieben die Ausführungen der beiden selbst bei klarem Verstand noch wirr. „Und dann? Was soll ich tun, wenn wir dort sind? Das Feuer. Wie kann ich es vernichten?“

„Hauptmann ...“ Kapilar fuhr sich mit der Zunge über die Lippen und trat vor, die Hände vor der Brust gefaltet. „Euch fehlt möglicherweise eine Vorstellung davon, welche unfassbaren Mengen an Mühe, Gold und Zeit in die Herstellung dieser Waffe geflossen sind. Das Konzil und der Petrarch erwarten zu Recht, dass all unsere Aufwände und Entbehrungen nicht umsonst gewesen sind.“

„Und was zum Henker soll das heißen?“

„Denkt an all die Arbeit, Hauptmann. Denkt daran, wie gefährlich unsere Welt geworden ist. Feinde und Bedrohungen erheben sich an allen Grenzen. Wir können uns nicht erlauben, das Feuer ein zweites Mal zu verlieren. Um Merkeschs Sicherheit willen. Wir brauchen es zurück.“

„Das ist doch Wahnsinn! Wenn Ihr mehr davon braucht, dann lasst welches herstellen!“

„Das, Hauptmann, ist leider unmöglich." Ein weiteres Mal arbeiteten die Hände des Peculari angespannt vor seiner Robe. „Es gab gewisse ... Vorfälle. Die Entdecker des Feuers stehen leider, ebenso wie die Pläne für die Herstellung, nicht mehr zur Verfügung."

„Sie sind tot", erklärte Theus trocken. „Die Unterlagen vernichtet. Jetzt wisst Ihr es. So. Weiter, Pan."

„Wenn Ihr also in Bernrots Lager seid ..."

„Vernichtet?"

„Hauptmann ..."

Ein Ächzen war alles, was er hervorbrachte.

„Wenn Ihr also ..."

„Falls. Falls ich es schaffe, so lange zu überleben ..."

Der Peculari breitete ergeben die Hände aus, so als handle es sich um eine reine Nebensächlichkeit. „Der nächste Teil wird Euch gefallen, Hauptmann. Vor dort aus wird alles einfacher. Die Krüge mit dem Feuer, die wir suchen, sind markiert. Drei untereinander angeordnete Kreuze. Nichts Ungewöhnliches, was in irgendeiner Weise Verdacht erwecken würde. Und derjenige, den wir suchen ..." Ein Dolch war unverhofft in Kapilars Hand erschienen, ein ganz einfaches Instrument ohne unnötige Verzierungen, mit einer Geschwindigkeit, die einen regelmäßigen Gebrauch nahelegte. „In Aussehen und Geruch unterscheidet sich Krillborgs Feuer nicht von gewöhnlichem Lampenöl. Kommt es jedoch in Berührung mit Eisen oder Stahl ..."

Ein weiteres Objekt hatte den Weg in die andere Handfläche des Peculari gefunden: ein kleines, ganz von blau schimmerndem Rost überzogenes Plättchen. Der Mann hielt es empor, sodass alle es sehen konnten. „Ein Fischer hat dies hier vor einiger Zeit vom Meeresboden heraufgeholt. Ein Überrest der Schlacht in der Schelek-Bucht. Wie mir unsere Alchemisten glaubhaft versichern, hat eine Berührung mit Krillborgs Feuer eine ganz ähnliche Wirkung. Haltet einfach einen Dolch hinein. Dann werdet Ihr Gewissheit haben.“ Dolch und Plättchen verschwanden wieder an verborgenen Orten im Gewand des Peculari. „Na?“ Der Mann hatte wirklich keinen Grund, zufrieden auszusehen, so als sei damit bereits alles geklärt.

„Jetzt weiß ich, wie ich es finde. Aber was tue ich, wenn ich es habe?“

„Ihr beschützt es, Hauptmann. Versteckt es. Verteidigt es. Mit Eurem Leben, wenn es sein muss. Keine Sorge. Ihr seid in dieser Sache nicht alleine.“ Der Blick des Peculari ging auffordernd zu Theus.

„Die Legion“, erklärte der General. „Die Zweite überquert unter meiner Führung den Gurdon. Die Männer werden nur wissen, was wir eben allen verkündet haben. Dass wir nach Ingwall ziehen, um gegen die Banditen vorzugehen. Wir werden ein Lager aufschlagen, hier drüben, in den Gurdonwiesen.“ Der General deutete auf einen Punkt auf der Ingwall-Seite des großen Wasserstroms. „Das Gelände ist weithin einsehbar. Niemand kann sich unbemerkt nähern. Wir laufen also nicht Gefahr, in einen Hinterhalt zu geraten. Dort warten wir auf Euer Zeichen. Ihr erinnert Euch, wie man eine Himmelslaterne herstellt?“

„Was?“ Schickte man ihn jetzt auch wieder auf die Schulbank?

„Hauptmann.“

„Ein Gerüst aus Ästen“, stieß er aus. „Seitenwände aus Papier. Irgendetwas Brennbares für den Auftrieb.“

„Richtig“, bestätigte Theus. „Sobald Ihr das Feuer gefunden habt, wartet Ihr die nächste Dunkelheit ab und baut eine Laterne aus dem, was Ihr finden könnt. Anschließend lasst Ihr sie aufsteigen und gebt uns damit ein Zeichen: Zwei weiße Laternen zeigen uns, wo Ihr seid, und bedeuten, dass wir schnell dorthin vorrücken. Bis zu unserem Eintreffen müsst Ihr verhindern, dass dem Feuer irgendetwas zustößt. Zwei rote Laternen hingegen bedeuten, dass ein offener Vormarsch zu gefährlich ist. In diesem Fall halten wir uns bereit und warten auf weitere Nachrichten von Euch.“

„Ingwall ist groß, General! Wie wollt Ihr mein Zeichen sehen?“

„Die Darmukta-Besatzung des *Uluru Patang* hat Anweisung, Tag und Nacht Drachenreiter aufsteigen zu lassen. Aus der Höhe haben sie eine weite Sicht über das Land. Über Boten können sie uns schnell benachrichtigen.“

„Außerdem habe ich meine eigenen Männer vorausgeschickt“, fügte Kapilar hinzu. „Sie haben Anweisung, sich in den Wäldern zu verbergen und Euch zu Hilfe zu kommen, sobald sie Euer Zeichen sehen.“

Die Männer schwiegen und sahen ihn erwartungsvoll an. Sein Blick blieb fassungslos und wanderte vom einen zum anderen. Das war alles? „Das ist Euer Plan?“, stieß er ungläubig hervor. „Merkeschs Schicksal hängt davon ab, dass alles genau so gelingt und eintritt? Was, wenn das Wetter schlecht ist? Was, wenn niemand meine Zeichen sieht? Was, wenn ich dort draußen umkomme? Mir fallen tausend Dinge ein, an denen der Plan scheitern kann!“

„Und genau aus diesem Grund schicken wir ja Euch und niemand anderen“, verkündete Theus fest. „Eure ... unkonventionelle Art ist genau das, was wir in dieser Lage brauchen. Ein weniger erfahrener Mann könnte dort draußen leicht den Kopf verlieren. Die meisten Männer brauchen feste Anweisungen, Vorbereitungen auf jeden anzunehmenden Fall. Ihr aber versteht Euch darauf, neue Gegebenheiten aufzunehmen und auch unter widrigen Umständen einen Weg zu finden. Ich kenne Euren Werdegang, Hauptmann. Ihr habt schon Schlimmeres überstanden. Für den Fall, dass die Dinge nicht nach Plan verlaufen, wird es an Euch liegen, einen Weg zu finden. Ich bin sicher, Ihr werdet auch diese Aufgabe mit Bravour meistern. Wie schon damals, in Wolfshecke."

„Macht Euch nicht zu viele Sorgen, Hauptmann", fügte Kapilar hinzu. „Selbstverständlich steht und fällt die Sache nicht allein mit Euch. Es würde mich nicht wundern, wenn einer meiner Agenten das Feuer vor Euch fände. In dem Fall erwartet Euch nicht viel mehr als ein ausgedehnter Waldspaziergang."

„In anderen Worten: Im Falle meines Todes kommt Ihr ganz gut ohne mich zurecht."

Der Peculari nickte, was wohl beruhigend gedacht war.

„Wunderbar!", bekam er krächzend hervor.

Eine Pause folgte. Niemand sprach ein Wort. Nur das Flattern der Fahnen und das Klappern der hölzernen Übungsschwerter waren zu vernehmen.

„Das sind Eure Befehle, Hauptmann", erklärte Theus schließlich. „Das ist alles, was Ihr für heute wissen müsst. Ich muss sicher nicht betonen, dass alles, was Ihr vernommen habt, strengster Geheimhaltung unterliegt."

„Was ist mit den anderen?" Es war nicht einmal mehr ein Einwand. „Den Offizieren der Legion? Sollten sie nicht ebenfalls Bescheid wissen?"

„Sie werden erfahren, was sie wissen müssen", erklärte Theus lapidar.

„Vergesst nicht, dass es Bernrot gelungen ist, einen Mörder in unsere Reihen einzuschleusen", gab auch Kapilar zu bedenken. „Geheimhaltung ist von höchster Bedeutung, solange wir nicht wissen, wie weit der Einfluss unserer Feinde reicht."

„Ich dachte, dafür haben wir Geheimdienste?"

„Ihr könnt Euch sicher sein, Hauptmann, dass die Peculari in dieser Sache keineswegs untätig sind. Der Wunsch des Konzils und der Petrarchen, meine Wenigkeit möge die Legion auf ihrem Weg begleiten, wird damit, wie ich hoffe, ebenfalls etwas nachvollziehbarer."

So war das also. Merkeschs Feinde waren nicht die Einzigen, die unter prüfender Beobachtung standen. „Na dann!", erklärte er verbittert. „Sieht aus, als könntet Ihr Euch freuen, Pan. Möglicherweise schafft Ihr es ja doch noch in euren *Glutofen* der Schlacht. Der Fremde in Brüder und Brüder in Briketts verwandelt."

„Noch Fragen, Hauptmann?" Theus' Geduld war unverkennbar am Ende.

Er schwieg und musterte den Staub zwischen seinen Füßen. „Wann?", fragte er. „Wann wollt Ihr mit all dem beginnen?"

„Wir müssen, wie gesagt, schnell handeln", betonte Kapilar. „Kommt morgen um neun zum Haupttor des Palon Braset. Ich werde dafür sorgen, dass man Euch hineinlässt. Dann können wir alles Weitere besprechen."

Er überlegte. „Was ist mit meiner Wohnung? Meinem Diener? All das unterhält sich nicht von allein, wenn ich fort bin."

Theus nickte verständnisvoll. „Wir werden schon dafür sorgen, dass nichts in Trümmer fällt."

Was sonst noch? Eine weitere Idee meldete sich zaghaft. „Selbstverständlich werde ich im Gefängnis nicht in der Lage sein, weiter an der rechtzeitigen Einreichung meiner Steuerdokumente zu arbeiten."

„Die entsprechenden Stellen werden angehalten werden, Euch einen Aufschub zu gewähren."

„Auch meine Gläubiger werden nicht erfreut sein." Er wusste, dass er sich auf dünnes Eis begab, aber einen Versuch war es wert. „Sie werden wenig Verständnis dafür haben, wenn ich den Schuldendienst für eine Weile aussetze."

„Wir werden veranlassen, dass sie keinen Grund zur Klage haben." Allmählich klang der General ungeduldig.

„Nach meiner Rückkehr ...", begann er sachte. „Es wird nicht einfach sein, meine tadellose Rechtschaffenheit allein mit Worten wiederherzustellen. Eine Erhebung in den Adelsstand wäre in dieser Beziehung sicherlich ein unverkennbares Zeichen, dass ..."

„Übertreibt es nicht, Hauptmann." Theus wandte sich ab und winkte den Diener herbei, der die ganze Zeit über geduldig in einiger Entfernung gewartet hatte. Er nahm seinen Helm mit dem Federbusch entgegen und setzte ihn auf. „Dann wisst Ihr jetzt also Bescheid", beschloss er. „Den Rest kann Euch morgen Pan Kapilar erklären. Ach, noch etwas. Hauptmann Olaikan?"

„General?"

„Meldet Euch im Feldlager vor der Stadt. Auch Ihr seid hiermit wieder in den Dienst versetzt. Den genauen Paragrafen in der Feldordnung kann Euch Pan Kapilar nennen, falls Ihr darauf besteht. Ihr werdet mit der Zweiten nach Ingwall ziehen. Wählt Euch dreihundert anständige Reiter aus. Eure Männer bilden die Speerspitze, um das Feuer zu sichern, wenn Hauptmann Calgola uns das vereinbarte Zeichen gibt."

„Dreihundert?" Palter konnte seine Überraschung nicht zurückhalten.

Theus blickte ihn an. Dann schien auch er zu verstehen. „Hauptmann Olaikan?"

„General?"

„Wie Hauptmann Calgola völlig zu Recht einwendet, ist ein Kommando über dreihundert Männer zu viel für einen einfachen Hauptmann. Ihr seid jetzt ein Manip. Sprecht mit meinem Adjutanten und lasst Euch entsprechend ausstatten."

„Zu Befehl, General."

„Ein ‚Danke' wäre angesichts Eurer Beförderung nicht unangebracht."

„Ja, General. Danke."

Was zum ...

„Wegtreten!"

„Nur eine Frage noch, Hauptmann Calgola." Kapilar war mit beunruhigender Geschwindigkeit direkt an seiner Seite erschienen. Der Peculari roch nach Flieder und nach Seife. Der Mann blickte über seine Schulter zurück zu Theus und Olaikan, offenbar ein Zeichen, dass ihre Anwesenheit nicht länger vonnöten war.

Der Alte schüttelte kaum merklich den Kopf, sichtlich irritiert über den selbstherrlichen Auftritt des Zivilisten. Dennoch wandte er sich ab, um in den Schatten der Stadtmauer davonzustapfen. Olaikan trat wortlos einige Schritte zurück und lehnte sich gelassen an die kühlen Steine.

Erneut richteten sich die dunklen Augen des Glatzköpfigen auf ihn. Wieder folgte eine jener Pausen, die der Mann mit voller Absicht einzusetzen schien, wann immer er sein Gegenüber aus der Fassung bringen wollte. Eine pflaumenfarbige Zunge leckte über bleiche Lippen. „Eine Frage, Hauptmann, habe ich tatsächlich noch an Euch. Ihr müsst wissen: Kurz vor unserem angenehmen Gespräch hatte ich das zweifelhafte Vergnügen, den Attentäter, der General Strohmalms Leben auf so grausame Weise beendete, näher kennenzulernen."

Dass Palter ein Schlucken nicht unterdrücken konnte, schien der Peculari mit Zufriedenheit zur Kenntnis zu nehmen. „Ein einfacher Bursche“, fuhr Kapilar fort. „Einfach gestrickt. Eine ganze Menge unverständliches Gebrabbel war dabei. Insbesondere gegen Ende unseres Gespräches fiel es ihm ... zusehends schwerer, sich deutlich auszudrücken. Leider ist der Junge inzwischen tot, sodass ich ihn nicht mehr selbst fragen kann. Er nannte dieses eine Wort, das mir fremd erschien. Wie war es noch ...“ Der Peculari schnippte mit den Fingern und benetzte die Lippen. „Ah. Ja, genau. Das war es. *Sovorim.*“

„*Sovorim*?“

„Ja.“ Der Blick des Mannes musterte ihn interessiert. „Ein vargisches Wort, wie ich inzwischen herausfinden konnte.“

„Was Ihr nicht sagt.“

„Und wisst Ihr, Hauptmann, was es bedeutet?“

„Es bedeutet ‚Schlafender‘.“

„Ja.“ Kapilar nickte anerkennend. „‚Schlafender‘. Ihr seid des Vargischen mächtig, Hauptmann?“

„Wie Euch bekannt sein dürfte, Pan. Mit der Zweiten ist man oft genug im Norden unterwegs.“

„Ja.“ Die Augen des Mannes blieben stumpf. Für einen Augenblick schienen sie hinter seinen Pupillen nach etwas zu suchen.

Er räusperte sich demonstrativ. „War sonst noch etwas, Pan?“

Der Peculari verzog das Gesicht zu einer Unschuldsmiene. „Nein“, erklärte er gedankenverloren. „Nein. Danke, Hauptmann.“ Mit einem Mal zog wieder das bekannte freudlose Lächeln über seine Züge. „Das war alles. Nur so ein Gedanke. Dann sehen wir uns also morgen.“

„So sieht es aus.“

„Gut! Ich freue mich darauf.“

Benommen starrte er dem Peculari nach, der sich inmitten der Staubwolke von hunderten Rekrutenfüßen auf dem Sandplatz in der prallen Sonne entfernte.

Was für ein Morgen.

Was für eine Welt.

Wirklich alles war an diesem Morgen aus den Fugen geraten.

„Und?“ Olaikan stand neben ihm und blickte in die gleiche Richtung.

„Und *was*?“

„Seid Ihr Freunde geworden? Habt Ihr Euch privat zum Tee verabredet?“

„Ich fürchte, mit Tee ist es heute nicht getan. *Manip.*“ Er rollte mit den Augen. „Götter. Ich brauche etwas Stärkeres.“

„Du bist neidisch?“ Olaikan fiel neben ihm ins Glied. Beide stapften sie zurück zu den Baracken. „Ich dachte, Titel und Uniformen bedeuten dir nichts mehr?“

„Und dir? Was sollte das alles? ‚Ja, General‘? ‚Danke, General‘? Ist das etwa alles, was du zu all dem hier zu sagen hast?“

„Was denn? Gehört stundenlanges Herumjammern vielleicht eher zum guten Ton? Du hättest dich mal hören sollen. Bockig wie ein kleines Kind. Wenn ich mich nach dir gerichtet hätte, ständen wir bis heute Abend hier, du *Held*.“

„Ich brauche was zu trinken“, verkündete er entschlossen. „Und ein Bad. Und eine Massage. Und dann noch viel mehr zu trinken.“

Kapitel 5 – Schmiede

„Sieh an. Du wirst also ein Held.“ Brugnir fuhr sich mit einer schwieligen Hand über den struppigen Kinnbart. Mit der anderen umfasste ihr Gastgeber den riesigen Humpen, der auf dem Tisch inmitten seines Schmiedehofes stand.

„So weit kommt es noch“, hielt Palter missmutig dagegen. „Aber wenigstens aus einem von uns ist etwas Anständiges geworden. Nicht wahr, *Manip*?“

Sein Blick wanderte zu Olaikan. Der Mann hatte sich auf seinem Holzstuhl weit zurückgelehnt und betrachtete die Sterne, die am samtblauen Himmel über ihnen aufgezogen waren. Die Sonne war eben hinter dem Horizont verschwunden. Von der dunklen, mit schmalen Silberkämmen bekränzten See wehte ein kühler Wind herüber, der die Kronen der Palmen wiegte und die Wärme des Sommerabends allmählich zu vertreiben drohte. Es gab in Merkesch kaum einen angenehmeren Ort, um den Abend zu verbringen, als Brugnirs Schmiede mit ihrem zum Meer hin offenen Innenhof. Jenseits der fehlenden Wand nach Südosten, zur Küste hin, leuchteten Feuerschalen und bunte Laternen auf den Dächern und Balkonen vieler Häuser. In ihren Rücken aber glühte die wärmende Esse. Das Kohlenfeuer vom Werk des Tages war noch immer nicht vollständig heruntergebrannt und würde auch in der Nacht nicht ganz verlöschen, bevor Brugnir es in der Frühe des nächsten Tages erneut entfachte.

Lustlos lehnte Palter mit beiden Ellenbogen auf der Tischplatte, starrte auf sein Trinkgefäß und kratzte mit einem Fingernagel darauf herum. Dem Vorsatz, weniger zu trinken, hatten die Ereignisse des Tages keineswegs gutgetan.

„Könntest du bitte damit aufhören?“, beschwerte sich der Schmied.

Er hob den Blick. „Womit?"

„Diese Geräusche zu erzeugen!", ereiferte sich der Mann. „Und dreinzublicken, als würde man dich morgen zur Hinrichtung abholen."

„Tut man das etwa nicht?"

Brugnir zog die buschigen Augenbrauen zusammen. „Was ist los mit dir, Palter? Haben die paar Monate im Ruhestand dich derart weich werden lassen, dass du den Gedanken an Gefahr nicht mehr ertragen kannst?"

„Es geht nicht um die Gefahr!" Er schlug mit der flachen Hand auf die Tischplatte, was deutlich schmerzhafter ausfiel, als er gehofft hatte. „Es geht um Gerechtigkeit!"

„Oh." Brugnir nickte mit gespieltem Verständnis. „Um *Gerechtigkeit.*"

„Sie nehmen mir alles! Hast du nicht gehört? *Alles* nehmen sie mir weg. Meine Wohnung. Meinen Ruf. Ich habe dafür *gearbeitet*! *Dreißig Jahre lang* habe ich alles getan, was sie von mir verlangten. Alles nur für ein paar Jahre, in denen ich tun kann, was *ich* will. Und jetzt? Ha! Ein schönes Gesetz ist es, das wir da haben. Nachdem *ich* meinen Teil geleistet habe, nehmen sie mir alles wieder weg! Einfach so. Und es gibt nichts, was ich dagegen tun kann."

Der Schmied sah aus, als wollte er etwas erwidern, doch er kam ihm zuvor. „Weißt du, was Hergemuffe mir gesagt hat? Die Besitztümer verurteilter Verbrecher werden für die Dauer ihrer Strafe *konfisziert*. Und die von Hochverrätern? *Gibt es überhaupt nicht mehr zurück*!" Er wedelte wütend mit der Hand in Richtung des himmelblauen Ozeans, der von allen Anwesenden vermutlich am wenigsten für seine missliche Lage konnte. „Tolle Aussichten, wirklich. Aber ich habe ja ihr *Wort*. Ihr *Versprechen*, nach meiner Rückkehr alles wiederherzustellen. Das Wort eines Mannes mit einer ‚historischen

Mission‘ und einer Schlange in Menschengestalt. Ha! *Bestimmt* geben sie mir später alles wieder. Bestimmt wird *alles* wieder gut. Und dann dieser Plan!“, stieß er aus, bevor irgendjemand anderes das Wort erheben konnte. „Wie ich es anstellen soll. Was, bitte, soll das für ein Plan sein? Pläne müssen einfach sein, damit sie funktionieren. Die Wirklichkeit findet immer einen Weg, sie kompliziert zu machen. Aber dieser hier? Ist von Anfang an so kompliziert, dass für echte Schwierigkeiten überhaupt kein Platz mehr bleibt!“

Eilig goss er Bier nach, um die aufkochende Wut herunterzuspülen. Es gelang ihm nur bedingt. „Mh!“, brachte er hervor. „Nehmt diesen Gefangenen! Dessen ‚Vertrauen‘ ich gewinnen soll. Was, wenn er mich nicht mag? Wenn er sich ganz einfach weigert, mir zu trauen?“

„Kaum vorstellbar“, bestätigte der Schmied. „Bei deiner einnehmenden Art?“

„Kann doch sein!“, warf er ein, die Ironie in Brugnirs Stimme geflissentlich übergehend. „Was, wenn uns in diesen Wäldern wilde Tiere fressen? Wenn uns die Banditen umbringen, bevor ich überhaupt nur den Mund aufmachen kann? Ha! Und kannst du dir vorstellen, wie ich dort draußen in den Wäldern sitze und versuche, so ein Himmelslämpchen anzuzünden? Ganz Ingwall wird schneller bei mir sein als unsere eigene Reiterei unter der Führung unseres großartigen *Manipen* hier.“

Olaikan zeigte keine Regung auf den Angriff und beobachtete weiterhin die Sterne.

Der Schmied lachte leise in seinen Krug. „Wehleidig ist er geworden, unser Palter“, stellte er fest. „Dünnhäutig. Vielleicht hat dieser Kapilar mehr Wahrheit über dich ausgesprochen, als dir lieb ist. Und er wollte wirklich von dir wissen, warum aus dir nie mehr als ein Hauptmann geworden ist?“

„Er wollte!“

„Und was war deine Antwort?“

Er knurrte. „Hätte Theus mich nicht zurückgehalten, hätte ich ihm seine ‚Antwort‘ schon gegeben.“

„Du kannst von Glück reden, Palter.“ Beide wandten sie die Köpfe. Es war das erste Mal seit Langem, dass Olaikan etwas von sich gab. „Sei lieber froh, dass er nicht noch mehr über dich herausgefunden hat. Strohmalm muss mit deiner Akte sehr gründlich gewesen sein. Kein Wort von den Verwarnungen. Der zurückgezogenen Beförderung. Oder den fehlenden drei Monaten.“

„Ach!“ Er winkte ab. Er hätte den beiden nie davon erzählen dürfen. Strohmalm hatte ewiges Stillschweigen von ihm verlangt, um auf den Handel einzugehen. Der Mann hätte allerdings auch ahnen müssen, dass eine derartige Kombination von Worten im Leben von Palter Calgola schlichtweg nicht existierte.

Olaikan hatte die Arme hinter dem Kopf verschränkt und lehnte sich noch weiter auf seinem Stuhl zurück. „Ich weiß gar nicht, warum du dich so aufregst“, fuhr er fort. „Eigentlich bekommst du doch genau das, was du immer wolltest. Man erinnert sich an dich. Man spricht von deinen großen Heldentaten in den Hallen und Palästen der Reichen. Eine tolle Gelegenheit, um Stoff für weitere Märchen zu sammeln. ‚Der Held von Wolfshecke‘“, flötete der Mann in einem Tonfall, der wohl Kapilars nervtötendes Organ imitieren sollte. „‚Die List mit den brennenden Booten? Ein *köstlicher* Geniestreich, Hauptmann.‘“

Irgendwie schaffte es Olaikan, seinem geworfenen Brotkanten auszuweichen, unglücklicherweise sogar, ohne dabei umzustürzen und sich das Genick zu brechen. Das Geschoss traf harmlos eine Mauer und fiel von dort aus in die Schatten an den Rändern des Hofes. Irgendwo erhob sich einer von Brugnirs Hunden, schritt mit klirrender Kette hinüber, würgte den Leckerbissen herunter und schnüffelte den Boden hoffnungsvoll nach weiterem Essbarem ab.

„Danke, meine Freunde.“ Dramatisch warf er die Hände in die Luft. „*Vielen* Dank für euren einfühlsamen Beistand in der Stunde meiner Not.“

„Nichts zu danken“, erklärte Olaikan.

„Von mir auch nicht“, fügte der Schmied hinzu und deutete mit einem Blick hinüber zum Krug. „Wie ich sehe, nimmst du meinen ‚Beistand‘ gerne an.“

„Ja. Wirklich tolle Kameraden seid ihr.“ Lustlos begann er mit einem Messer in den Brotkrumen auf der Tischplatte herumzustochern, den letzten Überresten ihres ansonsten überaus reichhaltig ausgefallenen Abendessens. In den Schatten der Mauer kauten die Hunde deutlich hörbar auf den angefallenen Knochen herum.

„Grauwacke, dieser Schuft!“, setzte er nach. Je mehr man über die ganze Sache nachdachte, desto heftiger konnte man sich aufregen. „Was treibt einen Konsul zu einer solchen Hinterhältigkeit? Meine Güte. Diese Dünnhäutigkeit! Ein kleiner Seitenhieb von mir hier und da, ein wenig ... Überschwänglichkeit auf seinem Abendempfang, und er läuft gleich bis zum Petrarchen! Hast du gehört, Olaikan? Der Konsul hat darauf *gedrängt*, ausgerechnet mich zu schicken!“

„Ja“, pflichtete sein Kamerad ihm trocken bei. „Wirklich unglaublich. Gibt es in dieser Stadt denn keinen Anstand mehr?“

„Nicht wahr?“ Fassungslos schüttelte er den Kopf. „Wozu sind Feiern bitte da, wenn man sich nicht einmal mehr amüsieren darf?“ Er grummelte in sich hinein und nahm einen weiteren Schluck aus seinem Humpen. Gewisse Fehler des

Vorabends drohten sich zu wiederholen. Alkoholbedingte Kopfschmerzen waren das Letzte, was er am kommenden Tag gebrauchen konnte, doch der Weg dahin war bereits wieder zu einem guten Stück zurückgelegt. Es gab viele Gründe dafür, an diesem Abend vorsichtiger zu trinken als in den letzten Tagen, doch mindestens ebenso viele sprachen eindeutig dagegen.

Brugnir starrte in die Glut der Esche und warf eine Brotkrume ins Feuer. Man kam nicht umhin, den Mann zu bewundern. Ihr Gastgeber hatte mehr getrunken als sie beide zusammen und war noch immer der Nüchternste in ihrer Runde. „Verdammter Ingwall", stieß der Schmied unversehens aus. „Wenn ich nur daran denke, wird mir ganz anders."

Schweigen schloss sich an. Brugnir hob den Blick und sah sie an. „Ihr wisst, was ich meine. Da sind wir also wieder. Das ist es, was *mich* an dieser ganzen Sache stört. Es geht wieder los. Die Tharsis zieht nach Westen. In den verdammten Ingwall." Der Schmied versetzte seinem Humpen einen ungehaltenen Stoß, der die Flüssigkeit darin bedenklich schwappen ließ. „Es ist dieses Land", blaffte er. „Seit Generationen bringt uns dieser verdammte Landstrich nichts als Unglück. Nicht mal zwanzig Jahre ist es her, seit Rabacus mit seiner Dritten dort verloren ging. Es gibt keinen hier, der nicht jemanden kennt, der dort mit ihm verloren ging. Und doch haben sie nichts daraus gelernt." Ebenso düster wie ungläubig schüttelte der Mann den Kopf. „Die Vorväter hatten Herzog Aurich mit seinem Gefolge. Damals, als man noch glaubte, Ingwall ließe sich besiedeln wie ein ganz gewöhnliches Land. Wir hatten Rabacus und seine Männer. Und jetzt das. Man sollte meinen, eine Katastrophe reicht für eine Generation." Die Hand des Mannes ging zu seinem Krug, verharrte jedoch auf dem

Griff, ohne das Gefäß heranzuziehen. „Die Besessenheit des Konzils mit Ingwall bringt nichts als Unglück“, beharrte er, den Blick auf seinen Humpen gerichtet. „Was ist so schwer daran, das verdammte Land sich selbst zu überlassen und keinen Fuß mehr hineinzusetzen? Soll es doch der Khan von Abadema nehmen. Sollen sie daran verrecken!“ Der Schmied hob den Blick und sah sie herausfordernd an. Keiner von ihnen erhob einen Widerspruch.

Der Mann seufzte. „Ich sage euch: Der Boden Ingwalls duldet keine fremden Herrscher. Die Erde selbst giert nach dem Blut von Merkeschs Söhnen. Und unsere feinen Herren werden nicht müde, ihn immer wieder neu zu tränken.“

Stille schloss sich an. In manchen Augenblicken war es besser, zu schweigen. Es war bekannt, dass Brugnirs Bruder, Hognir, in der Dritten gedient hatte und mit ihr verloren gegangen war. „Tertiari“ hatte man sie genannt, die „Verdienten“, aufgrund der hohen Anzahl erfahrener Veteranen in ihren Reihen. Nicht einer von ihnen war jemals wieder aufgetaucht. Brugnir selbst hatte daraufhin seinem freiwilligen Dienst in den Legionen den Rücken gekehrt und es fortan vorgezogen, die Schwerter zu schmieden, die andere Männer auf den Schlachtfeldern der Welt zu Merkeschs Ehre schwangen.

Palter bemerkte, dass Brugnir ihn ansah. Schmerz lag in dem Blick. „Mein Junge Fernbast ist irgendwo dort draußen, Palter“, erklärte ihr Gastgeber schließlich schwermütig. „Ich habe ihn sehr lange nicht gesehen. Ich weiß nicht, was er treibt. Er redet nicht mit mir seit unserem letzten Streit. Ich habe überall nachgefragt. Es heißt, dass er nach Ingwall wollte.“ Der Mann machte eine hilflose Geste mit der Hand und wischte sich über die Wange. „Ingwall liegt wie ein verdammter Fluch auf mir und meinem Blut. Es wird nicht eher

Ruhe geben, bis es uns ganz verschlungen hat, mich und meinen ganzen Stamm. Bis niemand von meinem Haus mehr übrig ist.“ Jetzt erst nahm der Mann einen tiefen Schluck aus seinem Krug. Mit einem dumpfen Geräusch stellte er das Trinkgefäß zurück auf die Tischplatte. Dann erhob er sich unversehens.

Er und Olaikan blickten sich fragend an, während ihr Freund über den Hof davonstapfte und durch die Tür im Inneren seiner Schmiedehütte verschwand.

Er zuckte mit den Schultern.

Der Manip erwiderte die Geste und lehnte sich erneut knarzend zurück, um den Blick zurück zum Himmel zu richten. Abgesehen von wenigen grauen Wolkenschlieren war die Nacht sternenklar. Das Licht der Gestirne spiegelte sich silbern in der Bucht des Tir Kalossi. Manchmal konnte man dort draußen sogar Delfine sehen. Die klugen Jäger fanden Gefallen an der Tatsache, dass das Netzfischen seit dem Einsatz von Krillborgs Feuer kaum noch möglich war.

Als Brugnir zurück ins Freie trat, hielt er ein breites Buch in seiner Hand. Der Mann trat einige Male auf den Blasebalg, sodass Funken in den Hof stoben und das Feuer hell entflammte. Sobald die Esche durchgängig brannte und der Hof in flackerndes Licht getaucht war, trat er zurück an den Tisch und ließ den schweren, in Leder gebundenen Band auf die Platte fallen.

Palter wandte den Kopf und betrachtete das abgegriffene, mit verblichenen Goldlettern bedeckte Leder. „Ah“, brachte er hervor, als er erkannte, was vor ihm lag. „Dieser alte Schinken.“ Frohlock Gilbrans „Von der großen Stadt Merkesch“. Das Werk war eines der am einfachsten zu beschaffenden

Exemplare aus dem Katalog des Altmeisters. „Kapilar musst du das Teil zu lesen geben, nicht mir. *Ich* weiß, was drinsteht.“

„Wenn die Sache mit dem Feuer wahr ist, musst du wissen, womit du es zu tun hast“, beharrte der Schmied. Er leckte einen Finger an und begann zu blättern. „Als ich ein junger Mann war, gab es eine Zeit, in der ich ein gewisses ... Interesse an Geschichten über Krillborgs Feuer hatte. Nichts Ernstes. Dumme Jungenträume.“ Ihr Gastgeber schüttelte schwermütig den Kopf. „Oh, wenn ich daran denke. Was ich alles hätte schmieden können mit einer solchen Hitze in meinem Ofen ...“ Der Mann blätterte weiter, anscheinend auf der Suche nach einer ganz bestimmten Passage. „Irgendwann aber kam mein Sohn“, fuhr er fort. „Neue Dinge, um die ich mich sorgen musste. Die Sache mit der Todesstrafe für jeden, der die Suche unternimmt. Dann die vielen Fehlschläge ...“ Brugnir unterbrach sich und warf einen schuldbewussten Blick in ihre Richtung. Dies waren nicht die Ausführungen eines Mannes, der es bei Gedankenexperimenten belassen hatte.

„Wie dem auch sei“, fuhr er fort. „Ich habe mich an etwas erinnert. Hier.“ Der Finger ihres Freundes begann, über die Zeilen zu wandern. „‚Kelo, die dunkle Herrin aus dem Osten, die furchtbare, die unersättliche‘, bla, bla, bla.“ Mit einer unwirschen Bewegung wedelte der Mann weitere blumige Beschreibungen des Chronisten fort. „Da! ‚... sandte ihre schwarze Flotte nach Westen aus, um in den Ländern unter der Sonne eine neue Heimat zu finden. Wie eine breite Sturmfront, wie ein schäumender Wellenkamm aus Dunkelheit waren ihre Schiffe, von Horizont bis Horizont, von Sonnenaufgang bis Sonnenuntergang ...‘, meine Güte.“ Ungläubig schüttelte der Schmied den Kopf und übersprang mit seinem suchenden Zeigefinger einige weitere Zeilen. „So viel Zeit und Muße wie dieser Schreiber möchte ich auch mal haben. Hier geht es weiter. ‚Admiral Alstorm aber, Befehlshaber über Merkeschs rumreiche Flotte, gab in Anbetracht der Übermacht den Befehl, die Katapulte seiner Schiffe mit einer neuen Waffe zu beladen. Diese war ein Öl mit dem Namen Krillborgs Feuer, heiß brennend wie flüssiges Gestein aus dem Inneren der Erde, eingesperrt in irdenen Gefäßen aus *weißem Ton*, von Krillborg selbst ersonnen ...'" Der Schmied erhob bei diesen Worten die Stimme und warf ihm einen bedeutsamen Blick zu. „‚... *der allein* in der Lage war, dem Feuer, dem schrecklichen, dem gefräßigen, zu widerstehen, ohne zu zerbersten. Denn es war, solange nicht entzündet, dickflüssig wie reines Lampenöl und von diesem nicht zu unterscheiden. Und es gab außer diesen Krügen kein Gefäß, keine von Göttern oder Menschen gemachte Form, die Krillborgs Feuer hätte widerstehen können.' Hörst du das, Palter? Weißer Ton. Hat dieser Kapilar irgendetwas dazu gesagt, wie sie das Feuer transportieren?"

„Kein Wort davon", gab er missmutig zurück. „Er sagte bloß, der Krug mit dem Feuer sei verborgen in einer Wagenladung ganz gewöhnlicher Krüge."

Der Schmied klopfte nachdenklich mit dem Finger auf die Seite. „Das hier scheint mir wichtig zu sein. Vielleicht etwas, das Grund zu Hoffnung gibt."

„Wirklich, ja?"

„Denk doch mal nach! Ein einziger Krug. Und nur er kann Krillborgs Feuer widerstehen. Weißt du, was das bedeutet?"

Er strich sich über die Augenlider. „*Nein*. Ich bin zu müde. Warum soll ich mir den Kopf zerbrechen, wenn du bereits für uns zu Ende gedacht hast?"

„Sie können es nicht umfüllen!", beharrte der Schmied ungeduldig. „Es nicht verteilen und an verschiedene Orte bringen. Nur ein Krug kann es halten. Ich bezweifle, dass sie sich die Mühe gemacht haben, auch die anderen Krüge auf dem Wagen aus diesem Zeug zu fertigen. Gut für dich. Du musst also nur diesen einen Krug finden, um deinen Auftrag zu erfüllen."

„Juhu", gab er bitter zurück. „Ein echter Grund zum Feiern."

Brugnir verzog das Gesicht. „Du bist ein echter Miesmacher. Dir kann man heute wirklich gar nichts recht machen."

„Du erwartest wohl kaum von mir, dass ich mich freue."

„Nun denn. Dann kommt hier etwas, um deine Laune zu verschlechtern. Hört her. So geht es weiter: ‚So fuhr die ruhmreiche Kriegsflotte der großen Stadt Merkesch aus, um den Schiffen der dunklen Herrin zu begegnen, an Zahlen weit unterlegen, jedoch furchtlos wie reißende Wölfe, wie Bären, dickfellige, die...' Verdammt noch mal! Ah, hier, ‚...und schleuderten das Feuer mit den Katapulten unter ihre Feinde. Und eines der Geschosse traf Borgongar, welches Kelos Flaggschiff war, und Kesmerad, ihren Sohn, der auf diesem das Kommando hatte; und sie wurden von den Flammen ganz verschlungen, so wie alle Schiffe in der ganzen Bucht hinabgezogen in die Tiefe, in die finstere, lichtlose ...' Uff. ‚... und einzig Eldenhim, der zu dieser Zeit auf Alstorms Schiff ein Schiffsjunge war, konnte sich retten in einen leeren Krug aus weißem Ton, den sein kluger Vater mit Wasser statt mit Öl gefüllt hatte, und überlebte so als Einziger den Untergang seiner ganzen Flotte. Drei volle Tage lang trieb er inmitten der Flammen, vor denen ihn der weiße Ton beschützte, und drohte schon zu verdursten, doch Noluf, der Gott der Wellen, sandte einen starken Wind von Osten her über die See und trieb ihn bis an die Ufer ... und er war gerettet.'" Brugnir schlug das Buch zu. „Den letzten Teil habe ich etwas abgekürzt."

„Toll."

„Du kennst die Geschichte?"

Palter gähnte und richtete seinen Blick zum Himmel „Frohlock Gilbrans ‚Von der großen Stadt Merkesch'". Ist noch nicht mal selten. In meinem Regal steht ein Exemplar ganz ohne Brandflecken und rußige Fingerabdrücke."

„Was wohl daran liegt, dass deine Hände niemals echte Arbeit leisten."

„Sicherlich einer der möglichen Gründe."

Eine Weile lang saßen sie regungslos. Nur das Knacken der Scheite war zu hören, das Rascheln der Palmen und das leise Trommeln von Brugnirs Fingern auf dem ledernen Einband. Die Erfolgsaussichten waren in der Tat alles andere als rosig.

Olaikan war der Erste, der sich wieder regte. Der Mann nahm einen letzten Schluck aus seinem Becher, kippte auf seinem Stuhl nach vorn und richtete sich auf, sodass seine Wirbel krachten wie zerbrechendes Holz. „Ich muss los", erklärte er. „Danke für die Gastfreundschaft, Brugnir."

„Keine Ursache. Schaffst du es in einem Stück von meinem Hof oder muss ich deine Knochen hier gleich noch zusammenfegen?"

„Keine Sorge. Sie klingen immer so."

„Wegen deiner Pritsche!", half Palter. „Und das weißt du. Aber hart macht ja bekanntlich hart."

„Du sagst es. Wenn ihr mich jetzt entschuldigen würdet? Einige von uns müssen morgen früh aufstehen." Der Mann deutete einen Salut an und war bereits dabei, sich abzuwenden.

„He! Moment mal. Nicht so schnell!" Palter erhob sich, was angesichts des Schwankens der Umgebung kein Leichtes war.

„Ist das etwa eine Art, sich von seinen Freunden zu verabschieden? Wer weiß, ob wir uns jemals wiedersehen?“

„Unkraut vergeht nicht, habe ich gehört.“

„Oder unter welchen Umständen!“

„Unter den üblichen, nehme ich an. Im Blut und im Gemetzel.“

„Eben!“ Der Kerl war wirklich unglaublich. Er war selbst niemand für tränenreiche Abschiede, aber Olaikan gelang es, ihn in dieser Beziehung noch zu unterbieten. „Auf bald, mein Freund.“ Er streckte seinen Arm vor. Der Mann ergriff ihn an der Innenseite unterhalb des Ellenbogens. Sie nickten einander zu. „Seht zu, Manip, dass Ihr ordentliche Reiter aussucht, um mich zu retten.“

„Keine Sorge.“ Der Mann senkte den Blick. Irritiert betrachtete er den Arm, der den seinen noch immer festhielt. „Ist noch etwas?“

„Pff.“ Er löste den Griff und trat zurück. „Gar nichts. Geh ruhig. Wir warten eigentlich nur darauf, dass du endlich verschwindest.“

„Bestens.“ Ihr Kamerad wandte sich ab. „Und versuch verdammt noch mal, am Leben zu bleiben.“

„Ha!“

„Was?“

„Gib's zu. Du wirst mich vermissen.“

„Genau. Das wird es sein.“ Der Mann winkte ihnen, ohne sich umzusehen. Brugnirs Hunde hoben hoffnungsvoll die Köpfe, als der frischgebackene Manip an ihnen vorübertrat. Die Häupter sanken zurück zwischen die Pfoten, als sich das hölzerne Tor klackend hinter dem Besucher schloss.

Palter ließ sich zurück auf seinen Stuhl sinken. Er schloss sich seinem Nachbarn darin an, auf die Bucht hinauszublicken.

Das Meer lag nun vollends schwarz unter ihnen, durchsetzt mit schmalen weißen Wellenkämmen.

Brugnir, der einen frischen Schluck nahm, blickte ihn über den Rand seines Kruges hinweg an. „Was meinst du, geschieht, wenn dieser Kapilar das Feuer in die Hände bekommt?“

„Hm? Ach.“ Er zuckte mit den Schultern. „Ich versuche nicht darüber nachzudenken. Irgendetwas Furchtbares, nehme ich an. Warum fragst du?“

Der Mann hob eine Braue. „Klingt fast, als wäre es besser, wenn das Zeug nie in seinen Besitz gelangt“, merkte er wie beiläufig an. „Dort draußen im Getümmel kann schließlich alles mögliche passieren.“

„Allerdings.“ Palter musterte seinen Sitznachbarn argwöhnisch. „Was denn beispielsweise? Einmal angenommen, du verständest etwas von solchen Dingen, die, wie wir beide wissen, natürlich streng verboten sind?“

Brugnir lehnte sich zurück. „*Nun*. Ideen kann man viele haben. Ich habe da Geschichten gehört. Damals, als mein Vater noch jung war ...“

Palters Seufzen war so laut, dass der Mann sich unterbrach. Er ließ ein ausgiebiges Gähnen folgen. „Es ist spät, Brugnir.“ Auch der Selbstgebrannte zeigte langsam seine Wirkung. „Kann ich die Kurzversion hören? Bitte?“

Der Schmied schnaufte in offenkundigem Missfallen. Er griff nach seinem Trinkgefäß, um einen weiteren Schluck zu nehmen, musste jedoch enttäuscht feststellen, dass er es bereits geleert hatte. Auf der Sitzfläche seines Stuhls wandte er sich halb zur Seite, um etwas unter seiner schweren Lederschürze hervorzunesteln. Nach einer Weile tauchte die verschwundene Hand wieder auf und hielt eine glitzernde Phiole ins Licht. „Mal angenommen“, murmelte Brugnir mit spiegelndem Widerschein in seinen dunklen Pupillen, „angenommen, der eine oder andere in meiner Familie sei schon einmal in die Verlegenheit gekommen, einen Ölbrand schnell löschen zu müssen. Sozusagen als unerfreuliche Begleiterscheinung von gewissen im Rahmen des Gesetzes voll zulässigen Recherchen. Und angenommen, er sei dabei auf etwas gestoßen ...“

„Götter. Brugnir! Ist das wirklich schon die Kurzversion?“ Seine Stimme war gequält. Der Abend war entschieden zu weit fortgeschritten für endlose Konjunktive.

„Hier.“ Brugnir hielt ihm das kleine Fläschchen hin.

„Was ist das?“

„Bromkalk. Sieh zu, dass nichts davon auf deine Haut gerät. Ansonsten wirst du dir wünschen, du hättest bloß in brennendes Öl gefasst. Der Handel mit dem Zeug ist verboten. Außerdem musst du aufpassen, dass dir nichts davon in einen Ölkrug fällt. Besonders nicht in einen, dessen Inhalt auf keinen Fall zerstört werden darf. Die Kristalle greifen die Strukturen an und machen die ganze Flüssigkeit nutzlos.“

„Was du nicht sagst.“ Er nahm die Phiole entgegen und wog sie in der Hand. „Gut. Ich betrachte mich als gewarnt. Ist das alles, was du davon hast?“

„Was du in deiner Hand hältst, ist mehr wert als der Inhalt meiner gesamten Waffenkammer. Das Zeug ist verdammt schwer zu bekommen. Also sieh zu, dass du gut darauf aufpasst.“

„Das werde ich.“ Er schloss die Finger um das Glas. „Danke, Brugnir.“

„Wenn du mehr davon brauchst, wirst du selbst welches finden müssen“, fuhr der Mann fort. „Ich nehme an, du wirst dort draußen nicht unbedingt auf Alchemisten treffen. Aber es gibt einen einfachen Weg, um festzustellen, ob man Bromkalk vor sich hat. Gieß ein wenig Wasser darauf. Aus der Entfernung, wenn dir deine Augenbrauen lieb sind. Du wirst eine gerade, blaue Flamme sehen, wie eine Säule. Sehr ungewöhnlich. Nichts außer Bromkalk brennt auf diese Weise."

„Hm. Man sieht gleich: Der Mann kennt sich aus. Hast du vielleicht noch andere Mittelchen für mich? Irgendetwas, das glücklich macht und mich alles Unerfreuliche vergessen lässt? Ein Schmied muss doch irgendetwas haben, das den Schmerz von Hammerschlägen auf unachtsam ausgestreckten Daumen etwas erträglicher macht."

Sein Gastgeber schnippte gegen seinen Becher. „*Das* habt ihr beide mir bereits weggetrunken."

„Schade. In dem Fall gibt es für mich keinen Grund mehr, hierzubleiben." Er erhob sich. „Es ist ohnehin Zeit für mich, zu gehen." Er hielt inne. Der ernste Ausdruck des Mannes hatte einen ernüchternden Effekt. „Nein, wirklich. Spaß beiseite. Danke für alles, Brugnir."

„Ja."

„Ich werde sehen, was ich tun kann. Hoffentlich sitzen wir bald wieder zusammen hier und feiern den Abschluss meiner gelungenen Mission."

„Wenn sie nicht gelingt, werden wir davon erfahren."

Er nickte stumm. „So oder so. Für den Fall, dass ich nicht zurückkehre ..."

„Schon verstanden." Der Mann hob abwehrend eine Hand. „In dem Fall schenke ich dein Hab und Gut den Armen."

„Wag es nicht! Ich dachte da an eine kleine Statue von mir, die mich dabei zeigt, wie ich ..." Vorschlagsweise nahm er mehrere heldenhafte Posen ein.

„Oder ich spende es alles einem Tempel“, fantasierte der Mann weiter. „Damit du bei den Göttern vielleicht noch eine Chance hast.“

Er verzog das Gesicht. *Dieses* Schiff war ohne Zweifel abgefahren.

„Hab dich nicht so!“, forderte Brugnir grinsend. „Es wird schon alles gut ausgehen. Du bist ja nicht zum ersten Mal dort draußen.“

„Aber zum letzten Mal! Wenn alles gut geht.“

„Irgendetwas wird sich schon ergeben. Das sagst du doch selbst immer.“

„Dann ist hoffentlich etwas dran.“

„Es wird schon gut gehen. Auf Wiedersehen, Palter.“

Er ergriff die dargebotene Hand und schlug ein. „Auf ein baldiges. Pass auf dich auf.“

Er zog den Mantel enger um sich, als auch er über den Sandboden des Innenhofs stapfte. Die meisten der Hunde hatten sich zusammengerollt und schliefen. Einer, der noch wach war, folgte ihm mit glänzenden Augen, ohne sich zu erheben. Das Tor öffnete sich mit einem Knirschen, als er am Knauf zog, und fiel scheppernd hinter ihm ins Schloss.

Ein angenehmes Gefühl umwehte ihn. Die Kunst der Trunkenheit bestand darin, genau den richtigen Zeitpunkt abzupassen, um aufzuhören und dann nach ein, zwei weiteren Bechern tatsächlich einen Schlussstrich zu ziehen. Die Straßen waren beinahe menschenleer, doch aus den ummauerten Innenhöfen, von Dachterrassen und Balkonen herab erklangen die Geräusche fröhlicher Runden, unterbrochen von gelegentlichem Gelächter. Merkeschs Bürger schienen die Sommertage, die in diesem Jahr spät gekommen waren, zu genießen und sich auch von der einsetzenden Kühle der Nacht nicht beirren zu lassen. Von irgendwoher ertönte das Spiel eines Saiteninstruments. Ein lallender Chor stimmte mit begeisterter Selbstüberschätzung in die Melodie mit ein.

Das mondbeschienene Kopfsteinpflaster führte ihn von der Großen in die Kleine Hafenstraße, eine Abzweigung von jenem breiten Hauptweg, der von den Kaimauern bis hinauf zu Westtor führte.

Die Beschwipstheit kam, wie so oft, in der Begleitung von Wehmut. Der Mond, wie er dort über den Hausdächern stand, hatte etwas Sentimentales.

Was schaust du, Halle?

Wo ist Lakon, dein dunkler Bruder?

Ob noch irgendjemand anderes in dieser Stadt im selben Augenblick zu den Gestirnen aufsah?

Er schüttelte den Kopf. Es war doch wirklich alles ein schlechter Scherz. *Das* hier war der Ort, an den er gehörte. Schon jetzt verspürte er eine starke Abneigung gegen das Land, das Brugnir so anheimelnd beschrieben hatte, ohne jemals dort gewesen zu sein.

Er wurde sich bewusst, dass er bereits vor seiner Haustür stand. Nach kurzem Suchen fand der Schlüssel seinen Weg ins Schloss. Auch die Treppe stellte kein Hindernis dar, ebenso wenig wie die Wohnungstür. Er entzündete die Ölleuchte an der Wand, wandte sich um und erschrak.

Jemand war hier gewesen!

Der Papierhaufen auf dem Schreibtisch: verschwunden. All die wichtigen Dokumente: in ordentlichen Stapeln. Nichts davon erinnerte mehr an eine Schneise der Verwüstung nach dem Durchzug eines Wirbelsturms. Einbruch und Aufräumen, das perfideste aller Verbrechen!

Dann erinnerte er sich.

Der Junge.

Richtig. Der Schreiber. Ziffre, wenn er sich recht erinnerte.

Was sich auf der Tischplatte vor ihm ausbreitete, musste das sein, was andere Menschen „Ordnung" nannten. Selbst den Weinflecken vom Vorabend hatten achtsame Augen erblickt und gründliche Hände verschwinden lassen. Auf derjenigen Seite der Tischplatte, die er einmal in überschwänglichem Optimismus für erledigte Dokumente vorgesehen hatte, lag ein einsamer, mit säuberlicher Handschrift bedeckter Zettel.

Er trat vor. Die Schale mit den Feigen war beinahe leer. Er ergriff die vorletzte Frucht, biss hinein und genoss den süßen Geschmack. Dann hob er den Zettel vor die Augen und hielt ihn ins Licht der Lampe. „Passt auf den Hund auf", bekam er zwischen den Bissen hervor.

Er drehte das Blatt herum, doch die Rückseite war leer. Nichts wies darauf hin, was der Verfasser der Nachricht ihm hatte mitteilen wollen.

Passt auf den Hund auf.

Der Junge hatte nicht wie ein Spinner gewirkt. Hoffentlich war mit seinem Geisteszustand alles in Ordnung.

Er knüllte den Zettel in der Faust zusammen und warf ihn in den geflochtenen Papierkorb unter dem Schreibtisch. Er hasste Rätsel. Er würde schon noch dafür sorgen, dass der junge Kerl lernte, sich in Zukunft deutlicher auszudrücken.

So schnell es eben ging, wusch er sich und verschwand unter den Laken.

Wasser!

Vermutlich wäre es klug gewesen, noch etwas Wasser zu trinken, doch nun lag er bereits auf seinem Bett. Sein Blick ging hinaus über den Balkon. Graue Schleier zogen vor dem Mond daher.

Er versank in angenehmer Finsternis und begann zu träumen.

Kapitel 6 – Erwachen

Dieses Mal war es ein lautes Klopfen an der Tür, das ihn aus dem Schlaf riss.

„Hmpf." Das Geräusch zu überhören, war unmöglich. Manchmal aber brachte hartnäckiges Ignorieren den gewünschten Erfolg. Er wälzte sich auf die andere Seite.

Erneutes Klopfen ertönte, dieses Mal noch ungeduldiger.

Er stöhnte und öffnete widerwillig ein Auge. Schon Morgen? Kein angenehmer, so viel war sicher. Am Himmel über dem Ozean hinter dem Balkon hingen weiße Schleierwolken wie zerzauste Wellenkämme. Möwen stritten sich krächzend im Wind. Es war erstaunlich kühl im Zimmer. Offenbar hatte jemand im Laufe der Nacht beschlossen, frische Luft hereinzulassen, und anschließend vergessen, die Balkontür hinter sich zu schließen. Derselbe jemand hatte außerdem, verdammt noch mal, vergessen, vor dem Schlafengehen ausreichend Wasser zu trinken.

Bumm, bumm, bumm, machte die Tür.

„Ich komme ja!" Was zum Henker war das für eine Art? Hatte dem jungen Schreiber niemand Manieren beigebracht? Hatte Hergemuffe vielleicht vergessen, im Vorstellungsgespräch zu erwähnen, wer in diesem Dienstverhältnis der Herr und wer der Angestellte war?

Er rollte sich auf die andere Seite. Auch der Anblick im Spiegel bot an diesem Morgen wenig Anlass zur Freude. Graue Ringe lagen unter den geröteten Augen eines Mannes im fortgeschrittenen Alter, der ihm mit vorwurfsvollem Blick entgegenstierte. Er kniff die Augen zusammen. Gleich würde er kommen: jener kritische Moment, in dem auch der Katzenjammer bemerkte, dass der Körper endlich wach war, um gequält zu werden.

Oder auch nicht. Stöhnend wagte er einen Blick durch die Lider. Das Gefühl ließ heute Morgen auf sich warten. Gar nicht übel. Alles hätte deutlich schlimmer kommen können. Abgesehen von einem leichten Schwindel war eigentlich alles ganz in Ordnung. Regelmäßige Übung zahlte sich, wie in allen Dingen, eben auch im Trinken aus. Er schaffte es, sich auf den Rücken zu wälzen, und starrte auf die Muster des verzierten Baldachins über seinem Kopf.

Verdammter Selbstgebrannter.

Brugnirs Stoff und die seltsame Nachricht des Jungen hatten zusammen ein unbekömmliches Nachtmahl ergeben. Fetzen von Albträumen schwammen noch immer an der Oberfläche seines Bewusstseins. Sie verschwanden, wann immer er versuchte, sich an den genauen Inhalt zu erinnern. Ein Hund war darin vorgekommen. Irgendeine Bestie mit scharfen Zähnen, die ihn verfolgt hatte. Ein furchtbares Tier war es gewesen, unsichtbar bis auf sein glänzendes Maul, irgendwo zwischen Laubbäumen im Silberschein des Mondes. Und dann die Höhle. Die Höhle, in die er hatte fliehen wollen. Eine aufgesperrte Kehle aus Dunkelheit im Boden, aus der jemand leise seinen Namen rief.

Er warf die Beine über den Bettrand und nutzte, Trägheit und Schwerkraft gleichermaßen überraschend, den mitgenommenen Schwung, um sich ganz zu erheben. Auch das kurze Taumeln des trügerischen Bodens reichte nicht aus, um ihn hinab auf die Steine zu schicken.

Gar nicht mal so ungeschickt, Palter. Vielleicht war dies ja der richtige Weg. Warum sollte man sich ständig damit herumärgern, den ausufernden Alkoholkonsum am Vorabend besser in den Griff zu bekommen, wenn man ebenso gut lernen konnte, die motorischen Einschränkungen am Nachmorgen fachmännischer zu meistern?

Bumm, bumm, bumm.

Riegel und Kette boten ein wenig Halt an der Innenseite der Tür und lösten sich unter Knirschen und Klappern. Der Junge konnte sich auf etwas gefasst machen. Er bettelte ja geradezu um eine fortgeschrittene Lektion zum Thema „Verhaltensregeln im Hause Calgola“. Entschlossen packte er die Klinke und riss die Tür auf. „Lektion eins für heute ...“

Die Tür kam ihm entgegen. Eine behandschuhte Hand stieß ihn vor die Brust und warf ihn zurück ins Zimmer, sodass er stolperte. Er fiel, warf sich herum, die Hand ausgestreckt nach dem Degen unter seinem Bett, doch Stiefel waren neben ihm. Kräftige Arme packten ihn an den Schultern, rissen ihn empor und warfen ihn hart mit dem Gesicht voran gegen den Bettpfosten.

„Verdammt! Was ...?“

Mehr Geräusche erklangen hinter seinem Rücken. Das Trampeln von Stiefeln auf teuren abbademischen Teppichen, die bisher selbst Krieg und Brandschatzung ohne Fußabdrücke überstanden hatten.

„Guten Morgen, Hauptmann“, grüßte jemand.

„Gut?“, schaffte er, hervorzupressen. „Was zum *Scheloch* soll daran ...“ Ein Hauch des Entsetzens entfuhr ihm und unterbrach den vorgesehenen Fluch.

Ein Span. Eine Bruchstelle in der Säule seines Himmelbetts. Diese Wilden hatten es tatsächlich geschafft, das unersetzliche Kunstobjekt zu beschädigen! „Wartet!“ Er kniff die Augen zusammen. Bei den Göttern.

„Hauptmann Calgola?“

„Nein!“ Doch. Tatsächlich. Die Verzierungen kamen einfach ab. Angeklebte Zierleisten, bezahlt als Schnitzereien in Echtholz, noch dazu von innen hohl. „Hobovese!“ Diese Küchenschabe von einem Möbelhändler! Er würde den Kerl in Stücke reißen. „Wisst Ihr, was dieses Bett gekostet hat?“ Die Männer an seinen Seiten hatten Mühe, ihn festzuhalten. „Ich glaube es ja nicht. He! Könnt ihr Jungs mich ein Stück nach rechts schieben? Ich will sehen, ob wenigstens die Beschläge echt sind.“

„Hauptmann Palter Calgola?“, wollte eine inzwischen deutlich gereizte Stimme hinter seinem Rücken wissen.

„Ist gerade zum Fenster raus“, log er. „Wenn ihr mich jetzt loslasst, kriege ich ihn noch.“

Behandschuhte Hände rissen ihn unsanft herum.

Mehr Wächter, als in seinen Wänden irgendetwas zu suchen hatten, drückten sich zwischen seinen feinen Möbeln herum. Zwei, die noch immer seine Arme hielten, trugen die einfachen Uniformen der Stadtwache. Das Gleiche galt für die beiden, die am Ausgang Wache standen. Ihm gegenüber, den Weg zur Tür versperrend, stand ein Mann, dessen Gesicht unter einer schwarzen Samtkappe mit Schleier verborgen lag. Silberne Muster bedeckten das Tuch und verliehen seinem Gesicht den Anschein eines stilisierten Tierschädels. Fünf weitere Modesünder in schwarz glänzendem Samt waren eben dabei, sich durch den Türrahmen hereinzudrängen. Die Fülle der Verzierungen auf dem Gewand seines Gegenübers ließ keinen Zweifel daran, wer der Hauptschuldige dieses Überfalls war.

„Ach. Sieh an.“ Er musste sich bemühen, sein Erschaudern hinter Spott zu verbergen. Peculari. Das Erscheinungsbild von Merkeschs Geheimdienstmitarbeitern war unverwechselbar. „Hätte ich gewusst, dass ich Besuch bekomme, hätte ich aufräumen lassen. Und vorher die Teppiche aufgerollt."

Der Anführer der Gruppe machte eine Bewegung mit dem Kopf. Die Stadtwächter am Durchgang verließen daraufhin zögerlich ihre Posten und begannen, den Raum nach Waffen zu durchsuchen.

„Versucht bitte, nicht allzu viel Ordnung zu machen", ermahnte er die Männer. „He! Lasst das liegen! Ich habe ein System! Alles hier befindet sich genau da, wo es sein soll."

„Palter Calgola ...", begann der Verschleierte erneut.

„Was soll das hier?", unterbrach er den Vermummten scharf. Erfolglos versuchte er, die Griffe der Wächter abzuschütteln. „Glaubt Ihr, ich schaffe es nicht allein zu Kapilar auf dem verdammten Palon Braset?"

Der Verschleierte schniefte verächtlich. „Ihr redet wirr", behauptete er. „Ich bin nicht hier, um Euch abzuholen. Ich verhafte Euch im Namen des Konzils und des Petrarchen. Euch wird Verschwörung und Hochverrat vorgeworfen. Bitte folgt uns und leistet keinen Widerstand."

„Hat Kapilar den Verstand verloren?" Er schüttelte sich erneut. Die Griffe seiner Bewacher blieben unnachgiebig fest. Die Stimme hinter dem Schleier verriet einen Mann, der noch jung an Jahren war. Er hatte ganz bestimmt nicht vor, sich von einem Frischling herumkommandieren zu lassen. „Wir hatten eine Abmachung!", beharrte er. „Was soll das Spektakel? Wie spät ist es? Warum schickt er die halbe Stadtwache, um mich abzuholen? Warum stellt ihr meine halbe Wohnung auf den Kopf?"

„Dies ist meine letzte Warnung, Hauptmann", erklärte der Junge mit erzwungener Geduld. „Verhaltet Euch ruhig. Ansonsten sehen wir uns gezwungen, Euch einen Knebel ..."

Palters Schritt nach vorn kam für die Wächter unerwartet. Für einen Augenblick war er frei. Der kurze Moment, bevor sie ihn erneut gepackt und zurückgerissen hatten, hatte ausgereicht. Mit Befriedigung nahm er zur Kenntnis, dass der Verschleierte verschreckt zurückgewichen war. „Knebeln?“, brachte er knurrend hervor. „Willst du es versuchen, Junge? Nur zu. Sag deinen Kettenhunden, sie sollen mich loslassen. Dann werden wir sehen, wer hier …“

Ein Scheppern ließ alle im Raum zusammenzucken. Einer der Wächter bückte sich verlegen. Der Mann hob den Dolch auf, der aus einer versteckten Vorrichtung unter dem Schreibtisch auf den Steinboden gefallen war.

„Und sagt Euren Schoßhunden, sie sollen *verdammt noch mal* vorsichtig sein mit meinem Eigentum. Wenn das hier vorbei ist, werde ich persönlich dafür sorgen, dass jeder Einzelne hier für seine Taten …“

Der Verschleierte nickte zu den Wächtern.

Bevor Palter reagieren konnte, hatten kräftige Hände seinen Kopf ergriffen. Weitere packten sein Kinn und zwangen seine Kiefer auseinander. Er wand sich, kämpfte wild, doch es half alles nichts: Ein lederner Lappen wurde in seinen Mund gezwungen. „Argh! Fufte! Bafparbe! Baff werbep ihr bereuem!“ Es folgte ein Tuch, das über seinen Mund gespannt und hinter seinem Kopf zu einem harten Knoten zusammengebunden wurde.

„Bringt ihn nach draußen.“ Die Worte des Anführers waren ein erschöpftes Seufzen. „Passt auf, dass er sich dabei nicht verletzt.“

„Pafft beffer auf, baff *if* euf nift verlepfe!“

„Und zieht ihm irgendetwas an!“

Jemand fischte seinen Morgenmantel mit dem Palmenmuster vom Haken, legte ihn um seine Schultern und verband die Gürtelenden ungelenk über seinem weißen Unterkleid. Dünne Filzsandalen wurden unter seine Fußsohlen geschoben. Dann wurde er unsanft durch die Wohnungstür ins Treppenhaus gestoßen und mit der Rücksicht unterbezahlter Karrenschieber in den Flur hinabbefördert.

Er fluchte, so laut und ausdrucksvoll der Knebel es erlaubte. Kapilar! Das Wort des Peculari war den Atem nicht wert, mit dem es ausgesprochen wurde. Es war nicht überraschend, dass die Dinge nicht nach Plan verliefen. Überraschend war allein, dass noch vor dem Frühstück alles schiefging.

Durch den Rahmen der Haustür schob man ihn nach draußen auf das Straßenpflaster. Mehrere Stadtwächter, die entlang der Hauswände herumgelungert hatten, drückten hastig ihr Rauchwerk aus und simulierten Wachsamkeit.

Wären seine Kiefer nicht geknebelt gewesen, hätten sie offen gestanden. Etwa zwei Dutzend Schwerthände in Uniform erwarteten ihn in der Straße. Es gab befestigte Ortschaften, für deren Einnahme sie ihm weniger Soldaten gegeben hatten. Bewachte überhaupt noch irgendjemand die Stadtmauern? Alles für die Abholung eines einzelnen unbewaffneten Mannes. Warum waren sie nicht gleich unter wehenden Bannern und Fanfarenstößen hermarschiert, sodass ganz Merkesch mitbekam ...

Dann verstand er.

Der Knebel verhinderte ein Zähneknirschen. Es gab nur einen Zweck, dem dieser ganze Auflauf dienen konnte. Irgendjemand wollte ganz sicher gehen, dass niemandem im Viertel die Verhaftung von Palter Calgola entgehen konnte. Diese Stadt verfügte über aufmerksame Augen und Ohren jenseits aller Anatomie. Noch vor dem Mittag würde ganz Merkesch erfahren haben, dass Palter Calgola abgeführt worden war, gefesselt und bewacht wie ein Schwerverbrecher.

Er ließ den Blick durch die Gasse wandern. Selbst die Zeit war fein gewählt, das musste man ihnen lassen. Der Zustrom der Bediensteten an ihre Arbeitsplätze war noch im vollen Gange. Viele der Vorübereilenden trugen ihre besten Unschuldsmienen, doch längst nicht jeder gab sich die Mühe, so zu tun, als ignoriere er den Auflauf vor der Haustür. Die Nachbarn würden vermutlich ... da! Es ging bereits los. Finger an den Stoffrändern von Fenstervorhängen. Glitzernde Augäpfel in den Schatten, darauf aus, auch ja nichts Skandalträchtiges zu verpassen.

So schnell konnte es gehen, seinen Ruf zu ruinieren. Nicht die Peculari waren diejenigen, die hier draußen ihre Gesichter verbergen mussten. Wenn hier jemand Verschleierung nötig hatte, dann war er es.

„He! Junge!“ Er bemühte sich, die Aufmerksamkeit des Anführers zu erwecken, der eben durch die Gebäudetür ins Freie getreten war. „Ef ift pfugig heupe. Wie wäre ef mip einer Kapupfe für eimem alpem Mamm?“

„Pfugig?“

„Kalt.“ Was erwartete der Kerl von einem Geknebelten, ein verdammtes Minnelied?

Der Junge schüttelte den Kopf. Mit der Hand deutete er entschlossen zum Ende der Straße. „Abteilung: vorwärts!“, kommandierte er. „Zurück zum Palon Braset.“

Jemand mit mehr Gehorsam als Mitgefühl stieß Palter hart in den Rücken. Die Wächter an seinen Seiten schoben ihn nach vorn.

Über das Kopfsteinpflaster ging es nach Osten, in Richtung des Hafens. Das Tir Kalossi wurde seinem Namen an diesem

Morgen nicht gerecht. Grau und unruhig lag die Bucht des „Himmelblauen Meeres“ am Straßenende vor ihnen, mit einer Oberfläche wie von maritimer Gänsehaut. Einem gewissen Hauptmann unter seinem Morgenmantel ging es nicht viel anders. Die Brise, die ihnen entgegenwehte, war kühl, steifer als am Vortag, und ließ die dünne Seide nutzlos über seinen Körper flattern. Die Pflastersteine drückten schmerzhaft durch die Sohlen seiner Filzsandalen. Der gesamte Morgen bot bisher sehr wenig, was der Erbauung dienlich war.

Mit zunehmender Annäherung an den inneren Bereich der Stadt kamen weitere Unannehmlichkeiten dazu. Nicht jeder besaß den Anstand, mit dem Besuch der Märkte und Geschäfte bis in den späten Vormittag zu warten. Die Geschäfte der großen Marktstraße, auf die ihr Zug inzwischen zuhielt, quollen über mit den potenziellen Käufern von Lebensmitteln, Kleidung und von allen nur erdenklichen Waren aus noch den entferntesten Winkeln der Welt. Die Menge in der Einkaufsstraße bot Anonymität. Niemand gab sich Mühe, seine neugierige Blicke unter kultiviertem Desinteresse zu verbergen. Unverblümt starrten die Händler und Passanten zu ihnen herüber. Informationen, insbesondere über Skandale, waren hier draußen eine Währung für sich. Je exponierter die gesellschaftliche Stellung des Betroffenen, umso saftiger war der Bissen, den die niemals stillstehenden Kiefer der ewigen Schwätzer und Gerüchtestreuer über Tage und Wochen wiederkäuen konnten.

Der verdammte Knebel war die schlimmste Demütigung. Nichts war in dieser Löwengrube wichtiger als eine spitze Zunge, um angemessen mitzukämpfen. Es war an der Zeit, für ein wenig Waffengleichheit zu sorgen.

„Junge!“, stöhnte er und begann dramatisch zu taumeln. „Ber Kmebel! Iff bekomme keime Luft!“

„Doch, das tut Ihr.“ Die Stimme des Peculari war die eines angestrengten Elternteils mit einem besonders nervenaufreibenden Kind. „Lauft anständig! Hört auf, ein solches Schauspiel aufzuführen.“

Das hatte der Bursche sich wohl so gedacht. Gewissenhaft begann er ein Schnaufen und Röcheln in die Uraufführung von „Palter erstickt an seinem Knebel“ einzuarbeiten.

„Hauptmann!“

Anscheinend immer noch nicht gut genug. Er experimentierte mit einem schauerlichen Stöhnen. Das Publikum war an diesem Morgen wirklich anspruchsvoll.

„Hört auf damit, Hauptmann“, forderte der Junge mit Nachdruck. „Ihr bezweckt damit nichts, als Euch lächerlich zu machen.“

Bitte sehr. Dann eben direkt zum großen Finale. Er verdrehte die Augen und ließ sich zu Boden fallen. Einige der Wächter schrien erschreckt auf. Auch aus dem Publikum der Gaffer und Passanten gab es aufgeregte Zurufe. „Er erstickt!“ „Wer? *Wo?*“ „Lasst mich auch sehen!“ „Peculari! Sie lassen ihn ersticken.“ „Wen?“ „Irgend so einen Wicht.“

„Verdammter Sturkopf!“ Die Stimme des jungen Peculari ertönte über ihm, erfüllt von Wut. „Ihr da! Wächter! Nehmt ihm den Knebel ab!“

Er wurde in die Höhe gerissen und aufgerichtet wie ein Sack voller Knochen. Tatsächlich löste sich der Druck des Knotens an seinem Hinterkopf. Er spuckte das Leder aus. Blinzelnd vertrieb er die Schlieren. Nur langsam wurde sein Blick wieder klarer. Die Aufführung war unbeabsichtigt etwas zu lebensnah ausgefallen. Fließende, halb durchsichtige Ringe schwammen vor seinen Augen. Was sich vor seinen Blicken formte, war der Umriss eines behandschuhten, drohend erhobenen Fingers. „Ich warne Euch, Hauptmann!“ Der

Peculari stand dicht vor ihm. Sein Zeigefinger schien zu zittern. „Noch ein Wort. *Ein* falsches Wort von Euch, und ich vergesse mich.“

„*Entschuldigt* bitte.“ Er bemühte sich, röchelnd zu husten. „Ich werde versuchen, mich fortan stiller von Euch misshandeln zu lassen.“

„Weiter!“, bellte der Junge.

Der Zug nahm erneut Bewegung auf. Die kurze, aber keineswegs stille Episode hatte dafür gesorgt, dass selbst der letzte Marktbesucher seine Geschäfte unterbrochen und seine Aufmerksamkeit der Marschreihe mit dem seltsamen Gefangenen zugewendet hatte. Viele Blicke blitzen in überraschter Erkenntnis. Auch er selbst erkannte viele der Gesichter.

Denk nach, Palter.

Wie liefen diese Dinge für gewöhnlich ab? Die Geschichte von Palter Calgolas Verhaftung war eben erst in der Entstehung. Noch bestand die Möglichkeit, mitzubestimmen, was genau in den kommenden Tagen die Zungen und Kiefer der Bürger beschäftigen würde: Calgola, der erbärmliche Verbrecher? Oder Calgola, der Ungebrochene, zu Unrecht abgeführter Bürger?

Also gut. Vorhang frei zum zweiten Akt.

Er richtete sich gerade auf und spannte die Brust. „Ach*tung*!“

Die Soldaten der Stadtwache zuckten zusammen unter dem vertrauten Klang einer Offiziersstimme. Auf dreißig Jahre Übung war Verlass.

„In Formation“, bellte er weiter. „Der ganze Zug: vorwärts *marsch*!“

Die Reaktion der Soldaten bestand in der erhofften Verwirrung. Es war schwierig, einen Befehl zu verweigern, in dessen Umsetzung man ohnehin bereits begriffen war. Einige der

Marschierenden blickten einander fragend an. Andere kamen auf befriedigende Weise aus dem Tritt und blickten unsicher zu ihren Offizieren.

„Hehehe."

Die Reaktion des Publikums ließ nicht lange auf sich warten. Einige der Umstehenden begannen zu lachen und miteinander zu tuscheln. Merkeschs Bürger wussten gelungenes Straßentheater zu schätzen. Sogar vereinzelter Applaus war zu vernehmen.

„Seid Ihr heute mit großem Gefolge unterwegs, Herr Calgola?", höhnte jemand aus der ersten Reihe und erheischte damit weiteres Gelächter.

„So ist es, Charam." Palters Gang war stolz und aufrecht, der eines selbstbewussten Adeligen, der in Begleitung seiner Leibwächter einen morgendlichen Spaziergang unternimmt. „Man kann in dieser Stadt überhaupt nicht vorsichtig genug sein. Diese Straßen werden, wie man hört, jeden Tag unsicherer. Und das nicht nur wegen der Verbrecher, die hier Geschäfte betreiben."

„Das hängt wohl ganz vom Spaziergänger ab", schoss der Händler scharf zurück. „Ein ehrlicher Mann hat in diesen Straßen nichts zu befürchten. Ich hoffe, Ihr glaubt nicht, auf diese Weise Eurem überfälligen Schuldendienst zu entkommen, Calgola. Habt Ihr meine Briefe mit den Forderungen nicht erhalten?"

„Eine Plünderung durch Räuber und Banditen ist angenehmer als ein Einkauf in Eurem Geschäft, Charam. Und nebenbei noch besser für die Geldbörse. Schmeckt Euer Pfeffer von Natur aus nach geriebenem Holz oder streckt Ihr ihn mit Sägespänen?"

„Eine Frechheit ist das!", ereiferte sich der Mann und drängte sich durch eine Reihe von Gaffern, um mit ihm

Schritt zu halten. „Ihr seid nicht nur ein Zechpreller sondern auch noch ein verdammter Lügner!"

„Genau!", stimmte jemand mit ein, dessen Großmaul andere verdeckten. „Verleugnung ist das. Festnehmen sollte man ihn!"

„Festnehmen und abführen!", bestätigte jemand und kam sich dabei anscheinend ganz besonders komisch vor. Die Stimme war ihm auch unbesehen wohlbekannt.

„Das Gleiche gilt für Euch, Conhista", gab er mit unerschütterlicher Gelassenheit zurück. „Eure Fleischprodukte sind ein Angriff auf die Gesundheit dieser guten Leute. Schnitzt Ihr sie eigentlich frisch aus Pferdekadavern oder lasst Ihr sie vorher noch ein paar Wochen liegen?"

„Ihr sollt zum *Scheloch* fahren, Calgola", blaffte der Mann zurück. „Hoffentlich stecken sie Euch in ein richtiges fieses Loch. Geschieht Euch ganz recht, dass sie Euch endlich holen."

„Ruhe jetzt!" Der Ruf des Peculari-Jungen ließ die Umstehenden verstummen. Einige traten zurück und versuchten möglichst unauffällig in der Masse der Gesichter zu verschwinden. Bei allem Schutz, den eine Menge bieten konnte: Die Peculari hatten einen Ruf dafür, unliebsame Einzelpersonen zu suchen und mit beunruhigender Häufigkeit auch zu finden. Einige der Umstehenden schüttelten die Köpfe über ihn und traten zurück. Dann war der belebteste Abschnitt der Händlerstraße überstanden.

Er knurrte zufrieden.

Der Austausch von Feindseligkeiten war nicht allzu schlimm verlaufen. Ein ganz gewöhnlicher Vorgang im alltäglichen, nicht immer freundlich verlaufenden Handelsgeplänkel. Palter Calgola war vielleicht nicht als Gewinner aus dem Rufduell hervorgegangen, doch er hatte seine Kampfeslust angemessen zur Schau gestellt, was unter den gegebenen Umständen beinahe schon als Sieg bezeichnet werden konnte.

Die Schritte der Wachen an der Spitze des Zuges verlangsamten sich. Die ganze Reihe geriet mit einem Mal ins Stocken. Weiter vorne endete die Achse der Händlerstraße am goldenen Tor, dem größten aller Durchgänge durch Ageris Palon, die innere Mauer, die den Goldenen Markt mit seinen erlauchten Bewohnern vom übrigen, gewöhnlicheren Teil der Stadt abtrennte. Goldverzierte Abbildungen von Helden in Marmor grüßten sie mit vorgestreckten Händen aus der Höhe oder forderten, was ebenso möglich war, das gemeine Volk auf, sich doch bitte wieder zu entfernen. Die Mauerwerke, die sich die Bewohner des Palon Braset gönnten, hätten anderen, keineswegs unbedeutenden Städten zu einer durchaus achtbaren Außenmauer gereicht. Merkesch aber gönnte sich gleich zwei derartige Wälle: Ageris Petram, den Ring der Bollwerke an den Außengrenzen der Stadt, und Ageris Palon, die innere der beiden Mauern. Es gab zu denken, dass ihre Errichter einen Angriff von innerhalb der Stadt als kaum weniger wahrscheinlich angesehen hatten als eine Bedrohung durch äußere Feinde.

Einer der vordersten Soldaten ihres Zuges war vorgetreten. Der Mann hatte begonnen, mit der Torwache zu diskutieren.

Der Umgang mit den vargischen Eidsöldnern der Rengard, denen der Schutz des Palon Braset unterstand, war selbst unter gewöhnlichen Umständen kein Vergnügen. Kettenhemden und Lederrüstungen waren die Kleidung ihrer Wahl; geflochtenes Haar und lange Bärte der kaum gezähmte Wildwuchs auf den Schädeln der Nordmänner. An ihren Gürteln hingen Handäxte anstatt der in Tharsis und Stadtwache verbreiteten Kurzschwerter. Anders als die übrigen Einheiten schworen die Vargen einen persönlichen Eid auf das Konzil und den Petrarchen und durften weder Besitz noch familiäre Bindungen in der Stadt erwerben: nichts, was ihre unbedingte Loyalität hätte beeinträchtigen können. Die Rivalität zwischen den verschiedenen Truppenteilen hatte Methode. Das Ausspielen des einen gegen die anderen war lang gehegte Praxis, um zu verhindern, dass eine der Fraktionen zu viel Macht erlangen konnte.

Das Gespräch an der Spitze zog sich weiter in die Länge. Irgendetwas lief offenkundig nicht so wie geplant. Der Verschleierte löste sich von seiner Seite. Der Junge trat vor die Vargengruppe und salutierte. „Guten Morgen, Mikkon. Bitte lasst das Tor öffnen. Wir bringen einen wichtigen Gefangenen."

Der Größte unter den Vargen ließ ein Grinsen sehen, das auch einem Bären gut zu Gesicht gestanden hätte. Der Mann schob beide Daumen provozierend hinter seinen Ledergürtel und musterte den Jungen abschätzend von Kopf bis Fuß. Alles an ihm erweckte den Eindruck, als habe er es an diesem Morgen keineswegs eilig. „Willkommen zurück, *Draugbarn*", brachte er mit unverkennbarem Mangel an Hochachtung hervor. Der Varge nickte in Richtung des Gefangenen. „Sieht aus, als wart Ihr erfolgreich."

„*Draugbarn*?"

Der Peculari warf einen scharfen Blick zu ihm zurück, doch Palter konnte ein leises Lachen nicht zurückhalten. „Sie nennen Euch ‚Gespensterjunge'? Ha! Passt zu Eurem Aufzug. Ich wünschte, ich wäre selbst darauf gekommen."

Der Varge wandte sich ihm zu und musterte ihn abschätzend. „Sieh an", fuhr der Hüne fort. „Was bringt Ihr uns denn da mit? Einen gerupften Vogel. Einen Mann in einem Frauenkleid."

Palter rollte mit den Augen. „Nicht, dass ein *Vahsi* wie Ihr etwas von gutem Geschmack und teurer Kleidung verstehen würde."

„Wen nennt Ihr hier einen Wilden, *Mukta*?" Die Stimme des Vargen war ein Knurren. Der Mann trat vor und griff nach seiner Brust. Im letzten Augenblick schob der Peculari sich zwischen sie. „Mikkon. Wir sind in Eile. Wenn Ihr einfach nur für uns das Gatter heben könntet ..."

„Erstaunlich!", schnitt Palter seinem Bewacher das Wort ab. Er war keineswegs gewillt, dem Streit so einfach auszuweichen. „Das Biest spricht also unsere Sprache. Wollt Ihr uns nicht kurz entschuldigen, *Draugbarn*? Sagt Euren Männern doch, sie mögen mich kurz loslassen. Ich würde mich mit diesem *Koiar* gern ein wenig unterhalten."

Auch die anderen Vargen spuckten nun aus und traten drohend vor. Einen Vargen einen Hund zu nennen war eine Einladung zu Blut und Knochenbrüchen.

„Geht doch kurz spazieren, *Draugbarn*." Mikkon funkelte ihn an. Offene Mordlust lag in seinen Augen. „Wir passen solange auf Eure reizende Begleitung auf."

Die Stadtwachen, alarmiert von der unerwarteten Eskalation, tasteten nach ihren Schwertern. Fragende Blicke gingen zu ihrem Anführer, dem mehr und mehr die Kontrolle zu entgleiten drohte. Die letzte Provokation war leichtfertig gewesen. Ob irgendjemand eingreifen würde, bevor er mit gebrochenem Kiefer auf dem Pflaster lag?

„Was *beim Kanos* geht dort unten vor sich?" Eine scharfe, unangenehm vertraute Stimme, die selbst die Vargen zusammenzucken ließ, ertönte von der Mauerkrone. Kapilar!

„*Digitus*!“, setzte der Glatzköpfige nach. „Womit haltet Ihr Euch derart lange auf? *Mikkon*! Lasst meine Männer passieren. *Sofort!*“

Palter hob die Brauen. „Ihr solltet besser auf Euer Herrchen hören, *Vahsi*. Nicht, dass er noch böse auf Euch wird und Euch heute Abend ohne Streicheleinheiten ins Bett schickt.“

Der Varge knirschte mit den Zähnen und trat dicht an ihn heran. Noch immer schien der Mann nicht mit der Wunschvorstellung abgeschlossen zu haben, einen Hauptmannsschädel in Mus zu verwandeln. Die Pupillen des Torwächters wanderten widerwillig zu den Mauerzinnen. Nur langsam trat der Nordmann zurück und spuckte auf dem Pflaster aus. „Öffnet das Tor“, knurrte er zu seinen Männern, ohne Palter aus den Augen zu lassen.

Mit einem Rasseln und Klirren setzten sich die schweren Zugketten in verborgenen Hohlräumen in Bewegung. Das Gatter begann emporzuwandern, gerade so weit, dass ein sehr kleiner Mann aufrecht darunter hätte hindurchgehen können.

„Halt! Das genügt.“ Das Geräusch der Kettenglieder verstummte. Mikkon trat zurück und ließ einen höhnischen Salut sehen. „Bitte, meine Herren. Tretet ein. Willkommen auf dem Palon Braset.“

Der Blick des Verschleierten ging Hilfe suchend hinauf zur Mauerkrone. Kapilars glänzender Schädel war verschwunden. Der Junge schien hinter seinem Schleier zu stöhnen. Dann befahl er seinen Männern mit einer Geste seiner Hand, sich in Bewegung zu setzen.

Einer nach dem anderen traten sie unter den angespitzten Eisenstangen des Gatters hindurch. Jeder der Passierenden musste sich bücken, um durch den niedrigen Spalt ins Torhaus zu gelangen, zum offenkundigen Vergnügen der vargischen Wachmannschaft. Als er selbst an der Reihe war, lösten sich unverhofft die Griffe der Stadtwächter an seinen Armen. Sie wurden unverzüglich durch die weitaus unangenehmeren der Peculari ersetzt. Richtig. Die Zuständigkeit der Stadtwache endete am Durchgang zum Goldenen Markt. Der Abschied von den Männern in den vertrauten Uniformen erfüllte ihn beinahe mit Wehmut. Mitglieder der Stadtwachen waren wenigstens früher einmal Tharsis-Legionäre gewesen. Den Peculari fehlten solche positiven Referenzen.

„Willkommen zurück im Palon Braset, *Herr*." Die spottende Stimme des Vargenführers machte keinen Hehl aus seiner Freude über den gelungenen Streich mit dem Gitter. „Vielleicht bleibt Ihr dieses Mal ja etwas länger als in der vorletzten Nacht. Kommt gerne wieder hier vorbei. *Alleine*. Dann nehmen wir uns Zeit für Euch."

„Ein längerer Aufenthalt wird nicht vonnöten sein, Mikkon. Ich habe fest vor, mich nur so kurz wie möglich im Dunstkreis Eurer Ungewaschenheit aufzuhalten."

„Oh, niemand hat vor, länger zu bleiben, wenn ihn die Peculari holen", verkündete der Varge mit boshafter Befriedigung. „Ich fürchte allerdings, diese Wahl liegt nicht bei Euch."

Die Peculari schoben ihn vorwärts. Ohne weitere Erwiderungen duckte er sich unter den eisernen Spitzen mit dem Umfang kleiner Baumstämme hindurch. Im Boden gähnten runde Löcher, in die sich das Gatter absenken ließ. Kein Zweifel: Im Falle eines Angriffs würde der Goldene Markt selbst auf sich allein gestellt einer Belagerung standhalten können.

Das Geräusch der Soldatenstiefel auf dem Pflaster hallte von den weiß getünchten Wänden im Inneren des Torhauses wider. Das Platschen seiner dünnen Filzsandalen sorgte für einen eher komischen Effekt.

Ein weiteres Rattern ertönte, als auch das zweite Gatter, etwa in der Mitte des Gebäudes, vor ihnen langsam in die

Höhe fuhr. Unter den scharfen Spitzen der Eisenstangen mussten sie abwarten, bis sich das erste Gitter hinter ihrem Rücken knirschend in die Vertiefungen im Boden gesenkt hatte. Die schwarzen Aussparungen in der Decke ließen erahnen, was einen Feind erwartete, der es gegen den Willen der Torbesatzungen bis hierher schaffte. Nachdem der Durchgang in die Außenstadt sicher hinter ihren Rücken verschlossen war, ließ man sie noch eine Weile warten wie Tiere in einem Käfig. Dann erst hob sich auch das dritte, vordere Gitter auf der anderen Seite.

Trotz der unerfreulichen Umstände seines Besuchs war es eine Erleichterung, auf die sonnenbeschienenen Bodenplatten des Palon Braset hinauszutreten und das Gefühl des Eingesperrt- und Ausgeliefertseins im Torhaus hinter sich zurückzulassen. Selbst der Boden war auf dieser Seite schöner, glatter und gepflegter als die unebenen, von unzähligen Wagenspuren zerfurchten Steinpflaster der Außenstadt.

Mehrere Männer in einfachen weißen Gewändern waren damit beschäftigt, den ohnehin bereits unwahrscheinlich sauberen Untergrund des rechteckigen Platzes mit langen Reisigbesen noch sauberer zu fegen.

War schon der Anblick von Merkeschs äußerem Stadtring etwas, das Besucher aus weniger fortschrittlichen Ländern der Welt in Ehrfurcht erstarren ließ, so musste der des Goldenen Marktes für diejenigen, die ihn zum ersten Mal erblickten, geradezu atemberaubend sein.

Unmittelbar hinter dem Torplatz begann eine breite Straßenzeile mit den Reihenhäusern der Reichen und Mächtigen, wobei beide Qualitäten in den meisten Fällen Hand in Hand daherkamen. Prächtige Fassaden, drei oder vier Stockwerke hoch, mit aufgesetzten Erkern, Vorsprüngen und Dachbalkonen unter wehenden Baldachinen säumten den strahlenförmig vom Tordurchgang ausgehenden Hauptweg. Auf den Dachterrassen waren vielerorts Bewegungen auszumachen. Die Sonne hatte sich inzwischen dazu bequemt, hinter den Wolken hervorzutreten und Merkesch, trotz des wenig vielversprechenden Tagesbeginns, mit einigen ihrer Strahlen zu segnen. Die Besitzer der Domizile nutzten die willkommene Erwärmung, um unter den aufgespannten Tüchern ihrer Balkone zu ruhen oder dort im Freien ihren Geschäften nachzugehen.

Überall glänzten goldene und bunt bemalte Verzierungen, Wahlsprüche, Wappen voller Schwerter, Bögen und edler, kriegerischer Tiere von den Häuserfronten. Die Zeichen ließen erahnen, dass viele der Stammlinien vor langer Zeit einmal durch das Kriegshandwerk groß geworden waren, bevor der Handel ihre Kinder reich und die Politik die Enkel mächtig gemacht hatte. Immer wieder fanden sich zwischen den triumphalen Abbildungen persönlicher Verdienste auch Darstellungen der Götter; Statuen und Zeichnungen der Erhabenen, von denen sich das eine oder andere Haus eine vorgezogene Behandlung oder besonderen Schutz versprach.

Am Ende der Straße, einer der angesehensten Adressen in ganz Merkesch, zeigten sich die Ausläufer des großen Platzes, an dessen Rändern der Palast des Petrarchen und die Residenzen der mächtigsten Familien lagen. Bei ihnen handelte es sich um die Nachkommen der größten unter den Handelsfürsten, die ihre Linien bis zur Gründung Merkeschs unter dem Stadtvater Bronzegas zurück vollziehen konnten. Gewaltige Herrentürme überragten alles, jene Bauwerke, mit denen die Mächtigsten einander in der Höhe stets zu übertreffen versuchten, verziert mit steinernen Balkonen, außen liegenden Treppen und kunstvoll gefertigten Plattformen. Neben Ansehen und Status verschafften die Gebäude ihren Besitzern die Möglichkeit, die Vorgänge bei ihren Lagerhäusern am Hafen aus dem Komfort des eigenen Heims im Auge zu behalten.

Selbstverständlich war es nicht jene Richtung, die der Zug als Nächstes einschlug. Rechts am Tor ging es entlang, in eine Querstraße zwischen der Mauer auf der rechten und der Außenwand der vordersten Häuserzeile auf der linken Seite.

Es war nicht schwer, zu erraten, wohin man ihn führte. Jeder in Merkesch kannte die Lage des Zentralquartiers der Peculari. Er hatte es stets für einen gelungenen Scherz gehalten, dass ihr Stadtgründer für die Unterbringung der gefährlichsten Gefangenen dasselbe Viertel vorgesehen hatte, in dem sich auch die Residenzen der vornehmsten Bürger befanden. Anders als sein Schüler Krillborg hatte der alte Bronzegas stets nach Wegen gesucht, um die Reichen und Mächtigen dieser Stadt daran zu erinnern, dass Merkesch ihnen nicht allein gehörte. Nicht zu Unrecht hatte er dabei wohl angenommen, dass ein Konsul oder reicher Handelsherr wahrscheinlich mehrfach darüber nachdenken würde, wie schlimm er einen Gefangenen behandeln ließ, wenn man den Betroffenen anschließend in unmittelbarer Nähe seines eigenen Schlafzimmers unterbrachte.

Schon nach einem kurzen Wegstück durch die zwischen Mauerschatten und goldenen Sonnenfeldern aufgeteilte Gasse tauchte das Ziel zu ihrer Rechten auf. Den Tordurchgang zur Kaserne des Geheimdienstes kannte er bisher lediglich aus unangenehmen Erzählungen. Zwei Wachen in der Uniform der Peculari standen neben einem verzierten Tor aus Eisengitter. Ihre Kleider wiesen kaum eine Verzierung auf.

Wenn der Junge hinter dem Schleier ein Digitus, ein Finger, war, so handelte es sich bei den Wächtern in der Rangfolge vermutlich um die Fußnagelspitzen.

Das Tor schwang auf, ohne dass der Gespensterjunge einen Ausruf hatte unternehmen müssen. Die Wachen salutierten, als ihre kleine Gruppe zwischen den Flügeln hindurchtrat. Ein Innenhof erstreckte sich vor ihnen. An der rechten Seite begrenzte ihn die aufragende Innenmauer des Palon Braset. Weiter vorne war er eingefasst von mehreren schmucklosen, terrassenartig übereinander angeordneten Gebäuden aus grauem Stein. Eine Treppe führte von der Mauerkrone hinab bis auf das Pflaster des Hofes. Eine vertraute Gestalt war eben dabei, den Abgang hinabzusteigen.

„Ihr seid spät dran." Kapilars Stimme war kühl. Der Mann trug die reich verzierte Samtuniform eines hochrangigen Peculari. Anders als am Vortag war er offenkundig nicht zu Höflichkeiten aufgelegt.

Der Verschleierte straffte sich und salutierte. „Verzeiht, Kerebin. Es gab unvorhergesehene Schwierigkeiten."

Kerebin. So also lagen die Verhältnisse. Der eine war ein Finger, der andere ein Gehirn. Er hätte gleich wissen müssen, dass der Glatzköpfige kein einfacher Schreibtisch-Angestellter war.

Der Peculari trat vor sie, ohne dem Gefangenen Beachtung zu schenken. Seine volle Aufmerksamkeit galt dem Jungen hinter dem Schleier. „Verzeiht?", wollte er frostig wissen. „Ist das alles, was Ihr mir zu sagen habt? Sehe ich vielleicht aus wie ein Priester, dass Ihr *Verzeihung* von mir wollt?"

„Der Hauptmann hat sich gewehrt!" Der Verschleierte wand sich sichtbar unter dem quälenden Blick seines Vorgesetzten. „Er hat Streit angefangen. Darum kommen wir erst jetzt."

„Ach?“ Die dünnen Augenbrauen des Kerebin hoben sich in gespielter Überraschung. „Hat er das?“

„Er hat versucht, die Torwachen gegen uns aufzubringen“, setzte der Junge nach. Die Augen über dem Schleier blinzelten nervös und schienen nach rechts und links entkommen zu wollen. Unter Kapilars Blick fühlte man sich ständig gezwungen, alles wortreich zu rechtfertigen und zu erklären.

„Hm?“ Der Glatzköpfige wirkte für einen Augenblick ehrlich interessiert. „Und wie hat er das gemacht?“

„Er hat zu Mikkon gesagt ...“

„Gesagt?“, fiel Kapilar ihm scharf ins Wort. „Etwa mit seiner Zunge? Hatte ich nicht den Befehl gegeben, den Mann zu knebeln?“

„Wir mussten ...“ Die Augen des Jungen schienen fieberhaft am Himmel nach irgendetwas zu suchen, möglicherweise nach einer guten Erklärung. „Er bekam keine Luft“, brachte er schließlich schwach hervor. „Wir mussten ihn befreien. Er drohte zu ersticken.“

„Oh.“ Kapilar verzog konsterniert die Stirn. „Zu ersticken. Hm. Nun, wenn Ihr *musstet*. Ich dachte schon, Ihr hättet Euch leichtfertig überlisten und zu einer Dummheit verführen lassen. Von irgendeinem Schauspiel von der Art, vor der ich Euch ausdrücklich gewarnt hatte. Aber wenn Ihr *musstet ...*“

Die Schultern des Jungen sanken herab. Der Peculari konnte einem beinahe leidtun. Es war ein wenig, als betrachte man einen Mann dabei, wie er wiederholt auf einen Welpen eintrat.

„Kapilar!“ Es war an der Zeit, den Unsinn zu unterbinden. Er hatte Besseres zu tun, als den ganzen Tag hier herumzustehen. Der Blick des Peculari heftete sich auf ihn wie auf etwas Unappetitliches

„Was soll der ganze Unsinn hier?“, forderte er ungehalten zu wissen. „Habt Ihr jetzt völlig den Verstand verloren? Was ist in Euch gefahren? Ihr schickt diesen Hampelmann hier, um mich durch die halbe Stadt zu zerren? Wir hatten eine Abmachung! Ist das der Wert Eurer Worte?“

Der Peculari musterte ihn, als befände er sich im Angesicht einer fremdartigen Spezies. Nichts an seinem Blick erweckte den Eindruck, als seien sie einander je zuvor begegnet. „Eine *Abmachung*?“ Auch die Stimme des Mannes klang, als handle es sich um eine völlig abwegige Vorstellung. „Das bezweifle ich, Gefangener. Ich pflege keine *Abmachungen* mit Verschwörern und Verrätern einzugehen.“

„Das wiederum bezweifle ich“, gab er hitzig zurück. „Was für ein Spiel spielt Ihr hier? Glaubt Ihr wirklich, Ihr könntet mich behandeln wie irgendeinen kleinen Dieb oder Betrüger? Ich bin ein Bürger dieser Stadt! Ich war ein Hauptmann in der Tharsis! General Theus wird Euch ... wo ist er? Ich will mit Theus sprechen!“

Der Kerebin blinzelte stumm. „Gute Güte. Was sind das für fantastische Geschichten? Seid Ihr sicher, Digitus, dass dieser Mann sich auf dem Weg hierher nicht irgendwo den Kopf gestoßen hat?“

„Kapilar!“ Die Peculari hatten plötzlich Mühe, ihren Gefangenen zurückzuhalten. Der Kerebin ließ ein Seufzen hören. Sein Ausdruck drückte Bedauern aus, so als zeige er schon viel zu lange Nachsicht mit einem hoffnungslosen Schüler. „Euer Vorstellungsvermögen in allen Ehren, Gefangener. Das sind wirklich interessante Geschichten. Ich bin mir sicher, dass wir noch viel mehr Interessantes von Euch hören werden, sobald wir anfangen, wirklich *gründlich* nachzufragen. Antworten zu bekommen ist sozusagen unser Geschäft. Ich muss darauf bestehen, dass Ihr für eine Weile unser Gast bleibt. Wenigstens so lange, bis ich Euch die Aufmerksamkeit zukommen lassen kann, die Ihr zweifellos verdient."

Noch einmal zerrte Palter halbherzig an den Griffen seiner Bewacher. Was zum Henker plante dieser Mann? War dies noch Teil ihrer Absprache oder hatte der Peculari ihn verraten, ihn geopfert in seinem eigenen, undurchsichtigen Spiel?

„Ich hoffe, Ihr werdet Euer Quartier in unseren Räumlichkeiten auskömmlich finden. Wenn Ihr auch inzwischen sicherlich Feineres gewöhnt seid." Kapilar glitzerte ihn an. „Mit teuren Möbeln aus fernen Ländern können wir, wie ich fürchte, nicht aufwarten."

Versuchte der Mann, ihm irgendetwas mitzuteilen? Falls ja, so war es die subtilste Art verdeckter Kommunikation, die ihm je untergekommen war.

„Ich muss Euch außerdem bitten, Gefangener, meine Männer nicht weiter mit Euren haarsträubenden Geschichten zu belästigen. Ihr könntet damit ihre teilweise doch sehr einfachen Gemüter in Unruhe versetzen. Andernfalls muss ich leider Vorkehrungen treffen, um Euch für einige Zeit zum Schweigen zu bringen. Habt Ihr mich verstanden?"

Wütend hielt er dem Blick des Peculari stand. Hinter den Augen seines Gegenübers war nichts als kühle Leere. Er schnaufte. Dann eben so. „Wie Ihr wünscht, *Kerebin*", brachte er knurrend hervor.

„Was ich wünsche, Gefangener, ist nicht von Belang. Alles, was ich tue, dient alleine Merkesch." Ohne eine Antwort abzuwarten, wandte sich der Peculari von ihm ab und stieg die ersten Stufen der Steintreppe zur Mauer empor. „Das wäre vorerst alles, Digitus", befahl er, ohne zurückzublicken. „Bringt den Gefangenen nach unten. Anschließend meldet Euch in den Schreibstuben. Ich erwarte bis zum Abend Euren vollständigen Bericht."

Der Junge salutierte. Die Peculari an seinen Seiten setzten sich in Bewegung und zerrten Palter vorwärts. Die Männer steuerten auf den Eingang eines dreistöckigen Gebäudes zu. In die Wände waren statt Fenstern schmale Scharten eingelassen. Die Tür schwang auf, als sie sich näherten. Die Wächter stießen ihn hinein. In der dahinterliegenden Dunkelheit ergriffen ihn weitere Hände, die schwieligen Pranken zweier mit fleckigen Hemden und Lederschürzen bekleideter Kerle, der eine klein und dick, der andere schmächtig und lang. Anscheinend hatte man bereits auf ihn gewartet.

Durch die dünnen Schlitze in den Wänden fiel nur wenig Licht herein. Die Peculari in ihren Samtuniformen waren verschwunden. Seine neue, deutlich geruchsintensivere Gesellschaft wies ihm schweigend und mit harten Stößen den Weg durch die dunklen Gänge.

Über eine runde Treppe, im Licht von Fackeln in eisernen Halterungen an einer Wand aus schwarz gebranntem Stein, ging es weiter hinab. Nach wenigen Absätzen folgte ein schmaler Gang, in dem sich an der linken Seite Zelle an Zelle mit eisernen Gitterstäben reihte. Die Eile, mit der die Wächter ihn voranschoben, erlaubte kein genaueres Studium der Schatten. Dennoch meinte er, im Inneren die Umrisse von Menschen zu erkennen, stimm- und regungslose Körper von Männern und vielleicht sogar von Frauen.

Durch einen weiteren, von einer eisenbeschlagenen Tür versperrten Durchgang ging es hinaus auf einen frei schwebenden Absatz und von dort aus weiter über eine geradeaus hinabführende Treppe, die zur Rechten hin offen war. Vor ihnen lag ein schattiger Raum von beachtlicher Höhe und undefinierbarer Tiefe. Aus einem einzelnen rechteckigen Loch hoch oben an der hinteren Wand fiel ein milchiger Lichtbalken auf das Gerüst eines großen, frei stehenden Käfigs in der Mitte des Raumes. Selbst den Fackeln an der Wand oberhalb der Treppe gelang es nicht, die Schatten im Inneren der sonderbaren Zelle zu vertreiben.

Inzwischen hatten sie die letzten Treppenstufen hinter sich gebracht und schritten über einen schmutzigen Boden aus schwarzem Pflaster. Es roch nach Stroh und Feuchtigkeit. Einer der Wächter trat vor und hämmerte mit seinem hölzernen Knüppel gegen die Gitterstäbe. „Zurück, Abschaum. Du bekommst Gesellschaft."

„Schon wieder?" Die Antwort aus dem Inneren kam unerwartet schnell. „Deine Mutter war doch erst gestern hier."

Dem eiligen Rasseln des Schlüsselbundes, der knirschenden Bewegung im Schloss und dem Quietschen der Angeln folgte das Geräusch von ungestümen Schritten, dann von Schlägen, die auf einen Körper in den Schatten niedergingen.

Es dauerte eine Weile, bis das Ächzen des Getroffenen und das dumpfe Trommeln der Hiebe verklangen waren; bis nichts mehr zu vernehmen war außer dem Stöhnen des Unsichtbaren und dem rasselnden Atem seines Peinigers. „*War noch was*?" Die Stimme des Wächters hallte scharf und laut von den Wänden wider. „Ich kann dich nicht hören, Abschaum! Hast du sonst noch irgendwas zu sagen? Reiß dein Maul auf! Rede nur, wenn du noch nicht fertig bist. Beim nächsten Mal zeige ich dir, wozu dieser Schläger hier *wirklich* in der Lage ist. Und wenn ich ihn an dir zerbrechen muss!"

„Ich glaube ...", tönte es röchelnd aus den Schatten, bevor die ohnehin kaum hörbare Stimme von einem Husten unterbrochen wurde.

„Was? Was glaubst du?"

„Ich glaube, das habe ich deiner Mutter gestern auch gesagt. Komisch, oder?“

Palter nickte anerkennend zu seinem Nachbarn, einem hochgewachsenen, unsicher aussehenden Jungen, der sichtlich nervös sein Schwertheft umklammerte, während aus der Zelle das Geräusch erneuter Schläge ertönte, dieses Mal in noch höherer Frequenz und Intensität. Eines musste man dem Unsichtbaren lassen: Er war dickköpfig genug, um keine Vorlage für eine Beleidigung ungenutzt zu lassen.

„Lass gut sein, Jolnik!“ Offenkundig versetzte die Tatsache, dass das Geräusch der Misshandlungen noch immer keinen Abbruch fand, den zweiten Wächter in gehörige Unruhe. „Wir dürfen sie nicht kaputt machen.“

Einige weitere dumpfe Schläge ertönten. Das Geräusch von jemandem, der verächtlich ausspuckte. Dann, endlich, trat der Gedrungene wieder aus den Schatten hervor. Sein Kopf war rot vor Anstrengung. Der atemlose Wächter schüttelte schmerzerfüllt seine beanspruchte Hand. Mit der anderen zog er ein kariertes Tuch hervor und fuhr sich mit dem Fetzen über die glänzende Stirn. „Du hast ihn doch gehört“, keuchte der Mann, dessen Name offenkundig Jolnik war. „Er hat mich *angebettelt*, ihm ein paar Manieren beizubringen. Ich habe nur geholfen. Außerdem habe ich den Leichten genommen.“ Der Kerl tätschelte den Knüppel aus hellem Holz, der nun wieder an seiner Seite baumelte. „Mein Vetter hat ihn mir mitgebracht. Aus dem Osten. Bambus. Viel leichter als Eiche. Liegt gut in der Hand. Hinterlässt kaum Spuren und schont die Gelenke. Meine, natürlich. Seine eher nicht. Hehehe.“ Der Mann hielt inne. Unvermittelt fand Palter den Blick des Sadisten auf sich gerichtet. „Ihr da. Gefangener.“

Er schluckte. „Ich?“

„Seht Ihr hier sonst noch irgendjemand anderen?“ Der Stämmige trat drohend vor, begleitet von Geruchsnoten, auf deren Erfahrung er gern verzichtet hätte. „Was guckt Ihr so? Habt Ihr ein Problem damit, wie ich meinen Laden führe? Habt Ihr mir etwa auch irgendwas Schlaues zu sagen?“

Mit großer Bestimmtheit schüttelte er den Kopf. Auf eine Behandlung wie die des anderen Gefangenen konnte er verzichten.

Der Wächter nickte zufrieden. „Hast du das gehört, Abschaum?“, rief er über seine Schulter zurück. „Der hier lernt schnell. Viel schneller als du. Vielleicht kannst du dir davon noch eine Scheibe abschneiden.“ Der Dicke wandte sich ihm zu. Hatte der Mann ihm gerade zugezwinkert? Ein Zeichen der Verbundenheit? Ein gemeinsamer Scherz, den sie beide teilten?

Er zwinkerte zurück. „Oh nein“, verkündete er mit gespielter Besorgnis. „Bitte nicht.“

Die Augen des Wächters verengten sich urplötzlich. „Wie bitte?“

„Mit dem Abschneiden.“

Stille.

„Ich will nicht, dass er von mir irgendetwas ...“ Seine Worte verloren sich in einem Murmeln. Er machte einige schneidende Bewegungen mit der Handkante. Noch immer keine Reaktion.

Verdammter Idiot, Palter. Es war ein Fehler gewesen, den Mund aufzumachen.

Wut und tierische Geistlosigkeiten formten sich hinter den Augen des Dicken. „Sollte das ... ein *Scherz* sein?“ Die Stimme des Mannes war durchtränkt mit dem Argwohn eines Mannes, hinter dessen Rücken man ein ganzes Leben lang Witze gemacht hatte, die er nicht verstand.

„Nein! Nein, ganz bestimmt nicht. Lediglich ein Missverständnis.“

„Habt Ihr gerade versucht, mich auf den *Arm* zu nehmen?“

„Ganz sicher nicht, nein.“ Abwehrend erhob er beide Hände. „Ich bin einfach nur ... schrecklich verwirrt. Ja! Habe mir auf dem Weg hierher den Kopf angestoßen. Was geschieht hier?“, plapperte er ziellos weiter in der Hoffnung, alles in Verwirrung zu ertränken. „Wo bin ich? Eben war ich noch in meinem Bett und dann haben sie mein Bett kaputt gemacht und mein Morgenmantel ist für dieses Wetter viel zu kalt und Mikkon, dieser Lump, dann Kapilar mit seinen Augen, und jetzt stehe ich hier, im Dunkeln einer Zelle und weiß noch nicht einmal mehr, wo mir der Kopf steht!“

Der Dicke war einen Schritt zurückgewichen und musterte ihn argwöhnisch. Dann nickte er langsam. In seinem Ausdruck lag die Nachsicht eines Mannes, der sich mit der Erkenntnis zufriedengibt, der geistig Höherstehende im Gespräch mit einem faselnden Idioten zu sein. „Und in einer Zelle werdet Ihr auch bleiben“, bestimmte er herrisch. „Und Euch ruhig verhalten, wenn Euch Eure Haut und Eure Knochen lieb sind. Verstanden, Frischling?“

„Verstanden“, beeilte er sich zu bestätigen. „Ja. Kein Zweifel.“

„Gut“, befand der Dicke, endlich zufrieden damit, jeden im Raum zufriedenstellend herumkommandiert oder misshandelt zu haben. „Los.“ Der Mann winkte zu seinem Kameraden. „Sperr ihn ein. Mach schon.“

Der Zweite hielt die Eisentür. Der Dicke stieß ihn hart in den Rücken, vorwärts durch den Rahmen und ins dunkle Innere. „Wenn Ihr etwas braucht: Ruft nicht“, ertönte es höhnisch hinter seinem Rücken. „Vergesst nie: Wenn Ihr uns ruft, könnte es sein, dass wir tatsächlich kommen. Und das wollt Ihr nicht. Verstanden?“

„Verstanden. Ja.“

Mit einem Scheppern wurde die Tür hinter ihm zugeworfen. Zwei Mal drehte sich der Schlüssel im Schloss. Er wandte sich um und blickte zurück.

Die Wächter stapften die Stufen empor. Der Kleinere, Jolnik, blickte vom Absatz auf ihn herab und schniefte, irgendwo zwischen Verachtung und Belustigung. „Angenehmen Aufenthalt“, tönte er. „Ein Wort der Warnung: Haltet Euch von dem Alten fern. Und damit meine ich es gut mit Euch.“ Der Wächter wandte sich ab und verschwand durch den Rahmen. Die schwere Holztür fiel hinter ihm ins Schloss.

Er war allein.

Nun, nicht ganz allein.

Vorsichtig drehte er sich um.

Kapitel 7 – Zelle

Einen Moment lang stand er unschlüssig auf der Stelle. Stroh und einige Säcke aus braunem Leinen lagen in den sichtbaren Bereichen auf dem Boden herum. In der Ecke stand ein Eimer, dessen Inhalt aus Wasser oder etwas Schlimmerem bestehen mochte. Aus den Schatten ertönte noch immer das leise Schnaufen eines Mannes, den Jolniks Sonderbehandlung in keinem sonderlich guten Zustand hinterlassen haben konnte. Der Betroffene blieb noch immer unsichtbar. Vielleicht bot sich auf diese Weise wenigstens der Einstieg für ein Gespräch. Er räusperte sich. „Alles in Ordnung bei Euch?“

Keine Antwort.

Er überlegte noch einen Moment. „Das eben klang ziemlich böse. Ich hoffe, es hat Euch nicht allzu schlimm erwischt.“

„Warum hofft Ihr das?“, forderte eine raue Stimme zu wissen. Nicht gerade die Antwort, die er sich erwartet hatte. Er kratzte sich am Kopf. „Weil man solche Dinge eben hofft. Man wünscht einem Fremden nicht einfach, er möge ordentlich verprügelt werden.“

„Warum schert Ihr Euch darum?“, argwöhnte die Stimme weiter. „Besser, es trifft einen Fremden als jemanden, den man kennt.“

Er stieß die Luft aus. Gewisse Anzeichen begannen darauf hinzuweisen, dass das Gespräch ein zähes werden könnte. „Ich weiß ja noch nicht einmal, ob ich Euch kenne“, wandte er ein. „Es ist ziemlich dunkel bei Euch dort drüben.“

„Und bei Euch ist es ziemlich hell“, blaffte die Stimme. „Götter! Ist das ein Frauenkleid, was Ihr da tragt? Mit Blumenmuster drauf?“

Pikiert blickte er an sich herab und strich die eingenähte Vegetation glatt. „Kein Kleid. Ein Morgenmantel."

„Also ein Mantel, den man nur morgens trägt?"

„Ja. Und nur drinnen. Eigentlich."

„Ein Mantel für drinnen?"

„Sozusagen."

„Warum? Ist Euer Dach undicht?"

Er leckte sich über die Lippen. Der Bursche war tatsächlich eine harte Nuss. „Ich würde mich deutlich wohler fühlen, wenn ich wüsste, mit wem ich rede."

„Und ich würde mich wohler fühlen, wenn sie keinen Mann mit mir eingesperrt hätten, der ein Kleid mit Blumenmuster trägt."

„Einen Morgenmantel!"

„Was auch immer ... argh!" Ein schmerzerfülltes Husten unterbrach die Antwort des Unsichtbaren. „Verdammt!" Ganz eindeutig befand sich der Mann in keinem guten Zustand.

„Alles in Ordnung?"

„Nein. Aber es wird sicher besser werden, wenn Ihr es endlich schafft, den Mund zu halten. Gegen Euer Gebrabbel sind Jolniks Schläge ja das reinste Vergnügen. Haben sie Euch deshalb zu mir eingesperrt? Um mich zu quälen?"

Er stieß die Luft aus und ließ sich entlang der Gitterstäbe zu Boden sinken. „Glaubt Ihr, ich finde *Eure* Gesellschaft angenehm?"

„Dort würde ich nicht sitzen bleiben", riet ihm die Stimme. „Nicht so nahe bei den Gittern. Es sei denn, Ihr wollt zum Aufwachen Jolniks Knüppel in die Nieren bekommen."

Folgsam kroch er einen Schritt vorwärts. „Danke. Auf die Erfahrung kann ich gut verzichten."

„Dachte ich mir."

Der Rat war ja schon fast als freundlich zu bezeichnen. Vielleicht war dies der Ansatz für ein ordentliches Gespräch. „Klingt, als wüsstet Ihr, wovon Ihr sprecht. Seid Ihr schon lange hier unten?“

Die Schatten gaben keine Antwort.

Langsam gewöhnten sich seine Augen an die Dunkelheit. In der gegenüberliegenden Ecke war, gebettet auf einige Säcke, der Umriss eines Menschen zu erahnen. Ein bleicher, hagerer Mann, der sich die Seite hielt. Ein schmales Gesicht, verhangen von langen, strähnigen Haaren; ein Paar dunkler Augen, die ihn funkelnd musterten. „Reicht mir den Eimer mit dem Wasser“, forderte die Stimme. Sie klang mit einem Mal erschöpft und reichlich alt. „Den da drüben. Bei Euren Füßen.“

„Den hier?“

„*Götter*. Nicht den. Den anderen!“

„Oh. Sicher.“ Er zog den Eimer mit frischem Wasser heran. Ein hölzerner Schöpflöffel schwamm darin. Vorsichtig erhob er sich in die Knie und schob das Gefäß in Richtung seines Zellennachbarn.

Eine knochige Hand, bespannt mit weißer Haut, ergriff den Henkel und nahm den Bottich ohne Dank entgegen. Laute Schlürfgeräusche verkündeten, dass der Alte trank. Nachdem der Mann seinen Durst gestillt hatte, kehrte Stille ein. Er konnte spüren, dass er gemustert wurde, mit misstrauischen Blicken wie die einer Antilope an einer von Räubern umlagerten Wasserstelle. „Wofür hat man Euch eingesperrt?“ Die Frage aus der Dunkelheit kam unversehens.

„Außer, um Euch zu quälen, meint Ihr?“

„Offensichtlich“, gab der Alte zurück.

Er schnaufte. Jetzt wollte der Kerl auf einmal reden? „Ich dachte, mein ‚Gebrabbel‘ nervt Euch?“

„Tut es auch“, bestätigte die Stimme. „Also. Warum?“

Er nahm einen Strohhalm vom Boden auf und musterte ihn missmutig. „Hochverrat.“

„Oha!“

„Sagt man.“

Der andere schien zu überlegen. „Ist das schlimmer als normaler Verrat?“

„Klingt ganz so, was?“

„In der Tat. Klingt so, als müsste man dafür wichtig sein.“

Er breitete die Arme aus, um auf die Gitter und die fleckigen Steine hinzuweisen. „Offenbar nicht wichtig genug.“

Mehr Schweigen.

Der Eimer wurde unversehens mit einem kratzenden Geräusch zur Seite geschoben. Es folgte ein Rülpsen. „Und? Seid Ihr wirklich einer?“

„Was?“

„Ein Hochverräter.“

„Ich nehme an, das hängt davon ab, wen Ihr fragt.“

„Ich frage Euch! Seht Ihr hier noch irgendjemand anderen? Wen soll ich sonst, verdammt noch mal, fragen? He, Pisseimer! Ist das Weichei da drüben ein Verräter?“

„Schon gut! Verdammt, Alter. Gebt mir einen Augenblick, um meine Gedanken zu sammeln. Ich bin eben erst in dieses Loch geworfen worden.“

„Reicht Euch ewig?“, schoss der andere zurück. „Denn genauso viel Zeit habt Ihr hier unten, um Eure Gedanken zu sammeln. So lange wird es dauern, bis wieder jemand herkommt. Glaubt mir: Ich weiß, wovon ich rede.“

Reizende Aussichten. Er blickte auf den Boden und zog missmutig die Beine an. „Nein“, erklärte er mürrisch. „Nein, ich bin kein Verräter. Man hat mich verleumdet. Belogen und verraten.“

„Ha!“, stieß der Alte aus. „Na, wer hätte das gedacht! Ein verratener Verräter. Unschuldig eingesperrt. Und das in Merkesch!“

„Ich meine es ernst!“

Der Alte schien abzuwinken. „Wer's glaubt. Hab‘ noch nie einen Verbrecher getroffen, der nicht geglaubt hätte, in Wahrheit unschuldig zu sein.“

„Ach. Wie viele habt Ihr denn getroffen?“

Eine weiße Hand winkte ab. „Ich habe aufgehört zu zählen. Die Welt ist voll davon. Wäre eine lange Geschichte.“

„Jemand hat mir mal gesagt, wir hätten hier unten ziemlich viel Zeit.“

Der Mann schnaufte. Kleine weiße Zähne blitzten in dem verdeckten Gesicht, allerdings deutlich weniger, als ein gesunder Mensch hätte besitzen sollen. „Reden könnt Ihr ja, Junge“, gestand er ein. „Reden und streiten. Was das angeht, seid Ihr in guter Gesellschaft.“

„Gut zu wissen. Was ist mit Euch? Was ist Euer Verbrechen?“

„Was immer ihnen, verdammt noch mal, beliebt.“ Die Augen des Mannes funkelten. „Deserteur hat man mich genannt. Brudermörder. Feigling. Auch Verräter war dabei.“

Er nickte und senkte den Blick. Es war besser, nicht zu viele Fragen auf einmal zu stellen, um das zarte Pflänzchen des Vertrauens nicht vorschnell wieder zu zertrampeln. Der Mann schien zu bemerken, dass in seinem Kopf etwas vor sich ging. Trotz der Schatten schaffte es der Kerl mit einem Mal, misstrauisch auszusehen. „Was denkt Ihr?“, forderte er zu wissen. „Keine Fragen mehr von Euch? Ist ein *einfacher* Verbrecher etwa unter Eurer Würde, Hochverräter?“

„Keineswegs. Ich hatte lediglich den Eindruck, Ihr seid kein großer Freund von Fragen.“

„Damit habt Ihr verdammt recht. Ich bin lediglich erstaunt, dass Ihr so plötzlich Ruhe gebt. Hätte kaum noch darauf zu hoffen gewagt.“ Mit einem Ächzen drehte der Mann sich auf die andere Seite und wandte ihm den Rücken zu.

Er strich sich über die Augenlider. Nun, dieser Plan zur Kontaktaufnahme war schon einmal gründlich schiefgegangen. Falls dies tatsächlich der Gefangene war, von dem Theus und Kapilar gesprochen hatten, würde sich ein anderer Weg finden lassen müssen, um mehr über ihn herauszufinden. „Eine Frage habe ich tatsächlich, Alter.“

Der Mann stöhnte. „Ich muss in einem früheren Leben furchtbare Dinge getan haben“, murmelte er. „Furchtbare Dinge, dass sie ausgerechnet Euch mit mir eingesperrt haben.“

„Hmpf. Wie Ihr meint.“

„Na, macht“, forderte der Mann im leidenden Tonfall. „Dann fragt halt!“

Er leckte sich über die Lippen. „Die Frage, die ich an Euch habe, ist die gleiche wie die Eure. Brudermörder. Feigling. Verräter. Das sind harte Vorwürfe. Aber sind sie wahr?“

Die Antwort bestand in einem bitteren Lachen. „Dann bekommt Ihr von mir auch die gleiche Antwort, Junge. Kommt ganz drauf an, wen Ihr fragt.“

„He, Pisseimer ...“, begann Palter.

„Hört auf!“ Der Mann wälzte sich ächzend auf die Seite. „Das ist nicht witzig. *Ihr* seid nicht witzig! Es ist nur witzig, wenn ich es mache.“ Erneut schien ihn der Alte aus den Schatten heraus zu mustern. Dann schnaufte er tief. „Hört zu, Junge. Ich erkläre es Euch. Ein einziges Mal. Weil Ihr neu seid und ein wenig interessanter als die Letzten. Ich will, dass Ihr mir sehr genau zuhört. Habt Ihr das verstanden?“

„Sprecht nur.“

„Erstens. Ich rede nicht mit Euch, weil ich Euch mag. Niemand mag Euch. Ansonsten wäret Ihr nicht hier unten. Verstanden?“

„Oh! Ja, danke. Das hat geholfen. Ich fühle mich direkt viel besser.“

„Ihr sollt zuhören!“, fuhr der Mann ihn an. „Undankbarer Bengel! Aber gut! Macht nur weiter so! Verprellt den Einzigen, der Euch helfen will. Ist es das, was Ihr wollt? Hier unten zu verrecken?“

„Schon gut!“ Er warf seinen Strohhalm durch die Gitterstäbe. „Ich höre ja! Ich höre zu, Alter. Also. Niemand mag mich. Nichts Neues an *dieser* Front. Und zweitens?“

„Und dieses Mal hört Ihr zu!“

„Was soll ich sonst machen?“, herrschte er zurück. „Es gibt hier unten ja nicht gerade viel Abwechslung!“

Der Alte starrte fassungslos.

Verdammt, Palter! Wieder zu schnell geredet und zu wenig nachgedacht. Er holte bereits Luft, um sich an einer Entschuldigung zu versuchen, als sich das umschattete Gesicht seines Gegenübers zu einem grimmigen Lächeln verzog. Was folgte, war ein Glucksen, übergehend in ein raues Lachen, das allerdings schnell wieder in ein Keuchen und Jammern überging. Erneut hielt sich der Mann schmerzerfüllt die Seite. „Hargh. Eines muss man Euch lassen, Junge.“ Nur langsam ging der rasselnde Atem wieder ruhiger. „Ihr wisst nie, wann es genug ist. Selbst dann nicht, wenn Euch Eure Zunge ins Verderben führt. Ein kleiner Lichtblick in diesem dunklen Loch. Vielleicht erlebe ich ja doch noch den Tag, an dem Jolnik endlich seinen Herzinfarkt bekommt, weil er sich dabei verausgabt, uns alle beide zu verprügeln.“ Einige weitere Momente vergingen, bis der Alte wieder Herr seines stockenden Atems war. „Zweitens“, fuhr er fort.

„Zweitens“, wiederholte Palter, innerlich aufatmend, dass er den Mann nicht endgültig beleidigt und verprellt hatte.

„Wisst Ihr, Frischling, was das Besondere an diesem Gefängnis ist?“

„Was? Verbrecher auf beiden Seiten der Gitterstäbe?“

„Das Besondere“, fuhr der Alte geduldig weiter fort, „ist, dass sich von den Verbrechern, die hier drinnen festgehalten werden, erstaunlicherweise niemand an die Verbrechen erinnern kann, die man ihm vorwirft. Seltsam, oder?“

„In der Tat.“ Der Spott in seiner Stimme machte deutlich, dass er die Behauptung keineswegs unbesehen glaubte. „Ein Gefängnis voller Unschuldiger also. Erstaunlich, was es alles gibt.“

Der Alte nickte. „Ein unhaltbarer Zustand, wie Ihr richtig erkannt habt. Gefängnisse sind für Verbrecher. Alles andere wäre unerträglich. Doch zum Glück gibt es die Peculari. Unser Geheimdienst arbeitet hart daran, den benannten Missstand zu beheben. Nun gibt es sicherlich mehrere Wege, wie man an diese Sache herangehen könnte. Einer bestände darin, die Wahrheit herauszufinden. Unschuldige wieder freizulassen. Doch der Weg zur Wahrheit ist oft steinig und manchmal unauffindbar. Darum haben sie sich etwas Besseres einfallen lassen. Wie wäre es, wenn sich die Gefangenen plötzlich doch wieder an ihre Verbrechen erinnern könnten?“

Er nickte bitter. „Alles wäre wieder in Ordnung.“

„Richtig“, lobte der Alte. „Die Peculari verfügen über erstaunliche Fähigkeiten darin, die Erinnerungslücken ihrer Gäste zu schließen.“

„Ihr sprecht von Folter?“

„Nennt es, wie Ihr wollt. Auf jeden Fall bringt es alles wieder in Ordnung. Kein vernünftiger Mensch hat ein Problem damit, wenn schuldige Verbrecher hingerichtet werden. Unschuldige hinzurichten würde das Volk mit Sicherheit nicht ertragen."

„Hinrichten?" Das waren ja rosige Aussichten. „Ist es das, was uns bevorsteht?"

„Eine gerechte Strafe für Verrat", erklärte der Alte mit gespielter Genugtuung.

„Ihr scheint bereits eine ganze Weile hier zu sein und erscheint mir noch immer recht lebendig."

„Tja." Sein Zellennachbar kratzte sich am Kopf. „Genau das ist mein Problem, Junge. Trotz aller Bemühungen ist es mir bisher ums Verrecken nicht gelungen, mich an meine Verbrechen zu erinnern. Von den freundlichen Vorschlägen der Peculari konnte mich bisher noch keiner richtig überzeugen. Beinahe tun sie mir leid. Es muss schlimm für sie sein. Solange ich nichts unterschreibe, halten sie einen Unschuldigen hier unten fest. So was geht auf Dauer aufs Gemüt. Ihr habt es an Jolnik ja gesehen."

Das hatte er in der Tat. Er musterte den geschundenen Körper des Alten in den Schatten. Der böse Scherz in der Stimme des Mannes war umso bemerkenswerter, wenn man die Spuren des Einsatzwillens vor sich hatte, mit denen sich die Peculari um ein Auffrischen der fehlenden Erinnerungen bemüht hatten. Die Widerstandskraft des Burschen musste beachtlich sein. Er schluckte. „Wie lange schon?", wollte er wissen. „Wie lange versuchen sie bereits, Euch an Eure Verbrechen zu erinnern?"

Einige Momente lang kam keine Antwort. Dann, langsam nur, richtete der Mann sich auf. Zum ersten Mal kam das hagere Gesicht näher heran, schob sich immer weiter vor und verließ schließlich den Schutz der Schatten. Bleich war die Haut, blutleer und durchzogen von Falten. Dunkle Augen, tief in den Höhlen liegend unter buschigen Brauen, eine markante Nase, umgeben von dünnem Bart, ungepflegt und weiß von langen Jahren. Alt war der Mann, älter noch, als er geglaubt hatte, oder über Gebühr ausgemergelt von Einsamkeit und Härte. Hinter allem aber, hinter der zermürbten, angeschlagenen Fassade glühte Widerstand wie eine unauslöschliche Flamme, eine Ahnung vergangener Würde und Erhabenheit, die Jahre harter Behandlung hatten verrohen, aber nicht auslöschen können. „Diese Frage, Verräter, steht Euch nicht zu.“ Der Mann blickte ihm direkt in die Augen. „Nie wieder dürft Ihr mich danach fragen. Habt Ihr mich verstanden?“

Ein stilles Nicken war alles, was er als Antwort zustande brachte.

Das hagere Gesicht verschwand wieder in den Schatten. Mit einem Mal, so schien es, war eine schwere Tür ins Schloss gefallen, jener schmale Schlitz erneut geschlossen, den frühere Gespräche aufgestoßen hatten.

Der Mann wandte sich ab und murmelte Unverständliches zu sich selbst. Mit unwirschen Bewegungen zog er einige Säcke über seinem Körper zusammen. Ein Schnaufen und Grummeln erklangen in der dunklen Ecke, während er sich unter den behelfsmäßigen Decken einrichtete. Mit der Zeit wurden die Geräusche ruhiger und regelmäßiger. Irgendwann verstummte das Gemurmel ganz. Der rasselnde Atem ging in ein Schnarchen über.

Geräuschlos ließ Palter die Luft aus seinen Lungen entweichen und starrte hinauf zur Fensternische. Irgendetwas stimmte ganz und gar nicht mit diesem Mann. Ein Gesprächspartner zum Verrücktwerden, an einem Ort zum Verzweifeln. Zudem bestärkten die erratischen Ausführungen des Alten ein aufkommendes Gefühl schleichender Orientierungslosigkeit. Er hob den Kopf und sah hinauf zum Licht aus der Fensternische. Der Tag musste inzwischen etwa die Mittagszeit erreicht haben. Es würde entscheidend sein, den Fortschritt der Zeit nicht aus den Augen zu verlieren. Die Erinnerungen an die äußere, wirkliche Welt galt es, aufrechtzuerhalten, damit seinem eigenen Verstand nicht Ähnliches widerfuhr wie dem des offenkundig verwirrten Alten. Er wandte seinen Blick zu dem jämmerlichen Bündel in der Ecke des Käfigs, dem Umriss des ausgezehrten Körpers, der unter seinen Decken beinahe still lag.

Fragt mich nie wieder danach.

Eine seltsame Art von Antwort war es gewesen. Ob der Mann überhaupt noch wusste, wie lange er bereits hier unten war?

Er fuhr sich durch die Haare. Es war wirklich zu hoffen, dass der Plan vom Kartentisch noch weiter Bestand hatte. Der Gedanke daran, hier unten zu verrotten, bis auch von ihm nur noch ein kränkliches Skelett übrig war, sandte einen Schauer über seine Arme. Eilig drängte er die Vorstellung zurück. Nein. Jemand würde kommen. Es gab immer einen Weg. Im Moment aber blieb ihm nichts anderes übrig, als abzuwarten. Suchend blickte er sich um. Er fand einige Säcke, die ihm hinreichend trocken und sauber erschienen, zog sie zu sich heran und versuchte, sich auf ihnen so bequem wie möglich einzurichten.

Eine sehr lange Zeit geschah überhaupt nichts. Er lag auf dem Rücken. Die Steine drückten hart und unbequem durch die dünne Schicht aus Sackleinen. Er starrte zum einzigen Lichtpunkt an der Decke, unfähig, einzuschlafen oder irgendeine

Art von Ruhe zu finden. Der Alte hatte im Schlaf zu schmatzen begonnen, so als träume er von einem Festmahl.

Eine weitere Drehung auf die andere Seite. Nicht einmal ein Dämmerzustand wollte sich einstellen. Er war einfach zu wach. Außerdem boten Pflastersteine einen äußerst kläglichen Ersatz für seidenbezogene Stoffmatratzen. „Hart macht hart“, brachte er grummelnd hervor. Zum *Scheloch* mit Olaikan. Zum *Scheloch* mit allen harten Böden dieser Welt.

Plötzlich, er hatte gerade zu dösen begonnen, ließ hektische Bewegung ihn herumfahren. Der Alte warf sich heftig in seiner Ecke herum, wälzte sich von einer Seite auf die andere und stieß dabei seltsame Laute aus, so als durchleide er unvermittelt einen Albtraum. Der Mann röchelte und richtete sich auf, griff mit fahrigen Bewegungen nach dem Eimer, platschte mit dem Löffel darin herum und trank in gierigen Schlucken. Er konnte spüren, dass er erneut über den Löffelrand hinweg gemustert wurde.

„Ich hatte einen seltsamen Traum“, verkündete der Alte, so als kümmere es ihn wenig, dass sein Mitbewohner möglicherweise schlafen wollte.

„Ach ja?“ Er musste sich beherrschen, um nicht zu irritiert zu klingen. Eben erst war es ihm gelungen, an nichts mehr zu denken. Er hatte wirklich gehofft, ein wenig Ruhe zu finden.

„Ja“, bekräftige der Alte mürrisch. „Sehr seltsam.“

Stille.

„Wollt Ihr mir davon erzählen?“

„Nein.“

Er stöhnte und zog sich einen Sack über den Kopf. Dann traf ihn der Geruch des alten Stoffes. Mit einem Ausstoß der Verärgerung schleuderte er das Teil in eine Zellenecke. „Verdammt!“ Seine eigene Stimme kam laut widerhallend von den

Steinwänden zu ihm zurück. „Ich hasse diesen Ort. Ich hasse ihn! Ich bin noch keine zwei, drei Stunden hier und hasse ihn bereits! Selbst das Schlachtfeld ist besser. Selbst das Schlafen im Matsch ist besser. Ich halte es hier drinnen nicht mehr aus!"

„Das war schnell", bemerkte der Alte trocken.

„Wachen!" Palter erhob sich taumelnd, seine Stimme krächzend. Kapilar. Die Dunkelheit. Der alte Zausel. Das alles war zu viel für einen Vormittag. „Wachen! Ich will hier raus!"

„Das würde ich lieber lassen." Sein Zellennachbar schüttelte in den Schatten den Kopf über ihn. „Kommt. Setzt Euch wieder hin, bevor sie Euch den Kopf einschlagen."

Ächzend ließ er sich zurückgleiten und schlug mit beiden Fäusten auf den harten Boden. „Verdammt", verkündete er. Alles an dieser Sache war über alle Maßen ungerecht. „Verdammt, verdammt, verdammt!"

„Bereit für ‚drittens'?"

„Was?"

„Für ‚drittens'", beharrte der Alte. „Die dritte Lektion, die Ihr hier unten zum Überleben braucht."

„Gargh!" Verwirrter alter Kauz! Er presste die Fäuste vor die Augen. Auch hierdurch wurde überhaupt nichts besser. Entnervt wandte er den Kopf. „In Ordnung", stieß er aus. „Drittens. Ich bin bereit. Was ist sie, Eure dritte Lektion?"

Der Alte nickte zufrieden. „Drittens", erklärte er ruhig. „Euer Körper ist Euer Freund. Euer Körper hält eine Menge aus. Viel mehr, als Ihr denkt. Euer Verstand ist es, um den Ihr Euch Sorgen machen müsst. *Er* ist trügerisch. Eben gerade war es Euer Verstand, der Euch allein gelassen hat. So etwas ist gefährlich. Wenn die Dinge eine Weile lang nicht so laufen, wie Euer Verstand es gerne hätte, neigt er dazu, unkluge Entscheidungen zu treffen. Deshalb müsst Ihr lernen, ihn zu zügeln. Ihn zu beherrschen. Habt Ihr verstanden? Euer Verstand ist wie ein treuer Hund. Sperrt Ihr ihn allerdings zu lange ein und lasst ihn hungern, so vergisst er nach einer Weile alles, was Ihr ihm beigebracht habt. Sogar, wem er gehört. Versteht Ihr? Ein Hund ohne Besitzer wird wieder zum Wolf. Versteht Ihr, was ich damit meine?“

Er stöhnte. „Nein“, erklärte er wahrheitsgemäß. „Was bitte soll das heißen?“

„Das heißt“, fuhr der Alte fort, „dass Ihr selbst darüber entscheiden könnt, ob Ihr hier unten den Verstand verliert. Hört mir zu, Junge. Seht mich an!“

Widerwillig wandte er sich seinem Zellengenossen zu. „Ich sehe. Und?“

„Wenn Ihr hier drinnen überleben wollt“, mahnte der Alte ruhig, „wenn Ihr wollt, dass Euer Verstand das alles hier übersteht, dann müsst Ihr etwas finden, an dem er sich festhalten kann. Etwas, das größer ist als Ihr. Für das es sich zu leben lohnt.“

„Ach?“ Großartig. Erst Theus mit seiner historischen Vision für ihrer aller Leben. Jetzt auch noch solche frommen Binsenweisheiten.

Der Alte nickte andächtig. Er deutete auf Palters Morgenmantel, der inzwischen eine Fülle an Flecken aufwies, die vermutlich nie wieder herauszubekommen waren. „Ihr seht aus wie jemand, der viel Wert auf teure Dinge legt. Ein Eitler. Euer Besitz ist, was Euch ausmacht.“

„Und?“ Er merkte selbst, dass seine Stimme gereizt klang. Ähnliche „Weisheiten“ konnte man sich für ein paar Kupferstücke von alten, nach Duftkräutern riechenden Frauen auf dem Marktplatz holen.

„Leider, Junge, ist Euer Besitz hier unten vollkommen wertlos."

„Bis eben war ich ja auch noch nicht hier unten", gab er scharf zurück. Er war nicht in der Stimmung, um sich über die rechte Art des Lebenswandels belehren zu lassen.

Der Alte schüttelte den Kopf. „Ich habe hier drinnen noch nie einen gesehen, dem sein *Besitz* dabei geholfen hätte, seinen Verstand zu bewahren. Oh, ich habe viele gesehen. Jung waren sie, stolz und voller großer Worte. Jung sind sie geblieben, denn heute sind sie tot. Ihr Verstand war immer das Erste, was sie verlassen hat. Alle tot. Nur der alte Wolskin." Ein Kichern entfuhr der Kehle des Mannes. „Der alte Wolskin, den sie Feigling nennen und Verräter, *er* lebt noch immer. Und von all den anderen, den Jungen und den Stolzen und den Starken, sind nichts als Geister übrig, die in diesem Keller herumwehen. Und selbst die verlieren langsam den Verstand."

Fröstelnd sah Palter sich um. Der eigentümliche Anflug von Belustigung in der Stimme des Mannes war verstörend. Das Verließ war entschieden zu finster für Gespenstergeschichten. „Wolskin." Er richtete seinen Blick zurück auf den Umriss seines Zellennachbarn. „So habt Ihr Euch gerade genannt. Das ist Euer Name."

„Ein Name", murmelte der Alte. „Ja. Ein guter Name." Wieder trat Stille ein. Die Aufmerksamkeit des Mannes schien erneut in ferne Sphären abzuwandern.

„Ihr meint also, ich brauche etwas anderes", setzte er schnell nach, um die Aufmerksamkeit des Alten nicht völlig zu verlieren. „Etwas anderes, um bei Verstand zu bleiben."

„Verstand, ja." Wolskin hob den Kopf. „Etwas anderes, an dem er sich festhalten kann, Euer Verstand. Etwas, das nicht zerstört werden oder verloren gehen kann. Selbst dann nicht, wenn sie Euch alles andere weggenommen haben. Das auch dann noch da ist, wenn es sich so anfühlt, als sei an Eurem Leben nicht mehr der kleinste Fetzen Wert. Wenn sie zu Euch kommen, um mit Drohungen und Versprechungen zu versuchen, Euch von Euren Verbrechen zu überzeugen. Euch nur noch das glauben zu lassen, was *sie* wollen. *Dann* müsst Ihr es haben. Dann werdet Ihr es brauchen, Euer ‚Ding'."

Er nickte stumm. Eine ebenso tiefgreifende wie unpraktische Lektion. In jedem Tempel bekam man derartige Sprüche hinterhergeworfen. Er nahm einen der Strohhalme vom Boden auf und drehte ihn zwischen seinen Fingern. „Und wie, meint Ihr, findet man ein solches ‚Ding'? Wie habt Ihr es gefunden? Was ist Euer ‚Ding'?"

Wolskin schüttelte entschieden den Kopf, sodass strähnige weiße Haare umherflogen. „So funktioniert das nicht, Junge. Ein ‚Ding' ist zu kostbar, um es leichtfertig mit jemandem zu teilen. Ihr müsst es sorgsam wegsperren, wo sie es nicht finden können. Ganz unten in Eurem Herzen müsst Ihr es tragen. Nur ganz selten dürft Ihr nachschauen, ob es noch da ist. Wenn Ihr daran denken wollt, aufzugeben."

Salbungsvolle Worte, in der Tat. Er schnaufte. Was hatte er besessen, was sie ihm noch nicht genommen hatten? Die Wohnung? Sein Ansehen? Seine Bürgerschaft? Bis zum gestrigen Morgen hatte er sehr genau gewusst, wofür er lebte. Hoffentlich übersahen sie wenigstens den teuren Wein hinter der zweiten Wand im Keller.

Der Alte blickte ihn noch immer erwartungsvoll an.

„Hmpf." Was wollte der Kerl von ihm? Etwas, das sich nicht stehlen ließ. Freundschaft etwa? Der Gedanke allein klang unerträglich klebrig, verbraucht in tausend leeren Worten. Olaikan und Brugnir kamen sicherlich auch ohne ihn zurecht.

Liebschaften von Bedeutung fehlten ebenso wie sonstige Beziehungen, derer er nicht ebenso gut hätte entbehren können. Er schnaufte. Was blieb noch? Freiheit, Ruhm und Ehre? Also doch wieder Theus. Geistige Rauschgetränke für Leichtgläubige und Eitle, um die ein Kluger besser einen weiten Bogen machte.

„Ihr sucht", stellte der Alte zufrieden fest.

„Gar nicht so einfach."

„Denkt härter nach!"

„Ich denke ja!" Was meinte der Mann? Die Götter etwa? Die Götter konnten ihm gestohlen bleiben. Die Erhabenen hatten oft genug Gelegenheit gehabt, sich bei ihm beliebt zu machen, und sie in allen Fällen ungenutzt verstreichen lassen. Entweder sie waren zu sehr damit beschäftigt, nicht zu existieren, oder sie saßen hoch oben auf ihren Sternen und machten sich einen Spaß daraus, zuzuschauen, wie das Leben von Palter Calgola nach und nach in Trümmer fiel.

„Ich brauche mehr Zeit", stieß er mürrisch hervor.

Einige Augenblicke lang rührte sich der Alte nicht. Dann schien er in der Dunkelheit zu nicken. „Die habt Ihr jetzt. Die Dunkelheit hat so eine Art, hervorzubringen, was wirklich in Euch ist. Lasst Euch nur nicht zu viel Zeit. Es ist besser, wenn Ihr die Entscheidung für Eure ‚Sache' trefft, solange Euer Verstand dazu noch in der Lage ist."

Der Alte bewegte sich in den Schatten, um nach etwas zu greifen. Für einen Augenblick fiel fahles Licht auf seinen bleichen Oberarm. Die Haut auf seiner Schulter war verquollen, versengt wie von Flammen zu einem hässlichen, verwachsenen Fleck.

Er erschauderte. Unwillkürlich tastete er nach seinem eigenen Arm zu der Stelle, wo die Tätowierung der Legion verborgen unter seinem Ärmel lag.

Der andere musste es bemerkt haben, denn er hielt inne und wandte ihm den Blick zu. „Ah“, machte der Alte. „Ein Soldat. Ja. Jetzt kann ich es sehen. Tharsis-Legionär. Welche Einheit? Und wie lange?“

Mit der Hand schob er den Ärmel seines Morgenmantels in die Höhe und entblößte das Zeichen der zweiten Legion. „Die vollen dreißig Jahre“, erklärte er düster. „Bis zum letzten, verdammten Tag. Den Dank dafür seht Ihr gerade vor Euch.“

Die Stille zog sich in die Länge. Beinahe meinte er schon, der Alte sei erneut eingedöst. Dann ertönte ein Räuspern in den Schatten. „Welche Legion?“, wollte sein Nachbar wissen. „Meine Augen sind nicht mehr die besten.“

„‚Vinx Tremens‘. Die Zweite.“

„Ha!“ Ein Knurren. „Der ‚schreckliche Sieg‘. Ja. Ich weiß einiges von Siegen, die schrecklich sind. Welche Waffengattung?“

„Sturmartillerie. Zweiter Zug. ‚Schlüssel zur Stadt‘.“

„Geschütztruppe, hm? So seht Ihr aus. Ihr steht also hinten und haltet euch heraus.“

„Wenn‘s gut läuft, ja. Aber wann tut es das je?“

„Selten“, gab der Alte zu.

„Eben.“ Weitere Rückfragen gerade noch abgewehrt. Vielleicht ein Ansatz, um selbst einige Fragen anzubringen. „Ihr wart selbst draußen? Als Soldat der Tharsis?“

„Draußen!“ Der Begriff schien den Alten zu belustigen. „Allerdings. So weit draußen, wie man überhaupt nur sein kann.“

„Welche Einheit? Wo hat man Euch eingesetzt?“

Die Antwort bestand aus einem Schnaufen. „Ihr stellt zu viele Fragen, Junge.“

„Die vollen dreißig Jahre?“

Der andere lachte trocken. „Noch länger, wenn man weiterzählt. Ich glaube, niemand ist so lange dabei wie ich.“

Ist?

Die Tür am Treppenabsatz flog scheppernd auf, als er gerade eine Frage stellen wollte. Bewegungen, Schritte und Stimmen. Das Licht einer Fackel. Die Schatten der Wächter, tanzend entlang der aufragenden Mauerwand.

„Hier drinnen haltet ihr ihn fest? Meine Güte, herrlich. Ein richtiges Verlies!"

Ungläubig richtete er sich an den Gitterstäben auf. Die beiden Wächter, der kleine und der große, stiegen hintereinander die Treppe herab. Zwischen ihnen mühte sich eine weitere, ungleich massigere Gestalt in weißer Toga unter Mühen über jede einzelne Stufe. Gold glänzte im reichen Faltenwurf des Gewandes auf ihrer breiten Brust. Ein schwerer, mit jedem Schritt nach rechts und links rollender Anhänger. Ein Schmied war das Motiv der Figur, der offenbar beabsichtigte, auf einen leeren Amboss einzuschlagen.

Kapitel 8 - Besuch

Der Wächter namens Jolnik kam als Erster heran. Dieses Mal trug der Kerl seinen Knüppel in der Faust. Er wirkte angespannt, mehr noch als beim letzten Mal. Der Bursche näherte sich dem Käfig mit eiligen Schritten, so als wolle er unbedingt sicherstellen, dass ihrem Gast unangenehme Eindrücke erspart blieben. Nachdrücklich hämmerte er mit seinem Schlagstock gegen die eisernen Stäbe. „Hoher Besuch, Absch... *Gefangene*. Erhebt euch für den reichen Herrn! Und benehmt euch oder, bei den Göttern, ich schwöre: Ihr werdet es bereuen."

Inzwischen hatte der schwankende Konsul das Ende der Treppe erreicht. Grauwackes Gesicht glänzte vom Schweiß und vor Vergnügen. Ein glucksendes Lachen drang aus seiner breiten Brust. „Danke, Wächter, danke. Ein solches Getöse ist wirklich nicht nötig. Meine Güte." Der Mann trat vor die Gitter und machte weite Augen. „Calgola! Ihr seid es wirklich! Und das an diesem ... Ihr seht furchtbar aus! Was für ein Dreck. Was für eine Dunkelheit! Oh, ich würde in dieser Zelle keine zehn *Minuten* überstehen."

„Konsul." Die Überraschung war gelungen. Er bemühte sich, seine Verwirrung zu überspielen und deutete eine Verneigung an. „Endlich ein Lichtblick! Ich bin jedoch sehr ... überrascht, Euch hier zu sehen. Bitte verzeiht, dass ich keinen angenehmeren Anblick bieten kann, wie er erlauchter Gesellschaft wie der Euren angemessen wäre. Ich hätte nicht ... ich meine ... ein Mann wie Ihr, an einem Ort wie diesem."

„Und ein Mann wie Ihr", flötete der Konsul mit offensichtlichem Vergnügen. „Aber hier sind wir nun einmal, hm?" Ein Fächeln der dicken Hand ging in Richtung der beiden Wächter. „Wachen", forderte er mit einer Stimme, die es gewohnt war, Befehle zu erteilen, die selbstverständlich zu befolgen waren. „Lasst uns allein.“

„Seid vorsichtig mit dem Ab... mit den Gefangenen.“ Jolniks Stimme war ein warnendes Knurren. „Die Kerle sind gemeingefährlich. Kein Umgang für Männer von Eurem Stand.“

„Nur keine Sorge. Ich danke, guter Mann.“ Eine Münze fand den Weg aus einer Falte in Grauwackes Gewand in die dankbar ausgestreckte Hand des Wächters. Es war nicht zu übersehen, dass der Konsul es dabei vermied, den Folterknecht zu berühren. Jolnik winkte seinem Kameraden zu, der ihm gehorsam folgte. Gemeinsam erstiegen die beiden die Treppe und zogen die schwere Tür hinter sich zu.

Grauwacke blieb allein mit ihm zurück. Der Konsul musterte ihn durch die Gitterstäbe wie einen Hund im Zwinger. Wie in Gedanken wischte er sich beide Hände an der Robe ab, so als habe er an diesem Morgen schon deutlich zu viel Widerwärtiges berühren müssen.

Palter bemühte sich, Haltung zu bewahren und sich so würdevoll zu geben, wie die Umstände es zuließen. Jedes Gespräch mit einem Konsul war eine Möglichkeit. Ein Mann von Grauwackes Reichtum und Einfluss besaß die Macht, jede noch so missliche Zwangslage in Wohlgefallen aufzulösen.

Erneut erschütterte den massigen Körper ein tonloses Lachen. „*Erstaunt* seid Ihr also, mich hier zu sehen“, freute sich der Mann. „Nun. Ich nehme an, schon Euer ganzer Morgen steckte voller erstaunlicher Überraschungen. Bei Rani!“ Ein verächtlich ausgestreckter Zeigefinger richtete sich auf seinen Morgenmantel, als handle es sich um eine Staubfluse, die ein unachtsamer Kammerdiener übersehen hatte. „Wer hat Euch denn *diesen* Fetzen angedreht? Seit über zwei Jahren trägt man in Merkesch keine *Palmenmuster* mehr. Wisst Ihr denn nicht, dass die Mode, wie die Zeit, unablässig voranschreitet? Ihr, Calgola, scheint beiden hinterherzulaufen."

„Unglücklicherweise hatte ich an diesem Morgen nicht die Möglichkeit, meine Garderobe mit der gebotenen Sorgfalt auszuwählen." Er bemühte sich, ruhig zu bleiben. Hobovese! Dieser Wurm. Strangulation war noch zu gut für den verfluchten Aufschneider von einem Händler. „Eine Verkettung unglücklicher Missverständnisse beraubte mich bisher jeder Gelegenheit, den in Eile ausgeführten Fehlgriff zu korrigieren."

„Sicher, sicher." Ein erneutes Wedeln mit der dicken Hand. „Nun, ich fürchte, in Zukunft wird es Euch sogar noch schwerer fallen, Eure diversen Fehlgriffe zu korrigieren." Der Konsul kniff die Augen zusammen und prüfte sorgsam die Ränder seiner Fingernägel. Er schien zu befürchten, dass alleine schon der Aufenthalt an einem solchen Ort die Gefahr barg, einen anständigen Mann ungewollt in einen Schweinehirten zu verwandeln. „*Hochverrat*, Calgola." Sein Besucher schüttelte missbilligend den Kopf. „So schändlich. So *undankbar*. Nach allem, was diese Stadt für Euch getan hat."

„Ein unglückliches Missverständnis, wie ich Euch versichern kann." Er bemühte sich, seiner Stimme einen festen und beherrschten Klang zu verleihen. „Ein Mann von Eurem Rang wird sicherlich nicht einfach glauben, worüber sich das Gossenvolk sein Maul zerreißt. Es handelt sich um nichts als bösartige Verleumdungen. Hinterhältige Intrigen, um den Namen eines Kanos-treuen Mitbürgers in den Schmutz zu ziehen."

„Ohoho!" Der Konsul lachte blubbernd, was seinen Bauch im gleichen Takt erbeben ließ. „*Mitbürger*. Und *Kanos-treu* noch dazu." Der Mann blies auf seine Nägel und schüttelte die Hand. „Nein, Calgola." Jetzt erst richtete sich der Blick des Dicken voll auf ihn. „Ich weiß sehr wohl, wen, oder besser, *was* ich vor mir habe. Der Fehler, *Hauptmann*, liegt bei Euch. Ihr seid so sehr mein *Mitbürger*, wie meine Hunde Mitglieder meines Hauses sind. Ein ‚Mit', das mich und Euch verbindet, existiert nicht. Nicht in dieser Welt und auch nicht in der nächsten, wenn die Götter auch nur einen Funken an Verstand besitzen."

Palter schluckte hart. Der Angriff kam so hart wie unerwartet. „Ich verstehe nicht, Konsul." Seine Stimme war krächzend. „So harte Worte gegen einen Freund."

„*Freund*?" Der Konsul wich zurück. „Ihr beliebt zu scherzen, Calgola. Oder Eure Verblendung ist sogar noch größer, als ich ahnen konnte. Glaubt Ihr wirklich immer noch, es sei ein Zufall oder Missverständnis, dass ich auf dieser Seite der Gitter stehe und Ihr auf jener?" Der Mann beugte sich zu ihm vor. „Darin liegt Euer größter Fehler, Calgola. Entweder *wollt* Ihr nicht sehen, wo in Merkesch Euer Platz ist oder Ihr seid tatsächlich blind dafür." Der Konsul begann auf dem dunklen Steingrund auf und ab zu stapfen. „Eure hemmungslose Selbstüberschätzung. Euer anmaßendes Gebaren. Eure unerträgliche Wichtigtuerei!", ereiferte sich der Mann. „Ihr stolziert in dieser Stadt umher wie ein hoher Herr. Ihr tut, als wäret Ihr einer von uns. Und jetzt, wo ich den *dummen* Ausdruck in Eurem Gesicht aus der Nähe sehe, bin ich überzeugt: Ihr glaubt tatsächlich, ein verschlissenes Werkzeug wie Ihr und eine *Persönlichkeit* wie ich ständen auf derselben Stufe."

Grauwacke schüttelte seine Locken. „Wisst Ihr, wen Euer jämmerliches Leben interessiert, Calgola? Wisst Ihr, was Eure kümmerlichen dreißig Jahre Kriegsdienst wert sind? Dreißig Jahre nur, und schon glaubt Ihr, Merkesch gehöre Euch. Dreißig Jahre, und Ihr spielt Euch auf, als seien es dreihundert! Habt Ihr irgendeine Ahnung, wie lange die Errichtung dieser Stadt gedauert hat? Seit dreißig *Generationen* kämpft und blutet dieses Haus, *mein* Haus, durch alle Wohl und Wehen Merkeschs!" Der Konsul schlug sich auf die Brust, sodass der Goldanhänger wild umherflog. „*Dreißig* Generationen voller Opfer! Und nun kommt Ihr und glaubt, dreißig Jahre Heerdienst machen Euch zu einem Fürsten. Glaubt mir, ‚Hauptmann': Die Kämpfe, die Ihr gesehen habt, sind *nichts* gegen die Schlachten, die *wirklich* große Männer täglich hinter diesen Mauern schlagen."

Eine Ader hatte auf der Stirn des Mannes zu pulsieren begonnen. „Schwertträger", stieß er verächtlich aus. „Neubürger. *Mihvahsi*, Halbwilde aus allen Ecken dieser Welt, die mit einem Bein noch in den Schatten stehen. Alle glauben sie, sie verdienten ihren Anteil an der Stadt. Sie betatschen unsere Herrlichkeit mit ihren dreckigen Fingern. Sie zerren an ihr herum und wollen sie in kleine Stücke brechen. Ein kleines Stück nur für jeden. Wisst Ihr, Calgola, was geschieht, wenn jeder sich sein ‚kleines Stück' von dieser Stadt abbricht? Wenn jeder nur sein kleines Stückchen sieht und niemand mehr darauf bedacht ist, das große Ganze zu erhalten? *Ich* weiß es und ich kann Euch sagen: Ich lasse es nicht zu. Ich lasse nicht zu, dass die Gier der Kurzsichtigen das zerstört, was uns die Heldenväter hinterlassen haben!"

Das rote Gesicht kam noch näher an die Gitterstäbe. „Ihr, Calgola, seid die schlimmste Warnung dafür, was passiert, wenn man zulässt, dass jeder Halbwilde die Bürgerschaft erlangen kann. Ihr ... stolziert hier herum, als *gehörtet* Ihr in hohe Gesellschaft und Paläste. Ihr äfft unsere Sitten und Gebräuche nach. Als wäret Ihr ein Teil davon. Als gehöre nicht viel mehr dazu."

Wieder schüttelte der Mann den Kopf. „Ich weiß, was Ihr plant, Calgola. Ich habe Euch durchschaut. Andere mögt Ihr mit Eurem Schauspiel beeindruckt haben. Ihnen mögt Ihr die

Köpfe verdreht haben mit Euren ... *Geschichten*. Doch Ihr habt einen Fehler gemacht." Wieder trat der Konsul nah ans Gitter. Der Mann schien sich nur mit Mühe zu beherrschen. „Ihr hättet Eure ordinäre Art nicht in *meine* Wände tragen dürfen", grollte er. „Ihr hättet nicht anfangen sollen, Euer Pfauentheater in *meinem* Heim aufzuführen!" Der Konsul trat zurück, den Finger drohend erhoben. „Ich weiß, was Ihr vorhabt, Calgola", wiederholte er. „Ich weiß, dass Ihr versucht Euch einen neuen Namen zu verschaffen. Euch einzuschleichen in eines der großen Häuser, durch Heirat oder Adoption. Damit nicht einmal Euer Name Euch noch als den Wilden verrät, der Ihr in Wahrheit immer bleiben werdet. Ha! Ihr! Ein Fürst! Selbst ein *Hund* kann Kunststücke erlernen, damit ihn die Leute drollig finden. Wer seid Ihr, Calgola? Wo ist Euer Wappen? Wer sind Eure Ahnen? Wer ist Euer *verdammter* Gott?"

„Ich glaube nicht, dass ..." Palters Stimme versagte ihm. In seinem Kopf drehte sich alles. „Ich meine, nur weil ich ..."

Stille schloss sich an. Der Konsul schüttelte missbilligend den Kopf. „Ihr habt mich missachtet", zischte er. "Ihr selbst zwingt mich zu dem, was ich nun tun muss. Zum Wohle dieser Stadt. Zum Wohle aller, denen Merkeschs Fortbestand am Herzen liegt. Bevor noch mehr Emporkömmlinge Euer Beispiel sehen und ebenfalls glauben, sie könnten einfach hier hereinspazieren und in dieser Stadt zu Herren werden. Eure Dreistigkeit schafft einen gefährlichen Präzedenzfall. Ihr lasst mir keine Wahl. Ihr müsst verschwinden, Calgola. Euer Name muss vergessen werden. Kein Grab. Keine Statue. Keine Spur in der Geschichte dieser Stadt. Alles muss so sein, als hättet Ihr nie existiert. Ihr werdet als das Nichts vergehen, als das Ihr gelebt habt. Dafür sorge ich. Und wenn Ihr dann erst ..."

Der Mann stolperte gerade noch zurück, bevor Palters vorschießende Hand ihn an der Kehle packen konnte. Ein Knurren ertönte in der Dunkelheit der Zelle, das sogleich wieder verstummte.

„Hört Euch nur an, Calgola." Die Stimme des Konsuls lag irgendwo zwischen Verachtung und Belustigung. „Ihr seht nicht nur aus wie ein Tier im Käfig. Ihr klingt sogar wie eines."

Die Gitterstäbe erzitterten, als Palter sich mit aller Kraft dagegen warf. „Ihr Schlange!", presste er hervor. „Ich habe für diese Stadt geblutet! Ich habe Männer umgebracht und Kameraden in den Tod geschickt. Ich habe mehr für Merkesch getan als Ihr in Eurem ganzen Leben jemals ... das werdet Ihr bereuen! Hört Ihr mich? Merkt Euch diesen Tag. Ihr werdet noch bereuen, mich hintergangen und beraubt zu haben. Wir sehen uns wieder, Grauwacke, das verspreche ich! Besser, Ihr verdoppelt die verdammten Hauswachen vor Eurer Tür. Der Tag wird kommen, an dem ich bei Euch anklopfe. Und dann Gnade Euch vor allen Göttern. Ihr werdet für das alles hier bezahlen!"

„Werde ich das?" Der Konsul, schon halb abgewandt, musterte ihn mit glasigem Blick. „Wir alle bezahlen für unsere Taten, Hauptmann. Ihr werdet dabei feststellen: Die Taschen meines Hauses sind sehr tief. Auch Ihr habt Euren gerechten Lohn bereits erhalten. Und jetzt entschuldigt mich." Der Mann wischte sich die Hände am Gewand ab und schob das Kinn vor. „Ich ertrage derart ungehobelten Umgang nur für eine äußerst kurze Weile. Wachen!"

Die Tür flog auf, als habe Jolnik mit den Fingern auf dem Knauf bereits die ganze Zeit auf eine Anweisung gewartet. Der Wächter sprang hinaus auf den Absatz, den Knüppel in der Hand. Seine Augen suchten wild nach etwas, auf das sich eindreschen ließ.

Der Konsul winkte unbestimmt in Richtung des Käfigs. „Ich bin meines Besuches hier unten müde“, verkündete er. „Bringt mich zurück ans Licht. Diese Düsternis ist ja nicht auszuhalten.“

Beide Wächter eilten die Treppe hinab. Der Lange streckte eine Hand aus, um ihrem Gast dabei zu helfen, die ersten Stufen zu erklimmen. Grauwacke wedelte ihn entschlossen mit seinem Taschentuch fort. „Nicht. Nicht anfassen!“ Nach einer längeren, von angestrengtem Ächzen begleiteten Passage verschwand der breite Körper wogend und ohne ein weiteres Wort durch den Türrahmen.

Jolnik reckte argwöhnisch den Kopf, so als wolle er ganz sichergehen, dass in der Tiefe nichts unerledigt blieb, das durch einige gezielte Hiebe behoben werden konnte. Dann wandte er sich um und schlug die Tür krachend hinter ihnen zu.

Palters Fäuste umklammerten die Gitterstäbe. Seine Hände zitterten.

„Reizend“, befand Wolskin und schälte sich aus den Schatten. Der Mann war beim zurückliegenden Besuch regelrecht unsichtbar geworden. „Reizend, *Hauptmann*. Wirklich ganz wunderbare Freunde habt Ihr da. Aber macht Euch nichts draus. Ihr habt ja noch den alten Wolskin. Ihn haben sie genauso behandelt. Wenigstens mit dem Vergessen hat er recht. Schon sehr bald wird sich niemand mehr an Euch erinnern. Immerhin habt Ihr dann Ruhe vor derartigen Besuchen. Eigentlich vor jeder Art Gesellschaft.“

Palter gab keine Antwort.

„Rache ist ein schlechtes ‚Ding‘, falls Ihr gerade daran denkt“, fuhr der Alte wie beiläufig weiter fort. „Sie macht es einem schwer, einen klaren Kopf zu bewahren. Manchmal will man glauben, dass sie einen wärmen kann. Doch in Wirklichkeit brennt sie zu heiß und zu schnell, als dass man über längere Zeit Vergnügen an ihr finden könnte."

Langsam drehte er sich zu Wolskin um. Der Mann war verdammt gut darin, nicht im Geringsten pflichtschuldig dreinzublicken. „Was war das eben für ein Knurren?"

„Was?"

„Das Knurren", beharrte er. „Hinter meinem Rücken. Als ich mir den Fettsack fast geschnappt hätte."

„Ich weiß nicht, wovon Ihr sprecht."

„Sagt es mir!"

„Nein!" Erstmals lag so etwas wie Schuldbewusstsein in der Stimme seines Zellennachbarn, eine Art verdecktes Flehen, das er nicht rechtzeitig hatte überdecken können.

„Wolskin", forderte er mit Nachdruck. „Spielt keine Spiele mit mir. Etwas hat geknurrt und ich war es nicht. Es klang überhaupt nicht wie aus einer Menschenkehle. Es klang wie ein ... wie ein wildes Tier. Jetzt sagt mir endlich, was es war."

„Ich habe mich nur geräuspert ..."

„Soll ich die Wachen rufen?"

„*Soll ich Euch das Genick brechen, Hauptmann Calgola*?" Der Mann richtete sich unversehens auf. Alt war er, ausgemergelt, doch unter seiner runzligen Haut spannten sich sehnige Muskeln. Etwas bewegte sich dort bei den Säcken zwischen seinen Füßen. „Ich warne Euch, Hauptmann. Ich werde es tun!" Wolskins Stimme war nicht fester als sein Stand. Der Alte unternahm einen drohenden Schritt in seine Richtung, doch sogleich fingen seine Knie derart heftig an zu zittern, dass er mit einem seufzenden Laut in sich zusammensank. „Ich warne Euch", wiederholte er erschöpft vom Boden aus. „Ich warne Euch, Hauptmann Calgola!"

„Was habt Ihr unter dieser Decke, Wolskin?“ Er erschauderte. Zu viele seltsame Dinge waren in zu kurzer Zeit geschehen. Es ließ sich kaum noch auseinanderhalten, welche davon wirklich waren. Da war es wieder: Zwischen den Säcken auf dem Boden gab es unverkennbar etwas, das sich rührte. Er spürte, wie sich die Haare auf seinen Armen aufrichteten. Fast war er nicht mehr sicher, ob er überhaupt wissen wollte, was in diesen Schatten vor sich ging. Unversehens war wieder das Knurren zu vernehmen. Das Geräusch war leise aber drohend.

„Shhh“, machte Wolskin. Der Mann bemühte sich, zurück zu seinen Decken zu kriechen. „Shhhhh!“ Die Falten des Leinenstoffs fielen auseinander, bevor er sie erreichen konnte. Zwei schimmernde Perlen starrten ihm entgegen. Glitzernde Zähne. Die Fratze eines Dämons.

„Ein Hund!“, staunte er nicht schlecht, als das Tier sich aufrichtete.

„Rührt ihn nicht an!“ Die Stimme des Alten war gebrochen, krächzend und schwach.

„Wolskin!“ Sein Ausdruck war fassungslos. „Das ist ein Hund! Wie habt Ihr hier drinnen einen verdammten *Hund* versteckt? Wie habt Ihr überhaupt ...?“ Er verstummte. Ruhig, Palter. Das Blut pochte laut zwischen seinen Schläfen. Der erste Eindruck von der Kreatur war ein weitaus schlimmerer gewesen.

Der Konsul. Die ganze unsägliche Sache mit dem wahnsinnigen Plan. Und jetzt auch noch dies. Hatten sich die Augen und der Verstand bereits vollends von ihm verabschiedet? Nein, ganz eindeutig: ein Hund, etwas länger als ein Unterarm, mit einem Fell, das grau und schwarz und weiß war wie Gewitterwolken. Eine Reihe spitzer Zähne glänzte unter den bebenden Lefzen. Auch die Augen waren verstörend: blau und milchig das eine, braun und dunkel wie eine Kastanie das andere. Der Alte legte eine feingliedrige Hand auf die Schnauze, woraufhin das Tier verstummte.

„Wolskin", wiederholte er beschwörend. Fast benötigte er inzwischen eine Bestätigung, dass auch der Alte die Kreatur sehen konnte. „Was ist das für ein Wesen?"

„Versprecht es mir, Calgola", forderte der Mann entschlossen. „Versprecht mir, dass Ihr ihn in Ruhe lasst. Versprecht mir, dass Ihr niemandem davon erzählt!"

„Ja, schon gut! Wie habt Ihr ..."

„Nein, Hauptmann. Versprecht es richtig!"

„In Ordnung." Unwirsch hob er eine Hand. „Ich verspreche es. Also!"

Wolskin schnaufte. Noch einmal richtete der Alte einen Blick auf ihn, so als zögere er bis zuletzt, jemanden in sein Geheimnis einzuweihen. Schließlich deutete er mit einem zitternden Finger hinauf zur Fensternische.

Argwöhnisch folgte er der Geste und blinzelte hinauf zum Licht. „Wie bitte? Von da oben?"

Der Alte nickte stumm.

Er schüttelte den Kopf. Verwirrter alter Mann! „Was soll das?", wollte er wissen. „Wollt Ihr mich veralbern? Das Fenster ist zu klein für einen Hund. Und zu weit oben."

„Nicht für diesen hier!"

Ein entnervtes Stöhnen entfuhr ihm. Der Alte war eindeutig wirr im Kopf. Er musterte die Kreatur, die seinen Blick ungerührt erwiderte. Etwas an diesen Augen war seltsam. Irgendetwas beim Anblick dieser Pupillen sorgte dafür, dass ein Schauer über seinen Rücken lief.

„Dieser Hund ..." Er fuhr sich mit der Hand über die Stirn. Zeigten sich dort schon Anzeichen von Fieber? „Gehört er

Euch?“ Es war besser, über irgendetwas zu reden, als zuzulassen, dass sich die Gedanken in alle Richtungen zerstreuten.

Wolskin lachte schwach. „Er gehört niemandem. Seht ihn Euch an! Sieht so ein Hund aus, der irgendjemandem gehört?“

Der Mann redete schon wieder wirr. Die Präsenz des Wesens blieb allerdings ein Rätsel. In Merkesch gab es keine streunenden Hunde und auf dem Palon Braset noch viel weniger. Trotzdem musste er zugeben, dass der Alte recht hatte. Es war beinahe unmöglich, sich das Tier am Ende einer Kette oder Leine vorzustellen. „Wie kommt es, dass Jolnik ihn nicht gesehen hat?“, wollte er wissen. „Er war doch eben noch ...“ Er fuhr sich durch die Haare. Langsam, Palter. „Seit wann ist er hier? Wie lange habt Ihr ihn schon?“

Der Alte streichelte sanft über das gescheckte Fell. „Wenn ich es Euch sage, werdet Ihr mir nicht glauben“, verkündete er in einem seltsamen Singsang. „Ihr werdet glauben, ich sei verrückt. Ihr werdet glauben, der alte Wolskin habe hier unten den Verstand verloren. So wie all die Geister. Ihr werdet glauben, sein ‚Ding‘ sei zu schwach gewesen und hätte nicht ausgereicht, um ihn zu retten. Wisst Ihr ...“ Der Alte kratzte sich am Kopf und blickte bitter zu ihm auf. „Manchmal, Hauptmann, manchmal glaube ich es selbst. Dieser Hund“, fuhr er fort. „Er ist etwas Besonderes. Er hat eine Gabe. Zu erscheinen, wenn ihm danach ist. Und zu verschwinden. Für ihn ist es ganz einfach. Wenn er nicht gesehen werden will, dann sieht man ihn auch nicht.“

Zum ersten Mal seit langer Zeit war das Gesicht des Alten wieder deutlich im Licht zu erkennen. Tränen glitzerten in seinen Augenwinkeln. Der Hund hatte seinen Blick noch immer keinen Moment lang von ihm abgewandt. „Er ist mir zugelaufen“, erklärte der Alte leise. „Von sehr weit weg. Er passt auf mich auf. Damit es mit mir noch nicht zu Ende geht. Er ... er lässt nicht zu, dass ich hier unten sterbe. Versteht Ihr?“

Palter schloss die Augen und atmete tief. „In Ordnung. In Ordnung.“ Mit dem Verstand des Alten musste in der Tat Erschütterndes geschehen sein. Das Gefährliche an seinem Wahnsinn war, dass er ständig drohte, auf seine Umgebung überzuschwappen. „Das eben war alles sehr anstrengend“, begann er. „Vielleicht sollten wir versuchen ...“

„Habt Ihr Familie, Hauptmann Calgola?“

„Was?“ Er blinzelte irritiert.

Der Mann blickte ihm direkt in die Augen. Dann nickte er. Ein Ausdruck von Bitterkeit lag in seinen Zügen. „Ich schon“, brachte er hervor. „Ich schon, Hauptmann Calgola. Vor langer, langer Zeit, da hatte ich Familie. Dieser Hund ist alles, was mich noch an sie erinnert. Wenn ich er wäre, könnte ich bei ihnen sein. Ich würde einfach über diese Wand, durch dieses Fenster klettern. Durch die Straßen laufen, immer und immer weiter. Schon sehr bald wäre ich wieder bei ihnen.“

Die Augen des Mannes schienen sich irgendwo in der Höhe zu verlieren; irgendwo im Lichtschein oder in den Luftgebilden seiner Fantasie. „Die Wallstraße würde ich entlanggehen, bis zum Platz vor dem goldenen Tor“, fuhr er mit träumerischer Stimme fort. „Vorbei an den Wappenhäusern bis zum großen Platz. Dann die erste Querstraße nach rechts. An Morois Haus vorbei, wo nur noch Geister wohnen. Als nächstes in die Veilchengasse bis zu Azuras Brunnen. Dann endlich unter einem Tor duftender Ranken mit purpurnen und dunkelroten Blüten ...“

Der Alte verstummte. Sein Mund stand offen. Eine einzelne Träne bahnte sich ihren Weg durch eine tiefe Falte in seiner Wange, glitzernd zwischen den ungepflegten Stoppeln. Er schniefte und schien sich dabei in Teilen wieder zu fangen.

„Ich denke nicht oft an solche Dinge, Hauptmann. Man darf sie nicht zu oft hervorholen, das habe ich Euch schon gesagt. Man erträgt es nicht, wenn man sie zu oft sieht. Alle, alle glauben, ich sei tot. Doch *sie* glaubt es nicht. *Sie* weiß, dass ich noch lebe. Und irgendwo dort draußen wartet sie auf mich."

Stille folgte.

Es dauerte einige Augenblicke, bis er seine Gedanken wiederfand. Nach einem kurzen Tasten über die Seitentaschen seines Morgenmantels fand er das gesuchte Seidentaschentuch. Wolskin betrachtete den fremdartigen Gegenstand wie eine kostbare Blüte. Dann ergriff er ihn dankbar und schnäuzte sich laut. Das Geräusch half ganz erheblich bei der Rückkehr in die Wirklichkeit. „Danke."

Ablehnend hob er die Hand. „Behaltet es. Ich sammle vieles, aber keinen alten Schnodder."

„Ha!" Unversehens kehrte etwas von der früheren Härte in die Züge des Alten zurück. Der Mann wandte sich ab und kroch zurück in seine Ecke. „Verdammter Bengel. Ihr seid schuld, mit Eurem Kleid. Nichts als Ärger bringt Ihr mir. Ich werde hier noch selbst zum Weib." Die plötzliche Verschlossenheit kam so schnell und unerwartet wie zuvor der emotionale Ausbruch. Offenbar gehorchte in diesem Loch wirklich nichts mehr den gewöhnlichen Gesetzen des Verstandes ...

Ein Krachen auf dem Treppenabsatz ließ ihn herumfahren. Die Tür war aufgeflogen und gegen die Wand geprallt. Jolnik, eine Fackel in der Hand, die Miene wutverzerrt, stapfte die Treppe hinab. Der Mann nahm die Stufen mit einer Intensität, als hege er gegen jede einzelne von ihnen tiefe Abneigung.

Er hörte, wie der Alte hinter seinem Rücken stöhnte. „Wie auf einem Rummel heute", beklagte sich der Mann. „Wie auf einem verdammten Rummel. Passt bloß auf Eure Nieren auf."

Schnell bemühte er sich, einigen Abstand zwischen seine inneren Organe und die Gitterstäbe zu bringen.

„Eure Schuld", griesgrämte sein Nachbar. „Das hier ist alles Eure Schuld, Calgola. So schön ruhig ist es hier gewesen, die ganze Zeit, bis Ihr mit Euren ..."

Auch der zweite Wächter war inzwischen im Türrahmen erschienen. Der Mann bemühte sich eilig, seinen vorausstürmenden Kameraden einzuholen. Jolnik erreichte das Treppenende als Erster und näherte sich derart zielgerichtet, als erwarte er, dass sich die Gitterstäbe vor ihm teilten. Erst als das Gesicht des Wächters beinahe schon das Eisen berührte, hielt er schlagartig inne und hob die Fackel, um die Schatten im Inneren zu vertreiben. Gelb gefletschte Zahnreihen, glänzende Augen unter einer rot glühenden Stirn musterten sie, zerfurcht vom Widerstreben gegen alles, was der ungerechte Kosmos an diesem Morgen auf einen armen Wächter niedergehen ließ. „So, so." Auch die gepresste Stimme verriet tiefste Kränkung über die grundlegende Ungerechtigkeit der Welt. „Der Abschaum hat also vor, uns zu verlassen. Ich fürchte, uns bleibt noch nicht mal mehr Zeit für eine ordentliche Verabschiedung."

Palter erhob sich ungläubig. Es war, als fielen Zentner von ihm ab. „Ihr holt mich ..."

„Obwohl: Ein wenig Zeit findet sich eigentlich immer, meint Ihr nicht?" Die Hand des Mannes ging zum Schlagstock an seiner Hüfte.

„Lass sie, Jolnik." Die Stimme des Zweiten war drängend und nervös. „Der reiche Herr hat gesagt, wir dürfen ihnen nichts mehr tun."

„Ist das so?" Wenn ein Ohrenspitzen ein Geräusch verursachen konnte, so hatte Wolskin es gerade erfunden.

„Halt dein Maul, du Dämlack“, schrie der Dicke über seine Schulter zurück. „Ich sollte diesen Knüppel an *dir* benutzen, bis du lernst, dein erbärmliches Maul zu halten!“

„Weißt du, was lustig ist, Jolnik?“ Es war erstaunlich, wie viel Leben mit einem Mal in die Augen des Alten getreten war. Mit knackenden Gelenken hatte er sich erhoben und trat nun langsam vor wie jemand, der ein unerwartetes Geschenk erhalten hat. „Nichts tun, ja? Seltsam. Als gestern deine Mutter ...“

„Abführen!“, brüllte Jolnik. „Abführen, bevor ich mich vergesse.“ Der Lange schoss herbei, nestelte mit dem Schlüssel im Schloss herum und riss die Zellentür auf.

Palter atmete auf und trat erleichtert vor. „Götter!“, stieß er aus. „Endlich! Endlich seid ihr da. Und ich hatte schon befürchtet ...“

„Nicht Ihr, Hauptmännchen.“ Jolnik war in den Durchgang getreten. Die Spitze des Schlagstocks bohrte sich in seine Brust. „*Ihr* seid doch gerade erst angekommen.“ Der Wächter nickte widerstrebend zu Wolskin. „Der andere Abschaum. Vortreten!“

„Der andere ...“ Der Kiefer des Alten sank herab. Seine Augen waren weit und fassungslos.

„Los!“

„*Ich*? Ich soll ...“

„Vortreten sollt Ihr. Und das Maul halten!“

Der Alte sah für einen Augenblick so aus, als würde er zusammenbrechen. Seine Glieder zitterten wie die eines frisch geborenen Fohlens. Für den Bruchteil eines Moments schoss sein Blick zurück zum Versteck zwischen den Säcken auf dem Boden. Zum Glück war Jolnik viel zu sehr mit seiner Wut beschäftigt, um den verräterischen Streifblick zu bemerken.

„Los jetzt“, blaffte der Wächter. „Ihr geht auf Reisen, Abschaum.“ Die Stimme sollte wohl Hohn ausdrücken, verriet jedoch nichts als Neid. „Wer hätte das gedacht? Los doch! Wir müssen Euch noch vorzeigbar machen. Die Leute sollen doch nicht denken, es sei Euch bei uns schlecht ergangen.“

Ein breites, ungläubiges Grinsen spannte sich über das Gesicht des Alten. „Von hier fort? Ihr meint ... nach *draußen*?“

„Los doch!“ Der Dicke winkte ungeduldig mit dem Schläger zur Tür.

„Und Ihr dürft mir *überhaupt nichts* tun?“

„Vorwärts jetzt!“

Wolskin trat vor. Sein Blick war konzentriert gesenkt wie der eines Predigers, der sich beim Aufstieg zur Kanzel noch einmal die wichtigsten Punkte eines sorgsam ausgearbeiteten Vortrags in die Gedanken ruft. Als er aufblickte, lag ein frischer Glanz in seinen Augen. Der Mann befeuchtete die Lippen und holte tief Luft. „Wisst Ihr, was Ihr seid, Jolnik?“, verkündete er feierlich. „Ein fettes Schwein. Ein stinkendes, dummes ...“

„Schaff ihn mir vom Hals, bevor ich ihn umbringe!“, hallte das Brüllen des Dicken von den Wänden wider.

„... ungewaschenes, verblödetes, auf dem Grund einer Jauchegrube gezeugtes ...“

Der Lange bemühte sich, den Alten durch die Tür zu zerren und möglichst schnell über die Treppe nach oben zu befördern. Wolskin war so schwach, dass er ihn dabei halb tragen musste.

„... aufdringliches, für alle Zeiten allein bleibendes ... auf Nimmerwiedersehen, Calgola! ... erbärmliches, widerwärtiges, von Göttern und Dämonen verdammtes ...“

Jolnik schloss die Augen und zählte laut, um Wolskins Stimme zumindest in seinem Kopf zu übertönen. Offensichtlich hatte der Alte seine Abschiedsrede sorgfältig ausgearbeitet, möglicherweise für den Tag, an dem man ihn zur Hinrichtung abholte. Es dauerte eine ganze Weile, bis der Wächter den Mann so weit außer Hörweite geschafft hatte, dass seine Verfluchungen nicht mehr zu verstehen waren.

Jolniks Lider hoben sich nur langsam wieder. Rote Äderchen waren in den Augäpfeln deutlich zu erkennen. Der Dicke schlug die Eisentür zu, schloss ab und stierte ihn im Fackelschein an. „Ein Einzelzimmer nur für Euch, Hauptmännchen", verkündete er, jedoch ohne rechte Freude. „Macht es Euch gemütlich. Von nun an haben *wir* also die Gelegenheit, uns besser kennenzulernen." Der Hohn in seiner Stimme schien nicht einmal den Wächter selbst zufriedenzustellen. Es war unverkennbar, dass er das vertraute Objekt seiner Abneigung, das seinem Leben einen Sinn gegeben hatte, schon jetzt vermisste. Für einige Momente sah es aus, als suche er erfolglos nach Einfällen für weitere Bosheiten. Dann aber wandte er sich kopfschüttelnd ab und stapfte stumm zur Treppe. Mit einem eisernen Becher löschte er die Fackeln an der Wand. Dann fiel die Tür am Absatz hinter ihm ins Schloss.

Eine ganze Zeit lang blieb er wie betäubt an den Gitterstäben stehen. Mit einem Mal war alles still und dunkel. Sein Verstand schien außerstande, alles, was soeben vorgefallen war, zu begreifen.

Langsam ließ er sich auf die Steine sinken. Zum ersten Mal war der Raum fast völlig finster, abgesehen von dem Balken aus blauem Licht, der durch das Fenster unter der Decke hereinfiel. Auf allen Vieren kroch er hinüber in die Ecke, in der zuvor Wolskin gelegen hatte. Mit vorgestreckter Hand tastete er über die Säcke. Von dem Hund fehlte jede Spur.

Ächzend rollte er sich auf dem Stoff zusammen. Müdigkeit begann mit einem Mal ihn zu übermannen. Vielleicht war Schlaf ja, was er brauchte. Vielleicht war dies alles nur ein Albtraum. Wenn alles gut ging würde er gleich in seinem Himmelbett aufwachen.

Während er die Säcke über sich zusammenzog und eindöste, wurde ihm, bereits halb im Traum, bewusst, dass er Fell berührte. Kühl und trocken war es. Wo immer die Spitzen seine Haut berührten, zuckte er zusammen wie unter schwachen Entladungen statischer Elektrizität.

Kapitel 9 – Diener

Er erwachte und erschrak. Einen Moment lang wusste er nicht, wo er sich befand. Sein Blick ging zum einzigen Lichtschein. In den Sonnenstrahlen, die durch das kleine Fenster hereinfielen, tanzten zwei Insekten. Zwei Falter, die einander jagten. Der eine beschloss, hinaus ins Freie zu fliegen. Der andere folgte ihm.

Er richtete sich auf seinem Lager auf. Verwundert musste er zur Kenntnis nehmen, dass er gut geschlafen hatte. Der ungewohnte Verzicht auf berauschende Getränke vor dem Einschlafen hatte mit Sicherheit seinen Anteil daran. Dies allein war jedoch noch kein Grund dafür, die unfreiwillige Tugend zur Gewohnheit werden zu lassen.

Er blinzelte. War es noch heute oder schon wieder morgen? Er hätte nicht sagen können, wie lange er geschlafen hatte.

Er tastete umher. Der Hund war, falls er jemals hier gewesen war, wieder verschwunden. Ein unbestimmtes Gefühl behauptete hartnäckig, dass ihm das Tier bis in seine Träume gefolgt war. Vielleicht war es deshalb noch nicht wieder hier. Vermutlich trieb es sich noch immer irgendwo in seinem Kopf herum.

Er rieb sich die Augen. Dieses verdammte Kellerloch konnte einem Mann wirklich auf die seltsamsten Gedanken bringen. Er tastete nach dem Wassereimer. Nachdem er sichergestellt hatte, dass es der richtige war, nahm er einen tiefen Schluck. Das Wasser schmeckte schal, aber wenigstens nicht faulig.

Seltsamerweise musste er an Feigen denken. Normalerweise brachte man ihm seine Lieblingsmahlzeit jeden Tag frisch in seine Kammer. Sie war an diesem Morgen schmerzlich vermisst.

Wie es wohl um seine Wohnung stand? Hoffentlich war wenigstens auf Theus' Worte noch Verlass. Der gute Hergemuffe würde sicher dafür sorgen, dass alles seinen geregelten Gang nahm. Ob der Junge Ziffre heute Morgen umsonst an seine Tür getreten war, enttäuscht darüber, dass man ihm das Vergnügen an Papierkram und Steuerdingen grausam vorenthielt?

Ein Klopfen riss ihn aus seinen Überlegungen. Er spitzte die Ohren. Das Geräusch erklang von jener Steinwand, die dem Treppenabsatz abgewandt und dem Eisenkäfig am nächsten war.

Eine Pause folgte. Dann wieder ein beharrliches Hämmern, dieses Mal sogar noch lauter. Es klang ganz so, als versuchte jemand, seine Aufmerksamkeit zu erregen.

„Hallo?", fragte er in die Dunkelheit. Sofort kam er sich dämlich vor. Sprach er tatsächlich gerade mit einer Steinwand?

Das Klopfen verstummte. „Hallo?", erklang es nach einigen Augenblicken dumpf von der anderen Seite. „Wer da?"

Eine durchaus ungewöhnliche Begrüßung. „Üblicherweise fragt man das denjenigen, der *anklopft*."

„Herr Calgola!" Der Ausstoß verriet Erleichterung. „Den Göttern sei Dank. Seid Ihr allein?"

„Kommt ganz drauf an, wer fragt."

„Es ist gewissermaßen wichtig."

Er runzelte die Stirn. Die Stimme klang bekannt. „Hergemuffe! Seid Ihr das?"

„Herr Calgola!"

„Hergemuffe!" Auf allen Vieren robbte er bis nahe an die Gitterstäbe. „Ja! Ich bin hier! Alleine! Wenn man von dem ganzen Ungeziefer einmal absieht. Wo seid ... ich kann Euch hören. Aber es fällt mir schwer, Euch zu verstehen."

„Wartet einen Moment", erklang es aus der Wand.

Einen Moment lang geschah überhaupt nichts. Dann war ein leises Rieseln zu vernehmen, gefolgt von einem lauteren Bröckeln wie von Putz, der auf den Boden fiel.

Er kniff die Augen zusammen. Etwas bewegte sich in der Dunkelheit. Man musste schon sehr genau hinschauen, um etwas zu erkennen. Etwas wie ein dünner Draht wurde unversehens durch eine Fuge zwischen den Steinen geschoben. Das Objekt drehte sich einige Male, so als beabsichtige jemand, das Loch auf diese Weise zu vergrößern. Dann verschwand das Drahtstück. Etwas Neues wurde an seiner Stelle durch die Lücke im Putz geschoben: ein dünnes Röhrchen aus matt glänzendem Metall. Verdutzt beobachtete er, wie aus dem Röhrchen eine Art Blüte hervorwuchs, ein Kelch aus dünnen Metallblättchen, der sich in alle Richtungen wie ein Trichter aufspannte. „Herr Calgola. Geht es Euch gut?", tönte eine wohlbekannte Stimme blechern, aber dennoch verständlich aus der seltsamen Apparatur.

„Ich bin nicht sicher. Was ist das für ein ... Ding?"

„Keine Zeit, Herr. Es gibt viel Wichtiges, das wir zu bereden haben."

„Eure Stimme ertönt so klar", wunderte er sich. „Wie könnt Ihr ... wo bekommt man so etwas her?"

„Herr." Die Stimme seines Hausdieners war drängend.

„Hergemuffe. Wo seid Ihr überhaupt?"

„In der Nachbarzelle, Herr."

„Was? Etwa eingesperrt?"

„Nein, Herr", erklang es mit erzwungener Geduld. „Man hat mich hereingelassen. Ebenso, wie man mich auch wieder herauslassen wird. Jemand in dieser ... *Einrichtung* schuldet mir noch einen Gefallen."

„Hm." Kein Wunder. Die halbe Stadt schien bei dem alten Burschen mit Gefälligkeiten in der Kreide zu stehen. Irgendwann einmal würde ihm der Mann erklären müssen, woher er all seine Verbindungen nahm. Noch immer musterte er verwundert die Blüte aus Metall. „Dieser Jemand, der Euch eingelassen hat", spekulierte er. „Euer Freund ist nicht zufällig auch in der Lage, mich hier herauszuholen?"

„Ich könnte es versuchen, Herr. Aber wäre das auch klug? Man würde nach Euch suchen. Ich kenne viele verborgene Orte in Merkesch, aber keinen, an dem Ihr Euch in alle Ewigkeit verstecken könntet."

„Nein. Nein, Ihr habt recht." Dies war nicht die Zeit für voreilige Aktionen. Es war beunruhigend genug zu wissen, dass der Alte in der *Lage* gewesen wäre, ihn aus einer Zelle in der hochgesicherten Peculari-Feste zu befreien. „Warum seid Ihr hier, Hergemuffe?", fragte er laut. „Wie habt Ihr mich überhaupt ... ich meine, was ... was *wollt* Ihr hier? Was Ihr da tut, ist hochgefährlich. Wenn man Euch entdeckt, seid Ihr selbst dran. *So* gut bezahle ich Euch auch wieder nicht."

„Ich bin verwundert über alles, was geschehen ist, Herr", erklang es durch das Röhrchen, seine Frage ignorierend. „Man sagt, Ihr seid der Kopf einer Verschwörung. Die Rede ist von Hochverrat. Ihr scheint ein interessantes Leben parallel zu dem zu führen, das Ihr mit mir teilt. Ich dachte eigentlich, ich wüsste über die meisten Eurer Angelegenheiten Bescheid."

„Ja", gab er mürrisch zurück. „Das dachte ich eigentlich auch." Dies war nicht das erste Mal, dass der alte Mann ihm helfen musste. Allein Hergemuffe war es zu verdanken, dass er nicht schon viel früher Bekanntschaft mit dem Inneren einer Zelle gemacht hatte. Die meisten der Vergehen involvierten Trunkenheit und verschiedenste Geschmacksrichtungen von unangemessenem Verhalten.

„Nun“, stellte er ernüchtert fest. „Offensichtlich glauben einige wichtige Persönlichkeiten, noch viel besser über meine Angelegenheiten Bescheid zu wissen als Ihr oder ich. Nichts davon ist wahr, das kann ich Euch versichern.“

„Man sagt, Ihr seid bestochen worden“, fügte die Stimme besorgt hinzu. „Von den Banditen Ingwalls. Dass Ihr etwas zu tun habt mit dem Mord an General Strohmalm.“

„Kapilar.“ Er schlug gegen die Eisenstäbe. Dieser Hund schreckte wirklich vor nichts zurück. Er hatte niemals zugestimmt, dass Sie ihm alle ungeklärten Kapitalverbrechen in ganz Merkesch auf die Schultern laden durften.

Das Schweigen auf der anderen Seite klang dieses Mal besonders betreten. Die Intensität des Nicht-Geräuschs war beinahe verdächtig.

„Ist Euch ein Mann mit Namen Kapilar bekannt, Hergemuffe? Ein Glatzkopf im Rang eines Kerebin der Peculari.“

Mehr Stille. „Ich habe schon von ihm gehört, Herr.“ Die Worte seines Dieners schienen äußerst vorsichtig gewählt.

„Er“, stieß Palter aus. „Er steckt hinter all dem hier. Er und Konsul Grauwacke. Die beiden wollen mich loswerden. Zumindest Grauwacke. Was Kapilar will, weiß ich nicht. Der Bursche ist mir ein verdammtes Rätsel. Wisst Ihr irgendetwas über ihn?“

Erneut folgte eine Pause von einiger Länge. „Kapilar ist ein sehr gefährlicher Mann“, erklärte die Stimme verhalten. „Ein sehr gewissenhafter Mann. Mit Gedanken, die nur wenige durchschauen. Er wähnt sich als Beschützer dieser Stadt. Manchmal sogar jenseits aller Rechenschaft gegenüber dem

Konzil und dem Petrarchen. Kapilar würde alles tun, um Merkesch zu beschützen. Auf *seine* Art. Er ist von dem Gedanken, dass überall Feinde lauern, geradezu besessen. Aber er hat viele Erfolge vorzuweisen. Er hat das Ohr von Vielen im Konzil."

„Und offenbar auch umgekehrt." Er ließ ein Knurren hören. Ein selbsterklärter Rächer. Das fehlte gerade noch. „Was glaubt Ihr, was er von mir will?"

„Schwierig zu sagen", sinnierte Hergemuffe. „Was immer er auch vorhat, geschieht in seinem Kopf mit Sicherheit zum Wohl der Stadt. Ich weiß, dass er sich des Öfteren im Geheimen mit Konsul Grauwacke getroffen hat. An einem Ort in Merkesch, den nicht viele Menschen kennen. Nur weiß ich nicht, warum gerade Ihr zum Ziel der beiden Herren geworden seid. Gibt es da irgendetwas, das ich wissen sollte, Herr?"

„Ich bin nicht sicher." Er fuhr sich mit der Hand über die Augen. „Ich hatte gestern ein sehr unangenehmes ..." Er hielt inne. Irgendetwas am Anblick der Schatten ließ ihn zögern. *Der Hund*, erklang die Erinnerung an Wolskins Stimme in seinem Kopf. *Er stammt nicht von hier. Er passt auf mich auf.* „Nein", führte er den Satz halbherzig zu Ende. Die Sorge vor unerwünschten Mithörern war möglicherweise übertrieben. In Zeiten von unerklärlich auftauchenden und wieder verschwindenden Haustieren empfahl es sich jedoch, mit Geheimnissen vorsichtig zu sein. „Ich fürchte, es gibt nichts, was ich Euch sagen könnte."

Stille. Der alte Diener war ohne Zweifel jemand, der Zwischentöne gut verstand. „Ich verstehe, Herr", erklang es bedächtig von der anderen Seite.

„Was wisst Ihr sonst noch über meinen Fall?", wollte er wissen. „Ihr bekommt viel mit von dem, was in diesen Straßen vor sich geht."

Der Alte schien zu überlegen. „Das Konzil und der Petrarch haben Euch enteignen lassen, Herr", erklang es mit einiger Besorgnis. „Man denkt offenbar darüber nach, Euch für weitere Untersuchungen in Festungshaft zu verlegen. In eines der Bollwerke auf der alten Ingwallmauer. Anscheinend befürchtet man, Ihr könntet in dieser Stadt über Verbündete verfügen, die versucht sein könnten, Euch zu befreien."

„Keine ganz abwegige Vorstellung, wie es scheint."

„So scheint es in der Tat, Herr."

„Kennt Ihr jemanden in den alten Festungen, Hergemuffe?"

„Ich fürchte nicht, Herr", klang es bedauernd aus dem Rohr. „Der Mittelpunkt meines Lebens war immer diese Stadt. Innerhalb der Mauern kann ich sehr vieles für Euch tun. Außerhalb müsst Ihr, wie ich fürchte, ohne mich zurechtkommen."

„Hm." Also alles so wie früher, als er noch ein einfacher Soldat gewesen war. „Was ist mit meiner Wohnung?", wollte er wissen. „Lässt sich diese Enteignung irgendwie verzögern? Schafft Ihr es, mein Heim in Ordnung zu halten, bis das alles hier ... geregelt ist?"

„Falls Ihr damit die Unordnung meint, die Ihr uns hinterlassen habt, so ist alles noch an seinem Platz, Herr. Man hat ein paar Stadtwächter vor Eurer Tür postiert. Sie haben den jungen Ziffre weggeschickt, als er zur Arbeit erschien. Eine Schande. Der Junge ist wirklich gut. Aber macht Euch über solche Dinge nicht zu viele Sorgen. Das Räderwerk der Verwaltung ist, wie Ihr wisst, ein äußerst träges. Mir fällt bereits das eine oder andere Werkzeug ein, um Euren Fall für eine Weile zum Stillstand zu bringen. Zu viel Zeit sollten wir uns allerdings nicht dabei lassen, Euch aus dieser Lage wieder herauszubekommen."

Er starrte die Wand an. Verdammte Schatten. Es wäre wirklich an der Zeit für einige offene Worte gewesen. Dem alten Diener wäre bestimmt etwas eingefallen, hätte er die volle Wahrheit zu Gehör bekommen. Wie es aussah, blieb ihm für den Augenblick jedoch nichts anderes übrig, als sich auf die Versprechungen am Kartentisch zu verlassen und den einmal angesetzten Kelch zur Gänze auszutrinken. „Dann werde ich mich wohl bemühen müssen, mir etwas einfallen zu lassen", brachte er halbherzig hervor.

„Wie Ihr meint, Herr."

Er schnaufte und warf Stroh in die Dunkelheit. „Ihr habt eben meine Frage nicht beantwortet, Hergemuffe. Warum helft Ihr mir? Ihr riskiert eine sehr harte Bestrafung, wenn herauskommt, was Ihr hier unten treibt."

„Vielleicht", erklang es nach einer kurzen Pause. Er konnte den Alten am anderen Ende schnaufen hören. „Man könnte vielleicht sagen, dass ich mich gewissermaßen an Eure Anwesenheit in dieser Stadt gewöhnt habe, Herr. Dass ich der Meinung bin, dass Merkesch jemanden wie Euch, der einen frischen Wind in einige arg eingestaubte Kammern bringt, sehr gut gebrauchen kann."

„Hm. Was meinen Wert für diese Stadt angeht, habe ich heute auch schon andere Auffassungen gehört. Ich hatte ja keine Ahnung, dass Grauwacke mich dermaßen verabscheut. Wenn Ihr weiter zu mir haltet, macht Ihr Euch ein paar mächtige Feinde."

„Ich habe dreiundzwanzig Jahre lang dem gleichen Herrn gedient", entgegnete ihm die Stimme aus dem Röhrchen fest. „Im vierundzwanzigsten ist er mir gestorben. Wie sieht es aus, wenn ich gleich im fünfundzwanzigsten den nächsten verliere?"

Er nickte. „Ein ziemlicher Verschleiß, da habt Ihr recht. Dann lasst uns hoffen, dass unsere beiden Lebensläufe von weiteren dramatischen Einschnitten verschont bleiben. Noch etwas anderes, Hergemuffe.“

„Herr?“

„Warum könnt Ihr solche Sachen? Dieses ... *Ding* hier mit der Blüte. Die Verbindungen. Die Gefallen, die Euch all diese Leute schulden. Lernt man solche Dinge auf der Oberdienerschule?“

„Nein, Herr.“

Schweigen schloss sich an.

„Das war keine Antwort auf meine Frage, Hergemuffe.“

„Nein, Herr. Ausgezeichnet beobachtet, Herr.“

„Genau wie diese.“

„Ist dies wirklich die richtige Zeit, um über meinen Lebenslauf zu sprechen, Herr?“

„Nein. Ihr habt recht. Aber später. Wenn das hier vorbei ist, sollten wir uns wirklich einmal ausführlich unterhalten.“

„Ich muss jetzt gehen, Herr“, verkündete der Unsichtbare. „Wenn es mir gelingt, werde ich bald wieder zu Euch kommen. Ansonsten werde ich versuchen, in dieser Stadt für Euch die Stellung zu halten. Während Ihr erledigt, was immer Ihr erledigen müsst.“

„Ja.“ Er schnaufte. „Danke, Hergemuffe. Ich muss Euch bestimmt nicht erst bitten, Augen und Ohren offen für mich zu halten.“

„Nein. Das müsst Ihr wirklich nicht.“

„Ha!“, freute er sich. „Hergemuffe! Ihr habt vergessen, ‚Herr‘ zu sagen!“

„Verzeiht, Herr.“ Ehrliche Zerknirschung klang aus der Stimme in der Wand.

„Was für ein Tag! Darauf warte ich schon lange. Und ich dachte schon, das würde Euch nie passieren."

Ein angestrengtes Stöhnen drang durch den Strohhalm.

Er konnte sich ein Grinsen nicht verkneifen.

„Darf ich mich dann entfernen, Herr?"

„Ihr dürft, Hergemuffe." Er machte eine ausladende Geste mit beiden Händen, als wäre er ein hoher Herr. „Entfernt Euch. Waltet Eures Amtes."

„Danke, Herr. Und bitte ..."

„Ja?"

„Passt da draußen auf Euch auf."

„Sicher, Hergemuffe. Ihr kennt mich doch."

„Eben darum, Herr. Eben darum"

Die seltsame Apparatur erzitterte. Die Blüte faltete sich zusammen und wurde schabend durch den Spalt zurückgezogen. Anschließend ertönte das kratzende Geräusch von Putzstücken, so als bemühe sich jemand, den verräterischen Spalt wieder zu verdecken. Er starrte in die Dunkelheit. Nach einer Weile kehrte Stille ein. Er war wieder allein.

Ächzend lehnte er sich zurück gegen die Stäbe. Wenigstens einen gewissen Anlass zur Erleichterung hatte das Gespräch geboten. Immerhin war sein Hab und Gut in seiner Zeit der Abwesenheit nicht völlig ohne Schutz. Auch war es gut, zu wissen, dass es jemanden gab, der von seinen Schwierigkeiten wusste und der auf seiner Seite war. Was Olaikan und Theus anging war fraglich, ob sie überhaupt irgendetwas davon mitbekamen, was Kapilar hinter ihren Rücken mit ihm trieb.

Theus! Er stöhnte. Er hätte den alten Diener nach Theus fragen sollen. Die Benommenheit des Schlafes war schuld daran, dass sein Verstand noch nicht wieder ganz bei Kräften war. Solange Theus involviert war, bestand noch Hoffnung.

Der Mann war zu anständig, um ihre Abmachung zu brechen und ihn zu hintergehen. Er würde niemals zulassen, dass man einen seiner Untergebenen belog und einfach opferte.

Er seufzte. So oder so. Etwas würde sich bestimmt ergeben. „Irgendetwas ergibt sich immer", murmelte er und glaubte es auch beinahe. Es musste. Wenn nicht von selbst, dann, indem man dafür *sorgte*, dass die Dinge sich entsprechend fügten. Und was improvisierte Lösungen anging, gab es tatsächlich kaum einen Besseren als einen gewissen zu Unrecht eingesperrten Ruheständler.

Kapitel 10 – Aufbruch

Er war beinahe wieder eingenickt, als der nächste ungebetene Besuch sich geräuschvoll ankündigte. Mit der Hand versuchte er die Augen vor dem blendenden Licht abzuschirmen, das man direkt in sein Gesicht hielt. Die Umrisse von zwei Männern warteten im Fackelschein hinter den Gitterstäben. Sie hatten darauf verzichtet, die Tür auf dem Treppenabsatz scheppern zu lassen, was ihm bei Jolnik zumindest immer eine gewisse Warnfrist eingeräumt hatte. Einer der beiden Soldaten trat zur Tür und öffnete mit einem Klacken das Schloss.

Langsam erhob er sich von seinem Lager. Allmählich gewöhnten sich seine Augen an das Licht der Flamme. Schlanke, aufrechte Gestalten waren es, die dort hinter den Eisenstäben auf ihn warteten. Dunkle Augen, die ihn aus ockerfarbenen Gesichtern mit hohen Wangenknochen musterten. Ihre Schädel waren schmal, bedeckt mit glattem, schwarzem Haar. Er kannte diese Ausdrücke, diese Uniformen, grün wie ausgetrocknetes Moos an einem Sommertag in den Wäldern. Ebenso die charakteristischen Formen der krummen Haumesser an ihren Seiten. Dieses Mal waren es keine Peculari oder ungeschlachte Henkersknechte, die sie zu ihm geschickt hatten. Das hier waren richtige Soldaten. Darmukta-Krieger. Söldner der „Furchtlosen" von den Völkern bei der Nebelgrenze im Norden und Osten der Welt. Falls er jemals Fluchtabsichten gehegt haben sollte, so hatte sich die Aussicht auf Erfolg soeben erheblich verschlechtert.

Die Tür schwang auf. Noch immer hatte keiner der Männer einen Ton von sich gegeben. Einer von ihnen bedeutete ihm mit einer unzweifelhaften Geste seiner Hand, vorzutreten.

Palter räusperte sich. „*Ramor saminjha.*“

Die Darmukta zeigten keine Regung. Keiner von ihnen machte irgendwelche Anstalten, seinen Gruß in der Sprache ihres Volkes zu erwidern.

Er zuckte mit den Schultern und trat ergeben durch den eisernen Rahmen. Olaikan, dessen Volk vom gleichen Stamm war, hatte ihm noch einige weitere Sätze beigebracht, doch keiner davon war dazu geeignet, die beiden Wächter für ihn einzunehmen.

Einer der Soldaten schloss das Tor hinter ihm ab. Der andere trat vor, verschränkte die Hände hinter dem Rücken und musterte ihn von Kopf bis Fuß. „Palter Calgola“, stellte er mit deutlichem Akzent fest. „Bitte folgt uns. In Stille.“

Er nickte stumm. Es gab nicht viele Männer, von denen er sich das Wort verbieten ließ, doch diese hier gehörten dazu. Die Darmukta waren berüchtigt für ihren Mangel an Humor. Angeblich verdingten sie sich nur deshalb in den Kriegsdiensten fremder Völker, weil ihre Vorfahren in der angestammten Heimat schlichtweg nicht genügend Feinde übrig gelassen hatten. Genügend Gründe, um nicht herauszufinden, wie sie es mit der Misshandlung von Gefangenen hielten.

Der Mann nickte zu seinem Kameraden. Der Adressierte machte auf dem Absatz kehrt und übernahm die Führung. Der Krieger nahm die ersten Stufen, während sein Kamerad hinter seinem Rücken sicherstellte, dass auch ihr Gefangener, ohne zu mucken, folgte.

Darmukta also. War es vermessen, darin ein gutes Zeichen zu sehen? Seit über zwanzig Jahren leisteten Männer und auch Frauen dieses kriegerischen Volkes zuverlässig ihren Waffendienst an den gefährlichen Außengrenzen des Reiches. In der Stadt hingegen traf man sie so gut wie niemals an. Lag darin vielleicht ein Hinweis, dass der Plan vom Kartentisch noch Bestand hatte? Dass ein längerer Transport bevorstand und nicht bloß der Weg hinauf zum Galgen?

Inzwischen war der steinerne Absatz vor der Tür erreicht. Die Darmukta führten ihn entlang der Zellenreihe, wo die Gefangenen still in ihren Schatten lagen. Von dort aus ging es weiter über die runde Treppe in die oberen Etagen. Die zuckenden Fackeln an den Wänden schienen bemüht, auch noch das letzte Grau der Mauerwerke mit einer dicken Schicht aus Ruß zu überziehen. Schließlich erreichten sie den Vorraum mit den Fensterscharten, durch die bleiches Tageslicht hereinfiel.

Der vorausgehende Soldat öffnete die Tür zum Hof.

Palter kniff die Augen zusammen, als man ihn hinausgeleitete. Es war erstaunlich, wie schnell der Körper sich an die Dunkelheit einer Zelle gewöhnte. Der Himmel war verhangen, erfüllt von nebligen Wolken mit gleißenden Rändern, durch die nur wenig Licht und noch weniger Wärme drangen. Dennoch dauerte es einige Momente, bis er vom Tageslicht nicht mehr geblendet war.

Der Hof war, anders als bei seiner Ankunft, voller Leben. Etwa zwei Dutzend Krieger in den Uniformen der Darmukta und ebenso viele Pferde waren innerhalb der Mauern versammelt. Geschirre wurden überprüft, Klingen poliert, Befehle erteilt und Gepäck umhergetragen. Die hochschultrigen Biester mit glänzend-braunem Fell wandten still die Köpfe, während man ihnen Bündel von Ausrüstung auf die Rücken spannte.

Für gewöhnlich war der Anblick einer berittenen Abteilung von Darmukta ein Anlass zur Erleichterung. Oft genug hatte er während seines Tharsis-Dienstes an der Seite solcher Hilfstruppen im Feld gestanden und selten größeren Mut und höhere Todesverachtung erlebt als bei den schweigsamen Verbündeten von der Nebelgrenze. Welche Reise auch immer ihnen bevorstand: In jedem Fall würden sie *sicher* werden.

Was seine Freude deutlich trübte, war der Anblick eines Kastenwagens mit zwei vorgespannten Zugtieren in der Mitte des Hofes. Er stöhnte. Die Hoffnung auf eine etwas angenehmere Unterbringung als in der Zelle hatte sich damit zerschlagen. Ein Käfig wie für Tiertransporte war auf der Ladefläche festgezurrt, bedeckt von einem hölzernen Dach, auf das man allerlei Gepäck geladen hatte. Jemand hatte es sich bereits in dem fahrenden Gefängnis unbequem gemacht. Der Bursche saß zurückgelehnt und schien seine neuen Umstände trotz allem gründlich zu genießen.

„Ah! Calgola!“ Nun hatte Wolskin ihn bemerkt. Das Gesicht des Alten spannte sich zu einem Grinsen. Seine Stimme klang beinahe vergnügt. „Ihr schon wieder! Wer hätte das gedacht? Sieht aus, als brächtet Ihr mir Glück.“

„Wie man‘s nimmt“, brummte er zurück. „So viel wohl zu ‚Nimmerwiedersehen‘, was?“

Der Alte zuckte gleichmütig mit den Schultern. Nach Jahren in einem Loch unter der Erde war wohl selbst die nervtötendste Gesellschaft erträglich, solange sie mit Sonnenlicht einherging. Die kleine Tür am hinteren Ende des Karrens wurde von seinen Bewachern aufgeschlossen. Anschließend half man ihm dabei, über die Trittstufe ins Innere zu klettern.

Er blickte sich um, während kratzende Geräusche davon kündeten, dass der Ausgang hinter ihm versperrt wurde. Die Fröhlichkeit des Alten war durch die jämmerlichen Umstände in keiner Weise gerechtfertigt. Den Boden des Gefährts bildeten hölzerne Planken, in denen Splitter mit bloßem Auge zu erkennen waren. Bei der dünnen Schicht aus Stroh und den groben, sackartigen Decken handelte es sich anscheinend um eine Art Pflichtausstattung, ohne die kein Gefängnis in Merkesch auskam.

„Ha!“, machte der Alte, vergnügt über welchen Anlass auch immer, als man das Türchen hinter ihnen abschloss. Der Mann fuhr sich durch die dünnen Haare, lehnte sich gegen die Stäbe und schloss die Augen, um sein Gesicht der Sonne zuzuwenden. Er war rasiert und frisch gewaschen. Dazu trug er ein einfaches, aber sauberes Gewand mit Schuhen aus Stoff. „Ihr könnt Euch nicht vorstellen, wie gut es ist, die Sonne wiederzusehen“, kommentierte der Alte die nur mit Mühe zu erkennende Scheibe hinter den milchigen Wolken mit entschieden zu viel Enthusiasmus. „Richtiges Essen zu essen. Fleisch, Calgola. Mit Soße!“

„Großartig“, gab er mürrisch zurück. Um alte Zausel kümmerte man sich also. Aber wann war endlich Fütterungszeit für hungrige Hauptmänner? „Und wozu das alles?“ Missmutig versuchte er in der hinteren Ecke des Gefährts eine Position zu finden, die nicht vollkommen unbequem war. „Macht es Euch nicht misstrauisch, dass sie Euch mit einem Mal so gut behandeln?“

„Ist mir scheißegal“, verkündete Wolskin bestimmt. „Ich habe ein Bad genommen. Ein Bad, Calgola! Mit warmem Wasser drin!“

„Schön für Euch.“ Körperhygiene. Ja, er erinnerte sich dunkel, dass solche Dinge existierten. „Irgendeine Ahnung, wohin sie uns bringen?“

Der Alte zuckte mit den Schultern. „Nicht zur Hinrichtung, wie es aussieht. Dafür braucht man keine zwei Dutzend Wächter. Was sind das überhaupt für Kerle?“

„Darmukta“, gab er knapp zurück. „Söldner aus dem Norden. Habt Ihr nie …?“ Er verstummte. Der Alte hielt die Augen geschlossen. Einige Momente lang musterte er seinen Zellengenossen fassungslos. Der Bursche war Tharsis-Veteran und wusste nichts von den Darmukta? Wie lange hatte man den Mann dort unten ...

„Vielleicht habe ich mich auch geirrt." Der Alte hatte die Augen aufgeschlagen. Er folgte dem Blick. Eine kleine Gruppe von Wächtern näherte sich dem Wagen. Zwei von ihnen hielten etwas, das entschieden zu sehr nach Knebeln, Fesseln und schwarzen Hauben aussah.

„Kapuzen", stellte der Alte fest. Nur für einen Augenblick klang Furcht aus seiner Stimme. „Ha!" Schon hatte er sich wieder gefangen. „Also doch zur Hinrichtung. Dann war das eben wohl meine Henkersmahlzeit. Ich hätte mehr Soße verlangen sollen."

„Ich glaube kaum ..."

„Haltet Euch bereit, Calgola." Die Stimme des Alten hatte sich unversehens verändert. Der Mann hatte den Kopf abgewandt und starrte seltsam träumerisch zwischen den Stäben zum Himmel empor. „In alten Köpfen schlafen manchmal verborgene Dinge. Wissen, das schlimme Zeiten überdauern kann, während alle anderen vergessen. Wartet auf mein Signal. Es wird auch nicht zu Eurem Schaden sein."

„Was redet Ihr da?"

„Still jetzt!"

Die Wächter waren bis auf Hörweite herangekommen. Einer der Männer schloss die Tür auf. Der andere kroch geduckt zu ihnen herein. „Ihr verhaltet Euch ruhig", stellte der Darmukta fest, so als erteile er keinen Befehl, sondern verkünde lediglich eine Tatsache.

Er gehorchte, zumindest dem Anschein nach. Dieses Mal aber war er vorbereitet. Er verschob die Kiefer, bis sie schmerzten, als man den Knebel zwischen seine Zahnreihen schob. Der erreichte Effekt war der gewünschte. Selbst als der Darmukta den Knoten hinter seinem Kopf festzurrte, verblieb ein Spielraum; eine gewisse Freiheit in den Bewegungen seiner Zunge, der für den unbedarften Beobachter nicht zu erkennen war.

Der Wächter prüfte den Sitz des ledernen Lappens und wandte sich ab, anscheinend zufrieden mit dem Ergebnis.

Freu dich ruhig, Bursche. Merkeschs vermeintliche Elite würde schon sehr bald feststellen müssen, wozu ein Ruheständler der Legionen in der Lage war. Eine bewegliche Zunge war kaum weniger mächtig als ein Schwert. Man konnte nie wissen, wann in ihr einmal die allerletzte Rettung lag.

Nachdem man auch Wolskin auf dieselbe Weise mundtot gemacht hatte, wurden ihre Handgelenke mit starken Seilen hinter ihren Rücken an den Gitterstäben festgebunden. Leider verstanden es die Männer, einen ordentlichen Knoten zu machen. In dieser Beziehung würde kein Freiraum zu erwarten sein.

Der Alte leistete keinen Widerstand, als man ganz zum Schluss einen schwarzen Sack über seinen Kopf zog. Er selbst wartete vergeblich auf den Empfang der Verhüllung. Der Darmukta wandte sich bereits ab, um den Wagen wieder zu verlassen.

„Hm, hm!“, presste er protestierend hervor.

Der Wächter wandte sich um. Die niedrige Decke zwang ihn geduckt zu stehen.

Er versuchte durch Augenrollen darauf aufmerksam zu machen, dass man offenkundig vergessen hatte, auch ihm eine Haube anzulegen. Er hatte wirklich keine Lust, in diesem Zustand von der ganzen Stadt begafft zu werden.

Der Darmukta aber wandte sich wortlos ab. Er sprang vom Wagen und schlug die Tür hinter sich zu. Das Gefährt erzitterte, als ein Fahrer auf den Kutschbock stieg.

„Uff!“ Er ließ sich zurücksinken. So also lagen die Dinge. Kapilar, diese Schlange! Der Mann tat wirklich alles, um seinen Ruf zu ruinieren. Palter Calgola, verschnürt wie ein gemeiner Verbrecher in einem schäbigen Gefängniswagen. Kein rettendes Edikt, keine nachträgliche Reinigung seines Namens würde *dieses* Bild aus den Köpfen der Bürger tilgen können.

Er wandte den Kopf, soweit die Fesseln es zuließen. Ein Mann, leicht untersetzt, war eben aus den Schatten bei der Mauer getreten. Der Bursche wandte den Kopf und musterte sie im Vorübergehen. Die goldenen Rangzeichen auf seinen Ärmeln wiesen ihn als einen *Netmaharu* aus, den Führer einer eigentlich deutlich größeren Einheit von Darmukta. Er trug, wie auch die übrigen Reiter, einen flachen Hut mit breiter Krempe in der grünen Farbe seiner Uniform. Sein braunes, ovales Gesicht zierte ein dünner Oberlippenbart. Kaum weniger auffällig war eine haarfeine weiße Narbe, die sich von seiner rechten Augenbraue bis hinunter über den Wangenknochen zog. Ohne Zweifel handelte es sich um jemanden, der in seinem Leben schon Aufregenderes erlebt hatte als die Begleitung von betagten Gefangenen.

Ein Soldat nahe beim Tor hielt die Steigbügel, während der Darmukta-Offizier sich auf den Rücken seines Tieres schwang. Einmal fest im Sattel sitzend, wandte er sich um und erteilte einen lauten Befehl. Unverzüglich machte sich der ganze Hof daran, gleichermaßen aufzusatteln. Zwei lose, durch die Enge der Mauern begrenzte Reihen von Berittenen bildeten sich zu beiden Seiten des Gefängniswagens.

Ein weiterer Ruf ertönte. Die Ausdrücke der Peculari-Wächter, die das Tor zur Straße aufstießen, waren hinter den Gesichtsschleiern nicht zu erkennen. Nichtsdestotrotz meinte er, in ihren Gesten Missgunst zu erkennen, den heimlichen Groll der Schuldigen und Unterlegenen gegen die Aufrechten, die echte Gefahren kannten.

Der Fahrer ließ die Zügel schnappen. Der Wagen setzte sich mit einem Knirschen in Bewegung. Rasselnd ging es unter dem eisernen Bogen daher, umgeben vom Klacken vieler Hufe auf dem Pflaster. Er verdrehte den Kopf. Weder Kapilar noch der Gespensterjunge waren irgendwo zu sehen. Vielleicht beobachtete sie der Kerebin aus einer der vielen dunklen Fenstersparten. Hinter dem Tor bog der Wagen nach links und fuhr entlang der Straße zwischen Mauer und Gebäudefronten, bis das Quartier der Peculari den Blicken ganz entzogen war.

Der Zug erzeugte einen gehörigen Lärm in der Schlucht der Gasse. Männer und Frauen in teuren Gewändern wichen ihnen aus und versuchten ohne Scheu, einen Blick ins Innere des Wagens zu erhaschen. Er senkte den Kopf und versuchte sie nicht zu beachten.

Auf dem Platz vor dem goldenen Tor gab es einen kurzen Halt. Der Führer der Darmukta gab den Torwächtern die Anweisung, die Sperrgatter für sie zu öffnen. Dieses Mal gab es keine Verzögerungen.

Der Lärm beim Durchqueren der weißgetünchten Gewölbe war ohrenbetäubend. Das Erreichen der anderen Seite gestaltete sich nicht angenehmer. Erst stand die Überraschung, dann die Freude über das unverhoffte Wiedersehen dem Führer der vargischen Wachmannschaft deutlich in sein unansehnliches Gesicht geschrieben. Auch Mikkons Spießgesellen machten große Augen. Die ganze Versammlung brach in schallendes Gelächter aus. Der Anführer der Bande verbeugte sich spöttisch, beinahe bis zum Boden, und vollführte mit der Hand die Geste eines Dieners. „Gute Fahrt, edle Dame!“, höhnte er. „Wer hätte geahnt, dass unser Vögelchen schon so bald wieder ausfliegt? Bei Huron! Endlich einmal eine gute Idee. Endlich hat Euch jemand Euer Maul gestopft. Wo sind auf einmal Eure schönen Worte, *Mukta*? Habt Ihr uns heute nichts zu sagen?“

Er brummte in sein Leder. Nur zu gern hätte er unter Beweis gestellt, wie sehr sich dieser Wilde irrte. Leider gab es wichtigere Anlässe für einen locker sitzenden Knebel; so verlockend es auch sein mochte, diesem ungewaschenen Wachhund sein vorlautes Maul zu stopfen.

Mitten durch die Händlergasse ging es, natürlich, wohl für den unwahrscheinlichen Fall, dass irgendjemand in der Stadt noch *nicht* von seiner Verhaftung erfahren hatte. Verschiedenste Arten von Waren sanken in den Händen ihrer abgelenkten Käufer herab, gefolgt von Unterkiefern und den Hemmschwellen ihrer Besitzer. Offen wurden Scherze über ihn gemacht, Tuscheleien hinter erhobenen Händen ausgetauscht und Kinder besorgt zur Seite gezogen, um sie vor den Hufen der dahintrottenden Biester zu schützen. Womöglich auch, um sie vor zu großer Annäherung an das eingesperrte Gesindel zu bewahren, das sich seinen Platz im Käfig ohne Zweifel durch verderblichen Lebenswandel redlich verdient hatte.

Anders als erwartet schwenkte der Zug nicht direkt in die große Hafenstraße ein, den kürzesten Weg hinauf zum Westtor. Er schnaufte bitter, als er begriff, was vor sich ging. Offenbar war noch eine letzte Demütigung geplant. Der Transport bog an der nächsten Kreuzung nach rechts. Geradewegs an seiner eigenen Wohnung schob sich das Gefährt vorüber, untermalt vom Lärm der Räder und der Hufe, die mit der Zuverlässigkeit von Marktschreiern auch noch den letzten Nachbarn aus dem mittäglichen Dösen rissen und an die Fenster trieben.

Eben ging es an Pankotas Haus vorbei. Die teuren Vorhänge teilten sich, als sein Nachbar im Morgenmantel hinaus auf den Balkon trat. Die Augen des Mannes wurden weit, als er erkannte, wer dort unten an ihm vorüberfuhr. Mit offenem Mund starrte der Kerl zu ihm herab.

Mit einem Mal geriet ihr Zug ins Stocken. Die Reiter an der Spitze hielten ihre Tiere zurück, weil etwas ihren Weg versperrte. Die Gasse war an dieser Stelle nicht besonders breit. Ein Bündel lehnte zur Linken an der Mauerwand: der Bettler, der wie jeden Morgen ungerührt unter Pankotas Balkon an seinem Platz saß.

Der vorderste der Reiter stieß einen harschen Befehl aus.

Der Mann am Boden zeigte keine Regung.

Der Soldat wiederholte seine Anweisung.

Noch immer rührte der Mann sich nicht. Die Rufe des Bewaffneten schienen ihn nicht mehr zu berühren als die Schreie der Möwen im Wind oder der stille Zug der Wolken am Himmel.

Der Darmukta machte bereits Anstalten, sich vom Pferderücken zu schwingen, als ein Befehl des *Netmaharu* ihn zurückhielt. Irgendeine Anweisung wurde erteilt, die er nicht verstehen konnte. Der Berittene ließ sich widerwillig zurück in seinen Sattel sinken.

Nur langsam setzte sich der Zug erneut in Bewegung. Die Berittenen zur Linken warteten unbehaglich ab, während der

Wagen sich im Schritttempo an dem Sitzenden vorüberschob. Die schweren Räder passierten die Kniescheiben des Alten in einem Abstand von nur wenigen Fingerbreit. Der Mann hatte Nerven. Überhaupt keine, wie es schien.

Nachdem das ungewöhnliche Hindernis erfolgreich passiert war und die Wachzüge wieder ihre Positionen eingenommen hatten, erreichten sie das Straßenende. Die Häuser zu beiden Seiten traten zurück. Vor ihnen lag das Westtor, halb verborgen hinter den aufsteigenden Staubwolken vom großen Exerzierplatz. Rekruten wogten auf dem Sandboden hin und her und beharkten einander unter den wachsamen Augen ihrer Vorgesetzten mit hölzernen Übungswaffen. Die Soldaten waren zu beschäftigt, um ihrem Zug Beachtung zu schenken. Die Standarte der zweiten Legion war aus dem Holzstand bei der Mauer verschwunden. An ihrer Stelle stand nun eine neue: Litris Pelasi. Der „herrliche Lichtschein". Ganz offensichtlich hatte die im Aufbau befindliche Fünfte ihre Übungen innerhalb der Mauern wiederaufgenommen. Die Männer der Zweiten befanden sich vermutlich bereits in ihrem Lager jenseits der Vorstädte, um sich für den Aufbruch nach Ingwall vorzubereiten.

Erst nah beim großen Tor der Außenmauer hielt ihr Wagen an. Das Westtor ragte wie eine Festung vor ihnen auf. Schon die Wälle rund um den goldenen Markt waren beeindruckend. Die Mauern aber, die die ganze Stadt vor ihren Feinden schützen, war *gewaltig*.

Der *Netmaharu* saß ab und reichte dem Torkommandanten einige Papiere aus seiner Satteltasche. Zur Rechten stauten sich weitere Fuhrwerke, mehr Augenpaare unterschiedlichster Herkunft und Nation, die sie neugierig musterten. Militärzüge aber hatten Vorrang bei der Durchfahrt.

Der Wächter prüfte die Dokumente eingehend und blickte dabei mehrfach auf, um Reiter und Gefangene gründlich zu mustern. Nach einer Ewigkeit schien er mit dem Ergebnis seiner Prüfung zufrieden und winkte sie weiter. Auf sein Zeichen hin setzte sich ein Untergebener in Bewegung und verschwand durch einen Durchgang in der Mauer rechts vom Tor.

Wenig später ertönte ein tiefes Dröhnen aus den mächtigen Festungstürmen. Schwere Rollen und Kettenzüge im Inneren setzten sich in Bewegung.

Auch hier musste es das *große* Theater sein. Keines der Nebentore, die dem Händlerstrom bei Tage offenstanden; nichts Geringeres als das große Haupttor durfte es sein. Sogar die Mauerwächter beugten sich neugierig über die Zinnen.

Das Gatter, hoch und breit wie eine Hauswand, begann emporzuwandern. Die gewaltigen Torflügel aus mit Eisen beschlagenem Holz schwangen langsam vor ihnen auf. Mit einem „Ho“ ging es weiter voran, unter dem Gatter hindurch, unter den steinernen Bögen des Torhauses mit ihren Pechnarben, Steinfallen und sonstigen kreativen Vorrichtungen, die einen Mann verbrühen, zermalmen und auf alle nur erdenklichen Arten davon überzeugen konnten, dass es eine schlechte Idee war, Merkesch gegen den Willen ihrer Besitzer zu betreten.

Dann waren sie hinaus. Die Räder des Wagens ratterten über das Holz der Zugbrücke, über den mit Wasser gefüllten Festungsgraben, und knirschten schließlich auf der anderen Seite über eine vertraute Fahrbahn aus Stein.

Götter! Wie oft war er selbst auf diesem Weg marschiert, über die großen Ausfallstraßen, die sich von hier bis in die tiefste Wildnis erstreckten, bis noch in den letzten Winkel ihres Reiches. Ein nicht geringer Teil von Merkeschs Vorherrschaft basierte auf den gut ausgebauten Pflasterstraßen, jenem ausgedehnten Netzwerk, das den Handel ebenso ermöglichte wie die schnelle Verlegung von Armeen. Wenn man wollte, konnte man auf dieser Straße bis nach Ingwall fahren, weiter noch, durch Ingwall hindurch und weiter bis nach Abbadema, durch die Steppen und Wüsten ihres Nachbarlandes und bis an die Pforten Ryamads, der Hauptstadt ihres großen Khans.

Er wandte sich um. Mit lautem Getöse schwenkten die Tore zurück in ihre Ausgangsposition. Der Spalt zwischen den mächtigen Flügeln wurde schmaler und schmaler. Die Schleuderarme der überschweren Geschütze auf den Festungstürmen wirkten wie zum Gruß erhobene Arme um ihm nachzuwinken. Mit einem abschließenden Donnern rasteten die Flügel in ihre Halterungen ein.

Ungläubig starrte er auf das eisenverstärkte Holz.

Bei den Göttern.

Sie hatten es wirklich getan. Der Anblick der sich schwankend entfernenden Außenmauern verschaffte diesem Himmelfahrtskommando eine ganz neue, greifbare Dimension.

Nie wieder hatte er mitansehen wollen, wie sich diese Tore hinter ihm schlossen. Und jetzt das!

Du hast mich nicht zum letzten Mal gesehen, Merkesch. Darauf einen Schwur. Einen Palter Calgola servierte man nicht so einfach ab. Ein Palter Calgola pflegte zu erreichen, was er sich vorgenommen hatte. Auch Kapilar und Grauwacke stand in dieser Sache irgendwann noch eine bittere Lektion bevor.

Kapitel 11 – Nachricht

Er wandte sich zurück nach vorn. Missmutig beobachtete er, wie der Zentrumsstein vorüberzog, jene Wegmarkierung mit der blank geschrubbten, mit glänzender Bronze aufgefüllten Null. Alle Wege von Bedeutung wurden von hier aus gemessen, dem Mittelpunkt und Ziel der ganzen Welt.

Schon waren die ersten Holzbauten der Vorstädte neben ihnen, vielstöckig, wild zusammengezimmert und windschief. Nichts, was man jemals im Inneren der Stadtmauern vorgefunden hätte. Der *Scheloch* mochte wissen, was Olaikan an seinen Vorstädten fand.

Straßenhändler, die jedem auflauerten, der durch die großen Tore kam, stürzten sich auf sie, um den Zug mit ihren Waren zu bedrängen. Sie zogen sich enttäuscht zurück, als sie erkennen mussten, dass es sich um Gefangene und Darmukta handelte, zwei gleichermaßen unempfängliche Kundengruppen.

Weitere Hütten und Gebäude, dicht gedrängt bis an den Festungsgraben, zogen links und rechts vorüber. Ein Gewirr von Seilen spannte sich zwischen den Fassaden. Bunte Wäsche hing von ihnen hinab, ebenso wie handgemalte Tücher, auf denen für alle Arten von Waren und Dienstleistungen geworben wurde. Viele versprachen demjenigen eine Fülle interessanter Freuden, der sich tiefer in den Moloch der schattigen Seitengassen hineinwagte.

Männer mit Werkzeugen an ihren Gürteln und Bündeln von Waren auf den Rücken liefen ebenso umher wie mit Wäsche und Nahrungsmitteln beladene Frauen. Nicht alle Augen und Hände harrten ehrlicher Arbeit. Manche Finger umklammerten trotz des noch recht frühen Nachmittages verdächtig aussehende Trinkgefäße. Sie waren verbunden mit den Unterarmen von Gestalten, die lässig an diversen Häuserecken und Gassenwänden lehnten. Das Gesetz des Kanos galt, das wusste jeder, selbstverständlich auch hier draußen. Vermutlich war es jedoch eine Weile her, seit zuletzt jemand versucht hatte, es auch tatsächlich durchzusetzen.

Männer der Stadtwache am Wegesrand salutierten vor ihnen. Aus Brettern gefertigte Kontrollposten sorgten dafür, dass die große Straße frei blieb und der Handel, der stete Strom der Fuhrwerke zwischen Merkesch und Abbadema, ungestört dahinfließen konnte. Es war ruhig gewesen in der letzten Zeit. Nur noch selten ging der eine oder andere der Verschläge nachts in Flammen auf. Die führenden Familien in den Vororten sorgten für eine gewisse Art von Ordnung, als Gegenleistung dafür, dass man sie in Ruhe ließ. Die Wächter hatten gelernt, die Sache gelassen zu sehen. Buden aus Holz waren einfacher zu ersetzen als Wachtürme aus Stein. Zudem hatten begehrte Baumaterialien wie Ziegel hier draußen die dumme Angewohnheit, zu verschwinden, noch bevor der Mörtel trocken war.

Er musterte die ärmlichen Fassaden. Der erste Anblick konnte trügen. Im Geflecht der Seitenstraßen herrschte durchaus eine Art von Ordnung, auch wenn es sich um eine handelte, die für einen Außenstehenden nur schwer zu durchschauen war. Die wichtigsten Familienbanden machten unter sich aus, welche Regeln einzuhalten waren. Übertretungen ahndeten sie auf ihre Weise, ganz ohne Einmischung der Stadtwache. Irgendwo zwischen all den scheinbar zufällig platzierten Zäunen, Bögen und Flaggen verliefen unsichtbare Machtgrenzen; Aufteilungen zwischen Bereichen mit ihren jeweils eigenen Gesetzen, was in Merkesch selbstverständlich hartnäckig geleugnet wurde. Wie in den meisten Fällen von

Nicht-Anerkennung hatte man sich irgendwann darauf verständigt, dass beide Seiten den Schein aufrechterhielten. Die Familien der Vorstädte taten so, als hätte die Autorität des Petrarchen auch hier draußen Bestand. Im Gegenzug hielten sich der Petrarch und das Konzil damit zurück, die Belastbarkeit dieser anerkannten Tatsache eingehender zu prüfen.

Es war durchaus vorstellbar, dass ein Mann, eine gewisse Abenteuerlust und Robustheit vorausgesetzt, in diesen Straßen ein gutes Leben führen konnte. Schon so mancher hatte sich, ob nun freiwillig oder aus Mangel an Alternativen, in den Vorstädten länger eingerichtet als ursprünglich geplant. Die keineswegs ärmliche Beschaffenheit einiger Behausungen kündete davon, dass nicht jeder hier draußen ein Gescheiterter war. Eine nicht geringe Anzahl von Familien hatte im Laufe der Jahrhunderte lernen müssen, dass die Vorstädte nicht für jeden lediglich eine temporäre Durchgangsstation zur Bürgerschaft von Merkesch darstellten. Viele hatten außerhalb der großen Stadtmauern ein überaus erträgliches Auskommen gefunden. Familien waren gegründet, Häuser gebaut und Netzwerke von zum Teil sogar legalen Unternehmen errichtet worden. Die Folge war ein Biotop, in dem es sich auch ohne Merkeschs Bürgerschaft anständig leben ließ, noch dazu ganz ohne die drückende Last all ihrer Regeln und Gesetze.

Aus Hütten waren Häuser geworden, erweitert um zusätzliche Etagen, um Ladenlokale und Lagerhäuser, um Innenhöfe, verbunden mit Stegen und Brücken, angewachsen oder mit Holzzäunen getrennt von Nachbargebäuden, mit deren Bewohnern man entweder verbrüdert oder generationsübergreifend verfeindet war, manchmal sogar beides noch im gleichen Jahr. Anders gesagt: Alles war genau wie *innerhalb* der

Mauern, nur eben erschwinglicher, weniger selbstherrlich und errichtet mit bescheideneren Baustoffen.

Palter ließ den Blick über den schlammigen Straßengraben wandern. Eine Gruppe von Jungen und Mädchen, keines älter als zehn Jahre, hatte sich auf einem Grasstück nahe bei der Straße zum Spielen versammelt und stocherte gemeinschaftlich mit Stöcken in einer Pfütze herum, augenscheinlich irgendeine Unterhaltung darin findend, wie nur Kinder es vermochten.

Einige der Kleinen wurden auf den Zug aufmerksam und näherten sich neugierig. Ein Junge trat vor und beäugte die Gefangenen kritisch. „Wer sind die?“ Ein schmutziger Finger richtete sich auf ihren Käfig.

Die Darmukta auf den Pferderücken blickten stur geradeaus und zeigten keine Regung. Die Kinder schienen trotzdem zu beschließen, dass ein bewaffneter Gefangenenzug mehr Aussicht auf Unterhaltung bot als das Durchbohren einer Wasserfläche mit abgestorbenen Ästen.

„Räuber!“, rief jemand.

„Nein!“, behauptete ein anderer. „Mörder!“

„Neiiin!“, protestierte ein weiterer. „Bordsteinschwalben!“

Wolskin lachte gedämpft unter seinem Sack. Es war erstaunlich, was Kinder hier draußen alles lernten. Der Alte stieß ihn mit dem Fuß an. Noch weitere Laute drangen unter der Stoffhaube hervor. Keiner davon war verständlich.

„Waff?“ Er versuchte, sich etwas vorzubeugen, ohne dass die Reiter an ihren Seiten etwas bemerkten.

Wolskin wand sich in seinen Fesseln hin und her, so als versuche er, sich loszumachen. Dann aber erkannte er den wahren Grund der Bewegungen. Ein kleiner zusammengefalteter

Zettel hatte es auf irgendeine Weise in die Handfläche des Mannes geschafft.

„Hm? Für miff?“, wollte er verwundert wissen.

„Uh, uh“, dementierte der Alte heftig. „Eime Bopfaft. Bie Kimber.“

Sein Blick wanderte zwischen dem Zettel und den Gören hin und her. Nach einigen Bewegungen seiner Kiefer hatte er es geschafft, den Knebel noch etwas weiter zu lösen. Das Leder hing nur noch zur Tarnung vor seinem Mund. „Eine Botschaft?“, wollte er flüsternd wissen. „Für die Kinder?“

„Wa“, bekräftigte Wolskin.

Langsam begriff er. „Ist er beschriftet? Steht eine Adresse auf dem Zettel, Wolskin?“

„Wa!“

Er schnaufte. Ein gewagter Plan, aber auch kein schlechter. Jeder in den Vorstädten kannte jemanden, der in Merkesch ein und aus ging. Einem Diener oder Boten würde es ein Leichtes sein, den Zettel unbemerkt durch die Tore zu schmuggeln. Aus den Augenwinkeln linste er zu den Darmukta. Das Ganze war ein nicht geringes Wagnis. Nicht nur die unweigerliche Strafe, auch der Verlust der einmaligen Gelegenheit, frei zu sprechen, war ein hoher Preis.

„Was habt Ihr ...“ Er verstummte. Einer der Darmukta-Söldner hatte seinen Blick auf ihn geheftet. Für genauere Ausführungen fehlte dem Alten wohl ohnehin die Zungenfreiheit. Die Gelegenheit drohte zu verstreichen. Einige der Kinder hatten bereits aufgehört neben dem Wagen herzulaufen und damit begonnen, sich nach aussichtsreicherer Unterhaltung umzusehen. Die Entscheidung musste jetzt getroffen werden. Jetzt oder nie. Wer wusste schon, wann sich die nächste Gelegenheit ergab, um das Vertrauen dieses Alten zu gewinnen?

Er atmete tief. Er wusste jetzt schon, dass er all das hier bereuen würde.

Eine plötzliche Bewegung seines Kopfes, und der Knebel rutschte vollends aus den Kiefern. „He!", stieß er aus. „Kinder. Wer von euch will Geld verdienen?"

Einige der mitgelaufenen Gören wandten überrascht den Kopf.

„Ein halbes ... ein *ganzes* Silberstück für denjenigen, der den Zettel in der Hand meines Kameraden an die aufgeschriebene Adresse in Merkesch bringt!"

„*Rohkna!*", erklang es wütend aus der Kehle des Darmukta zu seiner Rechten. Mit einer schnellen Bewegung hatte der Mann einen Schlagstock aus der Öse an seinem Sattel gezogen. Der Krieger hob drohend das Rundholz, doch es war bereits zu spät.

Wie hervorbrechende Truppen in einem zuschnappenden Hinterhalt stürmte die Kinderschar über den Straßengraben. Zwischen den Beinen der erschreckt umhertrampelnden Pferde sprangen sie heran und duckten sich geschickt unter den wild geschwungenen Knüppeln der Darmukta. Ein kleines Mädchen, vorgesprungen mit dem Geschick eines Äffchens, hing plötzlich an den Eisenstäben. Sie hatte Wolskins Zettel aus der Hand gefischt und war wieder abgesprungen, bevor die Wächter sie ergreifen konnten.

Ein Reiter weiter vorne riss sein Tier herum und preschte in gestrecktem Galopp heran. Akrobatisch hängte sich der Krieger seitlich vom Sattel, um das Kind zu packen und zu sich hinaufzuziehen. Er wurde beinahe abgeworfen, als sich sein Ross urplötzlich wild umherwarf.

Ein Bombardement aus Steinen und aus Erde hatte eingesetzt. Die Verbündeten der Kleinen nahmen Kiesel und Erdstücke vom Wegrand auf und beharkten den Reiter und sein Tier mit einem Hagel aus Geschossen. Der Moment der Ablenkung hatte ausgereicht. Schon war das Mädchen über die Furche gesprungen. Auch den sich anschließenden Freiplatz hatte sie bereits zur Hälfte überwunden. Ihr Ziel war unverkennbar der rettende Eingang einer schmalen Gasse.

„*Vihsa!*" Der Darmukta-Offizier kam höchstpersönlich angeprescht, wütend gestikulierend in Richtung seiner Untergebenen. Gleich drei seiner Soldaten gaben ihren Pferden die Sporen. In einer Vorstellung vollendeter Reitkunst setzten sie über den Graben und nahmen die Verfolgung auf. Schlamm und Erde spritzten unter den trommelnden Hufen ihrer schnaubenden Tiere. Mit ausladenden Sätzen fraßen die Biester in beängstigender Geschwindigkeit den Vorsprung der Gejagten.

Gerade! Lauf gerade!

Die Kleine rannte Schlangenlinien, als würden Ausweichmanöver ihr in einer solchen Lage irgendetwas nützen. Mehr Menschen flohen schreiend vor dem Kavallerieansturm. Waren fielen auf die Erde. Schaumgekröntes Wasser ergoss sich in den Schlamm, als die Hufe einen Waschzuber umstießen. Der Abstand der Kleinen zum Schutz der Häuser schien mit einem Mal unüberbrückbar.

Unvermittelt erklang ein Hornsignal. Lärm und Gedränge waren in allen Seitengassen. Türen flogen auf. Männer und Frauen stürmten auf die Straße, die nicht fort-, sondern den heransprengenden Reitern entgegenliefen. In ihren Händen lagen Werkzeuge, Kanthölzer sowie alle Arten von langen und vor allem *spitzen* Arbeitsgegenständen.

Die Reiter rissen ihre Tiere jäh herum. Gerade noch konnten sie verhindern, dass ihre Biester ungebremst in die behelfsmäßig formierte Schlachtreihe prallten. Der Moment des Zögerns genügte. Schon war die Kleine in der Menge verschwunden.

Die Darmukta hielten ihre stampfenden Tiere mit wütenden Gesichtsausdrücken zurück. Immer noch lief Verstärkung für die Vorstädter herbei. Es war erstaunlich, wie viele Menschen hier draußen einer Arbeit nachgingen, die anscheinend das Mitführen besonders scharfkantiger Werkzeuge erforderlich machte.

Der *Netmaharu* war mit seinem Ross herangekommen. Der Krieger warf zuerst seinen Soldaten, dann der Menge glühende Blicke zu. Drohend ritt er die Schlachtreihe der Vorstädter ab. „*Vihaphalata*“, schimpfte der Mann vom Pferderücken. „*Havansa!*“

Nichts rührte sich. Niemand in der Menge wich zurück.

Die Haut auf den Wangen des Darmukta zuckte. Unsanft riss der Mann sein Pferd herum. Seine Aufmerksamkeit richtete sich auf den Käfigwagen. Dicht vor den Gitterstäben hielt er an. Der Blick, den der Offizier ihm zuwarf, machte deutlich, dass einer von ihnen seine jüngste Entscheidung schon sehr bald bereuen würde.

„*Hami amaha sarna.*“ Eine winkende Bewegung des Darmukta ging zu seinen Männern. „*Yo yane!*“

Mit einem Rucken kam Bewegung in den Karren. Die Reiter fielen wieder an ihren Seiten ins Glied. Die Köpfe ihrer Tiere waren gesenkt, so als schämten sie sich für die misslungene Verfolgung.

Die Blicke der Vorstädter folgten ihnen, während sie geschlagen abzogen. Ein wenig wirkte ihre Gruppe wie ein ausfällig gewordener Gast, der vom Hausherrn entschieden die Tür gewiesen bekommt.

„Umb?“ Nach einer Weile untätigen Geschaukels erhob Wolskin unter seinem Sack die Stimme. Der Alte hatte unter dem Stoff nichts mitbekommen können.

„Sie hat es geschafft“, erwiderte er unwirsch. „Ein kleines Mädchen hat Euren Brief genommen. Ein kompletter Volksauflauf hat sie beschützt. Oh, und die Wächter hassen mich. Vermutlich darf ich den Rest der Reise am Ende eines Seils verbringen. Hinter dem Wagen. Mit zusammengebundenen Füßen. Und dem Gesicht nach unten.“

„Gup“, befand der Alte.

„Ja?“ Bitter schüttelte er den Kopf. So konnte man die Sache auch bewerten. Die Strafe würde folgen und sie würde mit Sicherheit nicht milde ausfallen. Der Ausdruck im Gesicht des *Netmaharu* ließ in dieser Beziehung keinen Zweifel. „Ich hoffe, Euer Plan geht auf“, grummelte er. „Und der Empfänger Eurer Nachricht kann das Silberstück bezahlen, das ich versprochen habe.“

Unter dem Sack erklang ein gedämpftes Lachen, so als läge darin die geringste ihrer Sorgen. „Keime Worbe.“ Dann, nachdenklicher: „Bampe, Palbowa.“

„Ja.“ Palbowa. Vermutlich konnte er sich wirklich schon einmal vorsorglich umbenennen. Für die Aussprache scharfer Konsonanten benötigte man intakte Zähne und eine Zunge. „Ich hoffe inständig, dass Ihr wisst, was Ihr da tut.“

Die letzten Häuser der Vorstädte traten zu beiden Seiten der Via Abbadema zurück. Ein einfacher Bretterzaun, durchbrochen von der Straße zwischen zwei niedrigen Wachplattformen aus Holz, markierte die Grenze zwischen den Vorstädten und den sanft ansteigenden, mit goldenen Feldern und Gehöften bedeckten Flanken des Talkessels der Schelek-Bucht. Natürlich gab es hier draußen keine Steinwälle. Etwas, das formal überhaupt nicht eigenständig existierte, bedurfte selbstverständlich auch keiner schützenden Mauerwerke.

Die Blicke der Stadtwächter folgten ihnen stumm, als sie die letzten Ausläufer der Siedlung hinter sich ließen.

Palter wandte sich nach links. In der Ferne glitzerte himmelblau das Tir Kalossi unter den Strahlen der hervorgebrochenen Sonne. Die ordentlichen Rechtecke der Felder und Weidegründe reichten dort bis an ein Steilufer aus weißen Klippen, die der Merkesch-Senke von der Seeseite her Schutz boten. Vor ihnen schlängelte sich die Via Abbadema über den sanften Anstieg einer Talflanke hinauf zur Hügelkette Ageris Mutum, der „stummen Mauer", die der Landseite der Schelek-Bucht neben den von Menschen angelegten Verteidigungswerken einen zusätzlichen Schutz vor Eindringlingen bot.

Der *Netmaharu* rief etwas. Unversehens bog der schaukelnde Gefängniswagen vom Hauptweg ab. Auf einem mit Kies bedeckten Ausweichplatz kamen sie zum Stehen. Noch weitere Gefährte, hoch beladen mit Handelsgütern, verbrachten an dem Ort eine kurze Rast. Ihre Führer hatten es sich im Schatten von aufgespannten Tüchern an der Seite ihrer Wagen gemütlich gemacht und blickten neugierig zu ihnen auf.

Einige der Darmukta sprangen von den Rücken ihrer Pferde. Drei von ihnen steuerten zielsicher auf ihren Wagen zu. Einer machte sich an der Tür zu schaffen. Die anderen beiden musterten ihn ohne jede Regung.

„Hört zu ...“, begann er. „Es tut mir leid, wirklich. Ihr müsst verstehen ...“

Die Tür schwang auf. Zwei der Männer kletterten in den Wagen. Er hatte gewusst, was kommen würde. Er wehrte sich, so gut er konnte. Der eine hielt ihn fest. Der andere drückte mit Gewalt den Knebel in seinen Mund, halb bis in Luftröhre, sodass er keuchend vornübersank. Mit unbarmherziger Härte wurde der Tuchknoten hinter seinem Kopf festgezogen.

Luft!

Panik stieg wie Fieber in ihm auf. Vergebens versuchte er, das überwältigende Gefühl niederzukämpfen. Die Männer ignorierten seine japsenden Geräusche. Auch die Fesseln an seinen Handgelenken wurden geprüft und mit großer Härte festgezurrt. Jede Bewegung, selbst das Augenrollen und der Versuch, Geräusche auszustoßen, machte alles nur noch schlimmer. Mit jedem letzten Fetzen Selbstbeherrschung versuchte er, ruhig zu bleiben und nicht das Bewusstsein zu verlieren.

Ruhig, Palter!

Gleichmäßig atmen.

Stampfende Schritte entfernten sich über den Holzboden. Mit einem Klirren wurde die Eisentür von außen zugeworfen und verschlossen. Der Kampf um Luft verlief nicht sonderlich erfolgreich. Sein Sichtfeld begann sich zu verdunkeln. Die Ränder fransten aus wie die Nähte eines zu oft gewaschenen Tuches. Ein ovales Gesicht schwebte jenseits der Gitter. Der *Netmaharu* musterte ihn wie ein eingesperrtes Tier.

Er wollte etwas sagen, doch er bekam nichts hervor. Mehr und mehr wurde er sich bewusst, dass er den Kampf verlor. Tanzende weiße Flecken waren vor seinen Augen aufgetaucht. Er versuchte mit Lauten darauf aufmerksam zu machen. Der

Blick des Offiziers zeigte keine Regung. Wortlos wandte der Mann sich ab. Sein Umriss schwebte durch den salzigen Schweiß, der alles vor ihm verschwimmen ließ.

Er schloss die Augen. Mit einem Rumpeln und Knirschen setzte sich der Wagen wieder in Bewegung.

Keine falsche Regung.

Andere Gedanken.

Nur keine panische Versteifung auf den Atem, der heiß und äußerst spärlich in seine Lungen drang.

Wie viel Zeit verging?

Stunden? Tage?

Er hätte es nicht sagen können.

Wie im Traum zogen einzelne Orientierungspunkte an ihm vorüber. Die Wachtürme auf der Hügelkuppe: Vigilis Valem, die Talwacht. Das Gräberfeld mit den Gruften und Monumenten der Reichen rechts und links der Straße.

Ein schweres Blinzeln.

War er fort gewesen?

Wälder zogen hinter den Gitterstäben dahin. Irgendwo in diesen schattigen Hainen musste sie lagern: die zweite Legion. Auf dem Mergasfeld, jenseits des eisernen Wegsteins mit den gekreuzten Schwertern; Limes Ferron, der Eisengrenze, über die hinaus sich keine Legion der Stadt nähern durfte.

Olaikan. Theus. Irgendwo zwischen diesen Bäumen waren auch seine Kameraden.

Mehr Episoden des Dämmerns; des Ein- und Auftauchens aus nur halb bewussten Zuständen. Jede einzelne davon, die Stunden dauern mochten oder auch Ewigkeiten jenseits aller Messung, war eine Qual. Einzig die Angst vor dem Ersticken hielt ihn davon ab, im ständigen Ringen mit der Bewusstlosigkeit nachzugeben; einfach zuzulassen, dass sich die schwarzen und weißen Kreise an den Rändern seines Sichtbereichs auch alles Übrige einverleibten.

Ihr braucht etwas, Calgola. Etwas, an dem Ihr Euch festhalten könnt.

Verdammter Wolskin. Verdammter Grauwacke. Verdammte, mitleidslose Darmukta!

Hass ist ein sehr schlechtes Ding, Calgola. Es brennt zu heiß und viel zu schnell.

Dreimal verdammter alter Mann!

Passt auf den Hund auf, echote es von irgendwoher aus einer schattigen Kaverne seines Schädels. Vereinzelt drang ein Grummeln durch das Schlingern an sein Ohr. Offenbar versuchte sein Zellennachbar, ihm irgendetwas mitzuteilen. Weder verstand er, was der Alte von ihm wollte, noch verfügte er über den Atem, um eine Antwort zu geben.

Wieder erwachte er aus einem Dämmerzustand. Die Umrisse von Alleebäumen, von Stämmen und von wiegenden Kronen warfen ihre zuckenden Schatten auf den staubigen Holzboden, immer wieder unterbrochen von blendendem Sonnenlicht. Felder voller goldener Ähren, Villen und Gehöfte auf Hügeln voller schlanker Bäume, erstreckten sich bis an den Horizont. Ein schönes Land, in dem man sicher sein konnte. Sicher und komfortabel, doch nirgendwo so sicher und so komfortabel wie hinter jenen Mauern, den gewaltigen, in deren kühlenden Schatten, dem Wind von der See ...

Er wachte auf, was bedeuten musste, dass er geschlafen hatte. War es ein Traum gewesen oder hatten sie tatsächlich Kühle und Dunkelheit durchquert? War eine Nacht vergangen? Und falls ja, hatte er sie überlebt?

Seine Zunge war wie mit Pelz bedeckt. Die Gesichter von Darmukta drangen auf ihn ein. Die Art, in der sie sich auflösten und wieder zusammensetzten, hatte wenig mit der ihm bekannten Wirklichkeit gemein.

Hinter den Gitterstäben wiegten sich grüne Blätter, schwankend in der goldenen Sonne eines frühen Nachmittags. Aufkommender Schwindel zwang ihn, die Augen zu schließen. Sich zu übergeben wäre in einer solchen Lage einem Todesurteil gleichgekommen.

Ein Rumpeln. Gedämpfte Geräusche und schwankende Bewegungen. Sie hielten! Sie hielten tatsächlich an. Nein: Sie *hatten* bereits angehalten. Gras lag unter den Rädern des Wagens, nicht mehr der aufgeheizte Stein der Straße. Angenehme Kühle drang von den Bäumen durch seine schweißgetränkte Kleidung. Das kreischende Geräusch von Türangeln ließ seine Ohren schmerzen. Jemand packte ihn grob an den Schultern und hielt ihn fest. Finger rieben über seine Schläfen. Der Druck an seinem Schädel ließ, Götter, endlich nach. Der Knebel, kühl und feucht wie ein ungebratenes Stück Fleisch, wurde aus seinem Mund gerissen.

Luft. Atem in seinen Lungen. Mit einem Mal lösten sich auch die Fesseln. Er stürzte vorwärts, konnte sich gerade noch mit den Armen abfangen, bevor sein glühendes Gesicht auf den hölzernen Boden schlug. Ein heiseres Husten brach aus ihm hervor. Japsen, gieriges Einsaugen der Luft. Die nebligen Ringe vor seinen Augen tobten wie in einem Schneesturm.

Jemand hieb ihm mit der flachen Hand mehrfach auf den Rücken, bis er sich auf die Holzbohlen erbrach. Er hörte Wolskin angewidert stöhnen.

Plötzlich aber drang ein wundervoller Klang an seine Ohren. Er hob den Kopf. Ein Lederschlauch mit abgeschraubter Kappe schwebte neben seiner Schläfe. Aus dem Inneren erklang das herrliche Plätschern von Flüssigkeit. Wie von selbst ergriffen seine Finger das Gefäß. Gierig trank er, mit tiefen Schlucken. Wasser lief zu beiden Seiten über sein Gesicht herab, bis kräftige Hände den ersehnten Gegenstand zurückzogen. „Langsam trinken“, herrschte eine Stimme ihn an.

Es gelang ihm, weitere Schlucke zu nehmen, dieses Mal mit größerer Beherrschung. Erst, als das Behältnis leer war wurde ihm der Gegenstand erneut entrissen. „Uff.“ Der schlimmste Durst war gestillt. Ein Glucksen erklang aus seinem Magen. Hoffentlich würde die Flüssigkeit dort bleiben. Die Kraft, die sein Körper eben noch aufgebracht hatte, schien schlagartig verflogen. Zu erschöpft zum Knien fiel er vorwärts auf den Holzboden des Käfigwagens. Er wälzte sich auf den Rücken und blinzelte hinauf zum Dach. Irgendwann besaß die Decke den Anstand, damit aufzuhören, sich zu drehen.

Zwei Darmukta ergriffen ihn unter den Schultern und zogen ihn in eine halbwegs aufrechte Position. Er ließ ein unwilliges Knurren hören. Vor ihm hinter den Gitterstäben schwebte das Gesicht des *Netmaharu*. Das braune Antlitz unter dem Hut glänzte wie eine polierte Kastanie. Der Anblick der dünnen Narbe zwischen Augenhöhle und Mundwinkel war aus der Nähe faszinierend.

„Was Ihr getan habt, war sehr unklug, Gefangener“, erklärte der Offizier, wohl für den Fall, dass ihm diese Schlussfolgerung noch nicht von selbst gekommen war. Die Stimme des Soldaten enthielt nicht den geringsten Anflug eines fremdländischen Zungenschlags. „In Zukunft werdet Ihr darauf verzichten, *irgendetwas* zu tun, das ich Euch nicht befohlen habe. Habt Ihr das verstanden?“

Für eine Antwort fehlte ihm beinahe der Atem. „Ihr ... habt ... mich ... eben ... fast ...“

„Ob Ihr mich verstanden habt“, wollte der Darmukta wissen. Vermutlich wusste der Mann sehr genau, was sie eben fast mit ihm getan hatten. Die hellen Flecken an den Rändern seines Sichtkreises waren zurückgekehrt. Es war besser, keine Luft mehr zu verschwenden. Er nickte, was eine nicht geringe Menge an Kraft erforderte.

„Verstanden, *Netmaharu*“, korrigierte ihn der Mann.

Das Augenrollen war die Schmerzen wert. „Verstanden, *Netmaharu.*“

„Die Darmukta tolerieren keinen Ungehorsam“, fügte der Offizier hinzu. „Widersetzt Euch noch einmal einer Anweisung und ich werde Euch hart bestrafen lassen.“

Er ließ ein Schnaufen hören. Dann war die Quälerei der letzten Stunden wohl nicht mehr als eine Warnung gewesen, vergleichbar mit einem leichten Klopfen auf die Fingerknöchel. Er versuchte so etwas wie Aufsässigkeit in seinen Gesichtsausdruck zu legen. „Wie lang noch bis zum Essen, *Netmaharu?*“

Der Mann verzog keine Miene. Sein Blick war starr und auf entnervende Weise regungslos. „Ich finde an Bestrafungen kein Vergnügen, Gefangener“, behauptete er. „Aber sie machen mir auch nichts aus. Viel weniger als Euch.“

„Pff.“ Er verdrehte den Kopf, um sich den Mund an seiner Schulter abzuwischen. „Wer hat behauptet, dass sie mir etwas ausmachen?“

Der Darmukta machte eine Bewegung mit dem Kopf. Die beiden Wächter lösten unerwartet ihre Griffe, sodass Palter vornüber auf den Boden fiel. „Argh!“ Irgendwann würde er lernen müssen, zuerst das Gehirn und dann die Zunge zu bewegen.

Die Krieger packten ihn und richteten ihn an den Gitterstäben auf. Erneut verband man seine Hände hinter dem Rücken. Während die Wachen die Fesseln festzurrten, konnte er beobachten, wie der *Netmaharu* sein Pferd bestieg und zurück zu seinen Männern ritt. Eine Art Lichtungswiese war es, auf der sie angehalten hatten. Die Soldaten hatten den Lasttieren ihre Bündel abgenommen und sich zur Rast auf den Gepäckstücken niedergelassen.

„Welchen Tag haben wir?“, verlangte er zu wissen. „Wie lange habe ich geschlafen?“

Die Darmukta kletterten wortlos aus dem kleinen Verschlag und verschlossen die Tür hinter sich.

Er atmete tief aus. Die Folge war, dass ihm der stechende Geruch seines eigenen Mageninhalts auf dem Wagenboden in die Nase stieg. Er verzog das Gesicht. „Verdammte ...“ Es war zum Verzweifeln. So langsam gingen ihm sogar die Dinge aus, die man beschuldigen und verdammen konnte.

Er blickte an sich herab. Ein bitteres Lachen entfuhr ihm. Sein leichter Morgenmantel mit dem Blumenmuster wirkte auf absurde Weise fehlplatziert zwischen all dem Dreck und Unrat. Wer hätte ahnen können, dass der Fetzen einmal derart weit herumkam? Sein Blick wanderte zu Wolskin. Der Alte saß zurückgelehnt mit seiner Haube vor den Augen an den Stäben und schien zu schlafen. Ihm sollte es recht sein. Er hatte kein Bedürfnis nach noch mehr nervenaufreibender Unterhaltung.

Die Erschöpfung war überwältigend. Er konnte bereits spüren, dass er begann in einen Schlummer zu versinken.

Passt auf den verdammten Hund auf.

Ein unwilliges Knurren entfuhr ihm. Das Traumfragment hallte seltsam zwischen seinen Schläfen wider. Der Hund musste in der Tat verdammt sein, wenn er es schaffte, sie bis hier draußen zu verfolgen.

Kapitel 12 – Monde

Wieder war es das Geräusch von Metall im Schloss, das ihn aus seinem Dösen riss. Goldenes Abendlicht drang zwischen den Eisenstäben herein. Zwei dampfende Metallschüsseln lagen in der Hand des Wächters, der zu ihnen in den Wagen stieg. Der andere Soldat stand draußen vor dem Durchgang Wache, während sein Kamerad ihre Knebel löste. Die Handfesseln blieben an ihrem Platz. Der Darmukta hob die Kapuze des Alten gerade soweit an, dass dieser Nahrung zu sich nehmen konnte. Womit der Mann es sich verdient hatte, immer noch den schwarzen Stoff vor dem Gesicht zu tragen, blieb das Geheimnis ihrer Wächter.

Ihre Abendmahlzeit bestand aus grauem Eintopf. Es war ein seltsames Ritual, gefüttert zu werden wie ein kleines Kind. Nicht, dass er vorhatte, sich zu beschweren. Die letzte Mahlzeit lag eine Ewigkeit zurück. Beide schlangen sie die Masse aus den Schüsseln dankbar herunter.

Das Mahl war schnell beendet. Erneut verpasste man ihnen die verdammten Knebel. Wolskins Kopf verschwand zur Gänze wieder unter seiner Haube. Nachdem der Wächter den ordnungsgemäßen Sitz aller Fesseln gründlich geprüft hatte, stapfte er wortlos über die Bohlen und kletterte von der Ladefläche. Das Schnappen des eisernen Schlosses erklang. Nur wenig später ging erneut ein Rucken durch den Wagen. Trotz des sich dem Ende zuneigenden Tages war ihr Ziel dem Anschein nach noch nicht erreicht.

Über eine schmale Überbrückung des Straßengrabens knarzten die Räder zurück auf das steinerne Pflaster der Via Abbadema. Die beiden Reiterkolonnen formierten sich zu ihren Seiten. Er lehnte sich zurück gegen die Stäbe. Die Aussicht und der Stand der Sonne ließen keinen Zweifel. Nach Westen ging es. In Richtung des verdammten Ingwall.

Bei all den wechselhaften Phasen von Bewusstsein und Ohnmacht konnte man hier draußen leicht das Gefühl für Zeit und Distanz verlieren. Alleebäume und niedrige Gebüsche säumten die Straßenränder. Jenseits davon erstreckten sich lange Reihen von Weinreben auf hölzernen Gestellen. Vereinzelt waren Abbiegungen zu erkennen, die zu Landgütern führen mussten.

Das Umland. Ohne Zweifel waren sie noch immer darin unterwegs. Schatten und Gräser überlagerten die Ziffern auf den Wegsteinen, sodass kein Rückschluss auf die zurückgelegte Strecke möglich war. Allzu weit konnten sie noch nicht gekommen sein.

Noch immer flirrte Wärme von der aufgewärmten Straßendecke empor. Die Strahlen der Sonne aber waren bereits schwer geworden wie Honig oder altes Gold. Die Bäume warfen dunkle Schatten auf das Pflaster. Die Dunkelheit würde nicht mehr allzu lange auf sich warten lassen.

Der Strom der Fuhrwerke auf der großen Straße verkam mit dem heranrückenden Tagesende mehr und mehr zu einem Tröpfeln. Wer es nicht allzu eilig hatte, suchte allmählich nach einem Lager für die Nacht. Im Umland war es sicher genug, um ohne größere Bedenken im Freien jenseits der Straßengräben zu kampieren. Reisende mit höheren Ansprüchen nutzten für die Übernachtung die in regelmäßigen Abständen angesiedelten Gasthäuser, ein jedes mit seinem eigenen Ruf und Klientel. Auch für die Tharsis gab es eines. Keine Legion, die einen Feldzug erfolgreich abgeschlossen hatte, ließ es sich nehmen, sich in der berüchtigten Spelunke „Letzte Wildnis“ ordentlich zu betrinken.

Immer öfter waren nun hinter den vorüberziehenden Baumreihen Ansammlungen von Fuhrwerken zu erkennen. In den Wiesen nahe bei der Straße hatte man begonnen, Lager und Wagenburgen für die Nacht zu errichten. Nur die ganz Eiligen, die unbedingt an diesem Abend noch einige weitere Meilen hinter sich bringen wollten, fuhren noch im spärlicher werdenden Licht auf der Straße dahin.

Eben rollte ein besonders schwer bewachter Zug heran, umrahmt von Fackeln, obwohl die Baumkronen noch unter den letzten Sonnenstrahlen glühten. Männer mit dunkler Haut und bunten Turbanen, mit kunstvoll gewirkten Schleiern und weiten Gewändern, lenkten die Gefährte. Abbademische Händler, behängt mit Unmengen von reich verzierten Ketten. Grimmige Wachmannschaften auf Pferden und Kamelen, ausgestattet mit Lanzen und auf den Rücken geschnallten Armbrüsten, beschirmten die Kolonne und musterten sie mit Argwohn. Die meisten der Bewacher blickten schnell wieder betont unauffällig geradeaus, als sie erkannten, dass sie Darmukta vor sich hatten. Als Lieferant wertvoller und nicht immer legaler Waren hatte man wenig Interesse daran, die Aufmerksamkeit von Merkeschs Hilfstruppen auf sich zu ziehen.

Eines der Fuhrwerke war besonders hoch beladen. Auf der Ladefläche stapelten sich Kisten, Körbe und schwankende Tragnetze voller loser Waren. Dahinter folgte ein Gefährt mit Tonkrügen, aufgereiht in hölzernen Ständern.

Krüge über Krüge.

Und nicht der erste solche Wagen, der ihnen an diesem Tag entgegenkam. Wie, bei den Göttern, wollten sie in Ingwall einen einzelnen, ganz bestimmten Krug finden, der sich kaum von allen anderen unterschied? Das Vorhaben als optimistisch zu bezeichnen, war noch eine Untertreibung. Man hätte besser Schiffe an der Küste auf und ab fahren und mit Katapulten ziellos in die Wälder schießen lassen können. Die Wahrscheinlichkeit, dabei rein zufällig den Krug mit dem schwarzen Feuer zu zerstören, wäre kaum geringer ausgefallen.

Während das Land zunehmend in Schatten versank und das letzte Licht der Sonne zu einem rötlichen Streifen hinter dem Horizont verblasste, wurde die Aussicht durch die Stäbe zusehends ereignisärmer. Je weniger von der vorüberziehenden Landschaft zu erkennen war, desto schwieriger wurde es, einzuschätzen, welche Wegstrecke sie bereits zurückgelegt hatten und wie viel Zeit seit ihrer letzten Rast vergangen war.

Regelmäßig war nun der Schein von Lagerfeuern zwischen den Stämmen der Bäume zu erkennen. Vereinzelt drangen Gelächter, Gesang und das Geräusch von Saiteninstrumenten zu ihnen heran. Es gab viele Arten, um sich die Reise auf der großen Straße angenehm zu gestalten, und der *Netmaharu* mied sie alle mit der Sicherheit eines Priesters in einem Vergnügungsviertel. Wann kam endlich die nächste Rast? Selbst Darmukta brauchten irgendwann einmal Nachtruhe, oder nicht?

Er wurde eines Besseren belehrt. Nach einem kurzen Wegstück zogen einige der Berittenen schwarze Tücher aus den Satteltaschen. Ungläubig beobachtete er, wie sich ein Großteil der Darmukta Stoffbahnen vor die Augen band. Wie Verurteilte auf dem Weg zum Galgen saßen die Männer still in ihren Sätteln, die Hände auf den Knäufen. Es dauerte eine Weile, bis er verstand. Die Wächter an der Spitze ihres Zuges hatten Fackeln entzündet und wiesen den Weg. Von den weiter hinten Reitenden schien jeder zweite Mann unter seiner Augenbinde zu schlafen. Die Pferde schienen an das seltsame Ritual gewöhnt und trotteten ruhig dahin. Das Ganze schien wohlüberlegt und oft geübt.

Er legte den Kopf in den Nacken und schloss die Augen. Als Soldat hatte er ebenfalls so gut wie überall schlafen können. Die letzten Monate hatten ihn dieser Fähigkeit beraubt. An wirkliche Erholung war bei dem Geschaukel nicht zu denken.

Den Alten plagten, wie es aussah, keine solchen Schwierigkeiten. Wolskin schnarchte friedlich. Sein Kopf wiegte im Takt der Bewegungen sanft hin und her.

Er ließ den Blick über die dunklen Umrisse der Bäume streifen. Es war noch immer warm, doch eine leichte Brise trug eine Ahnung von nächtlicher Kühle heran. Das Gefühl war angenehm auf der Haut. Halb schloss er die Augen und linste unter den Lidrändern hindurch. Abgesehen von den Fackeln in den Händen der Darmukta waren die Gestirne die einzigen Lichtquellen.

Hier draußen, fern vom immerwährenden Glühen der Stadt, traten die Umrisse der Monde am Nachthimmel besonders scharf hervor. Halle, der Scheinende, war in diesen Spätsommernächten kaum mehr als eine scharfe Sichel. Lakon, sein dunkler Bruder, hing ein ganzes Stück von ihm entfernt vor dem Samt des Weltalls. Ein kreisrunder Fleck, ein Schatten vor den Leuchtschleiern der Nebel und Galaxien. Von den Monden schien hier draußen eine ganz besondere Anziehungskraft auszugehen.

Er erschauderte. Vom Fenster seiner Wohnung aus waren die Monde nicht viel mehr als dekorative Leuchtkörper; Gegenstände sentimentaler Erwägungen, die einen Stadtbewohner gelegentlich daran erinnerten, dass sich irgendwo hinter Merkeschs Mauern eine Welt erstreckte, die keine Anzahl von Kerzen und Laternen jemals würde ausleuchten können. Hier draußen aber besaßen die Himmelskörper eine ganz neue, beinahe bedrohliche Qualität. Fast war es, als verspotteten sie aus der Höhe all die drolligen Versuche, die Menschen unternahmen, um Mauern aus Stein und Licht zwischen sich und jenem Reich aus gleichgültiger Finsternis zu errichten, das zu allen Zeiten um sie herum und über ihnen war. Das überdauern würde, wenn sie selbst und alle ihre Nachkommen längst vergangen waren. Jeder Versuch, diese ungezähmte Welt auf Land- und Sternenkarten mit Tuschestrichen einzugrenzen oder ihr mit Namen eine menschliche Bedeutung aufzuzwingen, musste unweigerlich scheitern. Nichts ließ sich damit erreichen außer einem eingebildeten Konstrukt, das allenfalls bei Tageslicht den Anschein von Bestand haben konnte.

Der Nacht waren die Mühen Sterblicher herzlich egal. Manche Priester behaupteten, die Götter hätten einst das Sternenzelt gespannt, um den Menschen Trost zu geben in ihrer Finsternis und Einsamkeit. Er hatte stets an der Version gezweifelt. Womöglich hatten sich die Götter *selbst* trösten müssen, indem sie ein paar Lichter aufhängten. Vermutlich erschauerten selbst die Erhabenen beim Anblick der Unendlichkeit des teilnahmslosen Kosmos.

Wieder diese unruhigen Gedanken, die er mit dem Ende seines Tharsis-Dienstes eigentlich zurückgelassen hatte. Das Gefühl erdrückender Verlorenheit war noch zu vertraut aus schlaflosen Nächten in Zeltstädten unter freiem Himmel. In der Anspannung und Einsamkeit am Vorabend von Schlachten. In solchen Nächten bangen Wartens musste selbst der Schwärmerischste eingestehen, dass am Nachthimmel nichts Freundliches zu finden war. Dort oben in der Schwärze Götter, Helden oder gar das Schicksal ablesen zu wollen, war ein Privileg von Städtern, die sich in der Sicherheit von Mauern solche hochfliegenden Gedanken leisten konnten. Näherte man sich *wirklich* einmal den Grenzen menschlicher Besiedlung, merkte man sehr schnell, dass der Mensch der Wildnis ausgeliefert und für das Überleben in ihr nicht geschaffen war. Wenn wilde Tiere um das Lager strichen und die Gestirne stumm und teilnahmslos herabblickten, war es schwer, sich auszumalen, irgendwelche Götter hätten den Menschen jemals für ein Leben außerhalb von Licht und Mauern bestimmt. Hier draußen, in einer Welt von Feuchtigkeit und Erde, von rauschenden Baumkronen und Vögelrufen in der Dunkelheit, herrschten die Monde über ihr eigenes fahles Reich, gegen das sich jedes Königreich der Menschen jämmerlich ausnahm.

Er spürte, wie ein Schauer über seinen Rücken lief. Er war eindeutig übermüdet. Eine tolle „Silberzunge" war es, die Theus ihm da bescheinigt hatte, wenn sie einem ständig Unsinn einflüsterte, bis man keine klaren Gedanken mehr fassen konnte.

Er versuchte sich auf greifbare Empfindungen zu konzentrieren, um die düsteren Gedanken zu vertreiben: Die kühle Luft auf seiner Haut. Geräusche in den Wäldern. Den ruhig gehenden Atem in seinen Lungen.

Schon besser. Manchmal musste der Verstand die Gefühle eben erst wieder daran erinnern, wer den Ton angab. Manchmal galt es, die Wirklichkeit entschlossen festzuhalten, um zu verhindern, dass sie sich klammheimlich davonmachte.

Er ließ den Blick über seine Reisegenossen wandern. Der Alte schnarchte noch immer ungestört unter seiner Haube. Die Darmukta saßen regungslos in ihren Sätteln. Keiner von *ihnen* schien von Fragen kosmischer Bedeutungsarmut geplagt oder unter der kalten Indifferenz des Weltalls gegenüber aller menschlichen Existenz zu ächzen.

Sein Zellennachbar grunzte unter seinem Sack. Gut möglich, dass ein alter Mann wie Wolskin sich im Laufe seiner

Jahre jede erdenkliche Sorge unter dem Himmel bereits gemacht hatte. Irgendwann kam wohl der Zeitpunkt, an dem man die Früchte ernten durfte, das Obst der Ruhe auf dem gründlich umgepflügten Acker existenzieller Verunsicherung. So oder so ähnlich.

Er gähnte. Wenn die Gedanken derartige Purzelbäume schlugen, war es an der Zeit für eine ordentliche Einheit Schlaf. Das ständige Geruckel war leider keineswegs so beruhigend wie zwischenzeitlich erhofft. Die Bewegungen fingen an, ihm gründlich auf die Nerven zu gehen. Wie sollte ein Mann Rast finden in einem permanenten Zustand körperlicher und geistiger Erschütterung?

Ein besonders heftiges Rumpeln weckte ihn.

Aha. Gut gespielt, Schlaf. Immer wenn man sie am wenigsten erwartete, schlug die Müdigkeit handstreichartig zu. Blinzelnd erkannte er, dass der Wagen von der Straße abgebogen war. Das Gefährt rollte über eine finstere, von Ästen überhangene Wiese. Der Holzboden hob und senkte sich wie das Deck eines Schiffes im Sturm. Knirschend und knarzend durchquerten die Räder Senken und Schlaglöcher. Nur der feste Sitz der Fesseln verhinderte, dass er durch den gesamten Wagen geworfen wurde.

Der Alte schien sich an all dem nicht zu stören. Friedliches Schnarchen drang unter der Haube hervor, obwohl sein Kopf von dem Geruckel herumgeworfen wurde wie der einer Puppe und dabei gelegentlich gegen die Gitterstäbe schlug.

Nach einem kurzen Stück kamen sie zum Stehen, im tiefen Nachtschatten der Bäume, die die Wiese zu allen Seiten umgaben. Offenbar hatte der *Netmaharu* für ihre Rast ein Waldstück ausgesucht. Die Pferde vor dem Wagen wurden abgespannt. Anders als die Reiter waren sie vermutlich nicht imstande, im Gehen zu schlafen.

Er warf einen Blick zum Himmel. Es musste bereits nach Mitternacht sein. Feuer wurden ringsum entzündet. Auf die Errichtung von Zelten wurde verzichtet, falls die Männer überhaupt welche mit sich führten. Nach allem, was die Dunkelheit erkennen ließ, fertigten sich die Soldaten einfache Nachtlager aus aufgerollten Decken. Proviant wurde herumgereicht, Streifen von getrocknetem Fleisch. Wachen wurden eingeteilt und an allen Enden des Lagers aufgestellt.

Zwei der Männer näherten sich dem Wagen. Es mochten dieselben sein, mit denen sie bereits Bekanntschaft geschlossen hatten. Auch ihnen wurde Trockenfleisch und Wasser gereicht. Der schwarze Sack wurde erneut vor Wolskins Augen hochgebunden, damit der Alte Nahrung zu sich nehmen konnte. Die Götter mochten wissen, was die fortlaufende Sonderbehandlung des Mannes bezwecken sollte. Nachdem sie ihr Mahl beendet hatten, blieb die Haube an ihrem Platz. Auf Knebel aber wurde dieses Mal verzichtet. Wenigstens für die Nacht gestand man ihnen zu, ungefilterte Luft zu atmen. Vielleicht befürchtete der *Netmaharu* auch, sie könnten in der Dunkelheit unbemerkt ersticken.

„Löst Ihr uns die Fesseln für die Nacht?“, versuchte er es höflich.

Die Darmukta zogen sich wortlos aus dem Wagen zurück.

„Ich muss euch warnen“, fügte er hinzu. „Ich werde unbequem, wenn ich nicht genügend Schlaf bekomme.“

Keine Regung würdigte Frage oder Fragesteller. Er stöhnte. Vermutlich gab es in der Sprache dieser Halbwilden für Bequemlichkeit nicht einmal ein Wort. Das Gittertor wurde geschlossen, leise, offenbar aus Rücksicht auf die Nachtruhe der anderen.

Aufrecht sitzend, die Wirbelsäule eingeklemmt zwischen den Eisenstäben, versuchte er sich einigermaßen erträglich einzurichten. Eine wirklich angenehme Ruhepause stand ihnen bevor.

Einer der beiden Wächter entrollte nahe beim Wagen seine Decke. Der Soldat streckte sich auf dem Stoff aus, lag still und schien innerhalb weniger Augenblicke zu schlafen. Der andere bereitete sich in ähnlicher Weise ein Lager. Anders als sein Kamerad nahm er auf seinen Decken eine Art Meditationssitz ein. Unbewegt wie eine Statue saß er, in ihre Richtung starrend. Die Schatten ließen nicht erkennen, ob seine Augen offen oder geschlossen waren.

Stille senkte sich über die Lichtung. Nach einer Weile war nichts mehr zu vernehmen außer vereinzeltem Schnarchen und dem leisen Rauschen der Blätter. Das Geräusch war wie die Brandung eines weit entfernten Ozeans.

Er war gerade eingedöst, als ein heiseres Flüstern ihn aus etwas riss, das sich ohne Störung zu einem ordentlichen Schlaf hätte entwickeln können.

„He“, krächzte es. „Hört Ihr mich? He!“

Tritte trafen sein Schienbein.

„He!“

„Hmpf!“ Hatte der Alte nun vollends den Verstand verloren? Verzweifelt versuchte er, den entfliehenden Schlaf zum Bleiben zu bewegen.

„Ich weiß, dass Ihr wach seid“, zischte die Stimme. „Ich weiß, dass Ihr mich hören könnt.“

Schwachsinniger alter Vogel!

„Hört mir zu!“

Widerwillig öffnete er ein Auge.

Der Alte lehnte noch immer an den Gitterstäben. Die schwarze Haube lag vor seinen Augen. Die dünnen Lippen waren unbewegt. Was war hier los? Eine ganz besondere Art von Albtraum? Argwöhnisch schielte er hinüber zum aufrecht sitzenden Wächter. Blickte der Mann sie an und hörte alles mit?

„Was seht Ihr?"

Er zuckte zusammen, als die Stimme des Alten erneut erklang. Das Gesicht seines Zellennachbarn hatte sich dabei kaum bewegt.

„Ein Wächter", flüsterte er missmutig, ohne auf einen Ausdruck der Zurechtweisung zu verzichten. „Ein weiterer war eben noch da." Das Deckenlager neben dem Sitzenden war leer. Möglicherweise war der Mann ausgetreten oder unternahm einen Spaziergang.

„Kümmert Euch nicht um sie."

„Vielleicht kümmern sie sich gleich um *mich*", gab er scharf zurück.

„Ihr müsst mir helfen", beharrte der Alte ungerührt. „Wohin bringen sie uns?"

Jetzt erst? Jetzt erst machte sich der Mann Gedanken darüber, wohin sie ihre Reise eigentlich führte? „Nach Westen", brachte er müde hervor. „Durch das Umland. Und von dort aus noch weiter."

„Ah!" Ein unverhofftes Grinsen erschien auf den Lippen des Mannes. „Ingwall." Der Mond spiegelte sich auf einer Reihe lückenhafter Zähne. Er hatte schon Krokodile freundlicher lächeln sehen. „Gut", befand der Alte. „Gut, ja."

„Findet Ihr?"

Der Mann schwieg für eine kurze Weile. „Der Hund", fragte er dann unversehens. „Seht Ihr ihn irgendwo?"

Jetzt war er wirklich wach. Der verdammte Köter hatte ihm gerade noch gefehlt. Was hatte dieses Biest mit irgendetwas zu tun? Er drehte den Kopf, um in die Dunkelheit hinauszuspähen. Beinahe erwartete er tatsächlich, irgendwo ein Paar glitzernder Augen zu sehen; spiegelnde Pupillen im kalten Licht des Mondes. Irgendetwas an der Vorstellung ließ ihn hoffen, dass sich in diesen Schatten nichts dergleichen fand. „Sieht nicht so aus", erklärte er mit vernehmlicher Erleichterung.

„Ah", machte Wolskin, scheinbar enttäuscht. „Schade. Dann halt später. Die Nacht ist ja noch lang."

„Sie wird allerdings immer kürzer!" Das wirre Gerede ging ihm gehörig auf die Nerven. „Die verbleibende Zeit würde ich gerne zum Schlafen nutzen, wenn es Euch nichts ausmacht."

„Später", verkündete der Alte ruppig. „Sagt mir. Was macht der Mond Halle heute Nacht?"

Ächzend lehnte er sich zurück gegen die Stäbe. „Er scheint, alter Mann. So wie immer. Er ist ein Mond. Was erwartet Ihr von ihm?"

„Ah." Das Murmeln des Alten war genussvoll wie das eines Weinkenners, dem schon die rudimentäre Beschreibung eines besonderen Tropfens ausreicht, um wohliges Erschauern hervorzurufen. „Ist er voll? Oder sehr dünn? Ihr müsst verstehen. Ich habe ihn sehr lange nicht gesehen."

„Dünn", brachte er murmelnd hervor. „Er ist dünn. Wie eine Sichel."

„Eine Sichel", kommentierte der Alte murmelnd. „Ja. Gut. Die Sichel für die Zeit der Ernte. Und Lakon?"

„Dunkel. Dunkel und rund, wie ein sehr dunkler und sehr runder Mond."

Stille. Dann: „Ich beneide Euch. Ich würde ihn wirklich gerne sehen können. Genauso wie Euer Gesicht."

„Ja. Danke für die Blumen.“ Er hatte keine Lust mehr, sich zu unterhalten. Die Ernte des Morgenlichts bestand, so viel war sicher, aus blühenden Augenringen. Jedes weitere Wort, das ihn vom Schlafen abhielt, war dafür wie frischer Dünger.

Erneut trat Stille ein. Dummerweise waren es mit einem Mal seine eigenen Gedanken, die keine Ruhe gaben. „Wolskin?“

„Ja?“ Die Antwort kam erst nach einer kurzen Pause. Beinahe wirkte der Mann überrascht, in einer solchen Weise adressiert zu werden.

„Der Hund“, wollte er wissen. „Ihr glaubt wirklich, dass er uns hier draußen folgt?“

Noch immer rührte sich nichts an dem gefesselten Körper seines Mitgefangenen. Auf beklemmende Weise war es, als unterhalte man sich mit einer körperlosen Stimme. „Folgt, nein“, kam irgendwann die Antwort. „Ein Hund wie dieser folgt nicht. Ein Hund wie dieser weist den Weg.“

„Was soll das heißen?“ Die Gereiztheit in seiner Stimme ließ sich nicht mehr unterdrücken.

„Das soll heißen“, erklärte Wolskin ruhig, „ein solcher Hund weiß selbst, wohin er geht. Und auch aus welchem Grund. Ein solcher Hund weiß immer, was geschehen muss.“

„Na, herrlich.“ Schon die Führung der meisten Menschen ließ gehörig zu wünschen übrig. Nun kamen also auch noch Tiere, um in der Sache mitzumischen. Erneut war er versucht, das Ganze auf sich beruhen zu lassen und wenigstens den Versuch zu unternehmen, endlich etwas Schlaf zu finden. Wieder verhinderten seine Gedanken, dass es dazu kam. „Wolskin?“

„Hm?“

„Glaubt Ihr, es ist etwas Gutes?“

„Was?“

„Was ... geschehen muss.“ Halb ärgerte er sich, dass er auf den Unsinn dieses Kerls überhaupt einging. Irgendwie aber musste er herausfinden, was in Wolskins Schädel vor sich ging.

„Etwas Gutes ...“ Wolskin schien zu überlegen. „Nein. Nein, ich glaube nicht, dass es etwas Gutes ist. Womöglich ist es etwas sehr, sehr Schlimmes. Aber auch das Schlimme ist beizeiten etwas, das geschehen muss.“

„Bestimmung.“ Er konnte ein entnervtes Stöhnen nicht verbergen. „Ihr sprecht vom Schicksal. Vom Willen der Götter.“

„Götter?“ Die Stimme des Mannes wirkte überrascht. „Wo sind die Götter? Die Götter sind goldene Statuen auf dem Palon Braset. Habt Ihr sie dort nicht gesehen?“

Das laute Knacken eines Scheites in den Feuern ließ ihn zusammenfahren. Er verzog das Gesicht. Ganz wie früher. Zwei Kinder, die im Freien schlafen durften und sich so lange Gruselgeschichten erzählten, bis das Morgengrauen kam. „Habt Ihr ...“, begann er leise. Er verstummte.

Der Kopf des Mannes sank langsam zurück auf seine Brust.

Er seufzte. Da war sie, seine Antwort. Sein Blick wanderte hinauf zum Himmel. Was wollte der Kerl mit seinen Monden? Die Monde sahen aus wie Monde. Ein Ring von grauen Wolken umkränzte Halle wie Lorbeer die Stirn eines verdienten Feldherrn. Er wandte den Blick zu Lakon. Der dunkle Mond starrte zurück, ein schwarzes Auge vor dem samtenen Himmel.

Der Alte schnarchte wieder. Schon seltsam. Eben hatte es beinahe geklungen, als *genieße* es der Kerl, hier draußen in der Finsternis zu sein.

Kapitel 13 - Ruf

„Was?“

Ein Schnaufen unter der Kapuze des Alten riss ihn zurück aus seinem Dämmern. Der hagere Körper seines Zellengenossen warf sich plötzlich in den Fesseln herum. „Hm?“, krächzte Wolskin. „Was ... wo bin ich?“

„Psst! Ruhig. Wolskin!“ Sein Blick schoss sorgenvoll zum Wächter. Der Darmukta saß noch immer still wie eine Statue. Er hatte keine Lust, sich eine weitere Bestrafung einzuhandeln. „Wolskin. He! Ich bin es. Palter Calgola“, zischte er so leise wie möglich. „Wir sind in einem Wagen. Ihr tragt eine Kapuze. Wisst Ihr nicht mehr?“

„Calgola?“

„Ja.“ Erleichterung, aber nur ein wenig. „Wir waren zusammen im Kerker. Sie bringen uns nach Ingwall. Ihr müsst leise sein!“

„Nach Ingwall?“ Die Stimme des Mannes klang ehrlich überrascht. Der Kopf unter dem schwarzen Stoff wandte sich ihm zu. „Aber das ist ...“ Der Mann schien wie vom Donner gerührt.

„Was ist mit Euch, Wolskin? Wir haben uns eben noch darüber unterhalten. Erinnert Ihr Euch nicht?“

Der Mann schwieg, so als denke er angestrengt nach. Dann schien sich der Körper zu entspannen. Der Alte lehnte sich zurück. „Doch.“ Die Stimme war nun wieder anders, ruhig und tief. „Ich erinnere mich. Danke, Calgola. Calgola. Ein guter Name.“

Selten hatte jemand seinen Namen in einer solchen Weise ausgesprochen. Er spürte, wie ein Schauer über seinen Rücken lief.

„Calgola“, wiederholte die Stimme, so als prüfe sie den Geschmack des Namens. „Ein Krieger heißt Calgola. Ja. Waffen sind in seinen Händen. Ihr habt gekämpft, Calgola. Welche Einheit nannte man die Eure?“

Schon wieder solche Gedächtnislücken. Der Alte brachte ihn noch zur Verzweiflung. „‚Vinx Tremens‘“, erklärte er widerwillig. „Sturmgeschütze. ‚Schlüssel zur Stadt‘.“

„Tharsis! Ja. Ja, das dachte ich mir. Gut. Sehr gut. Und mit welchem Rang sprach man Euch an?“

„Hauptmann. Ich war Hauptmann.“ Seltsam auskunftsfreudig war er in dieser Nacht. Aus irgendeinem Grund lag in den Fragen dieser Stimme eine eigenartige Faszination.

„Ein guter Rang“, befand der Alte. Das Lob war wie warmer Grog und Schulterklopfen. „Ehrenvoll und hart verdient. Es ist nicht recht, ihn zu verschweigen. Es wäre schändlich, Euch um Euren Titel zu bringen.“

„Da habt Ihr verdammt recht!“ Wirklich? Die Antwort war fast von selbst über seine Lippen gekommen.

Atemlos wartete er in gespannter Stille.

Mehr.

Er wollte mehr hören.

„Ich habe Euch angehört, Hauptmann“, erklärte die Stimme sanft. „Während Ihr geschlafen habt.“

„Ach ja?“

„Ja“, fuhr die Stimme fort. „Ihr habt schwer geschlafen. Schlecht geträumt. Ihr klangt wie jemand, der einen Kampf ausficht.“

Er schwieg. Was seine inneren Zustände anging, verspürte er keinerlei Gesprächsbedarf.

„Auf welchem Schlachtfeld wart Ihr?“ Verständnis lag in der Stimme.

„Was macht das für einen Unterschied?“, gab er mürrisch zurück.

Der Kopf unter dem Sack nickte. „Ich verstehe.“

Erneutes Schweigen.

„Wie viele habt Ihr in den Tod geschickt, Hauptmann?“

Er schnaufte. „Schwer zu sagen, wenn man Geschütze bedient.“ Die Fragerei ging ihm gehörig auf die Nerven. In der Stimme aber lag etwas, das es unmöglich machte, seine Worte zurückzuhalten.

„Das meine ich nicht“, erklärte der andere geduldig. „Ich spreche von Euren eigenen. Den Männern unter Eurem Kommando.“

„Zu viele“, gab er knapp zurück. Gerade dieses Thema galt es, schnell zu begraben.

Der Sack nickte. „So wie wir alle.“ Eine weitere Pause. „Es geht nie vorbei, wisst Ihr? Leider ist es nie vorüber.“

„Was meint Ihr?“

„Die Albträume. Jeder, der einmal ein Kommando hatte, wird Euch das Gleiche sagen.“

„Danke. *Sehr* ermutigend.“

„Ihr seid nicht allein. Erzählt mir davon.“

„Nein!“ Er wollte sich beherrschen, doch die Gedanken kamen. Die Stimme war einnehmend. Die Dunkelheit sah ihre Möglichkeit gekommen.

Ein junger Decas, eben erst befördert und erhoben über seine Kameraden.

Verschwindet!

Der Anblick in der Ferne. Der verzweifelte Ansturm der Tharsis gegen die Mauern von Nequestria. Die versperrte Mauerbresche.

Sie schaffen es nicht!

Das Feuer auf die Bresche!

Unsere Befehle, Decas! Der Feind wird durch die Flanke brechen ohne die Deckung unserer Geschütze.

Auf die Bresche, sage ich!

Das Knirschen der herumfahrenden Plattformen. Das Schnappen der Schleuderarme.

Der Durchbruch der feindlichen Reiter auf der ungedeckten Rechten. Die Flucht der anderen Geschützmannschaften.

„Decas!"

„Stellung halten, habe ich gesagt! Weiterfeuern! Das Feuer auf die Bresche. Niemand weicht zurück!"

Der Wirkungstreffer in der Mauer. Der Durchbruch der Tharsis in die Stadt. Der Einfall der Berittenen in ihre eigene Geschützstellung. Der Gegenangriff. Die Leichen seiner Freunde. Die gehorcht hatten. Gestorben waren auf seinen Befehl. Die nicht zurückgewichen waren.

Der Sieg. Die Beförderung. Der Wein. Die endlosen Albträume.

„Glaubt nicht, dass Ihr alleine seid."

„Hm?" Die Stimme holte ihn zurück. Es war alles wieder da. So schlimm war es lange nicht gewesen.

„Wir alle haben ihn", beharrte die Stimme. „Den einen Tag, an dem in uns die Hoffnung starb. An dem wir erkennen mussten, dass die Versprechen unserer Führer leer und haltlos sind. Dass die Götter sich einen Dreck darum schweren, was unter dieser Sonne vor sich geht. Wir alle erleben diesen

Tag. Verschieden ist lediglich die Art, in der wir aus ihm Folgen ziehen."

„Trinken hilft", brachte er rau hervor. Es war überstanden. Er hatte sich wieder unter Kontrolle.

„Irgendwann nicht mehr." Anteilnahme erklang aus der Stimme. „Glaubt mir, Hauptmann."

„Ach nein?" Sarkasmus half. Der Ton war wie ein Schild gegen die Verwundbarkeit. „Was ist *Eure* Lösung?"

Der Mann schien für eine Weile zu überlegen. „Ich vergesse", erklärte er dann. „Ich lausche in mich selbst, bis nur noch Stille übrig ist."

„Ach? Klingt wunderbar? Lässt sich das erlernen?"

„Kaum", gestand der Alte zu. „Nicht von einem Tag auf den anderen. Aber irgendwann. Wenn Ihr achtsam seid. Manchmal, Hauptmann, vergesse ich, wie ihre Gesichter ausgesehen haben. Die Gesichter jener Männer, deren Tod ich zu verantworten habe."

„Und dann?"

Der Körper unter dem Sack zuckte mit den Schultern. „Irgendwo, Junge, gibt es Orte, an denen unsere Gefallenen weiterleben. Reden wir nicht mehr davon. Die Nacht ist still. Unsere Toten sollen ihre Ruhe haben."

Er erschauderte. Wieder so ein seltsamer Abbruch.

„Es ist schwer, nichts zu sehen, Hauptmann." Die Stimme hatte eine Weile lang geschwiegen. Ihr Klang war sanft. „Aber hören. Hören kann ich noch. Vielleicht bin ich der Einzige, der noch klar hören kann. Hört Ihr ebenfalls, Hauptmann?"

Er hielt inne. Es war nichts zu vernehmen außer dem Prasseln von Holz in den Feuern und dem Rauschen der Blätter. „Nein." Erst jetzt kehrte so etwas wie Trotz in seine Stimme zurück. „Was soll es hier zu hören geben?"

„Die Stimme“, erklärte die Haube. „Die Stimme des Landes. Der Ruf des Ingwalls, der durch die Erde unter unseren Füßen klingt.“

„Hmpf.“ Ihm war nach einer schnippischen Erwiderung zumute. Hunde, Erdboden, alle außer ihm schienen in dieser Sache etwas mitzureden haben. „Und was ... *ruft* sie, Eure Erde?“

Wieder wandte der Alte den Kopf und richtete einen Blick auf ihn, so als stelle der Sack dabei kein Hindernis dar. „Wart Ihr schon einmal in Ingwall, Hauptmann?“

„Nein.“

„Habt niemals dort gekämpft?“

„Nein. Warum?“

Wolskin legte den Kopf schief und schien in die Nacht zu lauschen. „Spürt Ihr nicht, dass etwas anders ist?“, wollte er wissen. „Dass Euer Herz hier draußen kräftiger schlägt? Ohne Decken aus Stein zwischen Euch und dem offenen Himmel? Ohne Laternenschein, der Eure Sicht auf die Gestirne trübt? Wie das Blut druckvoller durch Eure Adern fließt in wilder Vorfreude auf das, was kommen wird? Euer Herzschlag eins wird mit dem Takt der Tiefe?“ Der Genuss in der Stimme des Mannes war betörend. Die Worte schienen nachzuhallen, irgendwo ganz hinten in seinem Schädel und in den Tiefen seiner Brust.

Verdammt.

Er fühlte nicht, was Wolskin fühlte, aber es *verlangte* ihn danach. Auch er wollte es spüren. Das tiefe Herz. Den Pulsschlag aus dem Inneren der Erde ...

Verärgert wischte er die seltsamen Gedanken fort. Verdammte Übernächtigung. Reiß dich zusammen, Palter. „Mein Herz schlägt ganz normal“, brachte er räuspernd hervor. „Seid Ihr sicher, dass es Euch gut geht?“

„Noch sind Eure Ohren taub“, stellte der Alte fest. Ob Vorwurf oder lediglich Enttäuschung aus seiner Stimme klang, war nicht eindeutig zu sagen. „Aber wartet nur.“ Der Tonfall war mit einem Mal bestärkend, voll von einer Sicherheit, die auch er besitzen wollte. „Wartet nur, Hauptmann. Das Land kommt näher. Ich weiß noch, wie es ist, zu hören. Auch Ihr werdet Euch sicher bald erinnern. So lange werde ich für uns beide hören. Bald schon sind wir dort. Dann werden wir erkennen, ob auch Ihr gerufen seid.“

Er schluckte. Seine Kehle war trocken. Er wollte eine Frage stellen, doch schon war das Kinn des Alten wieder zurück auf seine Brust gesunken. Ärger wallte in ihm auf. Eine schöne Art von Unterhaltung war das. Immer wieder zog sich Wolskin ohne Vorankündigung daraus zurück.

Irgendetwas stimmte nicht. Irgendetwas stimmte ganz und gar nicht. Etwas geschah mit diesem Alten und die Veränderung war nicht zum Besseren. Was war das für eine Klarheit, die trotz aller Wirrnis in den Worten seines Zellennachbarn mitgeschwungen hatte? Was für eine Entschlossenheit und unvertraute Ruhe waren es, die aus seiner Stimme klangen?

Etwas zwischen den Schläfen dieses alten Schädels war alles andere als in Ordnung. Die wahnhaften Zustände, die im Gefängnis noch schubweise zwischen Phasen der Klarheit aufgetreten waren, schienen sich hier draußen immer weiter zu verstärken. Es musste die Umgebung sein. Die frische Luft und all die ungewohnten Reize nach einer Ewigkeit der Abgeschiedenheit.

Er ertappte sich dabei, wie er *tatsächlich* in die Nacht hinauslauschte. Welch ein Unsinn! Natürlich war hier draußen keine „Stimme“ zu vernehmen. Die Nacht hielt nichts bereit außer dem Rascheln von Blättern und gelegentlichen Eulenrufen.

Er lehnte sich zurück. Die Gratwanderung, auf die er sich einließ, war gefährlich. Wie gewann man das Vertrauen eines Verrückten, ohne dabei *selbst* den Verstand zu verlieren? Und was, bei allen Göttern, hatten sich Kapilar und Theus bei all dem hier gedacht? Gab es in ganz Ingwall denn keinen geistig gesunden Mann, der ihn zu diesem Bernrot mit seinem verdammten schwarzen Feuer führen konnte?

Er musste wieder eingeschlafen sein. Für mehrere Momente war er unsicher, ob er sich im Wachzustand oder in einem Traum befand. Fort waren die Gitterstäbe und der hölzerne Boden. Kaltes, klares Wasser umspülte seine nackten Füße bis zu den Knöcheln. Aufgerissen vor ihm lag das dunkle Maul der Höhle, die er bereits aus seinen Träumen kannte. Eine Frauenstimme rief aus dem Inneren seinen Namen.

Er wollte vortreten und erschrak, als er sah, dass seine Beine dünn und haarlos, seine Hände weiß und hager waren. Wolskin. Es waren Wolskins Hände, am Ende von Wolskins Armen. Er selbst war Wolskin, musste er feststellen, als er ungläubig über die vorstehenden Rippen seines Brustkorbs tastete. Unter ihm waren Wolskins Füße. Die bleichen Dinger weigerten sich, auf ihn zu hören und tapsten geradewegs zum finsteren Schlund im Stein.

Das Wiehern eines Pferdes ließ ihn auffahren. Verwirrt blinzelte er in die Morgensonne. Schwarz war das Tier, eine elegante, kraftvolle Erscheinung wie aus einem Traum. Muskelstränge zitterten unter den schweißglänzenden Flanken der sich aufbäumenden Kreatur, umringt von fünf Darmukta, die mit erhobenen Händen versuchten Pferd und Reiter festzuhalten. Auch der Mann im Sattel schien geradewegs einer Legende entsprungen. Sein langes Haar war schwarz und grau.

Um seine Schultern lag ein dunkelgrüner Mantel über einem schwarzen Hemd. Eine seiner Hände hielt die Zügel. Die andere gestikulierte aufgebracht zu den Soldaten.

Der *Netmaharu* kam entschlossenen Schrittes über die feuchtglänzende Wiese herangestapft. Mit einem Mal schwang sich der Neuankömmling aus dem Sattel und landete mit einem gekonnten Federn auf dem Boden. Die Darmukta traten zurück und schoben sich, die Hände an den Haumessern, schützend zwischen den Eindringling und ihren Führer.

Der Reiter schenkte ihnen keinerlei Beachtung. Der Griff des Mannes ging zu seinem Gürtel. Statt eines Schwertes zog er einen Umschlag aus einem Lederbeutel und hob ihn in die Luft wie einen Passierschein.

Der *Netmaharu* musterte argwöhnisch erst den Neuankömmling und dann die dargebotenen Dokumente. Schließlich bedeutete er seinen Kriegern, den Mann vorbeizulassen. Wortlos nahm er die Schutzhülle entgegen, riss sie auf und studierte den Inhalt in angespannter Stille. Schließlich aber schüttelte er den Kopf. Mit einer knappen Bemerkung reichte er den Brief zurück.

Erst Unglauben, dann Wut traten in den Ausdruck des Besuchers. Der Mann deutete in Richtung des Gefängniswagens, offenbar gefolgt von einigen hitzigen Worten.

Der *Netmaharu* vollführte mit beiden Armen eine Geste, die klar erkennen ließ, dass das Gespräch aus seiner Sicht beendet war. Es folgte eine Bemerkung, die ohne Zweifel eine Aufforderung an den Fremden war, sich aus ihrem Lager zu entfernen.

Der Unbekannte tat einen impulsiven Schritt nach vorn. Mehrere Soldaten mussten herbeispringen und ihn festhalten, als er mit einem Mal versuchte sich mit Gewalt zum Wagen durchzudrängen. Rufe und Stöße folgten. Erst, als die Klingen der Darmukta aus den Scheiden fuhren, ließ der Mann von seinen Versuchen ab. Ungehalten machte er sich los, riss die Zügel seines Pferdes aus der Hand eines Bewachers und trat den Rückzug zurück über die Wiese an.

„Donnerwetter“, entfuhr es ihm. Eine ganze Menge Unterhaltung für einen derart frühen Morgen. Er warf einen Blick zu Wolskin. Der Alte schien zu schlafen.

Der rätselhafte Fremde zog sich derweil über die Lichtung zurück. Mehrfach blickte er dabei missmutig zurück zur Reihe der Darmukta, die sicherstellten, dass er sich auch tatsächlich entfernte.

Nach einem kurzen Wegstück hielt der Bursche inne und wandte sich um. Demonstrativ gelassen band er sein Pferd an einen Ast am Lichtungsrand. Anschließend bückte er sich und begann einige Stöcke aus dem Unterholz aufzusammeln. Nachdem er eine ausreichende Anzahl beisammen hatte, warf er alles auf einen Haufen und machte sich daran, ein Feuer zu entzünden.

Belustigt stieß Palter die Luft aus. Beharrlich war der Kerl ja, das musste man ihm lassen. „Erwartet Ihr Besuch, Wolskin?“

„Huh?“ Der Alte zuckte zusammen. „Was ... ich kann nichts sehen!“

Er verdrehte die Augen. Stand ihnen dieses Vergnügen jetzt alle paar Stunden bevor? „Palter Calgola“, erklärte er nüchtern. „Hauptmann der Tharsis. Im Ruhestand. Man hat Euch die Augen verbunden. Wir sind in einem Wagen, der nach Ingwall fährt. Ja, nach Ingwall. Schrecklich, ich weiß. Ihr seid darüber abwechselnd höchst zufrieden oder zutiefst erschüttert.“

Die Lippen unter dem schwarzen Stoff bewegten sich stumm. „Ah“, kommentierte Wolskin schließlich mit rauer Stimme. „Verdammt. Verdammter Ingwall. Das ist schlecht. Schlecht, ja. Ich will nicht nach Ingwall!“

„Was auch immer.“ Er war entschlossen, sich nicht schon wieder Stimmung und Verstand verderben zu lassen. „Entspannt Euch. Bestimmt seid Ihr bald schon wieder anderer Meinung.“

„Und auch Ihr sollt verdammt sein, Calgola!“, überging der Mann seinen spöttischen Einwurf.

„Das wollen alle. Stellt Euch hinten an.“

„Ich kann nichts sehen, schon vergessen?“, beharrte der Alte. „Ihr hättet mir etwas vorlügen können. Das gerade war vielleicht die einzige Gelegenheit, um diesen verdammten Tag etwas angenehmer zu gestalten.“

Palter stieß die Luft aus. Er ließ den Blick zu ihren Bewachern wandern. Die Darmukta hatten begonnen, sich als behelfsmäßige Morgenwäsche mit Tau abzureiben. „Wir sind umgeben von anmutigen Nymphen“, verkündete er theatralisch. „Sie haben uns in ihr Dorf verschleppt, um ihren Spaß mit uns zu haben. Überall dort draußen tanzen sie nackt umher. Gut, dass Ihr nichts sehen könnt. Man weiß überhaupt nicht, wo man zuerst hinschauen soll. Jeden Moment müssten sie herkommen, um uns mit duftenden Ölen einzureiben.“

„Was für Öle sollen das sein?“, knurrte der Alte mürrisch. „Es riecht nach kaltem Rauch und Pferdeköttеln.“

„Ich habe ja auch nichts von ‚wohlriechend‘ gesagt.“

Wolskin räusperte sich und spuckte Schleim durch die Gitterstäbe. „Ihr könnt einem wirklich alles verderben, Calgola.“

„Ich weiß. Ein Talent, wie manche sagen.“

„Wohl eher ein Fluch. Hrmpf. Was meintet Ihr da eben mit dem Besuch?“

„Ein Mann zu Pferd.“ Er blickte hinüber zu ihrem Besucher. Erste Flammen züngelten aus dem kleinen Lagerfeuer. Eben holte der Bursche eine verbeulte schwarze Kanne hinter seinem Sattel hervor. „Muss aus Merkesch durchgeritten sein, so erschöpft, wie sein Tier aussieht. Hat mit irgendwelchen Dokumenten gewedelt.“

„Das Pferd? Sehr ungewöhnlich.“

„Aha. Sehr komisch.“

„Was noch?“

„Er war nicht sehr erfreut, als der *Netmaharu* ihn abgewiesen hat. Anscheinend wollte er zu uns. Nun sieht es aus, als braue er sich in aller Ruhe einen Tee. Beobachtet uns wie ein Löwe an der Wasserstelle. Hat anscheinend Zeit mitgebracht.“

„Hm“, bemerkte der Alte. „Wie sieht er denn aus, unser Löwe?“

„Ein langer Kerl. Fortgeschrittenes Alter. Schulterlanges schwarzes und graues Haar. Dunkelgrüner Umhang. Schwarzes, wappenloses Hemd. Haben wir das alles vielleicht Eurer Nachricht zu verdanken?“

Der Alte zuckte unter seiner Haube mit den Schultern. „Vieles ist möglich.“

Er stutzte. Die Stimme des Mannes hatte geklungen, als scherze er keineswegs, sondern sei tatsächlich nicht sicher. „Was ... stand denn drin in Eurer Nachricht?“

„Weiß ich nicht mehr.“

„Wolskin!“

„Ich weiß es nicht! In Ordnung, Calgola? Ich kann mich nicht erinnern! Das alles hier ist sehr ... verwirrend für mich!“

Er starrte fassungslos, unschlüssig, ob er wütend oder entsetzt sein sollte. „Argh!“, brachte er als unbefriedigenden

Kompromiss hervor. „Was ist mit gestern Nacht? Könnt Ihr Euch an die letzte Nacht erinnern?“

„Götter! Was immer zwischen uns passiert ist: Ich schwöre, es hat mir nichts bedeutet.“

„Die ‚Stimme des Landes‘, Wolskin!“ Nach Scherzen war ihm nicht zumute. „Der Ruf der Erde. Was ist damit?“

„Der Stimme des ...“ Der Mann schien den Worten zu lauschen, so als regte sich in ihm vage Erinnerung. „Was soll das sein, Calgola?“

„Ihr ...“ Einzig die Fesseln verhinderten, dass er verzweifelt die Hände in die Luft warf. „Der offene Himmel über dem Kopf. Das Blut, das schneller durch die Adern fließt.“

„Sonnenbrand“, entgegnete der Alte. „Ich will lösen. Das Wort, das Ihr sucht, ist ‚Sonnenbrand‘. Oder ‚Unterkühlung‘. Gar nicht so einfach, Euer Rätsel.“

„Der Plan mit dem Hund!“ Götter, es war so weit. Nun war er derjenige, der von ihnen beiden den Verstand verlor. „Der Hund, der weiß, wohin wir gehen!“

„Vielleicht auch Lebensmittelvergiftung“, spekulierte der Alte. „Vielleicht war Euer Essen schlecht? Es soll hier draußen Pilze und Beeren geben, die dafür sorgen, dass man interessante Dinge sieht.“

„Verdammt, Wolskin!“

Der Alte legte den Kopf zurück. Zumindest schien er dieses Mal ernsthaft zu überlegen. „All das soll ich gesagt haben?“

„Ich habe nicht geträumt!“

„Vielleicht rede ich im Schlaf.“

„Ihr habt nicht ... ach! Vergesst es. Wisst Ihr was? Vergesst es einfach. Ich will Frühstück. Und meine Ruhe.“ Hoffentlich verpassten sie dem Alten schnell wieder einen Knebel. Er sehnte sich nach normaler Gesellschaft. Nach normalen Menschen mit ganz normalen Worten und Gedanken. Und besser schnell, bevor es auch für ihn zu spät war. „He!" Er zerrte an seinen Fesseln und bemühte sich, die Aufmerksamkeit der Wachen zu wecken. „Wächter! Wasser. *Paya*. Wir haben Durst!"

„*Chaina ahaba*." Die Anweisung des *Netmaharu* erklang aus einiger Entfernung. Der Offizier war aufgesessen und ritt zwischen seinen Männern hindurch. Die Soldaten hatten angefangen, das spärliche Nachtlager abzubrechen. „*Ma sarna. Turunai jati*."

Dieses Mal waren es drei Soldaten, die zu ihnen an den Wagen traten. Einer davon blieb vor dem Eingang stehen und hielt die Augen warnend auf den Fremden beim Waldrand gerichtet. Der Neuankömmling packte eilig sein Gepäck, als er erkannte, dass sie in Begriff waren, aufzubrechen. Die anderen Darmukta verschafften sich Zutritt zum Wagen. Man löste ihre Fesseln nur ein wenig und gab ihnen aus ledernen Schläuchen zu trinken.

Anschließend wurden ihnen beiden Knebel angelegt. Selbst eine Haube hatten sie für ihn parat. Hier draußen, von allen Orten, gewährten sie ihm Verhüllung! Dunkelheit umfing ihn, als man den Stoff vor seine Augen zog. Eisen schnappte. Der Wagen erzitterte, als der Fahrer auf den Kutschbock sprang. Das Knallen einer Peitsche erklang hell und scharf. Rumpelnd setzte das Gefährt sich in Bewegung. Nach einiger Zeit wich das Schwanken auf dem Gras wieder dem gleichmäßigen Knirschen des Straßenpflasters.

Er ließ sich gegen die Eisenstäbe sinken. Knebel und Augenbinde also. Die nächsten Stunden würden nicht einmal eine abwechslungsreiche Aussicht bieten. Einzig durch winzige Löcher im groben Stoff fiel ein wenig Licht herein. Die Geräusche der Umgebung traten in Ermangelung des vertrauten

Hauptsinns ungewohnt scharf hervor: das Knarzen der Räder, das Klappern der Hufe auf dem steinernen Weg, das Quietschen der hölzernen Planken und die Rufe von Tieren und von Reitern, die ihnen auf der Straße entgegenkamen. Vögel zwitscherten im Geäst der Bäume, gelegentlich unterbrochen vom schimpfenden Krächzen einer Krähe oder dem Schrei eines Raubvogels am Himmel. Wenn das „Land" sich zwischen all dem hier verständlich machen und nach ihnen rufen wollte, würde es sich ordentlich ins Zeug legen müssen.

Er versuchte den Kopf zu wenden. Wenn man eine der gröberen Maschen erwischte, war vereinzelt vorüberziehendes Gebüsch oder ein Stück Himmel zu erkennen. Viel Bewegungsspielraum erlaubten die Fesseln nicht. Es war schwer zu sagen, ob der Reiter ihnen auch weiterhin folgte. Im Grunde genommen konnte niemandem, der sich an die Gesetze hielt, das Recht verwehrt werden, sich auf der großen Straße frei zu bewegen. Wie lange diese Freiheit noch währen würde, blieb allerdings fraglich. Ob Theus auch die Grenzübergänge nach Abbadema sperren ließ, sobald er mit der Zweiten aus dem Osten aufmarschierte, um die Banditen zwischen der alten Ingwallmauer und der heranrückenden Legion einzusperren? Ein solches Vorgehen wäre für den Handel beider Seiten äußerst schmerzhaft. Dennoch war nicht auszuschließen, dass das Konzil und der Petrarch vor nichts zurückschrecken würden, um mit allen Mitteln zu verhindern, dass man Krillborgs Feuer außer Landes brachte.

Obwohl er eigentlich genug geschlafen hatte, stellte sich schon bald ein Dösen ein, eine Reaktion des Körpers auf die ungewohnte Abwesenheit von Reizen. Ein Summen hatte begonnen an sein Ohr zu dringen. Es war Wolskins Stimme, die unter der Kapuze eine schwermütige Melodie angestimmt hatte. Eine Zeit lang lauschte er verwundert. Dann erinnerte er sich. Ein altes Marschlied aus der Tharsis war es, das manchmal die Soldaten sangen, wenn wieder einmal die Zeit dafür gekommen war, auf den großen Straßen auszuziehen, um irgendwo in der Welt Merkeschs Schlachten zu schlagen.

Mich hält nicht Haus und Hof und Kind, kein Weib und keine Zofen / Wie kann mein Herz dort friedlich sein, wenn Schlacht und Krieg mich rufen / Auf meinem Grab soll niemals steh'n: er ist als Greis entschlafen / mit meinen Brüdern will ich zieh'n / mit Banner, Schild und Waffen.

Das Lied war dumm, natürlich. Dumm und auch gefährlich. Zu viele, die solchen Dingen tatsächlich Glauben schenkten, lagen inzwischen in unmarkierten Gräbern unter fremder Erde. Nur den Jungen konnte der Komfort von Haus und Familie als etwas erscheinen, über das es sich zu spotten lohnte. War man erst einmal eine Weile dabei, wusste man es besser. Man konnte nur so lange auf harter Erde schlafen und inmitten von Männern leben, die am nächsten Tag nicht mehr am Leben sein mochten, ohne irgendwann zu der Erkenntnis zu kommen, dass warme Betten und verlässliche Gesellschaft durchaus ihre Vorzüge besaßen.

In Brugnirs Schmiedehof hatten sie das Lied einst umgedichtet. Viele Strophen hatten sich gefunden im Laufe einer durchzechten Nacht, doch übrig davon war nur noch ein Fragment:

Auf meinem Grab soll niemals steh'n / Sein Tod kam durch das Schwert / bei Weib und Zofen lag er still / an einem warmen Herd.

Das Geräusch von fließendem Wasser riss ihn aus seiner Versenkung. Er blickte sich um, so gut es ging. Es musste inzwischen früher Nachmittag sein. Das Plätschern und Rauschen kündete von einer Größe und Gewalt, wie sie kein Bach und auch kein Nebenfluss besaßen. Es gab nur ein Gewässer, das zu einem solchen Lärmen in der Lage war. Das Geräusch nahm sogar noch zu, je weiter ihr Wagen über die Straße rollte.

Er hatte von dem prächtigen Bauwerk gehört, den gewaltigen Türmen und vielen Bögen der großen Festungsbrücke, die den Gurdon zwischen Merkesch und Ingwall überspannte. Er hatte die Pläne gesehen, in den Archiven, bei ihrer Einführung in die Grundlagen der Belagerungstechnik. Zu dumm, dass die Kapuze ihn daran hinderte, dieses vollendete Werk menschlicher Handwerkskunst mit eigenen Augen zu bewundern.

Dazu kam die Bedeutung der Brücke und das, wofür sie stand. Die Überquerung des Gurdon würde ihren Übertritt markieren. Noch lagen die Länder Merkeschs unter ihren Rädern, wo die Herrschaft des Konzils und des Petrarchen etwas galt. Jenseits dieses Übergangs erwartete sie fremde Erde. Ingwall. Die andere Seite, die keine Truppen Merkeschs jemals hatten unterwerfen können.

Immer näher kam das Rauschen, wurde irgendwann beinahe ohrenbetäubend, bis der Wagen mit einem Mal anhielt. Er bemerkte Bewegungen ringsum und spürte den Sog der Strömung als schwachen Zug an seinem Hemd. Vermutlich vollzog sich weiter vorne erneut das Spiel mit dem Vorzeigen und Austauschen von Stempeln und Papieren.

Nach einer Weile rollte der Wagen weiter. Es ging, wie es klang, über ebenen Steinboden in einem breiten Torhaus. Selbst ohne Augenlicht war es beeindruckend, wie lange zur

Rechten und zur Linken das Donnern der Wassermassen anhielt. Windstöße zerrten an seinen Kleidern, sodass man sich unweigerlich fragte, welche Mächte wohl erst auf die Brückenpfeiler wirkten. Mit einer Kunst, die heute kaum noch zu begreifen war, war es den Vorvätern einst gelungen, die Gewalt des breiten Stroms zu überspannen.

Genau genommen handelte es sich beim Gurdon nicht um einen Fluss, sondern um eine Wasserbrücke zwischen dem Gremwodan im Norden und dem Tir Kalossi im Süden. Der Strom führte Salzwasser und trennte den breiten Landstreifen des Ingwalls, spiegelbildlich zur alten Ingwallmauer weit im Westen, von den angrenzenden Ländern und Reichen ab. Ein wenig war es, als hätten die Vorväter, ja die Götter selbst, ihr Bestes getan, um alle Verbindungen zwischen Ingwall und den umliegenden Völkerschaften zu durchtrennen.

Wieder und wieder durchquerten sie Torhäuser, eigenständige kleine Festungen, die verhindern sollten, dass sich von Westen her jemand ungebeten Zutritt zu den Ländern Merkeschs verschaffte. Irgendwann aber war tatsächlich die andere Seite erreicht. Das Knirschen der Räder war über dem abnehmenden Rauschen des Grenzstromes erstmals wieder zu vernehmen. Es ging leicht aufwärts, offenkundig eine sanfte Anhöhe empor. Trotz der wärmenden Sonnenstrahlen lag eine Ahnung von Kühle auf seiner Haut, Überbleibsel winziger Tropfen aus der aufgeschäumten Gischt.

Er atmete tief. Dies war es also. Die Länder unter dem Licht blieben hinter ihnen zurück. Von hier an fuhren sie in sprichwörtlicher Finsternis. Auf einem dünnen, von Menschen geschaffenen und nur unter Mühen der Überwucherung abgetrotzten Streifen inmitten der unergründlichen Ausdehnung des wilden Landes Ingwall.

Kapitel 14 – Gewalt

Allein die Tatsache, dass sie sich in einem fremden Land befanden, machte die Fahrt nicht zwangsläufig interessanter. Zu schnell war die neue Art des Tagesablaufs zur Gewohnheit geworden: stundenlange, ereignislose Passagen. Ab und an ein Halt mit einer kargen Mahlzeit und der Gelegenheit zum bewachten Austreten. Dann weitere Fahrtstunden bis lange nach dem Einbruch der Dunkelheit. Nicht die besten Voraussetzungen dafür, die Sinne geschärft zu halten, obwohl eben dies hier draußen unbedingt geboten war. Wenn der ursprüngliche Plan vom Kartentisch noch etwas galt, konnte es nicht mehr lange dauern, bis die Gelegenheit zum Ausbruch kam. Er musste unbedingt herausfinden, was in dem Alten vor sich ging. Noch war völlig unberechenbar, wie Wolskin sich verhalten würde, wenn sich tatsächlich die Gelegenheit zur Flucht ergab.

Wieder war es bereits Nacht, als der Wagen ruckelnd von der Straße abbog. Es war verwunderlich, wie schnell sich sein Körper an die Fähigkeit erinnert hatte, noch in der unbequemsten Lage Schlaf zu finden.

Hart macht hart, flüsterte Olaikans körperlose Stimme in seinem Kopf. Sein alter Kamerad lernte womöglich gerade, dass der Komfort moderner Feldbetten dem seiner brettharten Pritsche in den Mauerbaracken deutlich überlegen war. Vielleicht fand sich im Lager der Zweiten ja ein schöner Stein oder eine Planke, auf der Olaikan sich ausstrecken konnte.

So gut es ging hielt er sich an den Eisenstäben fest, als der Wagen über die Graspiste in eine Ruhestellung rumpelte. Im Gegensatz zum Vorabend war die Kühle heute wenig angenehm. Eine klamme Kälte war aus dem Boden und den Wäldern aufgestiegen und bewirkte, dass der dünne Stoff des Morgenmantels an seiner Haut klebte. Gepaart mit dem Schaudern des Erwachens aus dem Dämmerzustand der zurückliegenden Stunden ergab sich ein wenig erbauliches Gefühl.

Mit einem letzten Schwanken kam das Gefährt zum Stehen. Eine ganze Weile lang geschah, betrachtet von der Innenseite einer schwarzen Haube, überhaupt nichts. Niemand kam, um ihnen faden Eintopf oder wenigstens Wasser zu servieren. Sein Magen protestierte gegen die Vernachlässigung mit lautem Knurren. Sein Gaumen fühlte sich an, als überziehe ihn flaumiger Pelz.

Er versuchte sich die vermutliche Geschäftigkeit des Lagers auszumalen: murmelnde Stimmen; das Kratzen von Kochgeschirr; gedämpfte Schritte im feuchten Gras. Irgendwann verkündete ein scharfes Klirren an der Käfigtür, dass man sie doch nicht ganz vergessen hatte.

Leder schabte über die Schwelle. Schwere Stiefel donnerten über die Bohlen. Jemand zog ihm unerwartet die Kapuze vom Kopf: eine schwarze, verschwommene Gestalt, die nur langsam die Kontur eines Darmukta annahm. Blinzelnd vertrieb er die Schleier vor seinen Augen, atmete kalte Nachtluft ohne Filter. Die Restwärme der Atemluft aus dem Inneren des Sacks lag als unangenehme Kühle auf seinem Gesicht. Ungläubig nahm er zur Kenntnis, dass man die Fesseln an seinen Händen löste.

Willkommen zurück, Blutzirkulation. Lange nicht gespürt, Finger. Hoffentlich waren die Extremitäten noch nicht völlig abgestorben.

Während die Wachen sich um Wolskin kümmerten, bekamen seine Augen die Gelegenheit, sich an die Dunkelheit zu gewöhnen. Die Sterne am Himmel waren klar wie Perlen aus Eis. Der Himmel war dunkel, fast schwarz, ohne den sanften, purpurnen Schein des Vorabends. Die Konturen der umliegenden Bäume traten scharfkantig aus der grauen Dunkelheit hervor. Er rieb die Hände aneinander. Die Finger waren taub und kalt. Das stechende Kribbeln, das langsam wieder in sie zurückkehrte, ließ ihn beinahe wünschen, es wäre so geblieben. Vielleicht ließ man sie zum Aufwärmen ja an eines der ...

Er wandte den Kopf. Jetzt erst wurde er sich bewusst, was in diesem Lager fehlte. Nicht ein einziges Feuer brannte auf der dunklen Wiese. Nicht etwa mangels entsprechender Versuche. Gleich an mehreren Stellen waren Darmukta im kalten Licht des Mondes vergeblich darum bemüht, in kleinen Steinkreisen Flammen zu entfachen. Immer wieder zischten schmale Funkenregen von ihren Feuersteinen auf bereitliegende Rinden und Hölzer hinab.

Kein Wunder. Die Feuchtigkeit war fast mit bloßem Auge zu erkennen. Nebel hingen wie Spinnennetze in allen Senken. Wie suchende Finger tasteten sie über den Boden, flossen in Strömen zwischen den Stämmen der Bäume hervor und umspülten die Knöchel von Männern und Pferden. Er nutzte seine ungewohnte Freiheit, um eine der Decken aus Sackleinen heranzuziehen und sich den Stoff um die Schultern zu legen.

Noch etwas anderes fing sein Auge: ein Glitzern am entfernten Ende der Wiese. Ein silbriger, ruhig dahinfließender Bach von einiger Breite, aus dem eine Handvoll Darmukta mit Eimern Wasser schöpften. Die anderen Soldaten brachen nach und nach ihre Versuche ab, doch noch Feuer zu entzünden. In kleinen Gruppen ließen sie sich nieder, das Gepäck zu Bündeln zusammengestellt, und begannen gleichmütig auf ihrer getrockneten, ungekochten Verpflegung herumzukauen.

Er wandte sich um. Falls ihr Verfolger mit den wirkungslosen Dokumenten noch auf ihrer Spur war und sich ganz alleine irgendwo dort draußen aufhielt, war er zu bewundern, aber definitiv nicht zu beneiden.

Die Wächter im Wagen hatten inzwischen auch seinen Mitgefangenen befreit und ihm sogar die Haube abgenommen. Ein dunkler Umriss näherte sich vom Lager her. Schon aus einiger Entfernung verriet ihm die Statur, dass es der *Netmaharu* war. Der Offizier hielt an und musterte sie aufmerksam.

„Na?“, begann Palter grimmig. „Schwierigkeiten beim Feuermachen, *Netmaharu*?“

Der Darmukta betrachtete ihn ausdruckslos. Kleine Perlen von Feuchtigkeit glitzerten auf seiner Haut. „Nichts, was Euch besorgen muss, Gefangener“, gab er zurück. „Eine Eigenheit dieser Länder, mehr nicht.“ Der Blick des Mannes wanderte zu Wolskin. „Ich bin gekommen, um mich nach Eurem Zustand zu erkundigen.“

„Ach?“ Seine Erwiderung war bissig. „Wir hatten bisher nicht den Eindruck, dass Euch unser Zustand sonderlich interessiert.“

„Ich muss entsprechende Eintragungen in den Papieren vornehmen.“

„Ah.“ Natürlich. Daher wehte also der Wind. „Nun. In dem Fall schreibt bitte mit.“ Er begann an steifen Fingern aufzuzählen. „Wir sind halb verhungert, halb verdurstet und mehr als halb erstickt. Aktuell konzentrieren wir uns größtenteils darauf, mindestens zur Hälfte zu erfrieren, um die Serie fortzusetzen. Habt Ihr das alles? Gut. Ich fahre fort. Man hat uns ...“

„Irgendwelche ernsthaften Verletzungen?“, unterbrach ihn der Mann. Die Stimme des Darmukta war noch immer nervenaufreibend beherrscht. Wie sollte man mit einem solchen Mann eine ordentliche Unterhaltung führen?

„Nein, danke“, gab er zurück. „Ich verzichte. Und ich nehme an, für meinen Gefährten hier gilt das Gleiche.“

Der Alte nickte. „Der Hauptmann hier ist, wie Ihr wissen müsst, ein echtes Weichei“, warf Wolskin von der Seite helfend ein. Er war ebenfalls darum bemüht, wieder Gefühl in seine Finger zu reiben. „Bitte schreibt das auf. Weichei mit großem ‚W‘.“

Ihr Führer nickte, so als habe er sich soeben ausreichend versichert, dass es seiner Ware blendend ging. Der Mann sah sich im Wagen um. „Ihr müsst baden“, beschloss er.

„Meint Ihr?“ Etwas in der Art des Burschen erweckte in ihm Streitlust. „Nur weil wir seit Tagen wie Tiere im Freien leben, mein Mageninhalt auf dem Boden klebt und wir noch immer die gleichen Kleider am Leib tragen wie bei unserer Abfahrt?“

Der *Netmaharu* nickte hinüber zum Bach. „Dort drüben.“

Argwöhnisch folgte er dem Blick des Mannes. „Dort? *Jetzt?*“

Der Darmukta zeigte keine Regung, was Antwort genug war.

„Es ist nach Mitternacht“, wandte er protestierend ein, für den Fall, dass diese Tatsache ihrem Führer bisher entgangen war. „Sicher können wir damit bis morgen warten.“

„Ich habe Euch gewarnt“, bemerkte Wolskin mit erhobenen Brauen. „Da habt Ihr’s. Weichei. Mit großem ‚W‘.“

„Anständiges Badewasser hat die Temperatur von frisch gekochtem Eintopf“, schoss er scharf zurück. „Alles andere ist für Tiere und für Wilde.“

„*Karara. Dune Lagi*!“

Niemand, wirklich niemand hier draußen scherte sich einen Dreck darum, was Palter Calgola wollte oder dachte. Weitere Darmukta traten aus der Dunkelheit hervor. Man ergriff sie unter den Schultern und half ihnen, sich aufzurichten. Nach all dem unbequemen Sitzen war es eine unerwartete Strapaze, wieder auf eigenen Füßen zu stehen. Was bei ihm schon schwierig war, erwies sich bei seinem Mitgefangenen als Desaster. Die Beine des Alten zitterten wie dünne Äste im Wind. Schon beim Hinabsteigen über die Wagenkante stürzte er zwei Mal.

„Seid vorsichtig!", blaffte er die Männer an. Erst gefüttert, jetzt gestützt und zum Waschen geführt. Erstaunlich, wie schnell so ein Ruhestand in vorzeitige Vergreisung umschlug.

„Vihsa."

Weiter ging es über das feuchte Gras, mitten durch das Lager, jeder der Gefangenen flankiert von zwei Darmukta.

Sandalen. Sandalen und ein Morgenmantel in einer solchen Nacht. Und jetzt auch noch ein Bad im kalten Fluss. Er zog die Decke fester um die Schultern. Der Bach sah seltsam aus. Seltsam, finster und vor allem *kalt*. Hoffentlich waren auf den Schadensdokumenten des *Netmaharu* noch einige Zeilen frei. Unter „L" wie „Lungenentzündung".

Schließlich hatten sie es über die Freifläche geschafft und standen bibbernd am Ufer des kleinen Stromes. Eine schwache Brise ließ die Oberfläche funkeln und erzittern, während sie bei ihm nur Letzteres auslöste.

Wolskin wandte den Kopf und sah ihn an. Der Mann spuckte zur Seite aus, wohl kalkuliert direkt vor die Stiefelspitzen ihrer Wächter. „Wirklich schöne Aussichten, Hauptmann", bemerkte der Alte bitter. „Wo sind jetzt bitte Eure Nymphen mit den Ölen?"

„Ausziehen", ertönte nüchtern der Befehl.

Der Alte lachte heiser. „Na. Der Teil stimmt schon mal."

Ungelenk entledigte er sich seines Morgenmantels, der inzwischen keiner noch so niedrig angesetzten modischen Erwartung mehr gerecht werden konnte.

Der Alte folgte widerwillig seinem Beispiel. Das Gesicht des Mannes wirkte mürrisch. Die Falten in seinem Gesicht waren wie Gräben voller tiefer Schatten. Bleich und hager war er, umso mehr ohne die schützende Form seines Gewandes. Die Brust war eingefallen, überzogen mit einer furchterregenden, purpurnen Narbe und bedeckt von krausem, grauem Haar. Nicht nur an seinem Arm, gleich an mehreren Stellen war die Haut milchig und verwachsen, wie mit Feuer verbrannt. Der Mann schien seine Blicke zu bemerken und musterte ihn nun seinerseits. „Sieh an. Da ist aber einer schön heil geblieben. Ihr wollt Soldat gewesen sein? Habt wohl in der Schlacht immer ganz hinten gestanden, wo nichts passieren kann?"

„Und Ihr?", hielt er dagegen. „Brandgeschosse mit den Händen aufgefangen und mit der Stirn als Rammbock ausgeholfen?"

„Passt bloß auf, Junge." Der verbitterte Blick des Alten wanderte zu ihren Bewachern. „Und ihr. Was starrt ihr so? Nicht die Nymphen, die ihr euch erhofft habt?" Der Kerl begann, albern auf der Stelle zu tanzen. „Seht her, euren Nymphentanz. Kommt her, damit wir euch einölen können. Mit Öl aus alten Pferdekötteln!"

Trotz der schlimmen Umstände konnte er sich ein Grinsen nicht verkneifen. Es war ein drolliger Anblick des Trotzes und der Auflehnung, wie der Alte dort vor seinen Bewachern umhertanzte. „Ich glaube, Ihr könnt aufhören, Wolskin", bemerkte er. „Ihr könnt sicher sein: Jeder hier wird für mehrere Wochen unter Albträumen leiden."

„Sollt ihr ruhig!“, stieß der Alte aus und begann Kniebeugen zu vollführen, wobei seine Gelenke krachten wie Säcke voller Walnüsse. „Ah! Bewegung an der frischen Luft! Wie lange ist es her, seit ich ...“

Die Geduld der Darmukta war offenkundig am Ende. Hände packten sie von hinten an den Schultern. Mit einem Mal senkten sich Seilschlingen um ihre Hälse.

„Was zum ...“ Entsetzen schoss wie Eiswasser durch seine Adern.

„Zur Sicherheit“, erklärte der *Netmaharu* hinter ihren Rücken. „Damit ihr uns nicht davonschwimmt.“

„Wird immer besser, oder nicht?“ Der Aufsässigkeit des Alten tat die Entwicklung keinen Abbruch. Wolskins Miene zeigte das überdrehte Vergnügen eines Mannes, der selbst am Tod nur noch wenig Schrecken findet.

„Eure Schuld, Wolskin. Eure Darbietung muss so schlimm gewesen sein, dass sie beschlossen haben, uns doch noch aufzuhängen.“

„Leere Versprechungen, sage ich!“ Der Alte schüttelte sich und tapste von einem Fuß auf den anderen wie ein Boxer vor dem Kampf. „All das Theater einer anständigen Hinrichtung ohne die Aussicht auf das erlösende Ende. Diese Reise ist und bleibt eine einzige Enttäuschung.“

„Wenn Ihr noch ein bisschen weitertanzt, tun sie Euch bestimmt den Gefallen.“

„Und Euch dann besser auch! Wenn ich hier draußen draufgehe und Ihr überlebt, kehre ich als rächender Geist aus dem Totenreich zurück und bespuke Euren Arsch bis in alle Ewigkeit. Das könnt Ihr mir glauben, Calgola.“

Die Wächter hinter ihren Rücken machten Wolskins Albernheiten ein Ende. Man stieß sie vorwärts, hinab zum steinigen Ufer. In gleicher Weise ermutigte man sie, auf den schmalen Kieselstrand zu treten.

Der Alte blickte unschlüssig auf den Bach hinaus. Graues Sternenlicht glänzte auf der Oberfläche. Etwas in dem eben noch so unbeugsamen Ausdruck hatte sich verändert. Möglicherweise, und er hoffte sehr, dass er sich irrte, lag so etwas wie Furcht im Blick des Mannes. Wolskin sah ihn an und wirkte dabei beinahe wie ein Hund, der fragend abwartet, wie sein Mensch auf eine unerwartete Gegebenheit reagieren wird.

Nun, es gab wenig Grund, das Unvermeidliche weiter hinauszuzögern. Außerdem hatte er keine Lust, sich von dem beklemmenden Gefühl anstecken zu lassen. „Auf drei“, erklärte er entschlossen. „Wer zuletzt untertaucht, ist ein Weichei.“

„Ihr zuerst, Hauptmann“, murmelte Wolskin. „Bei Euch hilft auch kein Untertauchen mehr.“

Die Kälte war ein Stechen wie von tausend Nadeln, als seine Zehen durch die Oberfläche drangen. Vorsichtig tastete er sich mit tauben Füßen über rundgespülte Kiesel. Es war, als zögen Eisfäden durch die Adern in seinen Beinen empor, doch er ließ sich nicht beirren. Erst bis zu den Knöcheln, dann bis zu den Knien und schließlich bis zum Nabel stieg er in den dunklen Strom. Nachdem er eine Stelle erreicht hatte, die ihm tief genug erschien, holte er tief Luft. Er spannte die Muskeln an und beugte die Knie. Das Wasser zog seinen Brustkorb zusammen wie ein Gurt, als er bis zum Kinn untertauchte. Nach wenigen Momenten kam die Gegenreaktion, ein jähes Aufwallen von Wärme, als sein Herz unter Protest mit schnellen Schlägen heißes Blut durch seine Adern pumpte. „Uff.“

Wolskin, der ein Stück zurückgeblieben war und der noch immer lediglich bis zu den Knöcheln in der Strömung stand, betrachtete ihn skeptisch. „Und?“, wollte der Alte wissen.

„Wenn man einmal drin ist, ist es gar nicht so schlimm“, log er und rieb sich mit den Händen über beide Arme. „Jetzt stellt Euch nicht so an, alter Mann. Euer Körper wird es Euch danken. *Ich* werde es Euch danken, wenn Ihr nicht mehr stinkt wie ein Ziegenbock.“

„Wenn Ihr Euch da mal nicht irrt“, murrte der Alte. Dennoch trat auch er nun vor, bahnte sich langsam seinen Weg durch die glitzernden Fluten und tauchte in gleicher Weise unter. „Argh!“ Der Mann prustete heftig in die Nachtluft. „Elender Lügner! Es ist viel schlimmer, als es aussieht!“

„Wer ist jetzt hier das Weichei?“

„Immer noch Ihr! Aber das hier ist Körperverletzung. Einsperren sollte man Euch mit Euren Lügen!“

So gut es eben ging, rieben sie sich den Schweiß von der Haut. Die Seile schwammen wie Angelschnüre zwischen ihnen und ihren Bewachern auf der Wasseroberfläche, im wohl seltsamsten Baderitual, das dieser Fluss jemals gesehen hatte.

Er hob den Blick zu den Monden am sternenklaren Himmel. Wer wusste schon, wann die nächste Gelegenheit zum Baden kam? Auch war es viel zu lange her, seit er zuletzt einige Augenblicke nur für sich allein gewesen war. Ein paar Mal holte er tief Luft. Dann ließ er sich hinabsinken und tauchte mit dem ganzen Körper unter.

Stille umfing ihn, zum ersten Mal seit einer gefühlten Ewigkeit. Glucksendes Wasser. Geräusche, die nur noch stark gedämpft an seine Trommelfelle drangen. Niemand außer ihm, der Kälte und der Dunkelheit. Ein seltsames Gefühl des Friedens breitete sich in ihm aus. Eine Schärfung der Sinne wie ein gesteigertes Bewusstsein. Hier unten war alles ruhig, angenehm und einfach.

Aus einer Eingebung heraus schlug er die Augen auf. Weiß und silbern tanzte das Licht der Sterne über den mit Kieseln bedeckten Grund. Nirgendwo Pflanzen. Einzig ein Schwarm winziger schwarzer Fische, die in der unsichtbaren Strömung trieben und mit flimmernden Schwänzen auf der Stelle schwebten.

Er wollte gerade wieder auftauchen, als eine Bewegung am Rande seines Sichtfeldes ihn veranlasste, den Kopf zu wenden.

Der obere Teil eines menschlichen Schädels. Blank und schimmernd wie Perlmutt trieb das Fragment an ihm vorüber, mitgezogen vom steten Wasserstrom, über den Boden rollend, ein grotesker Spielball, für einen kurzen Augenblick zitternd verharrend am Rande einer Kante wie ein Selbstmörder, der vor dem Absprung in den finsteren Abgrund letzte Zweifel hegt, dann jedoch hinabgerissen vom unsichtbaren Sog in die Dunkelheit jenseits der Schwelle.

Er blinzelte, spürte, dass sein Mund offen stand, wollte auftauchen, doch mit einem Mal schoss Dunkelheit heran, hervorquellend wie verschüttete Tinte von jenseits der finsteren Stufe; geräuschlose Fluten wie der Angriff eines zur Wut gereizten Kopffüßlers, brodelnd wie überquellendes Kochwasser, tastende Fühler, die nach ihm griffen, ihn umfassen wollten, hinabziehen in die Finsternis.

Er schrie auf, lautlos, schlug ohne Ziel und Wirkung um sich. Eiskaltes Wasser schoss durch seine Kehle. Luft verließ in wilden Blasenwirbeln seine Lungen.

Nach oben! Zum Licht!

Wie eine Eisdecke zerbarst die Oberfläche über ihm, glitzernde Funken umherfliegend, Luft, Dunkelheit, Halt suchende Schritte, nur fort, in die Kälte der Nacht, dann plötzlich ein hartes Reißen an seinem Hals.

Die Schlinge zog sich zu, unerwartet, schmerzhaft, der Weg des Atems mit einem Mal versperrt, taumelnd, die Knie nachgebend, rückwärts hinschlagend ins kalte Wasser. Verzweifelt zerrten seine Finger an dem Strick. Schon waren andere bei ihm, über ihm, Darmukta, die in aufspritzendem Silber heranstürzten. Der Erste hatte nicht damit gerechnet, auf Widerstand zu stoßen. Soldateninstinkte. Er wusste selbst nicht, was seine Arme taten, aber mit einem Mal lag der Junge auf dem Rücken neben ihm im Wasser. Weitere Hände packten ihn, rissen ihn empor, schleppten ihn wie ein erlegtes Wild zum Ufer und warfen ihn hart auf die Wiese.

Weiße, umhertanzende Blitze, als jemand ihn herumriss, auf den Rücken, sich lösend die Erstickung des verdammten Seils. Handflächen, die harte Stöße durch seine Brust sandten. Wasser, das mit einem Keuchen aus seinen Lungen brach. Jemand schlug ihm hart auf beide Wangen und schrie ihn an. Er antwortete, indem er mehr Wasser ins schwarze Gras keuchte. Stimmen und Geräusche drangen wie durch eine dicke Watteschicht zu ihm heran. Er rollte mit den Augen und sah.

Hinter den Rücken der Wächter, von allen unbemerkt, erhob sich Wolskin aus dem Fluss. Das Seil hing schlaff um seinen Hals, ein seltsamer Beifang, den Nachtfischer ungeplant aus der Dunkelheit emporgezogen hatten. Der Kopf des Mannes war gesenkt, sodass die Augen in tiefen Schatten in den Höhlen lagen. Wasser troff in silbrigen Strömen aus den grauen Strähnen. Langsam wandte sich der bleiche Kopf ihm zu. In den dunklen Augen lag ein Blitzen. Für einen kurzen

Augenblick nur war die geöffnete Hand des Mannes im Mondlicht zu erkennen. Etwas lag in ihr; ein Schatten wie ein gefangener Fisch, nein, ein Gegenstand, grausam in seiner Form, spitz und scharf und innerhalb eines Augenblickes wieder in der Faust des Alten verschwunden.

„*Kehety tyo*?“ Die scharfe Stimme des Wächters auf seiner Brust riss ihn zurück. Die Augen des Mannes glühten. Seine Miene konnte nicht verbergen, dass er Wut und Ärger nur mit Mühe zurückhielt. Die Hand des Soldaten hob sich zu einem erneuten Schlag in sein Gesicht.

„*Basa!*“

Eine Anweisung von der Rechten hielt den Mann zurück. Der *Netmaharu* kniete neben ihnen im Gras, schwer atmend, die Uniform dunkel vom Wasser. In seinen Augen lag Ärger, aber auch Bestürzung, Fassungslosigkeit. „Was habt Ihr da getan, Gefangener?“ Auch in der Beherrschung seiner Stimme waren Risse. „Mit welchem Zweck? Wohin wollt Ihr fliehen in dieser Nacht? Habt Ihr wirklich geglaubt, Ihr kommt davon? Wollt Ihr hier draußen sterben?“

Er wollte eine Antwort geben, bewirkte damit jedoch nur, dass noch mehr Wasser keuchend aus seinen Lungen drang. „Ich ...“ Er verstummte. Was konnte er dem Mann erklären? Was davon klang nicht nach hoffnungslosem Wahnsinn? „Ein Schock“, brachte er murmelnd hervor. „Die Kälte hat mich überrascht.“

Der *Netmaharu* musterte ihn wortlos. Ohne Zweifel fragte sich der Mann, was jemanden, der noch halbwegs bei Verstand war, dazu bringen konnte, einen derart lebensmüden Fluchtversuch zu unternehmen. War der Bursche eingeweiht in Theus‘ Pläne? Oder fragte er sich gerade, was einen Gefangenen wohl an seinem Bestimmungsort erwarten konnte, dass es ihn zu derartigen Verzweiflungstaten trieb?

„*Sukha.*“ Der Offizier wandte sich ab und erhob sich. „Bringt sie zurück zum Wagen. Sorgt dafür, dass sie sich abtrocknen.“

Kurze Zeit später saßen sie wieder in ihrem Käfig, gefesselt, aber trocken. Gefüttert, neu eingekleidet und für die Nacht zurückgelassen. Auch für ihn hatte sich frische Kleidung gefunden: ein grober Überwurf, ein paar Decken gegen die Kälte und ein einfaches Paar weicher Lederstiefel. Ein gnädiger Mensch hatte in ihrer Abwesenheit sogar den Boden abgewischt. Trotz des Stoffes ließ die Kühle der Nacht ihn zittern. Die abhärtende Wirkung des Bades hatte nur kurz angehalten.

Sein Blick wanderte zu Wolskin. Der Kopf des Mannes war oberhalb der Nasenwurzel erneut von schwarzem Stoff verborgen. Sein Körper lehnte regungslos an den eisernen Stäben.

Er sah hinüber zum Wächter. Der Darmukta saß in der gewohnten Weise ungerührt im Schneidersitz vor ihrem Wagen.

Nichts als neue Sorgen hatte es gebracht, das zweifelhafte Vergnügen eines reinigenden Bades. Die Distanz zu ihren Bewachern erschien ihm groß genug, um ein paar Worte zu wagen. „Wolskin“, zischte er. „He!“

Der Alte zeigte keine Regung. Schlief er? Er selbst würde, beim *Scheloch*, kein Auge zubekommen in dem Wissen, dass er diesen engen Raum mit einem geistig instabilen und nun auch noch bewaffneten Irren teilte. Noch einmal wandte er den Kopf zum Wächter. Er wagte einen erneuten Anlauf. „Wolskin. Das Ding. Aus dem Bach. Habt Ihr es noch?“

Noch immer keine Antwort.

„Was plant Ihr?“, drängte er. „Was habt Ihr damit vor?“

Stille.

Er lehnte sich zurück und sog die Luft ein. Nein, Ruhe war in dieser Nacht wirklich nicht zu erwarten.

„Habt Ihr endlich gesehen, Hauptmann?“

Er fuhr zusammen. Die Stimme unter dem Sack war leise, aber deutlich zu vernehmen. Ruhig war sie, beherrscht; so ganz anders als die des Mannes, der eben noch neben ihm am Bachufer umhergetanzt hatte. „Gesehen? Was meint Ihr?“

„Im Wasser“, beharrte die Stimme. „Das Land hat Euch etwas gezeigt.“

Er schielte zu ihrem Wächter. „Was glaubt Ihr, was ich gesehen habe?“

„Spielt keine Spielchen mit mir, Hauptmann.“ Die Stimme unter der Haube war mahnend. „Ein Zeichen ist etwas sehr Mächtiges. Ihr müsst es mit mir teilen. Ihr müsst mir sagen, was das Land zu Euch gesprochen hat.“

Er schluckte. Wahrscheinlich würde es nur Ärger bringen, das Erlebnis mit dem Mann zu teilen. Andererseits *wollte* er wissen, was er dort im Bach gesehen hatte. Er wollte wissen, dass er nicht verrückt geworden war. Dass die Dinge einen Sinn ergaben. Mit wem sonst als mit dem Alten konnte er darüber reden? Vielleicht führte ein Stück Offenheit sogar dazu, dass der Bursche einige von *seinen* Plänen mit ihm teilte.

Er beugte sich vor, soweit es seine Fesseln zuließen. „Einen Schädel“, flüsterte er. „Die obere Hälfte davon. Schimmernd wie eine Perle. Die Strömung trieb ihn mit sich und über eine dunkle Stufe im Flussbett. Etwas wie ...“ Er räusperte sich. „Etwas wie dunkle Tinte kam dahinter hervor. Nahe bei der Stelle, wo ...“ Er schluckte. Ja. „Nahe bei der Stelle, wo Ihr Euer *Ding* gefunden habt.“

Der Alte blieb für einige Momente regungslos. Er schien zu überlegen. „Dies sind Länder des Krieges“, urteilte er schließlich. „Jede Wurzel dieser Bäume trinkt aus blutgetränkter Erde. Jeder Bach hat Körper ohne Zahl ins Meer gespült. Hat das Land Euch erlaubt, zu verstehen, was es Euch gezeigt hat?“

„Nein.“ Seine Antwort war ein Krächzen.

Wieder schien der Mann zu grübeln. „Ah“, machte er schließlich. „Ich glaube, es ist so weit, Hauptmann. Die Zeit ist gekommen. Heute Nacht probieren wir es.“

„Probieren *was*?“

„Seid still.“

Er öffnete den Mund, war jedoch zu verdutzt, um etwas zu erwidern.

„Setzt Euch gerade an den Stäben hin.“

„Warum?“

„Tut es einfach!“

Er seufzte und richtete sich gerade auf. „Und nun?“

„Schließt die Augen.“

„He! Ich bin keins von *diesen* Mädchen!“

„Wollt Ihr oder wollt Ihr nicht die Wahrheit sehen?“

Er knurrte einen halbherzigen Widerspruch. „Und was jetzt?“

„Atmet tief“, forderte die Stimme. „Atmet tief und schweigt. Hört, anstatt zu sprechen. Lauscht auf das, was die Erde Euch zu sagen hat.“

Er lauschte widerwillig. Die erste Schicht seines Bewusstseins enthielt nichts als Widerworte, spöttische Bemerkungen über das, was der Mann von ihm verlangte.

Beherrsch dich, Palter.

Ruhig sog er die kalte Nachtluft ein. Tannen und Harz. Gras und Feuchtigkeit. Er atmete aus und spürte, wie die Luft über die Stoppeln an seiner Oberlippe strich.

„Gut so, Hauptmann“, kommentierte der Alte leise. „Lasst Eure Gedanken ziehen. Hört auf, Euch selbst im Weg zu stehen.“

Etwas schien tatsächlich zu passieren. Einige Male atmete er ein und aus, ohne dass etwas geschah. Irgendwo in den Tiefen seiner Brust jedoch begann sich ein Gefühl zu regen, eine Ahnung nur.

„Meine Stimme führt Euch, Hauptmann", verkündete der Alte. „Kümmert Euch nicht um Eure Gedanken. Sie sind wie Nebel, durch die Ihr treten müsst."

Er trat hindurch.

Zuckende Worte und Überlegungen teilten sich vor ihm wie durchsichtige Schleier.

Bumm, bumm.

„Verdammt!" Ein Ächzen entfuhr ihm. Für einen Augenblick war es gewesen, als habe sein Herz durch den Hals nach oben springen wollen.

„Gut", flüsterte Wolskin. „Gut so. Weiter. Ihr müsst tauchen. Nicht aufhören!"

Furcht lag unter der Empfindung. Das deutliche Gefühl, dass er sich auf einem Pfad begab, von dem man besser fernblieb. Der kurze Augenblick aber hatte ausgereicht. Die Vorahnung von dem, was dort unten auf ihn wartete, hatte eine kaum beherrschbare Sehnsucht nach Rückkehr in ihm entfacht.

Erneut sank er hinab.

Wieder teilten sich die Nebel, gaben ungestörte Dunkelheit frei wie einen tiefen Krater, gefüllt mit stillem Wasser. Der Alte hatte leise zu summen begonnen, ein tiefes, kaum hörbares Geräusch, das ihm vorauszugehen schien.

Bumm, bumm.

Noch stärker war der Herzschlag dieses Mal, ließ seinen Körper schwanken wie unter Faustschlägen. Das Rauschen des Windes in den Blättern. Das Plätschern des Baches am dunklen Ufer. Alles hatte auf irgendeine Weise zugenommen, den Streichern eines Orchesters gleich, beim Aufstieg zum Finale eines lange aufgebauten Stückes.

Weiter.

Noch tiefer hinab!

Bumm, bumm.

Dieses Mal verklang das Schlagen nicht, sondern blieb in ihm, in seiner Brust, in seinen Venen und Arterien, in allen Bahnen, die Blut durch seinen Körper pumpten. Das Gefühl war vertraut und doch fremd, mitreißend, überwältigend wie der Rausch in der Schlacht, alles andere verdrängend.

Bumm, bumm.

Das Pochen des Blutes in den Adern war eins mit den Stößen unterirdischer Quellen, mit kühl hervorsprudelnden Wasserströmen und kochendem Gestein in fernen Tiefen. Der Schlag des Herzens eins mit dem Herzschlag der Erde, dem Saft, durch Wurzeln pressend, unter den Rinden der Bäume empor, bis in die feinsten Verzweigungen der Kronen und Äste und Blätter.

Bumm, bumm.

Immer leiser wurden Wolskins Worte, verschwanden schließlich ganz. Nur er alleine blieb zurück, glitt unbegleitet durch das Dunkel. Teile lösten sich von ihm, blieben zurück wie tote

Haut, immer mehr, bis er ganz begann sich aufzulösen, eins zu werden mit …

Bumm, bumm.

Allem. Verzehrung. Selbstaufgabe. Umarmung. Von denen, die die wahren Seinen waren. Die Erde sein Vater, der Nachthimmel seine Mutter, Bruder von Bäumen und Tieren und das Feuer seine Frau.

Bumm, bumm.

Ein neues Paar von Augen öffnete sich in ihm und ließ ihn sehen. Der Bach, ein gleißendes Band unter den Sternen. Jeder Stamm im Wald, jeder Grashalm auf der Wiese von einzigartiger Bedeutung. Wie störender Kerzenschein, der die Sicht raubt, waren die Darmukta. Schwache, golden pochende Lichter in menschlicher Kontur. Eindringlinge. Dünne Leuchtfäden folgten ihnen, hingen von ihren Füßen herab, führten zurück über das Gras, über die Lichtung, zurück zur Straße, nach Osten, zur verdammten Stadt, die ihre Geister an sich band.

Ihre Lügen waren es, die ihn fernhielten. Ihre Gewalt, die ihn zwang, Illusionen nachzujagen, die nicht wirklich waren. Zu glauben, was erlogen war. Taub zu sein für die Rufe derer, zu denen er gehörte. Fremde waren sie, unerwünscht in diesem Land; Störenfriede mit ihren scharfen, schmerzhaften Stimmen wie zirpende Sägeblätter, zu vertreiben, zu vernichten, denn sie hassten den Herrn, hassten die Herrin, hassten, hassten, mussten abgeschnitten werden, ihre Lichter ausgelöscht mit der scharfen Klinge in seiner Hand …

Nein.

Ein Wort wie Glockenklang. Die unverschämte Erwiderung verwirrte ihn. Er wollte danach schnappen, nach ihr beißen wie ein Hund, doch das Wort fuhr wie die Schaufel eines Gärtners durch das Gespann der Wurzeln, das ihn an den Boden band. Einen Augenblick lang fand er sich verloren, beraubt der Wärme und der schwülen Feuchtigkeit der Erde, beraubt des Haltes und der Sicherheit des Netzes aus Leben spendenden Sprossen.

War er erwacht?

Eine Präsenz war neu erschienen, die seine Blicke auf sich zog.

Der Lagerplatz. Der Wagen. Alles war mit einem Mal in silbernes Licht getaucht. Eine Frau stand dort, jenseits der Gitter auf der anderen Seite und berührte seine Schulter mit ihrer Hand. Blau schimmerte ihre Haut, blau wie der alleräußerste Kranz von Flammen. In ihren Augen, die weiß waren wie Elfenbein, lag Mitgefühl, unendliche Traurigkeit und Bedauern, das Gewicht aller schlimmen Dinge in der ganzen Welt.

Sehnsucht überspülte ihn wie eine Flutwelle, ergriff sein Herz und drückte es zusammen mit der urtümlichen Gewalt einer sich schließenden Faust.

Die Frau senkte den Blick zum Boden.

Sie würde fortgehen. Ihn zurücklassen, hier, in dieser Welt, auf sich allein gestellt.

Azura. Göttin!

Ihr Gesicht war bereits abgewandt, das Gras glänzend unter dem Lichtschein ihrer Füße.

Noch ein Wort, Göttin. Ein Wort nur.

Bleibe bei mir, Göttin.

Bleibe bei mir.

Lass mich nicht zurück.

„Ha!“ Er fuhr so stark zusammen, dass er aufschrie.

Das Dunkel des Wagens. Glitzernde Sterne am Himmel. Die wiegenden Äste von Bäumen über tastenden Bodennebeln. Das Gewand klebte kühl an seinem schweißnassen Rücken. Er atmete heftig. Was, beim *Scheloch* und bei allen Göttern, ...

Die dunkle Kapuze auf der anderen Wagenseite war ihm zugewandt. Der Blick seines Mitgefangenen schien stumm auf ihm zu ruhen. Der Lichtschein war verschwunden. Niemand war bei ihm außer Wolskin unter seiner Haube. Die Fesseln schmerzten auf der wunden Haut seiner Hände. Wie ein aus dem Tiefschlaf Erwachender rekelte er sich, versuchte blinzelnd Orientierung zu finden, Unterscheidung zu gewinnen zwischen Wirklichkeit und wilden Träumen. Das Herz wummerte heftig unter seinen Rippen. Nur langsam verklang das Gefühl unerfüllter Sehnsucht, Leere hinterlassend wie der letzte, alles auflösende Schlussakkord in einem Konzert.

„*Jetzt*, Hauptmann, habt Ihr gehört“, verkündete die Stimme unter der Kapuze.

Noch immer öffnete und schloss sich sein Mund. Vergeblich versuchte sein Gehirn, das Erlebte zu verarbeiten. „Was ... was ist mit mir passiert?“ Seine Zahnreihen klapperten aufeinander. Sein ganzer Körper erzitterte wie unter Fieberschüben. Wo war die Wärme, die ihn eben noch umfangen hatte? Nur langsam begann auch der Verstand, wieder seinen Betrieb aufzunehmen.

Hypnose.

Er hatte von solchen Dingen gehört. Der Mann musste ihn hypnotisiert, auf irgendeine Weise in einen Geisteszustand versetzt haben, der ihn anfällig für Träume und Unterbewusstes, für wirre Fantasien aus den Tiefen seines Geistes machte.

„Jetzt wissen wir", erklärte der Alte mit Zufriedenheit in seiner Stimme. „Auch Ihr seid gerufen. Auch für Euch hat das Land eine Bestimmung vorgesehen." Ein knurrendes Glucksen schloss sich an. „Den meisten geht es so, wenn sie die ‚Stimme' zum ersten Mal hören. Wie war es? Ist Euch nicht direkt einer abgegangen?"

„Das Land, Wolskin. Den Herzschlag der Erde. Ich habe ihn gespürt!"

„In der Tat habt Ihr das. Der Schleier der Lügen, den die Stadt über Euch gelegt hat, fällt langsam von Euch ab. Eure wahre Bestimmung beginnt sich zu formen. Was habt Ihr gesehen? Erzählt. Lasst nichts aus. Alles davon ist von größter Wichtigkeit!"

„Die Menschen", begann er rau. „Die ..." Er warf einen argwöhnischen Blick zum Wächter vor dem Wagen. Der Soldat saß noch immer ungerührt. „Die Darmukta", zischte er. „Ich konnte alles sehen. Sie waren wie ... wie störende Lichter."

„Sehr gut, Hauptmann. Weiter!"

„Sie ... gehören nicht hierher. Wir müssen ..." Er unterbrach sich. Was, beim *Scheloch*, glaubte er mit seinen Worten zu bezwecken?

„Sprecht mit mir, Hauptmann." Schärfe lag mit einem Mal im Tonfall seines Zellennachbarn; ein Drängen wie von plötzlichem Misstrauen. „Alles hat Bedeutung. Haltet nichts vor mir zurück!"

„Ich versuche es ja!" Zeit. Er brauchte Zeit. Zum Denken und zum Planen. „Das alles hier ist so ... überwältigend. Ich brauche einen Moment."

Die Göttin.

Was für ein Zeichen hatten die Erhabenen ihm dort eben gesandt? Alles hatte so sicher geschienen. Was sie tun mussten. Dass die Darmukta ihre Feinde waren, die nichts als Auslöschung verdienten. Alles war so eindeutig gewesen bis zu ihrem einen Wort.

Vorsichtig wandte er den Blick zurück zu Wolskin. Der Alte schien ihn durch den Stoff der Haube anzustarren.

Mit plötzlicher Gewissheit begriff er. Das hier war nicht Teil von dem, was der Alte für ihn vorgesehen hatte. Die „Stimme“ hatte ihn in eine Richtung führen wollen, doch die Göttin hatte es verboten. Sie hatte eingegriffen, doch sein Zellennachbar ahnte nichts davon. Oder doch? Kam daher sein neu erwachtes Misstrauen? Konnte Wolskin spüren, dass etwas Unvorhergesehenes geschehen war?

Eine weitere Gewissheit traf ihn, ohne dass er wusste, woher sie stammte.

Eine Falle.

Das Ganze war eine Falle. Der Alte prüfte seine Reaktion.

Haltet nichts zurück.

„Wenn wir sie wirklich alle töten müssen ... “, hörte er sich sagen.

Der Mann bewegte sich mit unerwarteter Geschwindigkeit. Die Waffe aus dem Fluss schwebte mit einem Mal vor seinen Augen. Scharfkantig und rostig war sie, blau wie Schimmelpilz an ihren Rändern. Das pockennarbige Kupfer einer alten Speerspitze, angelaufen von langen Jahren auf dem Grund des Baches. Dahinter das Gesicht des Alten, eingefallen, von Stoppeln bedeckt, graues Haar in wirren Strähnen und der unerträgliche Blick geradewegs durch den Stoff vor seinen Augen. „Gut, Hauptmann. Sehr gut.“

Bevor er wusste, was mit ihm geschah, lösten sich die Fesseln an seinen Händen. Der grobe Dolch durchtrennte mühelos die Fasern der Seile.

Wieder das Gesicht des Alten, dicht vor seinem eigenen. Ein Grinsen unter der schwarzen Binde. „Ihr habt bestanden", verkündete Wolskin zufrieden. „Ich musste erst wissen, ob ich Euch trauen kann. Ob Ihr tatsächlich nichts von dem, was Ihr gesehen habt, vor mir zurückhaltet. Ob Ihr bereit seid zu tun, was gefordert ist, und den schlimmen Preis zu zahlen, den die Freiheit von uns fordert. Ob Ihr mit mir seid oder mit ihnen. Nun, Hauptmann, weiß ich, wo Ihr steht. Die Zeit ist gekommen, die Kette Eurer alten Herren abzuwerfen, die Euch noch immer an sie bindet."

„Die ..." Fassungslos wanderten seine Augen über den dunklen Stoff der Haube. „Ihr habt es gewusst. Ihr habt die ganze Zeit gewusst, was ich gesehen habe."

„Ich sehe alle Dinge klar, Hauptmann. In dieser Nacht werden wir beide Waffenbrüder. Ihr und ich. In einer großen Sache. Gewaltiger, als Ihr Euch vorstellen könnt. Eine Ernte von Blut steht auf dem Feld und will noch vor dem Morgen eingebracht werden. Noch heute werden wir die Leben dieser Männer als Opfer darbringen, wie es das Land von uns verlangt. Von dort an sind wir frei. Ihr, Hauptmann, werdet frei sein. Danach zeige ich es Euch. Ich werde Eure Augen öffnen für die Wahrheit dieser Welt. Eure Ohren für den Ruf der Stimme. Die Stimme der Herrin. Die Stimme, Hauptmann, zeigt mir alle Wege."

Irgendein Wahn hatte den Alten nun ohne Zweifel ganz ergriffen. Albtraum reihte sich an Albtraum in dieser unheilvollen Nacht.

„Was habt Ihr vor?" Seine Stimme war nicht mehr als ein Krächzen.

„Ruft den Wächter."

„Was?“ Er blickte durch die Gitterstäbe. Der junge Darmukta saß noch immer seltsam ungerührt auf seiner Decke.

„Denkt nicht darüber nach, Hauptmann. Tut es einfach. Ich übernehme den Ersten. Ihr die anderen. Wir müssen tun, was abscheulich ist in den Augen von Menschen. Mit unseren eigenen Händen müssen wir sie auslöschen, jede Hoffnung auf Rückkehr und Vergebung, bevor das Land uns ganz empfangen kann.“

Wahnsinn sprach aus den Worten in jeder nur erdenklichen Beziehung. „Wie sollen wir das schaffen? Wolskin!“ Zischend, beschwörend versuchte er auf die letzten Reste von Verstand in diesem alten Schädel einzuwirken. „Wir sind nur zwei. Da draußen lagern mehr als zwanzig.“

Ein kehliges Brummen erklang unter der Kapuze. Der Dolch fuhr kratzend über den Holzboden. „Zweifelt Ihr noch immer, Hauptmann? Habt Ihr noch immer nicht verstanden? Das Land ist mit uns. Das Leben dieser Männer war verwirkt, sobald sie einen Fuß auf diese Erde setzten. Jetzt tut, was ich Euch sage.“

„Ich ...“

Das Zischen seiner Stimme war zu laut gewesen. Hinter den Stäben war mit einem Mal Bewegung. Der Sitzende erhob sich schwankend von seiner Decke. Steif waren seine Bewegungen, die Hand über seine Augen fahrend, so als wische er unsichtbare Spinnweben fort, als habe irgendeine unhörbare Stimme ihn aus einem wirren Traum gerufen.

„Sagt ihm, er soll herkommen“, befahl ihm Wolskin mit einer Ruhe, die schlimmer war als jede Aufregung. „Ihr müsst es tun. Es muss Eure Entscheidung sein.“

Er wollte etwas sagen, doch seine Kehle war wie zugeschnürt.

Der junge Mann kniff die Augen zusammen, unternahm schwankend einige Schritte in Richtung ihres Wagens. Der Blick des Soldaten war schlaftrunken und verwirrt. Wie ein Betrunkener schien er vorzugreifen nach den Stäben, um Halt zu finden. An seinem Gürtel glänzte der Schlüssel zur Tür.

Er konnte sehen, wie sich die Muskeln unter der Haut des Alten spannten. Der unter den Decken verborgene Dolch war bereit zum Stoß.

Nein.

Ohne feste Absicht, ohne Überlegung schlug er zu. Mit einem dumpfen Pochen traf seine Faust den Schädel des Alten. Für einen Augenblick taumelte der ausgezehrte Körper. Palter sprang vor, streckte beide Hände nach dem Waffenarm, doch der Griff ging fehl; die Bewegung seines Zellennachbarn kam mit unerwarteter Geschwindigkeit.

Hart und gnadenlos traf der Gegenschlag ihn in die Magengrube. Die Faust des Alten trieb die Luft aus seinen Lungen, sodass er röchelnd vornüber auf die Bohlen stürzte.

„Ihr könnt mich nicht töten." Mit aller Kraft presste er die Worte zwischen den Kiefern hervor, über die Schreie des Alarms hinweg, die draußen in der Nacht zu hören waren. „Ich bin gerufen. Das Land ruft mich. Ihr könnt mich nicht einfach ..."

Der nächste Schlag des Alten traf seine Schläfe. Schatten stiegen in ihm auf. Dunkelheit zog ihn herab, ein Teich aus schwarzer Tinte, in dem er ganz versank.

Bumm, bumm.

Kapitel 15 – Wahrheit

Er schlug die Augen auf, doch die Dunkelheit blieb. Es roch nach Fäulnis und nach Übelkeit. Das Ganze wurde noch verschlimmert durch das Schaukeln des Wagens und die stickige Hitze von Sonnenstrahlen auf dem schwarzen Stoff der Haube.

Blut. Der Geschmack von geronnenem Blut war auf seiner Zunge. Er wollte sich bewegen, doch eine Schlinge um seinen Hals hielt ihn zurück. Er wollte sich mehr Luft zum Atmen verschaffen, doch auch seine Hände waren gefesselt, festgebunden am Ende der zu beiden Seiten ausgebreiteten Arme.

Erstaunlich, was man alles verschlafen konnte. Kaum war man ein paar Stunden lang nicht ansprechbar, schon spannten sie einen auf wie eine Rinderhaut auf dem Gestell eines Gerbers.

Er lebte noch. Auch diese Erkenntnis benötigte einige Augenblicke, um sich durchzusetzen. Schmerzhafte Konsequenzen waren zu erwarten gewesen, doch wenigstens in dieser Beziehung war das Schlimmste, wie es schien, nicht eingetreten. Schlimm genug war allerdings, *was* geschehen war. Dumpfer Schmerz bewohnte den Raum zwischen seinen Schläfen. Sie fuhren. Das vertraute Straßenpflaster knirschte unter den Rädern des Wagens. Es dauerte eine Weile, bis die Erinnerungen des Vorabends in voller Schärfe zurückkehrten.

Verdammt, Palter.

Was, beim *Scheloch,* hatte ihn getrieben? Zweifel? Mitgefühl? Es war, als habe er nicht einmal selbst entscheiden können. Als habe seine Faust ganz und gar eigenmächtig ihren Weg gefunden.

Er stöhnte, als sich weitere Erinnerungen formten.

Nein. Nicht auch noch das. War dies der Wahnsinn, der langsam aber sicher die Oberhand gewann?

Azura. Die verdammten *Götter*. Auf einmal bequemten sie sich, auf den Plan zu treten? Es war nicht gerecht. Sie hatten es sich nicht *verdient*.

Sein ganzes Leben lang hatten die Erhabenen Gelegenheit gehabt, sich als mitfühlend, ja als überhaupt nur existent zu erweisen. Wie oft hatte er sie angerufen, angebettelt, *angefleht*, zu erscheinen? In allen Schlachten, Unwettern und Seuchen hatten sie nicht einen Finger krumm gemacht, um ihm und seinen Kameraden beizustehen, aber jetzt auf einmal mischten sie sich ein, um ihm vorzuschreiben, was er zu tun und zu lassen hatte.

Ein Stöhnen riss ihn zurück in die Wirklichkeit. Er verdrehte die Haube und versuchte durch eines der Löcher im Stoff etwas zu erkennen. Sein Zellennachbar war in der gleichen Weise zwischen den Eisenstäben aufgespannt.

Wolskin. Dieses Mal konnte der Bursche nicht so tun, als wäre nichts geschehen. Es war an der Zeit für Antworten. „Wolskin?"

„Calgola!"

„Derselbe. Was, bei allen Göttern, ..."

„Ich bringe Euch um, Calgola!" Der Kopf des Alten zerrte heftig an der Schlinge, die ihn am Hals zurückhielt. „Die Haut werde ich Euch abziehen! Mir einfach ins Gesicht zu schlagen! Ich werde Euch ... ich werde ..." Eine Aneinanderreihung krächzender Beleidigungen ergoss sich über ihn. Trotzdem verspürte er Erleichterung. Das hier war ohne Zweifel wieder das ordinäre Organ des Mannes, den er kannte. Nicht diese *andere* Stimme.

Irgendwann beruhigte sich der Alte, nur noch leise Flüche murmelnd. Schließlich hing er vollends still in seinen Fesseln.

Palter wartete.

Spielte ihm der Bursche etwas vor? Nein. Unmöglich. Niemand war ein derart guter Schauspieler. Wahrscheinlich litt der Kerl unter einer Geisteskrankheit. Irgendeiner Störung der Persönlichkeit, die es erscheinen ließ, als lebten zu verschiedenen Zeiten völlig unterschiedliche Menschen in seinem Kopf.

„Wolskin." Er bemühte sich, seiner Stimme einen sanften Klang zu verleihen. „Wisst Ihr noch, was gestern Abend geschehen ist? Könnt Ihr Euch erinnern?"

„Haltet Euer Maul!" Der klagende Tonfall in der Stimme war Antwort genug. Offenbar war der Schmerz an seiner Schläfe das einzige, an das der Alte sich erinnern konnte. „Wir sind in Ingwall, Calgola." Wolskins Stimme war schwach und jammernd. „Im verdammten Ingwall. Immer tiefer fahren wir in ihn hinein. Ich will nicht nach Ingwall, Calgola. Ich will nicht …" Ein kraftloses Seufzen. Furcht lag in den Worten. Die Furcht eines erwachsenen Mannes, der Gespenster sieht. Er konnte spüren, wie sich kleine Härchen auch an seinen Armen aufstellten.

„Was ist mit dem Reiter?", setzte der Alte nach. Er klang verzweifelt wie ein Schiffbrüchiger, der sich weigert, den Glauben an ein Rettungsboot aufzugeben. „Dem Burschen mit den Dokumenten? Könnt Ihr ihn irgendwo sehen? Götter! Kommt denn niemand, um uns zu retten?"

Palter wandte den Kopf und bemühte sich, eines der Löcher im Gewebe in die richtige Position zu bringen. Der Spielraum reichte nicht, um zu sehen, was hinter ihnen lag. Ein moosbedeckter Wegstein zog vorüber. Der verwitterte Meilenstand war nicht mehr zu erkennen. Farne, Sträucher, Unterholz. Nichts, was eine Orientierung zuließ. Von dem erwähnten Reiter fehlte jede Spur. „Ich kann nicht viel erkennen,

Wolskin", gab er bekannt. „Auch mir haben sie dieses Mal eine Kapuze verpasst."

„Verdammt. Verdammt, Calgola!" Schweigen folgte. Die Stille war beinahe noch schlimmer als zuvor die Angriffe und Klagen.

Eine Weile lang knirschten sie wortlos über das Pflaster. Der Zustand des Mannes war ohne Zweifel schlimm. Seine Worte klangen sogar noch fahriger als am Vortag. Der Verstand in diesem alten Schädel zerfiel, wie es schien, mit jeder Meile stärker, die zwischen ihnen und der Stadt zurückblieb. „Wolskin?"

„Zum *Scheloch* mit Euch, Calgola." Ermutigender wäre es gewesen, wenn in dem halbherzigen Fluch noch irgendeine Art von echtem Widerstand gelegen hätte.

„Heute Nacht, Wolskin", beharrte er. „Ihr habt wieder gesprochen. Mit einer anderen Stimme. Es war kein Traum. Ich bin ganz sicher. Etwas ... etwas ist mit Euch. Bitte. Wenn Ihr irgendetwas wisst, so müsst Ihr es mir sagen. Zu Eurer eigenen Sicherheit." Und zu meiner. Ganz sicher auch zu meiner.

Ein Wimmern war die Antwort. „Ich erinnere mich wieder." Schwach waren die Worte, hervorgebracht wie gegen Widerstand. „Es ist alles wieder da. Ich kann es sehen. Das ist es also, was sie von mir wollten. Danach haben sie gesucht. Darum haben sie nie aufgehört, mich zu foltern und zu quälen."

„Wovon, bei allen Göttern, redet Ihr?"

„Meine Verbrechen, Calgola. Meine alte Schuld ist wieder da. Jetzt kann ich mich erinnern. Ich weiß jetzt wieder, was ich vor langer Zeit getan habe."

„Was Ihr ..." Er musste sich räuspern. „Was Ihr getan habt, ist Vergangenheit, Wolskin. Sagt mir lieber ..."

„Nein, Junge, nein. Ihr versteht mich nicht. Sie hatten recht. Ich bin ... ich habe ... diese Dummköpfe! Wie können sie ihn zurückbringen? Zurück in dieses Land?“

„Wolskin.“ Er versuchte eine Ruhe in seine Stimme zu legen, die er keineswegs empfand. „In klaren Worten. Sprecht so, dass ich Euch verstehe.“

„Nein, Junge, nein.“ Der Alte schüttelte den Kopf in seiner Schlinge. „*Er* ist es. Er ist zurückgekehrt. Wir sind schon zu weit gefahren. Ich bin erschöpft. Meine Kräfte lassen nach. *Er* kommt aus mir hervor, wenn ich mich nicht mehr wehren kann. Ihr müsst ... Ihr dürft nicht auf ihn hören. Er ist ein schlimmer, schlimmer Mann. Er ... ah!“ Ein erneuter schmerzerfüllter Laut. „Warum tun sie das, Calgola? Sie bringen ihn ja geradewegs hierher zurück!“

„Wen, Wolskin? Wen bringen sie zurück? Wovon redet Ihr?“

Der Kopf des Alten schlug mehrmals rhythmisch gegen die Gitterstäbe. „Wir dürfen es nicht zulassen.“ Die Worte waren nur ein Murmeln. „Wir müssen es verhindern. Ja. Jetzt weiß ich es. So darf es nicht enden. Nein. So darf es nicht sein. Selbst wenn es bedeutet, dass ich meine Heimat niemals wiedersehe.“

„Was redet Ihr da? Wolskin!“ Seine Stimme war gereizt. Die Panik des Mannes begann auch ihn anzustecken.

„Rabacus, Calgola.“ Wolskins Stimme war gequält. „Rabacus erwacht. Sicherlich plant er Schlimmes. Ihr dürft nicht zulassen, dass er sein Ziel erreicht.“

„Rabacus!“ Der Laut aus seiner Kehle war ein ungläubiges Keuchen.

„Ihr müsst ihn aufhalten, Calgola. Ihr dürft nicht zulassen, dass ihn die Stimme zu sich ruft.“

Er schloss die Augen. Alles wurde immer nur noch schlimmer.

„Calgola!", drängte Wolskin. „Hört Ihr mich?"

„Rabacus, Wolskin? *General* Rabacus? Befehlshaber der Dritten? Der verlorenen Legion? Der Rabacus, der mit all seinen Männern in Ingwall unterging?"

„Ich wusste es nicht mehr", verteidigte sich Wolskin. „Ihr müsst mir glauben, Calgola. Er hat es mich nicht wissen lassen. Er lag zu tief in mir verborgen. Erst jetzt, hier draußen, kann ich mich an ihn erinnern. Selbst hier ... es kehrt alles nur sehr langsam zu mir zurück."

Er atmete tief. „General Rabacus spricht zu Euch?", versicherte er sich. „Ist es das, was Ihr mir sagen wollt?"

„Nein, Calgola. Es ist ganz anders. Rabacus ist nicht nur eine Stimme. Er ist ... ich."

Eine ganze Menge schwer beherrschter Atemzüge war angebracht. „*Ihr* seid Rabacus?"

„Ich war es", gab der Alte schwach zurück. Es klang, als sei er sich durchaus bewusst, wie unbefriedigend die Antwort klingen musste. „Ich bin es lange nicht gewesen. Doch langsam werde ich es wieder."

„Rabacus ist tot!", hielt er fassungslos dagegen. „Gefallen! Hier, in Ingwall! In einen Hinterhalt geraten und vernichtet worden mit allen seinen Männern! Ich habe ... ich habe euren Schrein gesehen. Den Schrein der dritten, der verlorenen Legion. An jedem Jahrestag haben wir uns im Gedenken an euch davor betrunken!" Ein kleiner Schrein war es und nicht besonders leicht zu finden. Der Verlust einer ganzen Armee, noch dazu im Kampf gegen vermeintlich rückständige Wilde, war nichts, an das man mit Feiertagen und Paraden zu erinnern pflegte.

„Er ist keiner mehr von uns, Calgola", brachte Wolskin stockend hervor. „Er kämpft nicht mehr für unsere Seite. Rabacus ist unter eine böse Macht gefallen. Unsere ... unsere eigenen Führer haben ihn gehängt. Hoch am Strang haben sie ihn aufgeknüpft. Trotzdem läuft er noch unter den Lebenden umher."

„Sie haben *was*?"

„Er hat gelernt sich zu verbergen", fuhr der Alte bekümmert weiter fort. „Versteckt hat er sich. Den armen Wolskin hat er sich als sein Behältnis ausgesucht. Sie haben ihn gefoltert und verhört, doch er hat nie etwas verraten. Er *konnte* nichts verraten, denn er wusste nichts. Selbst dann nicht, als sie mit glühenden Eisen meine Haut zum Schmelzen brachten."

Der Wagen schaukelte eine Zeit lang still dahin.

Ordnung. Irgendjemand musste anfangen, Ordnung in all die wirren Worte und Gedanken zu bringen. „Also", begann Palter beherrscht. „Noch einmal langsam und von vorn. Ihr behauptet ernsthaft ..."

„Die Nacht kommt." Wolskins Stimme war auf einmal traurig, finster und besorgt.

Er stutzte. Ja. Auch er hatte es bereits gespürt. Er musste lange ohnmächtig gewesen sein. Keine Strahlen wärmten mehr seine Haut. Kälte hatte begonnen aus den umliegenden Wäldern hervorzukriechen. Die Sonne musste eben hinter dem Horizont versunken sein.

„Die Nacht kommt immer früher", flüsterte der Alte. „Genau wie er. Er mag die Dunkelheit. Er kann spüren, wie ich schwächer werde."

„Hört auf damit, Wolskin." Der Kerl machte sich selbst verrückt, und ihn gleich mit dazu.

„Ich kann es spüren, Junge", beharrte Wolskin. „Ich spüre es mit Sicherheit. Das Licht wird schwächer. Die Schatten kommen, um nach mir zu greifen. Ich fürchte, ich kann nicht mehr lange bei Euch sein. Vielleicht ... vielleicht ist dies hier meine letzte Nacht. Ich weiß nicht, ob ich es noch einmal schaffe, mit dem Morgenlicht zurückzukehren. Vielleicht, Hauptmann, ist dies das letzte Mal, dass wir beide miteinander sprechen."

„Ich weiß noch immer nicht, wovon Ihr ..."

„Ich habe mich entschieden", kam ihm der Alte entschlossen zuvor. Ein Klang von Trotz, von herrschaftlicher Würde, lag in seiner Stimme. „In weiß jetzt, was ich tun muss. In dieser letzten Sache will ich frei sein." Ein schwaches Lachen drang aus der Brust des Alten. „Ja", schnaufte er. „Das würde ihm so passen. Denkt wohl, er hätte mich gebrochen. Aber nicht mit mir. Nicht mit dem alten Wolskin. Nein, Calgola. Wenn er ... wenn es so weit ist, dürft Ihr nicht zögern. Ihr müsst tun, was getan werden muss, um ihn ... um *mich* aufzuhalten. Versprecht es mir! Ihr dürft nicht zögern. Es bin nicht ich, den Ihr dann vor Euch haben werdet. Ich werde dann schon lange nicht mehr bei Euch sein."

„Verdammt, Wolskin!" Was faselte der Alte da? Es klang, als habe er sich völlig aufgegeben. „Was soll das? Seit wann gebt Ihr so einfach auf? All die Jahre habt Ihr durchgehalten. Der Wolskin, den ich kenne, hat sein ganzes Leben lang gekämpft!"

Der Alte schwieg für einen Augenblick. Dann zuckte er ergeben mit den Schultern. „Ich weiß es nicht, Calgola. Ich weiß es einfach nicht mehr." Eine kurze Pause folgte. „Meint Ihr ..." Wolskins Worte klangen beinahe beschämt. „Meint Ihr, die Götter werden Nachsicht mit mir haben, Hauptmann? Mit einem schlimmen Mann wie mir?"

„Woher soll ich ..." Er zügelte sich. Dies war wohl kaum der passende Moment, um auf Vernunft zu pochen. „Ja", brachte er murmelnd hervor. „Bestimmt. Bestimmt werden sie Nachsicht mit uns allen haben.“ Er wurde sich bewusst, dass seine Worte pflichtschuldig und wenig überzeugt geklungen hatten. „Mit Sicherheit“, setzte er nach. „Ihr habt in Eurem Leben sehr viel Leid erfahren müssen, Wolskin. Das muss doch irgendetwas wert sein. Vermutlich bekommen diejenigen, die im Leben das schlimmste Leid ertragen, im Jenseits die besten Plätze. Wer weiß? Vielleicht kommt Ihr ja doch noch zu Euren Nymphen.“

Der Alte gab keine Antwort. Die Räder knirschten monoton über das Pflaster.

„Wie würde Euch das gefallen, Wolskin?“

Nur das Quietschen der Achsen war zu vernehmen.

„Wolskin?“

Ein Windstoß fuhr durch die Gräser am Wegesrand. Es war der erste wirklich spürbare seit Stunden. Die Bö ließ nahe Äste knarzen. Umherwirbelnde Flocken wie trockenes Papier berührten seine Haut; abgestorbene Blätter, sodass er instinktiv den Kopf zur Seite wandte. Als er wieder aufblickte, um das Loch im Sackleinen zu finden, hing der Körper des Alten schlaff in seinen Fesseln.

„Wolskin?“

Etwas zischte. Scharf und rot und blendend war die Flamme neben ihrem Käfig. Wie eine Fahne schwenkte das frisch erwachte Gleißen auf und ab, so hell, dass er selbst unter seiner Kapuze die Augen zusammenkneifen musste.

„Signalfackeln.“ Rabacus‘ Stimme war ruhig und beherrscht. Sie klang, als spräche er vor allem zu sich selbst. „Dann ist das *Lakon Ukai* nicht mehr weit entfernt.“

Palter hielt den Atem an. Er wagte nicht, auch nur einen Laut von sich zu geben. Rabacus. Rabacus saß vor ihm. Der

Mann, den er geschlagen hatte. Der Mann mit dem Dolch. Vielleicht vergaß der Kerl ja, dass er nicht allein im Wagen war. Schließlich hatte auch Wolskin oft nach dem Erwachen nicht gewusst, wo und in wessen Gesellschaft er sich befand.

„Ich kenne diesen Ort", brummte es auf der anderen Käfigseite. „Oh ja. Ich kenne ihn sehr gut." Noch immer schien die Stimme zu sich selbst zu sprechen. „Dieses Mal werden sie bereuen, Herrin. Sie werden es bereuen, dass ich noch am Leben bin."

Ein Rascheln wie von Stoff ertönte. Auch ohne hinzusehen, wusste er, dass der Mann ihn anstarrte. „Calgola", forderte die Stimme.

Calgola hörte nicht. Er war eigentlich gar nicht hier. Calgola schlief. Vielleicht war er auch ohnmächtig. Auf jeden Fall war er nicht ansprechbar. Begriff der Mann das nicht?

„Calgooola", flötete die Stimme. Etwas Hämisches, Spielerisches lag in ihr. „Hmpf." Das Geräusch war unzufrieden. Nahm ihm der Kerl sein Schauspiel ab?

Er lauschte, wagte es auch weiterhin kaum zu atmen. Möglicherweise stellte ihm der Bursche eine Falle. Eine lange Zeit geschah überhaupt nichts. Nichts war zu vernehmen außer dem Knirschen der Räder und dem Klappern der Hufe auf den Pflastersteinen.

Es war nicht gerade angenehm, den Bewusstlosen zu spielen. Es schien, als fuhren sie sehr lange, vielleicht Stunden, in denen er nicht wagte, wirklich einzuschlafen oder auch nur zu dösen. Die Signalfackel war wieder erloschen. Nun fuhren sie in beinahe absoluter Finsternis. Es war zu dunkel, um irgendetwas zu erkennen.

Sein Mitgefangener sprach kein Wort mehr und rührte sich auch nicht. Kein Grund zur Erleichterung. Er konnte spüren, dass seine geistige Schärfe und Wachsamkeit mit jeder Meile weiter nachließen. Irgendwann würde der Schlaf zwangsläufig kommen. Fraglich war, ob dem nächsten Einschlafen jemals ein Erwachen folgen würde. Rabacus würde seinen Verrat vom Vorabend nicht vergessen haben.

Er versuchte klare Gedanken zu formen und sich an ihnen festzuklammern, um die Müdigkeit fernzuhalten.

Uluru Patang. Das Flugdrachenplateau musste es sein, an das die Wächter mit der Fackel ein Signal gesendet hatten. Der Stützpunkt war Merkeschs einzige Festung zwischen dem Gurdon und der alten Ingwallmauer; eine natürliche Erhebung mit steil zu allen Seiten abfallenden Klippenwänden. Für die *Okori*, die alten Stämme des Ingwalls, war das *Patang* ein heiliger Ort gewesen, eine Stätte für dunkle, zu Recht vergessene Rituale. Schon vor Generationen hatten Tharsis-Legionäre die Felsenburg gestürmt und die Anlagen zu einer veritablen Festung ausgebaut. Der einzige Zugang bestand in einem gewundenen Pfad, eingeschnürt zwischen überhängenden Felsen. Selbst eine vielfache Übermacht würde kaum in der Lage sein, das *Patang* gegen den Widerstand einer entschlossenen Besatzung einzunehmen.

Schon seit mehreren Dekaden bestand diese Besatzung aus Darmukta. Die Söldner aus dem Osten waren es, die die Kunst des Drachenfliegens mit sich gebracht hatten; jene waghalsige Art der Erkundung, die der Festung heute ihren Namen gab. Meist waren es weibliche Soldaten, die sich unter die Gestänge der mit Planen bedeckten Flugdrachen spannen ließen. Mit der Hilfe von Winden und langen Seilen ließ man die Vorrichtungen in die Höhe steigen, damit der angehängte Ausguck weit über das Land schauen konnte; über die Wälder hinweg und an klaren Tagen bis an die Küste des Gremwodan im Norden. Nicht umsonst zählten selbst unter den Darmukta nur die Furchtlosesten zu den Drachenreitern. Ein einziger falscher Windstoß, ein unbedachtes Lenkmanöver oder ein nicht sorgsam genug geprüftes Stück Ausrüstung konnten leicht den Tod bedeuten.

Er selbst schwebte in seinen Träumen bereits über den dunklen Wipfeln, weit entrückt von allen Nebeln und Schatten zwischen den Bäumen, enthoben aller Gefahren dieser Welt, als man ihn fest an den Schultern packte und rüde in die Wirklichkeit zurückriss.

Der Schein einer Fackel blendete ihn durch den Stoff. Stiefel donnerten über das Holz der Ladefläche. Mit einem Mal war es überaus gesellig in dem engen Wagen. Die Schlingen der Taue lösten sich von seinen Handgelenken. Sie wurden durch die keineswegs milderen Griffe von Männern ersetzt, die ihn unversehens vorwärts zogen.

„He. Vorsicht. Langsam!"

Mehr Hände ergriffen ihn, zerrten ihn über die Kante der Ladefläche. Mit einem Platschen landeten seine Füße im Schlamm. Beinahe wäre er ihnen gefolgt. Gerade noch rechtzeitig ergriff man ihn unter den Schulten und riss ihn unsanft empor.

Mit der Kapuze vor den Augen war es kaum möglich, die nächste Bewegung abzuschätzen. Offenkundig erwartete auch niemand, dass er eigenständig seinen Weg fand. Mehr Darmukta zogen, schleiften ihn über den glänzenden, bei jedem Tritt der Stiefel aufspritzenden Untergrund.

„Was macht ihr mit mir?" Wenn er eines von Wolskin gelernt hatte, so war es, sich wenigstens nicht still und ohne Widerspruch ins Unglück schleifen zu lassen. „Ist das der Weg zur Taverne? Ich nehme zweimal alles und dazu noch einen großen Krug vom Hausbier! Nichts von dem Fusel, den sie *euch* vorsetzen. Das *gute* Bier. Sagt dem Wirt, ich will einen

Platz am Feuer. So nah an den Flammen, wie man überhaupt nur sitzen kann, ohne Feuer zu fangen. Und dazu noch ..."

Bohlen knarzten unter den Stiefeln seiner Bewacher. Man stieß ihn vorwärts, drückte ihn grob hinab. Wieder prallte sein Rücken gegen Eisenstangen. „Ach, kommt schon! Wieder ein Käfig?"

Die Hände wurden ihm hinter den Rücken gezwungen und dort hart zusammengebunden. „Oder sitzen. Sitzen ist auch gut. Lasst nur die Tür offen, damit die Bedienung mit meiner Bestellung ..."

Jemand riss ihm die Kapuze vom Kopf. Die vertrauten Schemen von Darmukta manifestierten sich vor ebenfalls vertrauten Gitterstäben. Vor ihm erstreckte sich ein Hof voller Schlamm und schwarzer Pfützen, die Sternenlicht und Fackeln reflektierten.

Schon wieder ein Käfig. Allerdings war dieser hier von einiger Höhe. Man konnte darin aufrecht stehen, wie die fünf Soldaten vor ihm gerade unzweifelhaft bewiesen. Holzplanken bildeten den Boden. Die hintere Seite endete an einer Steinmauer. Die übrigen waren eiserne Stäbe mit Aussicht auf einen weiten Hof.

„Das hier ist das berühmte *Uluru Patang*?", empörte er sich. „*Hierfür* haben wir uns so beeilt? Ich habe Tümpel gesehen, in denen man trockener liegen kann. Friedhöfe mit besserer Aussicht und Eiswüsten mit angenehmeren ... he!"

Ohne weitere Umstände entfernten sich die Männer. Mit einem Scheppern fiel die Tür ins Schloss und wurde von außen abgesperrt.

„Wo ist euer *Netmaharu*? Ich habe eine neue Zustandsmeldung abzugeben!"

Die Soldaten reagierten nicht auf seine Rufe. Die Männer stapften über den matschigen Platz voller Schlaglöcher und wassergefüllter Fußabdrücke in Richtung einiger niedriger Steingebäude mit strohgedeckten Dächern.

„Uff." Prüfend zog er an den Fesseln. Leider sah es ganz so aus, als lernten diese Männer schnell aus ihren Fehlern. Seufzend ließ er sich zurücksinken.

Das hier war es also. Das Flugdrachenplateau. Der Name hatte Besseres versprochen als ein solches von den Göttern verlassenes Dreckloch. Eine auf den Fels gesetzte Mauer von drei Mannshöhen umfasste die Ränder des Plateaus zu allen Seiten. Ein Flecken warmen Lichts fiel für einen kurzen Augenblick auf den schlammigen Boden, als die Darmukta durch einen der Hauseingänge traten und sogleich im Inneren verschwunden waren.

Jenseits des Platzes, auf der gegenüberliegenden Seite seiner Unterbringung, lag ein Festungshaus mit drei Etagen, gekrönt von einem aufragenden Turm aus Stein, dessen Spitze in den niedrig hängenden Wolken verschwand. Fackeln auf der Mauerkrone und entlang der Hauswände sollten wohl wenigstens den Anschein menschlicher Autorität über diesen unwirtlichen Ort erwecken. Zugleich aber fiel ihr Schein auf etwas, das jedes aufkommende Gefühl von Gemütlichkeit schnell wieder zunichtemachte.

Ein hölzernes Podest erhob sich an der rechten Seite des Festungshauses, etwa so hoch wie ein Mann und vielleicht zehn Schritte breit. Ein starker Querbalken spannte sich über die gesamte Breite der Plattform. Er diente sicher nicht dazu, die Wäsche der Besatzung aufzuhängen.

Ein heiseres Lachen ließ ihn zusammenfahren. Jetzt erst erkannte er, dass in den Schatten zur Linken ein weiterer Käfig nahe bei den Wällen stand. Die Dunkelheit im hinteren Teil, wo die Stäbe fast das Mauerwerk berührten, hatte den Alten seinen Blicken bisher ganz entzogen.

„Ganz recht, Hauptmann“, erklang es mit höhnischer Genugtuung durch Rabacus‘ Haube. „Könnt Ihr es gut sehen? So sieht es hier draußen aus, Euer wunderbares ‚Licht des Fortschritts‘. Ein schönes Stück Handwerkskunst, nicht wahr? Und das ist nur die Spitze! Was Ihr von hier aus nicht sehen könnt, ist das Entsorgungsloch. Die Rampe unter der Falltür. Eine weitere, äußerst praktische Erfindung der klugen Köpfe Eurer Stadt. Eine Falltür, durch die der Gehenkte stürzt. Auf eine abgesenkte Planke und von dort aus über den Rand, über die Klippen und hinab auf einen schönen großen Knochenhaufen im Wald. So muss man seinen Anblick nicht ertragen. Die Tiere kümmern sich um ihn.“

Die Vorstellung ließ ihn erschaudern. Es war ein äußerst breiter Balken, überdimensioniert, wie es schien, für ein derart dünn besiedeltes Land.

Der Alte lachte erneut in sich hinein. „Stellt es Euch vor, Hauptmann. Stellt Euch vor, wie Ihr dort oben steht. Die Schlinge um Euren Hals. Das Krächzen der Aasfresser unter Euren Füßen, die sich bereits um Eure Überreste streiten. Könnt Ihr es sehen, Hauptmann? *Ich* sehe es, als wäre es gestern gewesen. Ich werde nie vergessen, wie es ist, dort oben zu stehen. Ich wollte eine Kapuze, doch selbst die versagten sie mir. Alle sollten mein Gesicht sehen, wenn ich hänge. Zeuge davon werden, wie auch mich diese Luke verschlingt. Und ich war bereit, Hauptmann. Bereit, mein Ende anzunehmen. Die Folgen zu tragen von dem, was ich begonnen hatte. Ha!“

Der Laut aus der Kehle des Alten war bitter. „Dann aber sah ich es. Das Zeichen. Genau in dem Moment, als die Schlinge sich um meinen Hals zog, sah ich es. Als die Klappe unter meinen Füßen aufging und ich fiel. In dem Moment begriff ich.“ Der Mann bewegte knackend seinen Nacken, so als löse er eine Verspannung. „Sie können mich nicht töten. Das Land hat mir ein Versprechen gegeben. Es gibt mich niemals auf. Ich war ein Narr, je daran zu zweifeln."

Er schluckte, doch die Trockenheit in seinem Hals verschwand nicht. „Wofür?", brachte er hervor. „Wofür wollten sie Euch hängen?"

„Ha." Der Laut war amüsiert. „Weil ich gesehen habe, Hauptmann. Weil ich mich widersetzt habe gegen das, was sie von mir verlangten. Dieses Land hat mir die Augen geöffnet. Und auf Befehlsverweigerung steht nun einmal der Tod." Der Mann atmete tief und ließ mit einem Zischen die Luft entweichen. „Ich bin kein grausamer Mann, Hauptmann. Allen in meiner Legion habe ich die Wahl gelassen. Treue zu mir und Gefolgschaft auf dem Weg in die Freiheit. Oder freies Geleit zurück zur Grenze. Rückkehr in die alte Heimat, in die alten Verblendungen und Illusionen. Zurück in Eure Stadt." Ein Seufzen ertönte unter der Kapuze. „Weitaus einfacher wäre es gewesen, sie alle zu töten. Doch ich töte keine Brüder, Hauptmann. Ich töte keine Unschuldigen, die lediglich tun, was ihre Herzen ihnen befehlen. Können die Herren Eurer Stadt das Gleiche von sich behaupten?"

Der Mann schien unter seiner Kapuze den Kopf zu schütteln. „Eine Sache gibt es, die mich verwundert, Hauptmann. Viele haben damals beschlossen, mich zu verlassen. Sie hatten Angst vor dem, was vor uns lag. Ihr Verlust war schmerzhaft, doch ich ließ sie ziehen. Was ist mit ihnen geschehen? Den Rückkehrern? Hat denn nicht einer von ihnen den Keim der Wahrheit hinter Eure Mauern getragen?"

„Rückkehrer?" Er merkte, dass er heiser klang. „Wovon sprecht Ihr, Alter? Niemand ist zurückgekehrt. Niemand aus der Dritten ist in Merkesch je wieder gesehen worden. Nicht ein einziger aus Eurer ganzen Legion."

Er starrte in die Dunkelheit der Nachbarzelle. Eine ganze Weile lang rührte sich der Alte nicht. „Nicht einer, sagt Ihr?“ Der General atmete schwer. Sein ganzer Körper erzitterte mit einem Mal, so als beherrsche er sich nur mit Mühe. „Was Ihr da sagt, macht mich wütend, Hauptmann. Wirklich sehr wütend. Was ist mit den Hunderten, die ich gehen ließ? Wo, glaubt Ihr, können sie geblieben sein?“

Der Mann log. Ganz sicher musste er lügen. Eine weitere Finte, um ihn zu verwirren und in die Irre zu führen.

„Jetzt wisst Ihr, warum ich wütend bin, Hauptmann.“ Noch immer atmete der Mann in schweren Stößen. „Jetzt wisst Ihr, warum ich nicht anders konnte, als mich gegen dieses Unrecht aufzulehnen. So sehr also fürchten sie die Wahrheit, Eure tapferen Verbündeten. Die mutigen Verteidiger Eures ... Eures alles verzehrenden Lichts! So und nicht anders wird es immer sein. Alle, die sich euch nicht unterwerfen, die festhalten wollen an den alten, wahren Dingen, haben von euch nichts als Vernichtung zu erwarten. Nicht einmal vor ihren eigenen Soldaten schrecken sie zurück. Nicht einmal vor denen, die ihr Leben geben würden für die Stadt.“ Ein bitterer Laut des Schmerzes entfuhr der Kehle des Alten. „Bis zum Äußersten. Bis zum Äußersten ist diese Stadt verdorben. So also muss es sein. Sie werden vor mir keine Gnade finden.“

„Nein!“ Es war ein schwacher Widerstand. Irgendetwas braute sich zusammen und er musste dagegen anhalten. „Merkesch ist in vielen Dingen keineswegs perfekt. Doch nicht alle in ihr sind verdorben. Nicht in allem!“

„Ich hätte es ahnen müssen“, überging der Mann seinen Protest. „Aus der Art, in der sie uns gejagt haben. Wie die Tiere haben sie uns gehetzt. So, wie sie zuvor von uns verlangt hatten, die *Okori* zu verfolgen. Mit der Klinge und dem Strang haben sie versucht uns auszulöschen. Jede Erinnerung an uns und an dieses alte, treue Volk. Was, Hauptmann, haben wir getan, als der Wahrheit zu folgen? Haben wir Eure Stadt bedroht? Haben wir in irgendeiner Weise versucht, ihr unsere Wege aufzuzwingen? Nein. Nichts dergleichen. Es ist eine Schande. Ein Verbrechen gegen alle, die in diesen und in künftigen Tagen aufrecht leben wollen. Eine alte Wahrheit ist es, die dieses treue Volk bewacht. Eine, die auch wir zu schützen geschworen haben. Und für deren Vernichtung Eure Herren alles geben würden. Selbst ihre eigenen Soldaten. Nein, Hauptmann. Es ist zu spät für jede Art der Hoffnung. Eure Stadt muss untergehen."

„Hört mir zu!"

„Welchen Sinn hat es, mit Euch zu sprechen, Calgola? Begreift Ihr den geringsten Teil meines Schmerzes? Habt Ihr irgendeine Ahnung von der Tiefe meiner Trauer?"

„Ich weiß sehr gut, wovon Ihr sprecht." Wütend wandte er den Kopf. „Ich begreife, Rabacus. Ihr habt es letztens selbst gesagt. Jeder Offizier weiß wie es ist, Männer in den Tod zu schicken. Niemand von uns steht alleine da. Glaubt Ihr, Euer Schmerz macht Euch besonders?"

„Ihr versteht nicht ..."

„Nein. *Ihr* weigert Euch, zu begreifen."

Der Kopf des Mannes wandte sich ihm zu. Wieder war das Pochen da. Erneut war es, als blicke ihn der Alte durch seine Haube an.

„Ihr gebt Eure Hoffnung vorschnell auf, General. Mir ist egal, was Merkeschs Führer oder unsere Götter tun. *Meine* Hoffnung ist am Leben. Sie liegt in jedem Jungen, der Merkesch einmal besser machen wird."

„Eine falsche Hoffnung, Hauptmann! Darin liegt Euer Problem!"

„Ein junger Decas“, hielt er aufgebracht dagegen. „Gerade erst befördert.“ Es war ein seltsamer Versuch. Eine Geschichte. *Seine* Geschichte. Aber vielleicht der einzige Weg, um zu dem Mann noch durchzudringen. „Siebenundzwanzig Jahre lang habe ich es geschafft, meine Männer aus dem gröbsten Dreck herauszuhalten. Mit allem Ärger, der damit einhergeht. Verwarnungen. Übergehung bei Beförderungen. Und dann, *drei Monate* vor meinem verdammten Ruhestand, macht dieser Junge einen Fehler. *Eine* falsche Entscheidung. Eine falsche Einstellung am Katapult. Der Schuss der Waffe geht fehl. Von hinten in die Schlachtreihe. Ins Gedränge unserer eigenen Männer. Große Verwirrung. Rauch und Tote überall. Überall wird geschossen. Niemand dort unten weiß, dass dieser eine Schuss von uns nicht von unseren Feinden kam. Die Geschützmannschaft selbst hat keine Sicht. Der junge Decas weiß nicht, was er angerichtet hat. Aber ich. Ich habe es gesehen. Ebenso wie der Befehlsstand meines Generals. Freundbeschuss. Schuldhafte Nachlässigkeit. Wisst Ihr, was die Feldordnung für solche Dingen vorsieht? Wisst Ihr, was ich mit dem Mann getan habe?“

Er lehnte sich vor, soweit es seine Fesseln zuließen. „Gar nichts“, erklärte er mit Nachdruck. „Ich habe ihm nichts davon gesagt. Ich selbst bin vor den General getreten und habe die Sache auf mich genommen. Meine Beförderung zum Manipen war lange überfällig und bereits unterzeichnet. Wir haben sie verbrannt. Einzig unserer Freundschaft ist es zu verdanken, dass nichts Schlimmeres dabei herauskam als drei Monate verdeckter Suspendierung. Und wisst Ihr, warum ich das getan habe? Bin ich ein verdammter Held? Nein. Aber *meine* Nachtruhe ist bereits verloren. *Mein* Platz im Jenseits, wenn es denn eines gibt, wird sicherlich kein angenehmer sein. Aber dieser Junge? Die, die nach uns kommen? Für sie gibt es noch Hoffnung. Hört Ihr? Sie müssen nicht erleben, was wir erlebt haben. Neue Männer kommen. Und sie werden die Dinge besser machen. Sie werden Merkesch besser machen, als wir es jemals konnten. Und darum, General, gebe ich die Stadt nicht auf."

Stille folgte. Der dunkle Sack hinter den Käfigstangen rührte sich nicht. Hörte und begriff der Mann etwas von der Bedeutung seiner Worte?

Ein Schnaufen ertönte. „Ich verstehe, Calgola", erklärte die Stimme schließlich. „Es war gut, dass ich darauf verzichtet habe, Euch in der letzten Nacht zu töten. Nicht wegen Eurer Verdienste. Aber irgendetwas liegt auf Euch. Irgendetwas Neues. Das Land hat Euch nicht ohne Grund gerufen. Ingwall ist mit Euch noch nicht fertig. Wir werden beide noch erleben, was die ‚Stimme' für Euch vorgesehen hat. So wie sie auch mein Schicksal schon einmal ganz gewandelt hat."

Die Nebel über dem schlammigen Boden waren dichter geworden. Die Schwaden hatten eine neue, beinahe lebendige Qualität. Durch die gleißenden Wolkenschleier am Himmel leuchteten verschwommenen die Umrisse der Monde; weiß der Körper Halles und der von Lakon in schmutzigem Rot.

Er wollte etwas erwidern. Etwas aber zog seinen Blick zum Hinrichtungspodest. Er kniff die Augen zusammen. Spielte ihm die Dunkelheit einen Streich, die Verwirrung durch die düsteren Worte des Alten?

Nein, ganz sicher. Etwas bewegte sich unter den Planken. Ein Schatten, der emporwuchs; eine Klappe, die sich langsam hob. Eine schwarze Kreatur glitt daraus hervor. Für einen Augenblick verharrte sie, sich umsehend, gebückt und lauernd wie eine Spinne.

Er schloss die Augen und öffnete sie wieder.

Der Umriss war verschwunden.

„Rabacus." Seine Stimme war rau. „Rabacus! Ich glaube, ich habe gerade ..."

Da! Erneut eine Bewegung. Entlang der Steinwände, in den Schatten bei den Mauern zu ihrer Linken drückte sich etwas entlang. Was bei allen Göttern war dies für ein Ort? Erhoben sich in dieser Nacht auch noch die Geister der Gehenkten?

Kapitel 16 – Wälder

Inzwischen waren Schritte auszumachen, gedämpft, doch verraten durch das Wasser und den Schlamm. Schritte waren gut. Geister pflegten bekanntermaßen zu schweben und nicht laut durch den Morast zu platschen.

Ein erneutes Huschen. Nein, kein Geist. Ein Mann war es, langgliedrig und groß gewachsen, ganz in Schwarz gekleidet. Der Umriss näherte sich weiter. Selbst die Aussparung des Gesichts war mit dunkler Farbe oder Ruß getarnt. Schon war der Schemen bei den Käfigen. Der Bursche schien erst ihn, dann Rabacus zu mustern und schließlich zu dem Schluss zu kommen, dass sein Ziel im Käfig nebenan zu finden war.

„Herr“, zischte eine Stimme. „Herr Wolskin! Seid Ihr es?“

Die Kapuze seines Zellennachbarn fuhr ruckartig herum. „Herwan!“, erklang es ungläubig. „Herwan, seid Ihr das?“

„Ich bin es, Herr! Endlich. Endlich habe ich es zu Euch geschafft!“

„Herwan! Oh, ihr Götter. Ihr seid gekommen. Ihr seid wirklich gekommen!“

Langsam begriff er. Der Reiter. Der Bote von der Lichtung. Der Kerl hatte sich irgendwie hereingeschlichen. Was nicht weniger erschreckend war: Das atemlose Krächzen unter der Kapuze war eindeutig wieder Wolskins Stimme.

„Herwan!“ Der Alte klang noch immer ungläubig. „Ihr kommt im ... Ihr kommt im wirklich allerletzten Augenblick. Kommt hier herüber! Passt auf, dass die Wachen Euch nicht sehen. Hierher, Herwan. Hier bin ich! Ihr Götter. Ihr seid tatsächlich noch gekommen. Jetzt ... jetzt wird endlich doch noch alles gut.“

Mit schnellen Schritten umrundete der Eindringling den Käfig. Eine Klinge blitzte in seiner Hand. Zwischen den Stäben machte er sich daran, Wolskins Fesseln zu durchtrennen. „Welche Freude, Herr!“, stieß er hervor. „Nach all den Jahren. Ihr seid wahrhaftig noch am Leben. Eure Nachricht ... alle in der Heimat wissen jetzt davon. Alles ist in Bewegung. Eure Kinder. Eure Enkel. Euer ganzes Haus bestürmt in diesen Augenblicken den Petrarchen. Der ganze Palon Braset ist in Aufruhr. Jeder will wissen ...“

„Später, Herwan, später. Zuerst müsst Ihr mich hier ...“ Der Alte schien zu stutzen. „Nein. Wartet.“ Besorgnis klang mit einem Mal aus seiner Stimme, ein Anflug plötzlicher Erinnerung.

„Wir müssen uns beeilen, Herr“, drängte der Neuankömmling.

„Herwan.“ Alarm lag plötzlich in der Stimme unter der Haube. „Wartet. Irgendetwas stimmt nicht.“

„Ihr seid verwirrt, Herr. Ihr habt viel Schlimmes durchgemacht. Wir müssen los, bevor sie uns entdecken. Da. Das waren Eure Fesseln.“

„Meine ...“ Langsam hob der Alte seine Hände. Er drehte und betrachtete sie wie unvertraute Werkzeuge.

Palter wollte etwas rufen, doch die Stimme versagte ihm. Irgendeine unsichtbare Macht schien seine Kehle zusammenzudrücken und jeden Ton auf seinen Stimmbändern zu Staub werden zu lassen.

Bumm, bumm.

„Gut“, befand Rabacus unter der Kapuze. „Ja. Gut, Herwan. Die Freiheit. Ja. Weiter. Jetzt öffnet mir das Tor.“

Nein!

Der Lange hastete zur Frontseite der Gitterstäbe. Er fischte einige Drähte aus der Tasche und begann, sich am Schloss zu schaffen zu machen.

Nicht aufschließen!

Der Alte hatte begonnen, sich schwankend aufzurichten. Seine Hände wanderten langsam vor der Brust empor zum Saum seiner Kapuze. Bleiche Finger zogen den schwarzen Stoff herab. Zum Vorschein kam ein hagerer Kopf, von dem das Haar in fettig glänzenden Strähnen herunterhing.

Ein Klacken ertönte, als das Schloss den Versuchen des Befreiers nachgab und das Tor der Zelle aufsprang.

Herwan wandte sich um und blickte besorgt zu den Hütten der Wachen. Noch war dort keinerlei Bewegung zu erkennen. „Kommt, Herr", forderte er. „Braucht Ihr Hilfe? Wartet! Ich stütze Euch. Hier, lasst mich Euren Arm nehmen. Wir schaffen es, Herr. Bald seid Ihr zurück in Merkesch. Alles, alles wird sich aufklären, wenn Ihr zurück in der Heimat ..."

Was dann geschah, war zu schnell für Augenblicke. Die Faust des Generals fuhr in die Magengrube seines Gegenübers. Der Alte ging mit seinem Diener in die Knie, der vornübergebeugt in den Armen seines Herrn zusammensank. „Danke, Herwan." Rabacus' Stimme war ein sanftes Flüstern. Herwans Arme zuckten. Rabacus küsste ihn auf den Scheitel. „Danke, alter Freund. Ihr habt an diesem Abend mehr befreit, als Ihr ahnen könnt. Auf bald, Freund. Die Wahrheit wird ans Licht kommen. Das verspreche ich Euch."

Ein Krächzen erklang aus der Kehle des Getroffenen. Für einen Augenblick nur gelang es Herwan, seinen Kopf zu heben. Dann rutschte der Körper leblos auf die Bohlen.

Der General verharrte einige Momente und blickte beinahe zärtlich auf den reglos Daliegenden hinab. Dann erhob er sich langsam. „Ein treuer Gefährte vieler Jahre", erklärte er schwermütig. Im fahlen Licht troff Blut von seinem Dolch aus Rost. „Es ist ein hoher Preis, den wir für unsere Freiheit zahlen müssen. Die Zeit wird kommen, in der ich um ihn trauern kann. Doch diese Nacht ist eine Nacht für Opfer. Für Opfer und für Blut."

„Rabacus!"

Der Blick des Mannes ging zu den Baracken.

„Rabacus. Hört mich an!"

Der Alte sah ihn durch die Gitterstäbe an. Der Ausdruck auf dem bleichen Gesicht war ernst. „Es ist gut, dass Ihr mich in der letzten Nacht zurückgehalten habt, Hauptmann. Meine Hände waren vorschnell. Unsere Zeit war noch nicht gekommen. Wie gut, dass wir gewartet haben. Hierzu also hat man uns bestimmt. Durch unsere eigenen Hände soll das *Lakon Ukai* von denen gereinigt werden, die es einst entweihten."

Lakon Ukai. Düsternis lag in diesen Worten, ein fremder, unheilvoller Klang.

„Sie kommen, Hauptmann", fuhr der Alte murmelnd fort. „In den Wäldern warten sie, unten vor den Toren. Ich kann sie spüren. Für mich sind sie gekommen. Für Euch. Für uns beide, um uns zu ihr zu holen. Es wird an der Zeit, sie einzulassen."

„Dann lasst mich hier heraus!" Er wischte das Entsetzen fort, das ihn zu übermannen drohte. Der Feind stand vor den Toren? Dies alles hier ging viel zu schnell. Entscheidend war, noch Schlimmeres zu verhindern.

„Eure Willenskraft ist noch nicht stark genug, Hauptmann." Der Alte ging in die Knie und löste den Eisendolch vom Gürtel seines Dieners. „Wenn dies hier Euer Diener, Euer *Freund* gewesen wäre: Meint Ihr, Ihr wäret bereit gewesen, das Gleiche zu tun?" Einen Augenblick lang musterte der Mann die Klinge im wenigen Licht. Dann trat er an dem Toten vorüber, achtsam wie an einem teuren Teppich, den man mit den Füßen nicht beschmutzen will. „Bitte versteht, Hauptmann, dass alles, was ich tue, auch zu Eurem Wohl geschieht.“ Der Alte streckte sich auf der Schwelle wie ein Träumer nach dem Erwachen aus einem langen Schlaf. „Euer Wille ist geschwächt, solange Ihr noch Menschen um Euch habt, die Eurer Stadt die Treue halten. Erst wenn die dünnen Fäden ihrer Leben abgeschnitten sind, werdet auch Ihr von Eurer Fessel frei sein. Euer *Geist* wird frei sein. Ihr werdet Wunder sehen, Hauptmann. Schon bald wird dieser Ort erneut geheiligt werden. All diese ... Entartung hier wird ausgetilgt. Es wird nicht lange dauern. Dann könnt auch Ihr die Wahrheit sehen.“

„Rabacus!“

Der Alte ignorierte ihn. Aus dem Käfig trat er in den Schlamm. Ziel seiner Schritte war die Hütte, in der ihre Darmukta-Wächter verschwunden waren. In seiner Faust glänzte die neue Beutewaffe.

„Ihr müsst mich ... Wachen!“ Palter rüttelte an seinen Fesseln. Was immer hier geschah, musste um jeden Preis aufgehalten werden. „Wachen. Hilfe!“

„Sie können Euch nicht hören.“ Rabacus klang enttäuscht über seinen Mangel an Kooperation, vielleicht auch an Verständnis.

Er riss an seinen Fesseln, doch die Taue rührten sich kein Stück. „Verdammt. Verdammt!“ Mit den Füßen stemmte er sich gegen die Eisenstreben, ohne damit irgendeine Wirkung zu erzielen. Der Alte wankte durch die Pfützen wie in einem Wahn. Er schien entschlossen, jeden Einzelnen in diesen Mauern zu ermorden. Was noch schlimmer war: Auf irgendeine Weise wirkte es, als wäre er dazu tatsächlich in der *Lage*. Wenn wirklich auch noch Feinde vor den Toren lagen ...

Ein leises Stöhnen aus der Nachbarzelle ließ ihn herumfahren.

Kälte schoss durch seine Adern.

Der Körper des Dieners zuckte. Bei den Göttern. Der Mann war noch am Leben!

„Herwan“, zischte er. „Herwan. Hört Ihr mich?“

Ein gurgelndes Stöhnen war alles, was als Antwort zurückkam.

„Herwan. Ihr müsst mir helfen. Euer Herr ... Wolskin. Wen immer Ihr zu kennen meint: Er ist nicht mehr am Leben. Dieser ... das *Wesen*, das Ihr gesehen habt, hat ihn umgebracht. Helft mir, Herwan. Ihr müsst mir helfen, ihn aufzuhalten. Jeder Getreue Merkeschs ist in Gefahr, wenn es uns nicht gelingt!“

Quälend langsam wälzte sich der Körper auf die Seite. Die Augenlider flimmerten in dem schwarz bemalten Gesicht. Blut troff von seinen Lippen auf das dunkle Holz.

„Herwan!“, drängte er weiter. „Er hat zu mir gesprochen. Wolskin. Euer Herr. Bevor der *andere* ihn übernommen hat. Er hat geahnt, was ihm bevorsteht. Ich musste ihm versprechen, dass ich alles tun werde, um ihn aufzuhalten. Ich brauche Euch dafür. Ich brauche Euren Willen. Eure Stärke. Um den letzten Willen Eures Herren Wolskin zu erfüllen. Ihr müsst hier herüberkommen und meine Fesseln lösen! Ohne Euch schaffe ich es nicht.“

Ein Arm des Mannes bewegte sich. Langsam stützte sich der Körper auf den Ellenbogen. Der Diener streckte eine Hand vor und begann sich über die Schwelle des Käfigs nach vorn zu ziehen. Jede Bewegung kostete den schwer Verwundeten eine unvorstellbare Menge an Kraft.

„Gut so! Nur noch ein kurzes Stück.“

Es war ein erbärmliches, mitleiderweckendes Schauspiel, Herwan bei seinen Versuchen zuzusehen, die Dietriche mit zitternden Fingern hervorzuziehen. Einer Katze gleich, die versucht die Klinke einer Tür zu öffnen, zog sich der Mann am Eisen empor.

„Ihr seid stark, Herwan. Ihr könnt es schaffen!"

Erst nach einigen Versuchen gelang es Herwan, das Schlüsselloch zu treffen. Schweißtropfen liefen in glitzernden Strömen über seine Stirn. Das von hellen Streifen überzogene Gesicht verriet höchste Anstrengung und Konzentration.

Er hielt den Atem an.

Das Schloss gab ein Knacken von sich. Die Eisentür schwang quietschend auf.

„Ja! Gut so, Herwan. Ihr habt es fast geschafft! Wenn ich doch nur ..." In verzweifelten Versuchen zerrte er an den verdammten Fesseln. Was als nächstes? Rabacus hatte den Dolch des Mannes mitgenommen.

Der Diener schien zu ahnen, was gefordert war. Einen Arm vorstreckend, zog er sich über die eiserne Schwelle. Irgendwie gelang es ihm, sich auf den Knien aufzurichten. Der Körper schwankte wie der eines Verurteilten vor der Hinrichtung, so als erwarte er in jedem Augenblick den Streich des Scharfrichters.

Herwan atmete angestrengt. Beide seiner Hände wanderten zur Körpermitte. Sie ergriffen den herausragenden Fremdkörper der rostigen Speerspitze. Ein Gurgeln drang aus den blutbefleckten Zahnreihen. Die Klingenscherbe bewegte sich nur äußerst langsam. Mit einem letzten Schrei war sie hinaus und schwebte glänzend in der Dunkelheit. Mit einer seiner Hände auf der frisch blutenden Wunde hackte der Diener auf die Fesseln ein. Ein glasiger Ausdruck der Entrückung lag bereits in seinen Augen, Zeuge einsetzenden Deliriums, doch die Pupillen waren scharf und fokussiert.

„Ihr seid ein guter Mann, Herwan.“ Seine Wangen waren feucht von Tränen. „Ihr werdet nicht vergessen werden, das verspreche ich. Euer Andenken wird nicht vergehen.“

Noch immer hielten seine Fesseln den Versuchen stand. Der Diener nahm die Hand von seiner Wunde, um nun mit beiden Händen die Taue zu bearbeiten. Es war nicht mehr zu verleugnen, dass der Bursche starb. Nicht mehr lange und ...

Endlich! Ein erlösendes Rucken. Der Druck an seinen Handgelenken ließ jäh nach. Herwans Körper fiel beinahe im gleichen Augenblick. Ohne irgendeinen Laut sank der Diener auf die Planken und rührte sich nicht mehr.

Auf den Knien kroch er vorwärts und fühlte nach dem Puls.

„Verdammt!“

Mit der Hand fuhr er sich über die feuchten Augen. Behutsam löste er den Dolch aus der erschlafften Hand, spürte lange nicht Gespürtes, warmes, klebriges Blut an seinen Fingerspitzen. Sein Blick ging zur Hütte der Darmukta, deren Tür weit offen stand. Der alte Schmerz. Das alte Pflichtgefühl. Er musste etwas *tun*. Niemals durfte die Trauer um den einen Kameraden die Leben aller anderen gefährden.

Er erhob sich und lief los. Blut pochte zwischen seinen Schläfen. Wut und eine frisch erwachte Sehnsucht nach Vergeltung. Er musste den Rausch niederkämpfen, um nicht selbst vom Wahn erfasst zu werden. Die niedrig hängenden Wolken waren wie gleißende Schleier im Licht der Gestirne. Täuschende Spiegelungen zogen über die Silberpfützen vor dem Galgen, die glänzende Fläche aus zertretenem Morast.

Die Steinhütte. Die Tür des Häuschens stand noch immer offen. Goldenes Licht aus ihrem Inneren, verschwendet an den Schlamm. Mit dem Rücken presste er sich an die raue Außenwand.

Was wird das, Palter? Was zum Henker hast du vor?

Retten, was zu retten ist.

Vorsichtig schob er den Kopf vor und spähte ins Innere.

Der Vorraum einer Wachstube. Tisch, Bänke, ein offener Kamin. Die Reste eines Feuers in einer Aussparung in der Wand. Weiter hinten die offene Tür zu einem dunklen Raum. Mit einer schnellen Bewegung war er durch die Stube und drückte sich gegen das verputzte Mauerwerk. Es war still, doch er war keineswegs allein.

Er blickte um die Ecke.

Rabacus.

Der Umriss des Alten war aufrecht, wie suchend zwischen den Liegen einer Schlafkammer. Darmukta, die Decken zerwühlt, starr liegend wie betäubt. Für die beiden zur Rechten kam jede Hilfe zu spät. Die anderen aber ...

Wieder beugte Rabacus sich vor, um mit der Waffe zuzustoßen.

Bumm, bumm.

„Was?“

Noch während Palter vortrat, versteifte sich die Haltung seines Feindes. Rabacus fuhr herum, aufschreckend, wie gewarnt von einer unsichtbaren Stimme. Dieses Mal war Palter schneller. Seine Linke fand die Stirn des Mannes und riss sie hart zurück. Der Dolch vollführte einen Todesschnitt über die exponierte Kehle.

Unter rauen, gurgelnden Geräuschen bäumte Rabacus sich auf, warf sich herum in seiner unbarmherzigen Umklammerung. Der Eisendolch durchbohrte mehrfach wild und ungezielt die Luft, bis er aus den erschlafften Händen mit dumpfem Klirren auf den Boden fiel. Selbst auf den Knien gab der Mann den Kampf nicht auf. Beide seiner Hände kratzten nach dem Angreifer hinter seinem Rücken, während die Luft in pfeifenden Stößen aus seiner Kehle fuhr.

Palter biss die Zähne zusammen, bemüht, in seinem Griff nicht nachzulassen. Mit welchen Kräften kämpfte dieser Kerl? Was, beim *Scheloch*, war in diesen Körper gefahren, der noch immer keine Anstalten machte, in seinem Widerstand nachzulassen? „Verdammt, Wolskin!" Ihm blieb auch wirklich nichts erspart. Er musste es zu Ende bringen. Wenigstens das schuldete er dem Mann.

Seine Linke fand ein Bündel weißer Haare. Ein weites Ausholen, ein entschlossener Stoß mit der Rechten; Götter oder Dämonen, die seine Klinge führten zu der weichen Stelle an der Schläfe. Innerhalb eines Augenblicks fielen die Arme seines Feindes schlaff herab. Der ganze Torso sank in sich zusammen und glitt mit einem letzten Seufzen auf den Boden.

Bumm, bumm.

Er keuchte heiser. Übelkeit und Schwindel wollten ihn übermannen. Irgendwo in ungeahnten Tiefen brüllte eine Stimme; ein wütender, unbeherrschter Schrei wie der eines vom Jäger mit dem Speer verletzten Tieres.

Bumm, bumm.

Schwankend erhob er sich vom Boden. Etwas stimmte nicht, mehr noch als das Offensichtliche. Die innerlichen Schreie galten ihm, spuckten Hass und Galle. Irgendetwas tobte, hasste ihn, hasste ihn mit seiner ganzen bösartigen Existenz.

Bumm, bumm.

Die Lider des Darmukta auf der Liege flogen auf. Welcher Seuchenschlaf auch immer den Mann bisher befallen hatte, verließ ihn nun und ließ ihn aufspringen in hartem, plötzlichem Erwachen. Fassungslos fanden ihn die Augen, weit aufgerissen, und auch die Kiefer sprangen auf.

Palter sprang. Der Schrei des Kerls verfolgte ihn. Er hetzte durch die Tür, jagte, Haken schlagend, durch den Vorraum, riss Stühle und Gepäck um, stolperte über die Schlingen von Bündeln, über die Türschwelle und hinaus auf den Morast des großen Platzes.

Mehr Schreie hinter seinem Rücken, jetzt auch aus den umliegenden Häusern. An der Spitze des Festungsturms in den verbergenden Schleiern in der Höhe schlug eine Glocke hell Alarm, während er sich panisch umsah, keinen Ausweg findend außer dem einen, zu dem ihn seine Schritte lenkten, platschend durch den aufspritzenden Schlamm, kletternd, ungelenk, auf die hölzerne Plattform, die Finger verzweifelt umherstreifend, tastend, suchend nach den Kanten, dann endlich greifend, aufstemmend den Flügel der schweren Falltür, hinabstarrend in das dunkle, Tod und Moder atmende Rechteck.

Eine Tür flog auf, mehrere, hinter seinem Rücken. Für einen Moment nur blickte er zurück, fand den in fassungsloser Erkenntnis erstarrten Blick des *Netmaharu.*

Keine Zeit, zu zögern.

Er sprang, fiel ins Finstere, schlug hart auf die hölzerne Planke, die rutschig war, klebend und glatt gespült vom Blut, die Arme zum Schutz emporgerissen, als die Neigung des Brettes ihn herumwarf, hinabsandte in die Dunkelheit gegen Balken und Streben, bis Licht erschien, näher kam und ihn umfasste, er ausgespuckt wurde ins Blau und Schwarz des Waldes, fiel, aufprallte, rollte über splitternde Knochen und Schädel, zwischen krächzend aufflatternden Aasvögeln dahinschlitterte unter Krachen und Brechen über den widerwärtigen Hang. Mit ausgestreckten Armen versuchte er Halt zu finden, während dunkle Stämme und Gebüsche auf ihn zurasten unter der bleichen Form des Mondes. Er überschlug sich, schützte sich mit Armen und Ellenbogen, während ihn der Fall durch ein Gebüsch schleuderte, scharfe Zweige an seinen Kleidern rissen, über die Haut an seinen Beinen und an seinen Händen, mitten durch das Dickicht, bis er hart in Unterholz und Farne stürzte. Noch im vollen Schwung der Abfahrt sprang er auf, rannte, preschte weiter.

Schreie waren oben auf der Mauerkrone. Zuckender Flammenschein jagte ihm nach; zischende, blutrote Signalfackeln, die ringsum in den Büschen niedergingen.

Im Zickzack, Haken schlagend stürmte er vorwärts, denn schon war das Schnappen von Bogensehnen zu vernehmen, das Klappern von Pfeilen, zappelnde Stöcke wie gefangene Stichlinge im dichten Netz der beschirmenden Büsche und Sträucher.

Bumm, bumm.

Das Geräusch von Hufen im Galopp, irgendwo auf dem steinernen Untergrund des Weges.

Die Arme zum Schutz vor sein Gesicht gerissen, bahnte er sich einen Weg durch das Geäst, strauchelte, blieb in Senken und an Wurzeln hängen und stand doch immer wieder auf.

Schnauben ertönte hinter seinem Rücken, Wiehern und das dumpfe Donnern eines galoppierenden Biestes auf dem Waldboden. Der Wald. Im Wald lag seine einzige Rettung.

Ein scharfes Wiehern, ein Instinkt warf ihn zur Seite und rettete ihm das Leben, das Schwert des Reiters niederschwingend, nur eine Handbreit neben seiner Schläfe. Er sah das Tier vorüberstürmen, straucheln beim Tritt in irgendein Erdloch, den Reiter vornüber abwerfend. Mit unfassbarer Geschicklichkeit rollte der Mann sich ab, stand plötzlich auf den Füßen und zog sein Haumesser. Verfluchte Ungeheuer. Welche Unterwelt gebar diese Männer?

Der Darmukta sprang, ein junger Kerl, schnell und stark, doch ein Palter Calgola kämpfte nicht erst seit gestern unter diesem Himmel. Die Hand loser Erde traf den Burschen unvorbereitet im Gesicht. Der kurze Augenblick, in dem die Hand instinktiv zum Schutz in die Höhe ging, reichte aus für einen Tritt, schnell ausgeführt und dreckig, der den Körper seines Gegners in die Knie zwang; ein Schlag gegen die Schläfe in der Art eines Straßenkämpfers, der den Mann zu Boden warf. Er sprang weiter, Reiter und Ross zurücklassend, das sich unter mitleiderregenden Lauten im Unterholz umherwälzte.

Plötzlich eine weitere Bewegung, der zweite Reiter, bisher unbemerkt, sich nähernd, das Schwert erhoben, doch etwas schoss heran, blitzend wie eine Fackel, blaue, prasselnde Wellen wie Entladungen von Blitzen, sodass der Hengst zurückfuhr, sich aufbäumte, rückwärts stürzte und den Reiter unter sich begrub.

Bumm, bumm.

Er blickte nicht zurück, doch er musste es auch nicht. Der Hund war bei ihm, zog an ihm vorüber, schlug Haken wie ein Hase. Das Tier lief und er folgte ihm, über immer neue Hindernisse, über Felsen und umgestürzte Stämme, durch Risse und über klaffende Abgründe, durch Dickichte, die seine Kleider zerfetzten, über offene Lichtungen im Schein der Monde, zwischen Felsen und Klüften hindurch.

Die Geräusche seiner Verfolger waren längst verklungen, doch er lief noch immer, immer weiter wie im Rausch, verspürte nicht mehr Müdigkeit noch Schmerz noch Furcht, sprang über Bäche und rutschte Abhänge herunter. Er rannte und rannte und der Hund rannte vor ihm, so als seien sie Mitglieder eines Rudels, Gefährten in einem wilden, wahnwitzigen Spiel.

Großartig fühlte es sich an, wie das Herz mit harten Schlägen in seinem Brustkorb hämmerte, das Blut wie Stromschnellen durch seine Adern schoss. Er musste sich beherrschen, um nicht laut zu schreien, unbeherrscht loszulachen und nie mehr aufzuhören.

Er war entkommen.

Tod und Wahnsinn hatten ihn gehabt, hatten ihren Griff bereits geschlossen, doch er war ihnen entwischt, berauscht von dem Gefühl, wie nahe das Ende und die Dunkelheit bereits gewesen waren. Allein war er, der Einzige in Menschenform, der Einzige mit Menschengedanken in diesem schlimmen, wilden Land, doch nichts war ihm ferner als Angst oder Bedauern. Euphorie erfüllte ihn, schweißtriefende Ausgelassenheit. Etwas Gefährliches war auf der Jagd in dieser Nacht und sein Name war Palter Calgola. Ein Knurren drang aus seiner Kehle. Schaum troff von den Rändern seiner Lippen.

Etwas rief ihn.

Nicht der Zufall lenkte seine Schritte, sondern Bestimmung.

Das Land.

Das Land wollte ihn haben.

Es würde ihn aufnehmen, ihn erfüllen, Ruhe würde es ihm geben, ihn ...

Besitzen.

„Nein!“ Laut drang sein Ausruf in die Nacht hinaus. Er stolperte, fiel, rollte über den Boden, die Erschöpfung hereinbrechend wie ein heftiger Schlag in seine Eingeweide. Dünne Äste knirschten. Gräser bogen sich unter seinem Aufprall. Er atmete heftig, warf sich herum auf seinen Rücken.

Über ihm schienen die Monde, hell und klar. Finster und verhangen starrten sie auf ihn herab, verlangten Antworten, Rechtfertigung für das, was er getan hatte.

„Scheiß auf euch!“ Stöße schmerzhaften Lachens schüttelten seinen Körper. Sie sollten ihn nicht haben. Niemand sollte ihn haben. Palter Calgola gehörte niemandem. Keinen Menschen, keinen Tieren ganz bestimmt keinen verdammten *Göttern*.

„Scheiß auf euch!“

Blinzelnd verschwammen die Sterne vor seinen Augen, das Königreich der Himmel in seiner Schwärze mit all seinen verborgenen Farben. Wie Augen waren die Sterne, interessiert, wohlwollend sogar, wie Erwachsene, die sich über die Wiege eines neugeborenen Kindes beugen. Sein Weg aber führte nicht zum Himmel, sondern hinab, in unbekannte Tiefen, was immer ihn auch dort erwartete.

Das war Teil I von Palters Geschichte! Ich hoffe, es hat Dir Spaß gemacht. Was nun?

Wenn es Dir gefallen hat, kannst Du direkt weiterlesen. Teil II, „Die Zuflucht der Schatten“, gibt es auf www.amazon.de.

In diesem Fall erfährst Du, wie es mit Palter in den Wäldern weitergeht. Es kommen Wölfe darin vor. Du magst doch Wölfe, oder? Und ein verschlagener Wegbegleiter. Und halluzinogene Pflanzen. Die kommen darin vor. Ob Du die magst, ist Deine Sache. Und vielleicht wird es ja sogar noch besser ...

Bewerte „Das Schwarze Feuer“ auf Amazon.

Das auch noch!?
Das ist wirklich wichtig!

Nur durch Bewertungen erlangt das Buch Sichtbarkeit für potenzielle Leser. Mehr Leser bedeuten, dass ich weniger Zeit mit anderen Arbeiten verbringen muss und mehr Zeit mit Schreiben verbringen kann. Mehr Schreiben bedeutet wiederum mehr neue Bücher.

Komm auf meine E-Mail-Liste auf www.mjdiaz.com

Damit du mich zuspammen kannst, oder was?
Nee. Aber auf diese Art kann ich unabhängig von Drittanbietern mit Dir kommunizieren. Wenn Du möchtest, schicke ich Dir auf diese Art regelmäßig Informationen zu neuen Büchern sowie zu meinem Schreibprozess und manchmal auch zur Welt und zur Entstehung der Geschichten. Du kannst mir natürlich jederzeit eine E-Mail schreiben, dann nehme ich Dich wieder von der Liste.

Schreib mir eine Nachricht an matt@mjdiaz.com

Ich freue mich über Meldungen und bemühe mich, schnell zu antworten.

Der Autor

Matthias mag Geschichte und alte Sagen. Er versucht sich an Erzählungen, in denen eine legendäre Welt, in der die Dinge eine höhere Bedeutung haben, auch für Menschen unserer Zeit erfahrbar wird. Drei Dinge sind schuld daran, dass er schreiben muss: J.R.R. Tolkiens Silmarillion, Terry Pratchetts Scheibenwelt und die Musik von Amorphis.

Er hat mal Europastudien und Konfliktforschung studiert und würde vielleicht historische Romane schreiben, doch dann müsste er recherchieren und sich an Fakten halten und das überlässt er lieber Wissenschaftlern. Manchmal schreibt er auch Kurzgeschichten oder Profile über sich selbst in der dritten Person.

Anhang

Handelnde Personen

(in der Reihenfolge ihres Auftretens)

Kapitel 1- Ruhestand

Calgola, Palter, Hauptmann der Tharsis im Ruhestand, ehemaliger Angehöriger der zweiten Legion „Vinx Tremens“
Hergemuffe, ein alter Hausdiener in Palters Diensten
Hobovese, Händler erlesener (und teurer) Waren
Grauwacke, Konsul, reichster Mann in Merkesch und Veranstalter opulenter Empfänge
Ziffre, ein junger Schreiber

Kapitel 2- Kameraden

Olrig, Jarl, Führer der Vargen, einem kriegerischen Volk von Seefahrern aus dem Norden
Olaikan, langjähriger Kamerad Palters, der Bequemlichkeit für eine ansteckende Krankheit hält
Theus, General, aktueller Kommandeur der zweiten Legion „Vinx Tremens“ und Oberkommandierender der Tharsis
Strohmalm, General, ehemaliger Kommandeur der zweiten Legion „Vinx Tremens“, langjähriger Freund von Palter und Olaikan, ermordet bei einem Anschlag
Schneidwerg, Farwand, Selegmast, Konsuln von unterschiedlicher Reputation
Gernrost, junger, regelbesessener Hauptmann der zweiten Legion „Vinx Tremens“

Kapitel 3- Pläne

Bernrot, Banditenführer in Ingwall, der sich den gerechten Zorn Merkeschs zugezogen hat
Koban, Kohortenführer in der zweiten Legion „Vinx Tremens“
Rabacus, General, Kommandeur der dritten Legion „Tertiari“, die vor zwanzig Jahren in Ingwall spurlos verschwand
Kapilar, Pan, ranghoher Vertreter von Merkeschs Peculari-Geheimdienst
Selevan, Kohortenführer in der zweiten Legion „Vinx Tremens“

Kapitel 5 – Schmiede

Brugnir, Besitzer einer Schmiede in Merkesch, Freund Palters und Olaikans
Hognir, Bruder Brugnirs, der mit der dritten Legion „Tertiari“ in Ingwall verloren ging
Fernbast, Brugnirs Sohn, angeblich in Ingwall unterwegs

Kapitel 6 – Erwachen

Charam und Conhista, Händler in Merkesch
Mikkon, Torwächter der Rengard am Goldenen Markt
Draugbarn, „Gespensterjunge“, rangniedriger Vertreter von Merkeschs Peculari-Geheimdienst
Jolnik, gewalttätiger Peculari-Wächter mit entschieden zu viel Vergnügen an seinem Beruf

Kapitel 7- Zelle

Wolskin, alter Gefangener in einer Zelle der Peculari

Kapitel 10 – Aufbruch

Netmaharu, Führer einer Einheit Darmukta-Reiterei

Kapitel 16 – Wälder

Herwan, treuer Gefolgsmann aus dem Hause Rabacus

Bedeutsame Personen früherer Zeitalter

(alphabetisch)

Aurich, Herzog, Adliger aus Merkesch, der vor Generationen versuchte, in Ingwall eine Siedlung zu gründen und dort zusammen mit seinem Gefolge spurlos verschwand
Banjitza, Führer von Kriegern, der mit Bronzegas an die Schelek-Bucht kam und nach der Gründung Merkeschs der erste Petrarch wurde
Bronzegas, legendärer Gründer und Erbauer Merkeschs und Erschaffer ihrer Gesetze
Gilbran, Frohlock, legendärer Chronist, Verfasser mehrerer Bände über die Geschichte der Welt, darunter „Schätze des Ingwall" und „Von der großen Stadt Merkesch"
Krillborg, Schüler des Bronzegas, bekannt vor allem für die Erschaffung mächtiger Waffen

Die Götter
(alphabetisch)

Azura, „Die Herrin“, Göttin der Liebe und des Mitgefühls
Gralmos, „Der Gesandte“, Oberster der Götter, wohnhaft auf den Berggipfeln des Riesengebirges, wo ihm Kondore als Boten und Beobachter dienen
Helgaslost, „Der Götterschmied“, Gott der geschaffenen Dinge und Patron des Hauses Grauwacke
Iasnin, „Die Jägerin“, Göttin der Wälder, der Tiere und der Jagd
Mergas, „Der Vertilger“, Gott des Krieges
Noluf, „Herr der Tiefe“, Gott der Meere und Gewässer
Rani, „Die Heilerin“, Göttin der Heilung, der Weisheit und der Nacht

Militärische Einheiten
(alphabetisch)

Darmukta, „Furchtlose“, Kriegervolk aus dem Norden der Welt, das sich in Merkeschs Diensten als Söldner verdingt und auch in Ingwall eingesetzt wird
Legion I „Aterion“ („Lebensader“), Ehrenname in Anerkennung ihres langjährigen Dienstes zur Sicherung von Merkeschs Handelswegen
Legion II „Vinx Tremens“ („Der schreckliche Sieg“), Ehrenname in Anerkennung einer siegreichen Schlacht, in der beinahe die gesamte Legion ihr Ende fand
Legion III „Tertiari“ („Die Verdienten“), Ehrenahme in Anerkennung der hohen Dichte von Soldaten in ihren Rängen, die aufgrund persönlicher Verdienste ausgezeichnet wurden

Legion IV „Vanquista" („Die Vernichterin"), Ehrenname in Anerkennung der Auslöschung zweier rebellischer Völker in einer einzigen Kampagne

Legion V „Litris Pelasi" („Herrlicher Lichtschein"), im Aufbau befindlich; inoffizielle, oft spöttisch verwendete Bezeichnung, die sich jedoch weitgehend etabliert hat

Rengard, vargische Söldner, die Merkeschs „Goldenen Markt" bewachen und dem Petrarchen persönliche Gefolgschaft geschworen haben

Stadtwache, Veteranen der Tharsis, die sich nach 20 Jahren Kriegsdienst für den Wachdienst auf Merkeschs Mauern entschieden haben und damit die Aussicht auf volle Bürgerschaft verlieren

Tharsis, reguläre Kampftruppen der Stadt Merkesch; Dienstleistende erhalten nach 30 Jahren das Bürgerrecht oder können nach 20 Jahren Stadtwächter werden

Zweiter Zug „Schlüssel zur Stadt" der Sturmartillerie der Legion II, Ehrenname in Anerkennung der entscheidenden Bedeutung und der Opfer der Geschützgruppe bei der Einnahme von Nequestria unter der Führung eines jungen Palter Calgola

Orte und Eigennamen

(alphabetisch)

Ageris Palon, die „Goldene Mauer"; Innenmauer Merkeschs, welche den Bereich „Goldener Markt" vom Rest Merkeschs (Außenstadt) abtrennt

Ageris Petram, die „Steinerne Mauer", Außenmauer Merkeschs, bewehrt mit großen Türmen und Geschützen, welche die Merkeschs Außenstadt von den Vorstädten abtrennt

Anka Moltau, Feste Merkeschs auf der alten Ingwallmauer

Batturin, Küstenstadt im Norden des Kontinents, wichtiger Hafen für den Handel mit den Vargen auf den Inseln weiter im Norden; bekannt für seine umfangreichen Archive und als Herkunftsort des Chronisten Frohlock Gilbran

Dian Sao, Stadt im Riesengebirge im Norden der Welt

Digitus, „Finger" in der alten Sprache Merkeschs, niedriger Rang der Peculari

Draugbarn, Vargisch für „Gespensterjunge"

Glemhorin, Nebelländer im Norden der Welt

Halle, „Der Scheinende", einer der beiden Monde (siehe: Lakon)

Herrentürme, hohe Türme als Ausdruck von Macht und Reichtum in den Residenzen mächtiger Familien auf dem Palon Braset

Honiggelbes Ufer, Küstenstreifen nördlich der Schelek-Bucht

Kanos, zentrales Gesetzeswerk der Stadt Merkesch, erschaffen von Bronzegas

Kerebin, „Gehirn" in der alten Sprache Merkeschs, hoher Rang der Peculari

Koiar, „Hund" in der Sprache der Vargen; sollte im Streit mit Nordmännern besser nicht verwendet werden

Konzil, Ratsversammlung mächtiger (sprich: reicher) Männer (Konsuln), höchstes Regierungsorgan Merkeschs

Lakon, „Der Finstere", der andere der beiden Monde (siehe: Halle)

Lakon Ukai, alter Name des Uluru Patang, bevor dieses von Merkeschs Truppen eingenommen werden konnte

„Letzte Wildnis", berüchtigtes Wirtshaus an der Via Abbadema nahe Merkesch, in dem sich zurückkehrende Legionen gemäß ältester Tradition anständig zu betrinken haben

Limes Ferron, die „Eisengrenze“, markiert durch einen eisernen Wegstein; weiter darf sich keine Legion der Stadt nähern; eine Vorsichtsmaßnahme gegen Putschversuche

Litris Pelasi, „herrlicher Lichtschein“, mythische Bezeichnung für den Herrschaftsbereich Merkeschs und den Geltungsbereich ihrer Gesetze in Abgrenzung zur unzivilisierten Wildnis; außerdem inoffizielle Bezeichnung der im Aufbau befindlichen, fünften Legion der Tharsis

Mergasfeld, Lagerort für Legionen außerhalb Merkeschs, benannt nach Mergas, dem Gott des Krieges

Mivahsi, „Halbwilder“, aus der Sprache der Vargen abgeleitete, abfällige Bezeichnung für Wilde, denen eine gewisse Zivilisierung nicht abzusprechen ist

Mukta, aus der Sprache der Darmukta abgeleitete Beleidigung, die dem so Bezeichneten Furcht und Schwäche unterstellt

Nequestria, Ort einer siegreichen Belagerung durch die Tharsis, welche durch den heroischen Einsatz eines jungen Palter Calgola zugunsten Merkeschs entschieden wurde

Okori, Ureinwohner des Ingwall, von denen nicht viel bekannt ist

Palon Braset, der „Goldene Markt“; innerer, durch eigene Mauern von der Außenstadt abgetrennter Bereich Merkeschs, in dem sich der Palast des Petrarchen und die Häuser der mächtigsten Bewohner befinden

Palo Taychos, die „Alte Ingwallmauer“, ein inzwischen weitgehend verfallener Wehrwall, der Ingwall von Abbadema trennt

Peculari, Geheimdienst Merkeschs, bekannt für seine keineswegs zimperlichen Methoden

Petrarch, Bezeichnung für das Oberhaupt der Regierung Merkeschs, den Ersten des Konzils

Ryamad, Hauptstadt Abbademas
Scheloch, Bezeichnung für die Unterwelt
Shugan, Volk im Norden und Osten der Welt
Sovorim, Vargisch für „Schlafender“
Ulbertschwert, seltene, besonders scharfe Klinge, deren Schmiedekunst verlorenging
Uluru Patang, „Fluchdrachenplateau“, einzige Festung Merkeschs zwischen dem Gurdon im Osten und der alten Ingwallmauer im Westen
Umland, Bezeichnung für das nähere Reich Merkeschs zwischen den Vorstädten im Osten und dem Gurdon im Westen
Vahsi, „Wilder“, aus der Sprache der Vargen abgeleitete, abfällige Bezeichnung für Völker, die noch nicht in den Genuss von Merkeschs Hochkultur gekommen sind
Vargen, kriegerische Volk von Seefahrern aus dem Norden
Vigilis Valem, „Talwacht“, Wachtürme auf einer Hügelkuppe nahe Merkesch auf der Via Abbadema
Vorstädte, Kreis wilder Siedlungen rund um die Außenmauer Merkeschs, durchzogen von wenigen großen Ausfallstraßen
Wolfshecke, Ort einer siegreichen Schlacht der Tharsis, eingenommen durch eine angebliche Heldentat Palter Calgolas, zu der verschiedene Berichte von hohem kreativem Eigenleben existieren

45205236R00209

Printed in Poland
by Amazon Fulfillment
Poland Sp. z o.o., Wrocław